Ray, mon ami

Jean-Pierre Grosz

Ray, mon ami

LABOR OMNIA VINCIT IMPROBUS
H P

Plon

Nous nous excusons par avance de toute erreur ou omission qui aurait échappé à notre contrôle et assurons que nous tenons un compte ouvert aux éditions Plon pour toute réclamation.

ISBN : 2.259.20230.6

Pour les miens,
pour mes amis
et pour ceux qui aiment le blues.

Je tiens à remercier particulièrement Bérangère Danigo pour son professionnalisme, sa rigueur et sa constance qui m'ont été précieux dans la rédaction de cet ouvrage.

Prologue

Ecrire l'histoire de ma vie... Ma biographie... Et puis quoi encore ? Qui suis-je pour envisager un truc pareil ?

Et pourtant, à maintes reprises, des gens totalement différents mais bien intentionnés m'ont poussé dans ce sens... A Hollywood, certains voulaient même en faire un film !

J'ai toujours balayé ces idées du revers de la main. Ça m'irritait profondément. Je trouvais ça prétentieux, improductif, injustifié et presque indécent. D'abord, c'est ma vie, ma relation privilégiée avec Ray Charles. C'est personnel. Ça n'appartient qu'à moi et ça ne regarde que moi...

Pourquoi écrire une histoire qui, non seulement n'était pas finie, mais qui, en plus, continuait à deux cents à l'heure ? La seule fin possible, je le savais, était la mort. Je l'ai toujours redoutée. L'expression « à la vie, à la mort » prend ainsi tout son sens... et résume assez bien l'intensité de notre amitié.

Me contempler dans un miroir ou regarder dans un rétroviseur ne correspond pas à mon caractère. Ce qui est passé est IRRÉMÉDIABLEMENT et définitivement passé.

Maintenant que Ray n'est plus, les choses ont évidemment changé... Et moi aussi, j'ai changé d'avis. J'ai décidé de tout raconter. Ray en vaut vraiment la peine. J'ouvre donc la porte. Je vous prends par la main et vous fais faire le tour du « propriétaire ». Je vais vous expliquer en quoi sa fibre, sa personnalité, son intelligence, sa profondeur, son talent étaient extraordinaires.

Vous comprendrez alors pourquoi les gens qui l'ont côtoyé l'ont toujours considéré comme un extraterrestre ! Je vais vous raconter une succession d'histoires de fous qui constituent ma vie, une partie de la sienne, sans intention d'enjoliver quoi que ce soit ou bien de changer ma manière d'être, de penser, de parler ou d'agir.

Tout le monde connaissait Ray Charles. L'artiste. L'homme public. The Genius. Mais Ray n'avait jamais laissé personne pénétrer dans son jardin secret...

Je vous rapporterai les propos que Ray me tenait lorsque nous étions en tête à tête. Sans artifice, sans cinéma. Simplement, ce sera là aussi fidèle à la réalité, à sa manière d'être, de penser, de parler et d'agir. J'en ai été le témoin, car j'étais son partenaire privilégié, son ami. Vous comprendrez alors comment tout cela s'est construit, développé et dépasse souvent l'imagination...

J'écrirai donc cette histoire simplement, comme je l'ai vécue, comme elle s'est vraiment passée, sans fard. Si vous n'aimez pas les histoires de fous, n'allez pas plus loin, ce livre n'est pas pour vous ! Sinon, foncez sans crainte, sans arrière-pensée, et éclatez-vous ! C'est une bien belle tranche de vie...

Je te la dois, Ray...

1

Le son de sa voix

Février 1960. Depuis quelques semaines je suis en pension à Talence, près de Bordeaux, avec mon frère Michel. Par mesure de sécurité, mes parents nous ont précipitamment fait quitter Dakar secoué par les premières convulsions de l'indépendance. Eux sont restés sur place, le temps de liquider nos affaires.

Pour la énième fois, nous avons dû plier bagage et partir en catastrophe.

Rappelez-vous l'angoisse que nous avons tous ressentie en entrant dans un nouvel établissement... Et en plus, un internat, en milieu d'année scolaire ! Mon grand frère Michel et moi étions comme immergés dans un autre monde, sur une autre planète, à plus de dix mille kilomètres de nos parents et de nos amis, de nos souvenirs, de tout... Nous nous sentions misérables, à l'écart, différents, abandonnés, presque orphelins... Quel choc ! Après les jours heureux de Dakar, bonjour les dégâts !

Du jour au lendemain, la famille est séparée, tout est glacé, le ciel est gris. Même la musique, omniprésente en Afrique, avait disparu, remplacée par un brouhaha général, interrompu par la fameuse cloche qui ponctuait tous les moments de la vie d'un interne, du lever au coucher...

Adieu, le soleil, la plage, les shorts, les chemisettes et les sandales. Adieu, l'insouciance et la désinvolture...

Bonjour, les pantalons longs, les chaussettes chaudes, les chaussures lourdes, les pull-overs épais. Malgré toutes ces fringues qui nous engonçaient, nous étions toujours gelés ! Même les gens nous paraissaient des glaçons et nous regardaient de travers. En plus, lorsqu'ils ont entendu que je bégayais, ils se sont sérieusement mis à se foutre de moi ! Vous pouvez me croire, être bègue, c'est une sacrée tannée ! J'accrochais systématiquement sur certaines syllabes, toujours les mêmes. J'essayais de parler plus vite que la machine, et ça se bousculait au portillon ! C'était plus fort que moi, incontrôlable ! Aller au tableau était un cauchemar. Tout le monde se moquait de moi avant même que j'aie pu ouvrir la bouche ! Une « punition » permanente ! Bégayer, c'est subir à chaque mot le regard des autres. J'étais devenu la risée des copains. « Comment t'appelles-tu ? – GueuGueuGueu... Grosz... ! » Mon nom de famille était un obstacle constant car je bégayais toujours sur cette syllabe. Et puis, pour eux, ce nom étranger définitivement barbare : G-R-O-S-Z ! Alors, bonjour l'ironie : « Oh, le pau-pau-pauvre... y-y-y... bé-bé-bégaye ! », et bonjour les jeux de mots : « Grosz godasse », « Grosz vache » et jusqu'à « Grosz merde » !

Dans ce lycée oppressant, mal chauffé et plein de courants d'air, la seule fille « visible » était une photo en noir et blanc de Brigitte Bardot soulevant sa jupe pour faire admirer ses jambes ! Cette photo défendue faisait le tour de l'internat... Et, pour couronner le tout, le port obligatoire de cette satanée blouse grise, tous les jours, du matin au soir !

Dans cet univers clos, il y avait deux foyers. Le premier, rudimentaire, était destiné aux « petits » dont je faisais partie. L'autre, bien mieux équipé, était réservé aux « grands » et mon frère y avait droit. Ce foyer représentait pour moi une oasis hors de portée, un eldorado riche de tout ce que nous n'avions pas : un baby-foot, une table de ping-pong et surtout un tourne-disque...

Le week-end, tous les élèves savaient où aller, ils étaient libres, moi pas. Par la force des choses, j'étais comme collé à l'année ! Le lycée était vide. Nous restions enfermés, pratiquement sans surveillance, avec un pion en tout et pour tout.

Mais alors, pour les vacances de Noël et de Pâques, c'était bien pire, car cette fois les élèves partaient pour quinze jours ! Toujours les mêmes, « trois pelés et deux tondus » qui restaient comme des cons, tout seuls, sans nulle part où aller...

Et puis, ce dimanche de février arriva... Tout s'annonçait, comme d'habitude, gris et froid, triste à mourir, bien pourri, quoi. Alors... mon frère, Michel, profita de ce jour où le lycée était quasiment désert pour me faire passer incognito dans son territoire, pour me faire partager son bonheur : le foyer des « grands ».

Il ouvrit la porte, j'étais juste derrière lui. Au moment où nous entrions dans le foyer, j'ai été instantanément mis « K-O debout » par une chanson. « Rétamé » par une musique hallucinante !

Tandis qu'une voix invraisemblable sortait du haut-parleur, comme venant d'une autre planète, j'ai été envahi de la tête aux pieds par un bonheur et une satisfaction intérieure incroyables. Quelle intensité ! Celui qui chantait ramait encore plus que moi ! Je n'en croyais pas mes oreilles, c'était impossible ! Comment pouvait-on être plus triste, plus seul que je ne l'étais ? Comment ce gars pouvait-il souffrir encore plus profondément que moi ? Comment pouvait-on chanter avec une telle force, une telle douleur ?

Je n'en suis toujours pas revenu ! En fait, cette chanson devait conditionner le reste de mon existence...

Je ne pouvais pas attendre une seconde de plus pour savoir qui chantait ! J'ai foncé sur la pochette du 45-tours : Ray Charles... – *What'd I say*. La photo montrait un jeune Noir habillé d'un costume blanc, assis devant son piano blanc. Premier choc : il portait de grosses lunettes de soleil, très noires. Tout en étant totalement submergé par sa musique, je ne cessais de me poser ces questions : pourquoi ces lunettes noires ? Depuis quand joue-t-on du piano avec des lunettes de soleil ? Et ce drôle de sourire qu'il affichait, une grimace, presque... Difficile à interpréter, mélange de joie, de timidité, de tristesse et même un peu de honte, mais pourquoi ?

Je retournai la pochette du 45-tours. Il y avait un texte de quelques lignes : « Ray Charles, né le 23 septembre 1930 à Albany, Georgie, perdit la vue à l'âge de sept ans [...] Orphelin de père et de mère à quinze [...]. »

Quoi ? Il avait perdu la vue ? Il avait vu et ne voyait plus rien ! Cela m'a donné encore plus le blues. J'étais très triste pour lui. Je me disais : Le pauvre, ce doit être un enfer total. Comment peut-on vivre sans voir ? Comment est-ce possible ? Comment peut-on supporter ça ? Comment peut-on vivre constamment dans l'obscurité totale, sans aucune issue ?

En plus, il était réellement abandonné, lui. Ses parents étaient décédés, il avait à peine quinze ans... Ses ancêtres avaient été amenés de force en Amérique, mais ses racines étaient africaines, loin de lui. Comme moi.

Il était désormais seul au monde...

Si ça, c'est pas le blues, c'est quoi, alors ?

Toutes ces questions se bousculaient dans ma tête tandis que sa voix continuait à me tarauder... Une véritable révélation. Sa recette de cuisine, à lui, avec plein d'ingrédients que je connaissais déjà : une bonne dose de désespoir, un peu d'amertume qui vient de cette boule douloureuse dans la gorge, un zeste de tendresse et de sensibilité, une pincée de voix féminines remplies d'amour qui lui répondaient, le tout battu en neige sur un rythme effréné qui me rappelait l'Afrique...

Je regardais le disque tourner. Son centre était rouge et noir. *What'd I say* n'était pas encore finie que je bouillais d'impatience ; je voulais entendre la face B. J'étais fébrile, curieux, anxieux, espérant que l'autre chanson irait elle aussi droit au but et me donnerait les mêmes frissons. Bingo, gagné ! Touché en plein cœur et peut-être même encore plus profondément ! C'était *Tell The Truth*, du blues à l'état pur sur un swing d'enfer...

Bien sûr, la recette de cuisine est une image, un raccourci. L'alchimie était beaucoup plus complexe, profonde et subtile. Cette musique s'adressait à des sentiments secrets, enfouis en moi, très difficiles à atteindre, et impossibles à traduire avec des mots. A propos de mots, j'étais en sixième, je commençais tout juste à apprendre l'anglais et je n'y comprenais rien ! Ce ne sont donc pas les paroles qui m'ont touché, mais cette voix plaintive, ces cris de douleur et de désespoir qui me correspondaient complètement. J'étais soufflé, littéralement bouleversé, en même temps envahi par un bonheur ultime... Personne n'était jamais parvenu si loin, à l'intérieur de mon cœur.

Je n'analysais pas, je ne comprenais pas. Je prenais juste le tout en pleine gueule, comme happé par un train qui déboulait à deux cents à l'heure ! C'était le train de la « soul music », et Ray Charles en était le conducteur...

Il était déjà devenu la coqueluche des grands. Et moi aussi, j'ai attrapé le virus. Je n'ai jamais pu m'en débarrasser. Après toutes ces années, je l'ai encore.

Incroyable, mais rassurant à la fois... Ray Charles venait déjà de m'aider, je ne serais donc plus jamais seul... J'avais dorénavant un compagnon de route, pour toujours. Je ne le laisserais jamais plus derrière moi. Ses disques serviraient de trait d'union entre nous, partout. Terminé, le sentiment de solitude, quelle merveille !

Dans les chansons de Ray, j'ai immédiatement senti ses complaintes, ce fameux blues et son désespoir. Bien sûr sa musique m'a tout de suite touché. Ses paroles, son sens très spécial du tempo, son jeu de piano ou les arrangements qu'il écrit pour son orchestre, tout est du Ray Charles à l'état pur, provenant du déchirement de son âme. Même lorsqu'il devient une superstar internationale, milliardaire, et que tout va bien, c'est constamment la réminiscence de la douleur, de la souffrance, du blues. Il n'a jamais rien pu oublier...

Mais « douleur », « souffrance », « blues » sont des mots limités. Ils ne décrivent que partiellement la musique de Ray. Elle est beaucoup plus riche. C'est sa mixture, un mélange d'optimisme et de pessimisme, d'humour et de dérision, de sons et de rythmes. Le dosage de tous ces ingrédients est constamment remis en question par Ray et dépend de chacune de ses compositions. C'est ce que j'ai ressenti très fort, tout de suite...

Je n'avais que treize ans, va-t-on m'objecter. Comment à treize ans peut-on savoir ce que c'est que le blues ? Comment peut-on déjà parler de souffrance ? Je le pouvais car à peine sorti de l'enfance, je connaissais déjà largement le sens du mot déracinement.

A lui seul il racontait mon histoire et celle de ma famille.

Chaque fois qu'il a fallu quitter un pays, j'y ai laissé un peu de mon âme. Et Dieu sait si ça m'est arrivé de nombreuses fois. C'était devenu une spécialité familiale...

Mon père, Béla, était hongrois, né à Tokay en 1921. Il avait deux frères, Odon, son aîné de deux ans, et Tibor, son cadet de neuf. Avant la guerre, il ne faisait déjà pas bon être juif. En 1938, par précaution, mon grand-père avait décidé d'éloigner ses deux grands, Béla et Odon. Tibor, n'ayant que neuf ans, resta à Budapest...

Pour combattre le nazisme, mon père, qui avait à peine dix-huit ans, s'arrangea pour s'engager dans l'armée anglaise, à Beyrouth. Il quitta la capitale du Liban pour Alger où il fut affecté au quartier général.

Un militaire, c'est connu, ça court les jupons et mon père n'a pas échappé à la règle ! Il fit la conquête d'une jolie fille, Paule. Elle travaillait comme bénévole dans les bureaux de ravitaillement au QG des troupes anglaises. Paule était française, de très vieille souche sépharade. En ces années où la mort rôdait, on était pressé. Ils se fiancèrent très rapidement, se marièrent dans la foulée. Peu après, mon père fut nommé en Palestine, alors protectorat anglais. Ma mère l'accompagna à Tel-Aviv où mon frère est né en 1944.

L'année suivante, ils revinrent à Alger où ils résidaient à la fin de la guerre.

Mon père n'avait plus l'intention de rentrer à Budapest. Les choses avaient changé. L'Europe centrale avait été détruite et la plupart des membres de sa famille déportés. Il décida donc de rester en Algérie et c'est à Alger la Blanche que je suis né, un jour de janvier 1947.

Mes souvenirs d'Alger, enfouis en moi, évoquent toute une période de quiétude, de solidité des gens, des choses qui se perpétuent sans bouleversement, sur un rythme méditerranéen. A propos de rythme, la maison était imprégnée de jazz, musique que ma mère affectionnait particulièrement : Ella Fitzgerald, Duke Ellington, Louis Armstrong... Je ne peux pas dissocier mes souvenirs d'enfance de ce swing, de ces voix, de ces sons. Je revois ma mère, attirée comme par un aimant, le visage souriant et heureux, se mettre à danser devant l'électrophone sur de superbes mélodies.

Avec le recul, je mesure la chance que j'ai eue, grâce à ma mère, de grandir nourri de jazz. Ces tempos de folie, cette fabuleuse musique interprétée par des artistes d'exception ont accompagné ma jeunesse et ont participé à mon ouverture sur le monde de la musique.

Le bonheur ambiant était trompeur. En grandissant je commençais à me rendre compte que la vie n'était pas aussi rose que je l'avais imaginée.

J'étais gaucher. L'instituteur n'aimait pas ça, mais alors pas du tout ! D'ailleurs, c'était totalement défendu par le règlement. En effet, être gaucher était considéré comme une vraie tare, avec une connotation presque diabolique. J'en ai pris plein la gueule ! Dès que j'écrivais de la main gauche, l'instituteur me tirait les cheveux, me tapait sur les doigts avec une règle, ou bien me lançait des baffes, par surprise, derrière la nuque ! Il s'était donné pour devoir de « m'exorciser du mal », c'était sa mission ! J'ai donc tout subi pour être « rectifié », y compris l'humiliation, la honte devant les copains.

Il y avait aussi une misère palpable partout. Tous les matins, en allant à l'école, je donnais mon quatre-heures à une mendiante, une femme arabe d'une cinquantaine d'années qui avait pris ses quartiers devant chez nous. J'étais à la fois très gêné, désolé pour elle et content de lui avoir offert mon goûter. Mais je ne comprenais pas. Ça ne me plaisait pas du tout. Ça me révoltait, même...

Malgré ces petits nuages, ma vie se déroulait paisiblement, jusqu'au jour où l'orage a éclaté.

Nous étions partis en vacances dans le Sud saharien. Après avoir parcouru des centaines de kilomètres de désert, nous sommes arrivés dans une petite ville appelée Garhaïa, une oasis située en plein désert avec ses maisons de couleur ocre et de magnifiques paysages.

Un matin, de très bonne heure, mon père décida de nous faire assister au lever du soleil en plein désert. Nous avons donc quitté l'hôtel avant l'aube dans notre superbe coupé Comète gris métallisé. Lorsque la famille était à bord, portières fermées, il y avait une sorte de rituel entendu avec mon père qui connaissait mon attirance pour la mécanique. Mon job consistait en effet à mettre le moteur en route à l'aide d'un magnifique bouton gris cerclé de chrome placé au milieu du tableau de bord. Du travail d'expert ! Il fallait savoir le laisser enfoncé jusqu'à ce que le moteur ronronne. Et là, le relâcher sous peine de dégâts ! Quel pied de sentir la confiance et la fierté de mon père !

Nous regardions tous les quatre dans la même direction. Le ciel commençait à blanchir. En quelques minutes, on passa de la pénombre, où il faisait frais, à une luminosité presque insupportable, comme un interrupteur invisible sur lequel « on » aurait appuyé et qui amènerait subitement la lumière sur la Terre. La chaleur s'accrut très rapidement en même temps que le soleil grimpait. Cet émerveillement, ce réveil de la vie devaient être à jamais gravés dans ma mémoire et nourrir mes rêves futurs. Mon père avait vraiment raison.

C'était magnifique, féerique même ! Depuis ce jour, les déserts m'ont toujours attiré et je m'y sens chez moi.

Des portières restées ouvertes de la Comète, sortait une musique venant de la radio que mon père avait laissée allumée. Le son parvenait sans problème jusqu'à nous. C'était un peu surréaliste dans ce silence ambiant. Soudain, interruption des programmes et flash d'information : « Incident dans une ferme du Sud algérien. Un colon français a été malmené lors d'une révolte de ses ouvriers agricoles, mécontents de leurs salaires et de leurs conditions de travail... »

Mon père comprit tout de suite la situation. Il avait déjà vu le « film » et en connaissait donc bien le scénario. Pour lui, il n'y avait pas d'autre choix. Les cartes étaient déjà distribuées et la France allait perdre son fameux département, l'Algérie. Il en était convaincu : « Bon, ça ne va pas durer et la situation va devenir intenable... Il faut partir d'Algérie. » Il décida qu'il nous fallait plier bagage. Nous étions en 1954, bien avant les « événements », j'avais à peine sept ans...

Nous habitions Nice lorsque en 1956 la révolution éclata en Hongrie. Ces événements ont laissé une trace indélébile dans mon cœur. J'associais la révolte en cours à Budapest à la tragédie vécue par ma famille pendant la Seconde Guerre mondiale.

Devant les difficultés de tous ordres qu'ils rencontraient, mes parents décidèrent de monter à Paris, où les opportunités devaient être plus nombreuses. Nous nous sommes retrouvés à quatre dans une chambre d'hôtel minable, l'hôtel de La Plata, à cent mètres des Folies Bergères... Pas gai !

En plus de la crise du logement qui sévissait, la situation économique était extrêmement difficile pour les Français eux-mêmes. Je vous laisse le soin d'imaginer ce qu'elle pouvait être pour un émigré à l'accent hongrois ! Mission totalement impossible qui conduisit mon père à nous faire émigrer de nouveau : il décida cette fois d'aller tenter sa chance à Bruxelles. Cette expérience s'avéra, au bout de quelques mois, aussi désastreuse que la précédente...

Décidément, toute l'Europe était dans le même état : marasme économique et social. Aucun espoir à l'horizon... Une solution s'imposait : changer de continent ! Mon père jeta son dévolu sur l'Afrique noire. Quelques jours plus tard, nous avons rejoint Marseille pour prendre le bateau – le *Koutoubia* –, direction Dakar au Sénégal. Comme nous étions fauchés, nous avons voyagé en quatrième classe, c'est-à-dire la moins chère, en bas, dans la cale. Nous avons passé dix jours à côté de la salle des machines, plongés dans une odeur pestilentielle, un mélange de mazout et de transpiration humaine.

Enfin, voici l'arrivée au port de Dakar, une véritable libération après ces dix jours d'enfer ! Tout change à nouveau... Mais pour le meilleur ! Quitter le bateau, retrouver le soleil, le même qui avait baigné mon enfance en Algérie, quel bonheur ! La seule différence avec Alger me sauta aux yeux : on avait remplacé les Arabes par des Noirs !

A peine débarqués, il nous fallut trouver un hôtel pas cher avant le soir. Comme à Paris, nous nous sommes retrouvés à quatre dans une chambre d'un deux étoiles un peu minable ! En un temps record, nous avons pu emménager dans un véritable appartement ! Mon père s'était même acheté un Vélosolex avec lequel il m'amenait tous les matins à l'école. Quel merveilleux souvenir. Il faisait beau, j'étais agrippé à sa taille et je le sentais pédaler dans les côtes pour aider le moteur du Solex qui n'était pas assez puissant... Non seulement il m'amenait, mais en plus il se décarcassait pour moi tous les matins ! Presque un honneur.

Là-bas, la vie était d'une douceur comparable à celle qui avait bercé les premières années en Algérie. Après tout, c'était aussi l'Afrique...

J'ai appris à adorer l'Afrique noire. Ses odeurs sont magiques, enivrantes. Odeurs un peu âcres de terre rouge... La beauté et la noblesse des paysages et des gens sont uniques. Leur respect incomparable pour les anciens et l'amour qu'ils portent aux nouveau-nés m'a profondément impressionné, c'était beau... J'adore leur joie de vivre, leur bonne humeur, leurs rires, ce goût et ce respect de la vie que j'allais retrouver intacts plus tard, chez Ray.

Je ne mis pas longtemps à découvrir combien la musique et la danse leur permettaient de dépasser la misère quotidienne : « Comment peut-on danser et s'éclater sans savoir ce que l'on mangera le lendemain ? » Ce n'était pas de l'insouciance, mais de la sagesse. Une vraie leçon de vie. J'ai commencé à comprendre que ce que je croyais important, en réalité, ne l'était pas vraiment, que l'on pouvait être fauché et heureux à la fois...

Malheureusement, la situation politique devait interrompre mon expérience africaine...

En effet, c'était trop beau pour que ça dure ! 13 décembre 1959 : de Gaulle est attendu à Dakar. Nous sommes parmi la foule, environ cent mille personnes réunies sur la place principale. A peine sur l'estrade, le Général est immédiatement sifflé. Enervé, il lance : « Alors, vous voulez l'indépendance, eh bien, je vous la donne ! » Puis il a tourné les talons, laissant tous les Européens dans une situation intenable. Les cartes venaient d'être redistribuées. Nous redevenions les perdants.

Quelques jours après, je me retrouvai dans cet internat de Talence.

A partir de ce fameux jour, de cette première rencontre avec Ray Charles dans le foyer des grands, mon attitude commença à changer.

Grâce à Ray Charles, au lieu de me complaire dans un isolement que je croyais inéluctable, j'ai poussé la porte et je me suis ouvert aux autres, au monde... Lentement, les choses évoluèrent. Je m'étais fait deux ou trois copains parmi toute cette population que je croyais hostile. Il y avait même un pion qui m'autorisait à prendre deux douches par semaine, alors que le règlement n'en autorisait qu'une seule – royal ! Fréquenter le foyer des « grands » n'était plus exceptionnel. Je commençais maintenant à y être accepté, même si le risque de me faire repérer et coller était constant.

Une autre occasion importante m'a alors été offerte : le scoutisme. Il n'y avait pas meilleure excuse pour sortir régulièrement de l'« internement » ! J'ai donc adhéré aux Eclaireurs de France, m'y suis fait accepter, et suis même monté en grade... En effet, je suis passé de simple scout à chef de patrouille, avant de prendre en charge le ravitaillement de la troupe entière. J'ai même été totémisé « Gibbon pondéré et généreux ». Avoir un nom de totem, ça signifiait être reconnu au sein d'une hiérarchie, avec les responsabilités qui en découlent. Avec le recul, je me rends compte que c'étaient mes premiers pas de manager. J'en ai profité pour pousser cette nouvelle « famille » à découvrir Ray Charles. Je ne pouvais pas concevoir une réelle amitié qui serait hermétique à la musique, à SA musique... Et il en va de même aujourd'hui. En y réfléchissant bien, j'ai contaminé beaucoup de gens autour de moi, ma famille ainsi que tous mes amis... Pourront-ils un jour me pardonner ?

En quelques mois, j'avais donc trouvé un nouvel équilibre, certes un peu précaire, mais qui me permettait de supporter assez facilement la vie de l'internat.

Cet équilibre se trouva renforcé lorsqu'un beau jour mes parents rentrèrent enfin d'Afrique et s'installèrent dans le centre de Bordeaux, à cinq kilomètres du lycée ! Nous avions finalement un « chez nous », un appartement clair et ensoleillé qui sentait bon la peinture neuve, où nous pouvions aller tous les week-ends... Désormais, nous n'étions plus obligés de passer toutes nos vacances seuls au lycée.

Les Eclaireurs de France organisaient des sorties le dimanche. Ils partaient tous ensemble à deux-roues faire des jeux de piste, fabuleux prétexte pour demander un vélo à mon père ! Il ne pouvait pas me le refuser : les scouts, c'est une noble cause et une bonne excuse ! Et j'ai gagné, j'ai eu mon vélo, mon premier moyen de locomotion à moi.

Chez les scouts, j'étais un peu jaloux des plus grands qui, eux, roulaient en mobylette. Magique, rouler sans pédaler ! J'étais fasciné et voulais tout savoir sur cette mécanique. Evidemment, peu de temps après, j'ai tanné mon père pour avoir une Mobylette. Croyez-moi, l'affaire fut rondement menée. Ce qu'elle était belle, ma BB 102 Peugeot ! Tout d'un coup, mon périmètre s'agrandit ainsi que mon autonomie. Je me retrouvais en dehors de la ville, à faire des virées de trente ou quarante bornes dans les vignobles en pleine campagne, à délirer, regarder, découvrir... C'était fabuleux ! Cette Mobylette me donna l'indépendance, la mobilité, la liberté dont j'avais vraiment envie et peut-être besoin...

Devant les difficultés financières de l'époque, mes parents décidèrent une nouvelle fois de déménager : ce serait Paris et... ses problèmes de logement. Impossible de trouver un appartement décent à un prix abordable pour une famille de quatre personnes. De plus, les lycées parisiens étant « bourrés », la seule solution pour mes parents était de nous renvoyer dans un internat. Après trois ans à Bordeaux, ce serait donc trois ans au lycée Jacques-Amyot, à Melun.

Le premier jour, un sentiment de déjà-vu m'oppressa lorsque je découvris ce nouveau « bahut » : mêmes bâtiments grisâtres, mêmes dortoirs immenses, même réfectoire, même cour de récré... Autre lycée, autre ville, même galère !

Et pourtant, le hasard en décida autrement : je tombai nez à nez, dans un couloir, avec Jean-Louis, mon plus vieux pote d'Alger, mon compagnon de plage, de jeux. Ses parents l'avaient envoyé en métropole, tandis qu'eux étaient restés en Algérie... Pauvre Jean-Louis, c'était sa première année d'internat... Il allait passer par les mêmes angoisses que j'avais éprouvées trois ans auparavant à Bordeaux.

A partir de là, la vie au lycée devint beaucoup plus supportable... Je ne faisais plus partie des « petits ». Au foyer, la musique était l'occupation principale. Trois internes étaient particulièrement doués pour la musique, et Jean-Louis était le meilleur. Il jouait déjà parfaitement bien de la guitare et du piano. D'ailleurs, sa mère était professeur de piano...

Les fans de Ray Charles étaient beaucoup plus nombreux qu'à Talence. Nous nous retrouvions souvent une bonne dizaine d'élèves au foyer et nous avons commencé par apprendre *What'd I say*. Le répertoire s'agrandissait avec la plupart des morceaux de Ray Charles... Nous les répétions à l'aide de ses disques et les guitaristes accompagnaient les « chanteurs ». Bien entendu, j'en faisais partie, j'ajoutais même des percussions avec ce qui me tombait sous la main, afin de renforcer le rythme ! Il y avait bien d'autres chanteurs que nous appréciions tous : Donovan, Bob Dylan. Mais, inlassablement, nous revenions sur les compositions du Genius...

Je me mettais au courant des dernières sorties de disques et ne manquais jamais d'acheter les nouveaux Ray Charles. Cet émerveillement à l'écoute de sa voix ne diminuait pas, au contraire. J'étais de plus en plus attiré vers son univers, sa musique. Cela ressemblait déjà à une histoire d'amour...

Il y avait quelque chose en plus de la musique qui me poussait vers Ray Charles : il était noir. Ma propre sensibilité me faisait comprendre profondément l'ampleur du désastre. Etre noir comme être juif a souvent été une calamité, c'est le moins que l'on puisse dire. On se sent presque appartenir à la même « confrérie des galériens ».

En plus, descendant d'esclaves comme Ray, ou de victimes du nazisme comme moi, nous avions un autre point commun : nous étions des déracinés appartenant à une patrie d'adoption où les souvenirs familiaux n'ont laissé aucune trace. Nous ne pouvions pas aller au grenier de nos grands-parents fouiller dans les grosses malles remplies de vieilles photos et de souvenirs : il n'y en avait jamais eu !

2

Olympia 1962

Chaque soir, j'attends que les lumières soient éteintes par le surveillant et que tout le monde dorme. Bien que ce soit totalement interdit, je sors alors mon transistor de sa cachette, me planque sous les couvertures, mets les écouteurs et déguste l'émission « Jazz dans la nuit » sur Europe nº 1, de Frank Tenot et Daniel Filippachi. Je frissonne chaque fois en entendant le générique : Ray Charles ! Pendant des années, la même chanson a ouvert l'émission.

Tous les soirs, je voyageais sur les ondes et apprenais plein de trucs sur le jazz et la musique en général. C'était mon jardin secret, mon refuge, mon cours privé dans lequel Ray Charles avait une place prépondérante...

Un soir, durant l'émission, Frank Tenot fait une annonce qui me bouleverse littéralement : « Ray Charles, son Grand Orchestre et les Raelettes à Paris, à l'Olympia, vendredi en huit ! » Jamais je n'aurais pensé une seule seconde voir Ray Charles en vrai, en chair et en os, là, devant moi, sur scène !

Je vais y aller ! Je ne sais pas encore comment je vais faire, mais j'y serai, nom de Dieu ! Quoi qu'il arrive, ça m'est égal, vendredi prochain, je serai à l'Olympia, point !

J'ai très peur, peur d'être déçu, car dès mon plus jeune âge, j'avais constaté que la musique est vraiment quelque chose d'impalpable, de très spécial, de très puissant, de très *bizarre*... Et chacun d'entre nous a sa propre manière de la *recevoir*. On peut la comparer à une sorte d'aimant. Certains vont être attirés, alors que d'autres seront repoussés. Mais la conclusion est évidente : on ne peut rester indifférent à la musique...

J'avais déjà vu ça en Afrique. Lorsque la musique était bonne, une foule s'agglutinait autour des musiciens. A l'inverse, quand la musique n'était pas terrible, ils ne jouaient pratiquement que pour eux-mêmes, sans personne pour les apprécier. Sur scène, les musiciens n'ont pas droit à l'erreur. Pas question d'effacer ou de revenir en arrière, ils ne peuvent plus rattraper le coup !

Les mêmes interrogations revenaient sans cesse : Ray Charles possédera-t-il, sur scène, ce même « champ magnétique » qui m'attirait à l'écoute de chacun de ses disques ?

Jusqu'à son concert à l'Olympia, j'avais été comme préparé à sa musique par des heures et des heures d'écoute de ses disques que je remettais sans arrêt. Questions lancinantes : Sera-t-il à la hauteur de ses enregistrements lorsque je le verrai la première fois sur scène ? Pourra-t-il dupliquer l'émotion qu'il fait passer dans ses disques ?

Le samedi suivant l'annonce à la radio, je suis rentré à Paris acheter un billet pour ce concert. J'ai emprunté l'argent à mon père et me suis précipité en métro jusqu'à l'Olympia, tout en priant qu'il reste des places...

Je fais la queue, arrive devant le guichet. Il reste de la place ! Je paie et reçois un bout de carton perforé, de couleur bleue, où est inscrit : « Concert unique de Ray Charles, de son orchestre et de ses Raelettes, le 17 mai. » Une satisfaction mêlée d'impatience m'a envahi et j'ai immédiatement planqué mon billet bien à l'abri, à l'intérieur d'un petit compartiment de mon portefeuille. Quelle fierté ! Incroyable, mais vrai. Je possédais désormais mon propre passeport pour entrer dans un autre monde, différent mais ô combien réel : Ray Charles et son univers...

Jusqu'au jour du concert, le temps s'égrène avec une lenteur infinie. C'est long, très long... Et le moment de partir pour le concert arrive enfin. Après m'être sapé pour être à la hauteur de l'événement, je me retrouve parmi une foule de gens aussi impatients et excités que moi. La queue avance tout doucement. Une espèce de trac commence à monter en moi et mes mains sont moites.

Une ouvreuse passe devant les spectateurs canalisés par une chaîne recouverte de velours rouge et propose le programme. J'en achète un, évidemment... Et l'angoisse monte d'un cran encore. J'ouvre le programme avec précipitation. Tout en continuant à suivre la foule à tout petits pas, je découvre de magnifiques photos de Ray Charles en noir et blanc que je n'avais encore jamais vues.

J'entre finalement pour la première fois de ma vie à l'Olympia. J'ai l'impression de rêver, tout est féerique. L'ouvreuse prend mon billet, me demande de la suivre. Je foule une épaisse moquette et admire les énormes rideaux et les fauteuils en velours bordeaux. Avec le faisceau de sa lampe, la jeune femme me désigne finalement mon fauteuil et me rend mon billet qu'elle avait déchiré. Je lui donne une pièce et prends possession de MON siège. Tout en enlevant mon manteau, sous les lumières de la salle très tamisées et diffusées par des appliques murales, je suis traversé de diverses impressions.

La salle, pratiquement pleine, est baignée d'un brouhaha général, ponctué d'exclamations et de superlatifs : « Quel pied, on va voir Ray Charles ! » « Est-ce que tu crois qu'il va chanter *What'd I say* ? » « Combien ils sont dans l'orchestre ? » « Ah bon, il y a des choristes ? »...

Alléluia ! Je suis assis, là, à l'Olympia. Il est 20 h 30 et la salle est maintenant bourrée à craquer. Ça y est, c'est irrévocable, dans quelques instants, je saurai...

Maintenant, les lumières diminuent d'intensité jusqu'à l'obscurité totale, tandis que le niveau sonore de la salle double soudainement pour devenir une sorte de râle de satisfaction, entonné par trois mille personnes :

Ohohoooo ! Soudain, une grosse voix venant de nulle part envahit l'Olympia : « *Good evening, ladies and gentlemen. Welcome to The Ray Charles Show !* »

Les rideaux de velours s'entrouvrent doucement et nous laissent découvrir un orchestre aligné à la perfection. Chacun des musiciens dispose de son pupitre et, pour lire ses partitions, de sa propre petite lumière qui se reflète sur son instrument.

L'ensemble de la section de cuivres est composé de trois rangées de musiciens – trombones, trompettes et saxophones – en formation classique big band de jazz. Il brille de tous ses feux, telle une belle voiture américaine des années soixante.

Alors même que le rideau n'est pas complètement ouvert, que les différents projecteurs ne sont pas encore allumés, l'orchestre nous entraîne déjà sur un rythme infernal ! Dans la pénombre, mes yeux fouillent minutieusement toute la scène. A droite, je découvre trois pieds de micro sans Raelettes. A gauche de l'orchestre, trône un immense piano à queue noir, un tabouret, mais personne dessus ! Ray Charles n'est pas là !

Panique et incompréhension totales ! J'avais tout imaginé, sauf un truc pareil ! Après toute cette montée d'adrénaline – laquelle avait débuté des heures, voire des jours auparavant –, le rideau s'ouvre et Ray Charles n'est pas là ! Je ne le crois pas !

Autour de moi, les réactions sont mitigées. Certains, comme moi, sont totalement abasourdis, tandis que d'autres semblent ne pas s'en faire du tout… Le chef d'orchestre lui-même n'a pas l'air inquiet le moins du monde. Au contraire, même, il a carrément la banane !

Malgré tout, je ne peux m'empêcher d'écouter l'orchestre et, au bout de deux minutes, de me mettre à swinguer. Ces musiciens forment une véritable machine de guerre, d'une efficacité si redoutable qu'avant la fin du premier morceau, ils se sont mis le public parisien dans la poche !

Maintenant, tout le monde marque le rythme avec les pieds, en tapant des mains, en criant, en levant les bras au ciel... Bref, c'est une ambiance, une intimité, une osmose comme je n'en avais encore jamais vu, jamais connu.

La tempête d'applaudissements n'est pas terminée que l'orchestre entame un deuxième morceau, sur un tempo qui décoiffe grave ! Et là, cerise sur le gâteau, c'est la première fois que j'entends ce titre, et quel titre ! Je suis comme happé par ce rythme infernal, ébloui comme un enfant devant les chromes d'une Cadillac. J'ai l'orchestre de Ray Charles au grand complet qui se défonce devant moi, pour moi. Je suis éclaté de bonheur et réagis en mesure, de tout mon corps ! Je ne sens plus passer le temps... Je suis en route vers un autre monde alors que Ray Charles n'est même pas là[1]... !

A la fin de l'introduction instrumentale, sous un tonnerre d'applaudissements, toutes les lumières s'éteignent et la même grosse voix lance alors : « *And now, ladies and gentlemen, the Genius of Soul, Mister Raaay Chaaarles*[2] *!* »

Dans l'obscurité totale, surgit un faisceau lumineux d'un blanc éclatant, ultrapuissant et concentré, qui éclaire le côté gauche de la scène.

Je trépigne d'impatience... Je retiens mon souffle... Je sais maintenant que dans quelques secondes, Ray va être là, *live*, à cinquante mètres de moi...

Et là, le choc de ma vie : ce n'est pas Ray Charles, mais un grand Noir costaud, à la mine patibulaire, parfaite-

---

1. Depuis, je sais que le public a besoin de quelque temps, au début du concert, afin de s'habituer à cette nouvelle source sonore et amplifiée. A la manière des moteurs des voitures de course, qu'il faut mettre à température par un « tour de chauffe », les musiciens ont, eux aussi, besoin de se chauffer les doigts, afin d'être parfaitement prêts lorsqu'il s'agira d'accompagner l'artiste. Tel le pilote de course qui exige une voiture au top niveau, l'orchestre devra donner son maximum pour Ray Charles.

Il est amusant de constater que le premier titre que l'orchestre joue s'appelle *Strike up the Band !*, ce qui veut dire littéralement « allumer l'orchestre », c'est-à-dire faire chauffer l'orchestre...

2. « Et maintenant, mesdames et messieurs, le génie de la soul music, Monsieur Raaay Chaaarles ! »

ment habillé en smoking, qui apparaît dans la lumière ! Déception totale : mais qui c'est, ce type ? J'ai à peine le temps de me poser la question qu'immédiatement une poussée d'adrénaline stupéfiante jaillit en moi. Mon cœur se serre tout d'un coup, jusqu'à faire mal : pan ! Ray Charles *in person* est là, juste derrière le mec...

Evidemment qu'il est précédé de quelqu'un qui le guide ! Il ne peut pas aller jusqu'au piano tout seul, il est aveugle ! Qu'est-ce que je peux être con !

Pendant qu'ils se dirigent vers le piano, l'orchestre a déjà entamé un nouveau morceau. Tout en marchant, Ray Charles ne peut s'empêcher de battre la mesure en se tapant la cuisse de sa main droite. Il est habillé sobrement, très classe : costume noir, chemise blanche, nœud pap noir, chaussures vernies noires. Le costume, cintré et parfaitement coupé, laisse deviner un corps d'athlète. Il est tout jeune, a de larges épaules de boxeur et semble prêt à se déchaîner ! Tout en avançant, il se dandine en rythme, le torse légèrement tourné vers le public. Sa main gauche tient toujours le bras de son guide. Incroyable, il a l'air de *me* regarder et arbore ce rictus, exactement le même que j'avais vu sur la pochette du disque de *What'd I say*...

En l'espace d'une seconde, simplement en entrant sur scène, il prend totalement possession de la salle. La puissance de son magnétisme et de son aura est telle que le Grand Orchestre lui-même, pourtant encore la vedette il y a à peine trois minutes, est comme oublié, pratiquement zappé !

Tout le monde, les yeux écarquillés, ne regarde que Ray Charles. Appelez ça comme vous voudrez, mais je vous garantis que c'était complètement surréaliste, en opposition totale avec ce sourire grimaçant, un peu gêné, dévoilant une timidité, une fragilité et une sensibilité à fleur de peau. Il avait l'air de vouloir dire : Excusez-moi, ce n'est pas ma faute si je suis comme ça, c'est la musique qui me fait cet effet...

En le scrutant de la tête aux pieds, je perçois cette contradiction...

Sa démarche saccadée, déstructurée et hésitante, à la limite de l'équilibre, rend la scène encore plus inattendue, bizarre, choquante. On dirait presque un pantin animé, agité de multiples secousses par des fils invisibles... Un sentiment de tristesse mêlée d'un peu de pitié commence à naître en moi. Il a l'air si vulnérable et dépendant, si gauche et désorienté...

Il n'a pas encore atteint le piano que la salle est déjà debout et l'applaudit à tout rompre, faisant trembler les murs et le sol ! Cette ovation et cette ferveur inouïes et soudaines ne faisaient que décupler l'état d'ahurissement dans lequel je me trouvais.

Devant le piano, l'accompagnateur lui prend la main gauche et la dirige vers le clavier, jusqu'à ce que ses doigts effleurent les touches. Le gars fait demi-tour et s'éclipse immédiatement, laissant Ray Charles tout seul.

Comment va-t-il faire ? Il n'est même pas en face du piano, toujours debout, en train de swinguer...

A tout petits pas, il se déplace latéralement, devant le clavier, sans cesser de jouer de la main droite. De l'autre main, il trouve le siège, l'ajuste en le tirant vers lui et s'assied. Tout en réglant son micro[1] en à peine trois secondes, il donne le compte à l'orchestre : *one... two... one, two, three, four !*

Le moment tant attendu arrive enfin : Ray Charles est là, devant moi, au piano. Je me sens tout à coup comme l'examinateur faisant passer l'oral au candidat pour évaluer ses connaissances et aptitudes. Moi, le petit lycéen de troisième, je deviens carrément le juge. Je vais maintenant décider s'il est à la hauteur de mes espérances ou pas !

L'orchestre que je trouvais formidable il y a quelques minutes, avant que Ray Charles arrive, swingue mainte-

1. Le réglage consiste à desserrer le bras coulissant du pied de micro pour que celui-ci se trouve à la distance désirée par rapport à la bouche du chanteur. Il faut ensuite resserrer le bras avant de régler la hauteur et l'inclinaison du micro. Ces trois opérations sont précises, minutieuses, exécutées au millimètre près.

nant à la folie. Là, ils ne rigolent plus, et se métamorphosent en commando de choc ! Leur chef est là, les voilà devenus de véritables fauves et je ne vous raconte pas comment ça bombarde ! Autant Ray Charles paraissait fragile et incertain en entrant sur scène, autant maintenant qu'il a lancé l'orchestre à deux cents à l'heure, il est en contrôle total de tout ce qui se passe sur scène...

Ça a commencé dès qu'il a indiqué le tempo aux musiciens. Il avait à peine dit *four* que le Grand Orchestre avait démarré sur les chapeaux de roue, comme un seul homme !

Et ça continue : il rythme la musique, tel un métronome. Il se balance de droite à gauche, d'avant en arrière, ses deux pieds ne touchent jamais le sol en même temps. Il marque les pêches qu'il veut entendre de ses cuivres et de sa rythmique, de façon exagérée et avec son corps tout entier, en parfaite synchronisation avec l'orchestre. J'en suis baba...

Et soudain, sa voix... amplifiée comme je ne l'avais jamais entendue sur aucun électrophone. Cette voix, absolument incomparable, me touche aussitôt : Ray Charles m'électrise littéralement, sa musique m'électrocute, comme si j'avais mis les doigts dans une prise !

Sa voix dégage une chaleur à faire fondre mon âme. Sa puissance, son intensité n'ont rien à voir avec les disques, c'est cent fois mieux ! On peut comparer Ray Charles à un volcan en éruption et sa voix à de la lave en fusion qui semble parvenir du plus profond de ses entrailles, à l'état brut. (La preuve : n'allait-il pas enregistrer, dans les années soixante-dix, un album qu'il intitulera *Volcanic Action of my Soul*[1] ?)

Je l'adorais en disque, mais le direct dépassait tout ce que je pouvais imaginer. Je suis complètement subjugué. Le jeune Ray Charles a une patate insensée, c'est une véritable tornade, comme un énorme ressort comprimé qui se détend subitement. J'étais subjugué !

Je n'ai même pas le temps de digérer la première

1. L'« action volcanique de mon âme ».

chanson que, avant la fin du tonnerre d'applaudissements[1], Ray Charles entame son fameux *Georgia on my Mind* ! Il égrène ensuite, l'un après l'autre, les tubes que je connais par cœur : *I Got a Woman, Hallelujah I Love Her So, One Mint Julep*...

Puis, au milieu d'un titre, sans raison apparente, il se lève, tout en continuant de jouer au piano. On le voit se pencher sur la gauche et saisir un saxophone !

Un saxophone... ? Mais pour quoi faire ?

Pendant que je me pose la question, Ray Charles s'est déjà parfaitement positionné devant le micro et a entamé un solo de fou !

Il joue aussi du sax ?

Non seulement je ne savais pas qu'il jouait d'un autre instrument que le piano, mais je découvrais qu'il sortait ses notes au saxophone de la même manière qu'il chantait ses mots : saccadées, décalées, mélangeant puissance, délicatesse, fragilité, et le tout dans un phrasé signé Ray Charles...

C'est incroyable, il compose, chante, joue du piano et maintenant du saxophone, toujours avec cette marque, cette signature bien à lui. Il écrase l'accélérateur, il est à fond tout le temps, avide de sensations, la rage au ventre. Il vit avec une intensité incroyable chaque chanson, chaque solo, chaque accord, chaque note, chaque mot, chaque geste. Fabuleuse découverte...

Je suis tellement éclaté que je ne m'aperçois pas que les Raelettes ne sont même pas encore sur scène !

Pour la première fois depuis le début du concert, Ray Charles s'adresse à nous... Je me rends compte que c'est aussi la première fois que je l'entends parler : sur ses disques, il ne parle pas. De cette même voix chaude et rocailleuse, il balance une phrase que je ne comprends

1. A l'inverse de bien des artistes, Ray Charles ne s'adresse que très rarement à son public. Il veut rester concentré sur son tour de chant et ne laisse même pas le temps nécessaire aux spectateurs pour exprimer leur satisfaction. Les applaudissements ont à peine démarré que, sans attendre, il entame la chanson suivante !

pas, mais dont le dernier mot est Raelettes ! A ce moment précis, du côté droit de la scène entrent ses quatre choristes. Elégantes et pimpantes, habillées d'une même robe du soir pourpre, elles sont, comme Ray Charles, éclairées par un puissant faisceau lumineux qui les englobe totalement. Alors qu'elles ne sont pas encore en place derrière leurs micros, Ray Charles a déjà lancé un autre titre : *I Believe to my Soul*. Quarante ans plus tard, c'est toujours un de mes blues préférés [1].

L'arrivée des Raelettes produit un effet bœuf sur les spectateurs et la tension générale monte encore d'un cran, si c'était possible ! A partir de ce moment-là, le reste du concert me paraît très court. *Hit the Road, Jack, The Right Time, Unchain my Heart*... Chaque titre est meilleur que le précédent, et on atteint le paroxysme avec la célèbre *What'd I say,* surtout lorsque comme un seul homme la salle entière reprend derrière Ray Charles et avec les Raelettes les fameuses questions-réponses : *Hey hey hey... Hey hey hey – Ha ha ha... Ha ha ha...*

La ferveur générale atteint des sommets, comparable à celle des Noirs américains dans leurs églises quand ils chantent de la *gospel music* [2].

Ray Charles plaque le dernier accord de *What'd I say,* recule précipitamment et s'immobilise alors que l'orchestre continue de jouer. Quelques secondes après, il se jette de toutes ses forces sur sa gauche et, à l'instant où il s'immobilise, tout l'orchestre s'arrête pile !

---

1. *I Believe to my Soul* : blues de structure musicale traditionnelle, exceptionnel par ses paroles et l'interprétation qu'en fait Ray Charles. Parmi tous les ingrédients que Ray utilise, l'humour est en bonne place : « La nuit dernière, tu t'es mise à parler tout en rêvant et je t'ai entendue dire : Hey, Johnny... Alors que tu sais que je m'appelle Ray ! » Le désespoir total !

2. Ray Charles a été le premier artiste à mélanger la musique religieuse (*gospel music*) au blues (musique de la rue, des ghettos avec ses paroles dures, sales, sexistes, machos, à la limite du vulgaire). Ce mélange pour le moins détonant – surtout à cette époque – donna naissance à ce que l'on appelle communément la *soul music,* et valut à Ray l'un de ses surnoms : *The Genius of Soul* (« le Génie de la soul »).

Il se lève dans la foulée. Les musiciens, maintenant dirigés par le chef d'orchestre, entament un morceau au tempo chaloupé. Ray Charles se tourne alors vers le public, arborant un énorme sourire de satisfaction. Il s'éloigne du piano de deux ou trois pas et écarte tout grands les bras en direction des spectateurs, avant de les replier autour de lui. Il semble vouloir dire : « Je vous adopte tous et je vous aime... » Une émotion incroyable s'empare de la salle. Tandis que son accompagnateur l'a déjà rejoint, les gens, debout, applaudissent à tout rompre, crient, hurlent, tapent des pieds. Dans ce tintamarre assourdissant, Ray Charles prend le bras de son compagnon et quitte la scène en saluant la salle, son bras libre levé, la main grande ouverte, partant comme à regret. Puis il ne peut s'empêcher de se taper sur la cuisse en rythme, en marchant vers les coulisses...

L'orchestre continue de jouer pendant que la salle atteint un degré d'excitation proche de l'hystérie. Le niveau sonore devient insupportable : c'est indescriptible, un bordel incroyable ! L'Olympia tout entier tremble littéralement. Et soudain, l'orchestre se tait. Les musiciens se lèvent de leurs pupitres et quittent à leur tour la scène en saluant le public.

Grosse frustration. J'avais mal aux mains à force d'applaudir. Les lumières de la salle s'étaient rallumées et on avait ouvert les portes. Ray Charles était parti depuis plusieurs minutes et nous restions plantés là, à attendre un rappel qu'il ne fera jamais. Nous nous rendons à l'évidence : Ray Charles ne reviendra pas [1].

---

1. Ray Charles avait trois bonnes raisons pour ne jamais faire de rappel :

— Le sol des coulisses était toujours parcouru de câbles de toutes sortes et de toutes tailles, créant un véritable parcours du combattant pour un non-voyant.

— Il passait la journée entière à se concentrer. Après le concert, il avait le sentiment profond d'avoir donné le maximum et, donc, de ne plus rien avoir à dire musicalement...

— Il avait déjà fait ses adieux au public et ne comprenait pas pourquoi il lui fallait remonter sur scène pour dire au revoir une seconde fois !

Le brouhaha diminue jusqu'à devenir un murmure général et, docilement, les spectateurs commencent à quitter la salle. Je ne peux m'empêcher d'écouter les réflexions qui fusent autour de moi :

— Qu'est-ce qu'il nous a mis dans la gueule, putain, mais c'est pas vrai !

— Quelle patate il a, ce mec ! Quel concert !

Et tous les superlatifs que vous pouvez imaginer : hallucinant ! démentiel ! invraisemblable !

Aujourd'hui encore, je n'ai jamais vu personne avec ne serait-ce que la moitié de sa patate !

Ce concert m'a emmené sur une planète où rien ne compte, sauf la musique, et qui offre un niveau de plénitude, de bonheur que j'étais en train de découvrir. J'étais littéralement éclaté, pratiquement en extase, sans plus aucun souci, heureux de vivre...

Ce premier contact effaça définitivement les doutes qui avaient germé en moi. Tout ce que j'avais espéré était là, devant moi, en *live*, en direct *live* : la douleur, la ferveur, la souffrance, la beauté, l'élégance, tout, et plus encore ! C'était la confirmation indéniable et immédiate de tout ce que j'avais ressenti et perçu à l'écoute de ses disques.

Après le concert, fou de joie, je rentre chez moi. C'est le calme après la tempête. La sérénité m'envahit. Je me mets au lit et, comme d'habitude, je saisis ma radio pour écouter « Jazz dans la nuit ». Sur les ondes, à l'heure habituelle, le générique de l'émission est lancé : encore Ray Charles. Et dire que je l'ai quitté il y a à peine deux heures !

Je commençais à somnoler lorsque Frank Ténot annonça : « Ce soir, le public à l'Olympia a réservé un véritable triomphe à Ray Charles ! Croyez-moi, j'y étais ! C'était extraordinaire, il n'y a pas de mot ! Devant ce succès hallucinant et à la demande générale, les organisateurs ont décidé, en accord avec l'artiste, de donner deux concerts supplémentaires, demain samedi à 20 h 30 et 22 h 30. »

Je regarde ma montre : minuit passé. Mais c'est aujourd'hui, on est déjà samedi ! Quel panard, je vais me refaire un concert tout à l'heure !

Et, évidemment, je ne pouvais pas garder ces instants de pur bonheur pour moi tout seul, en égoïste. Je devais partager avec mes potes de lycée les mêmes joies, aux mêmes moments. Je ne pouvais pas les laisser plus longtemps dans l'ignorance de la musique de Ray Charles ! J'ai ameuté tous mes copains, leur vendant le concert que je venais de voir avec une telle conviction que j'ai compris à ce moment-là que le show-business était un métier fait pour moi. C'est ainsi que quinze internes du lycée de Melun se sont retrouvés sur le même rang, à l'Olympia, pour assister au couronnement du *Genius of Soul* !

C'était plus fort que moi, il a fallu que j'y retourne une dernière fois, car Ray Charles est resté... jusqu' au 23 mai !

3

La croisée des chemins

Je suis resté interne à Melun deux années supplémentaires avant de rentrer chez mes parents à Paris et de devenir externe au lycée Janson-de-Sailly. Plus de dortoir, plus de réfectoire, plus de vie communautaire, plus d'extinction des feux... Adieu, la vie militaire ! A moi l'indépendance et la liberté !

La première fois que je suis allé tout seul aux Etats-Unis [1], j'avais quinze ans, et c'était déjà mon troisième continent... En arrivant, j'ai voulu aller à Harlem pour me rendre compte de l'étendue des dégâts dus au racisme.

En marchant vers la 140ᵉ Rue, je vois un attroupement autour d'un gars vociférant, installé sur une caisse faisant office d'estrade. Lentement et discrètement, je me joins à eux et essaie de comprendre [2] les reproches que le mec à l'évidence débitait en swinguant avec violence... Un vrai show ! Inutile de préciser qu'il n'y avait

1. Comme beaucoup de jeunes, j'avais acheté la fameuse promotion Greyhound : 99 jours pour 99 dollars. La Compagnie nationale américaine de bus donnait, avec ce « passeport-découverte », la possibilité de voyager à travers les Etats-Unis, sans restriction, pendant 99 jours.

2. L'anglais scolaire doit se trouver à peu près à dix années-lumière du langage noir américain !

que des Noirs autour de moi... Soudain, le prêcheur pointe un doigt accusateur vers moi et lance :

— C'est comme ce Blanc, là. Qu'est-ce qu'il fout là, chez nous, à Harlem ? Même ici, on ne peut plus avoir la paix !

Tous les regards ont convergé vers moi, menaçants pour la plupart. Je recule d'un pas et réponds, du tac au tac, sans réfléchir :

— *No, wait, I am French from France. You know, the country of human rights*[1] *!*

Le souffle retombe immédiatement et le prêcheur, avec un grand sourire, lance :

— *France ! De Gaulle and Brigitte Bardot !*

Ce soir-là, j'ai vraiment eu chaud aux fesses !

Drôle de départ pour ces trois mois de vacances ! Mais grâce à Greyhound, j'ai visité l'Amérique du nord au sud et d'est en ouest, en écumant je ne sais combien de clubs de jazz, de salles de concert et de festivals.

De toutes mes escales, je veux évoquer particulièrement la Nouvelle-Orléans et Montréal qui ont toujours été deux villes de musique... C'est marrant, deux villes françaises !

Je ne vais pas m'étendre sur La Nouvelle-Orléans, tout le monde connaît !

Quant à Montréal, la ville valait vraiment le détour ! Elle m'était comme prédestinée. D'ailleurs, mon oncle Tibor et sa famille y étaient installés. Je m'y sentais comme à la maison, sans parler des délicieuses spécialités hongroises que ma tante me concoctait !

Chaque jour, j'étais abasourdi par le nombre de concerts programmés ! Il y avait à peu près dix fois plus de musique qu'à Paris, et je ne plaisante pas ! En compagnie de ma cousine Veronica, je me rendais régulièrement dans le « temple de la musique » noire, l'*Esquire Show Bar*, dans le centre de Montréal. Il y avait une programmation *extraterrestre* dans ce club d'une

1. « Non, attendez, je suis français de France. Vous savez, le pays des droits de l'homme ! »

capacité de quatre cents à cinq cents personnes ! C'est absolument incroyable le nombre d'artistes fabuleux que j'ai pu y voir. Tous les soirs, une pointure différente, d'Otis Redding à Fats Domino, de Sam and Dave à Booker T and The MG's, sans oublier Arthur Conley, Rufus Thomas accompagné de sa fille Carla et... Ray Charles ! Je me soûlais littéralement de musique... !

Mes trois mois passés à bourlinguer à travers les Etats-Unis et le Canada ont évidemment élargi mon horizon et approfondi mes connaissances musicales...

En rentrant à Paris, j'ai réussi à faire admettre à mon père mon besoin d'autonomie : « Tu sais, papa, les filles... » Il comprit immédiatement et me loua une chambre de bonne dans l'immeuble. J'étais un jeune homme et je commençais ma vie de célibataire... J'étais enfin indépendant, disposant de mon propre territoire. Je n'avais plus besoin de me planquer sous les couvertures pour écouter de la musique...

J'ai très vite transformé ma chambre en fonction de la musique. Ma collection de disques augmentait tous les jours et je possédais maintenant plusieurs centaines d'albums, rangés sur les étagères que j'avais fabriquées. Ma chaîne stéréo trônait en plein milieu de mes quinze mètres carrés. Rien ne se trouvait devant les haut-parleurs. Rien ne pouvait venir déranger mon écoute. Un véritable auditorium !

J'avais un petit peu plus d'argent de poche et tout passait dans la musique. J'achetais les disques d'artistes en vogue aux Etats-Unis, ceux des labels Stax, Atlantic et Motown[1]. Simultanément, j'ai étoffé ma collection de jazz : Duke Ellington, Ella Fitzgerald, Erroll Gardner, Billie Hollyday, Louis Armstrong...

Si la majeure partie de mes albums concernait la

---

1. Ces trois labels regroupaient la majorité des artistes américains de rythm and blues, dont la musique m'éclatait : Otis Redding, Sam and Dave, Joe Tex, Stevie Wonder, Aretha Franklin, Diana Ross and The Suprems...

musique noire américaine, la section rock and roll et pop commençait à prendre de l'importance. Nous étions en pleine ascension du phénomène Beatles. On pourrait presque parler de la « révolution » Beatles, tandis que leurs rivaux, les Rolling Stones, distillaient leur énergie sur des rythmes empruntés à la musique noire, au blues...

Toute cette époque a été d'une richesse musicale proprement hallucinante, unique dans l'histoire de l'humanité. Il y a eu une telle concentration de talents et de créativité que ça ne pourra jamais se reproduire, je le sais !

Parmi toutes ces montagnes, Ray Charles était le plus puissant, le plus majestueux, le plus impressionnant... Tel le Kilimandjaro trônant en Afrique, Ray Charles s'impose dans la musique... !

J'étais très exigeant avant d'acheter un album, il fallait que je l'écoute d'abord. Pour Ray Charles, la sélection était en revanche totalement inutile. J'attendais avec impatience la sortie de ses disques car j'étais au courant de tout.

A peine sortaient-ils que j'étais le premier client chez le disquaire qui souvent me les mettait de côté. Je courais les écouter, les apprendre par cœur pour découvrir encore et encore les arrangements, les solos, la voix... Je sais que tous les amateurs de musique sont passés par là...

Comme un beau livre, le disque est un cadeau. Comme une lithographie, il est la reproduction fidèle de l'œuvre originale et aboutie, provenant directement de la source, de l'âme et du cœur de l'artiste... De plus, un rapport personnel, sensuel et physique s'établit entre le vinyle et nous, sous la forme d'une opération manuelle consistant à mettre délicatement en contact le saphir et le disque. Une notion de risque s'y ajoutait car on pouvait rater le début du morceau. Pire encore, on risquait de rayer le disque à jamais. C'était presque une œuvre vivante...

Les pochettes des 33-tours étaient très belles. Elles

s'ouvraient souvent en deux et je pouvais, tout en écoutant un album, passer des heures à en admirer tous les détails et à essayer d'interpréter leur symbolique, surtout lorsqu'il y avait des livrets intérieurs avec les paroles, les photos... Il s'agissait d'une véritable démarche artistique[1] qui interpellait, invitait au voyage et faisait rêver...

Certains mystères évoqués sur les pochettes étaient finalement éclaircis à la lecture d'un article dans une des nombreuses revues spécialisées. Il n'y avait pas un magazine de jazz qui ne parlait pas de Ray Charles : ses disques, ses concerts, ses interviews et des photos... sans parler des scandales à la une[2] !

Mon emploi du temps était bien rempli. Mes notes étant au-dessus de la moyenne[3], mes parents me laissaient de plus en plus de liberté.

Dès qu'il y avait un concert valable, il n'était pas question de le rater. Les vendredis et samedis soir, j'allais écouter les orchestres de jazz qui se succédaient à La Cigale. Si Ray Charles se produisait à Genève, Bruxelles ou Londres, du moment que nous pouvions faire l'aller-retour discrètement, c'est-à-dire sans que les parents le sachent, j'en profitais avec un copain pour aller m'éclater et vivre une nouvelle aventure...

En un mot, je menais une vie de rêve où régnait l'in-

---

1. J'ai appris plus tard que certaines pochettes avaient été réalisées par des artistes très connus et coûtaient une véritable fortune ! En 1975, j'ai vécu l'élaboration d'une pochette de l'album des Variations intitulé *Café de Paris*. La maison de disques Buddah Records n'a pas hésité à faire appel à Guy Pellaerts et à dépenser plus de vingt mille dollars pour réaliser cette pochette !

2. Ray Charles a été héroïnomane pendant plusieurs années avant de se désintoxiquer et d'arrêter définitivement en 1962. Il avait auparavant été arrêté deux fois aux Etats-Unis par la police fédérale pour possession d'héroïne.

3. Très strict, mon père me rabâchait qu'il ne faut pas oublier ses objectifs. Etre admis dans la classe supérieure était la seule chose importante à ses yeux. Il ne m'a jamais complimenté, ni pour une bonne note ni pour un excellent résultat. Pour mon père, c'était tout à fait normal et ça ne méritait aucune félicitation...

souciance. Ce bonheur d'adolescent se transforma en une sorte de cauchemar, où soudainement j'ai pris conscience de la mort, de ma mort...

J'avais souvent mal aux jambes et les douleurs empirant, je croyais avoir la maladie de Burger. C'est une artérite des membres inférieurs mais qui touche uniquement les sujets jeunes et, en particulier, originaires d'Europe centrale. Lorsque cette maladie se déclare, ça va très vite. Les artères se bouchent, la gangrène s'installe et on est obligé de vous amputer au fur et à mesure. C'est un enfer et il n'existe pas de traitement. Ça correspondait exactement à mes symptômes.

Je soupçonnais le spécialiste qui m'avait ausculté d'être de connivence avec mes parents. J'étais sûr, non, je savais qu'il me racontait des conneries ! Et, bien sûr, mes parents ne voulaient pas me l'avouer. Les bouquins médicaux que j'avais trouvés sur le sujet décrivaient précisément les phases de cette maladie. En bref, j'avais dix ou quinze ans maximum devant moi...

C'est sûr, cela vous oblige à voir les choses différemment. Les perspectives changent, les graduations de temps ne sont plus pareilles... Seul le blues demeure, encore et toujours le même...

Deux options s'offraient à moi : sombrer dans le désespoir, une sorte d'antichambre de la mort, ou bien me dire que ce n'est pas la durée qui est importante car elle est relative. Ce qui compte réellement, c'est l'intensité qui, elle, est en dehors du temps...

Vous l'avez compris : je n'ai pas hésité. La recherche constante de cette intensité avait tout pour me plaire : qui peut dire qu'un papillon, dont la vie est pourtant éphémère, est malheureux ? A l'inverse, qui peut dire qu'un éléphant, arrivé à l'âge de cent vingt ans, rejeté par les siens et qui se laisse mourir, est plus heureux ?

J'avais la ferme intention de ne pas m'égarer et encore moins de perdre du temps. Les voies traditionnelles qui s'offraient à moi ne pouvaient pas me convenir. La fac ? Vacances déduites, c'est un véritable mi-temps ! Faire carrière ? Je n'en avais pas le temps ! La seule solution réaliste qui pouvait m'apporter l'intensité voulue : entrer dans la vie adulte et active, maintenant, sans attendre...

Quoi faire ? Ça n'avait pas vraiment d'importance. Tout a priori m'intéressait, y compris l'énorme masse de ce que j'ignorais. La création dans tous ses aspects m'attire et m'a toujours attiré. Apprendre, réfléchir, avoir des idées, les mettre en œuvre, voilà un cheminement qui me branche ! Sans parler de cette satisfaction obtenue par le résultat, satisfaction similaire à celle ressentie par la femme qui porte et finalement met au monde son enfant...

Un livre d'André Malraux que je lisais à cette époque m'a aidé dans mes réflexions. Il y expliquait qu'après toutes ses expériences, finalement, ce n'est pas ce que l'on fait qui compte, mais l'intensité avec laquelle on le fait. On aurait dit qu'il avait écrit ce texte pour moi tellement j'adhère à cette pensée ! Aussi loin que je puisse me rappeler, j'ai toujours fait les choses avec mon cœur, avec mes tripes...

J'étais vraiment parti très loin. Mes symptômes aux jambes n'étaient finalement dus qu'à des varices internes, certes douloureuses, mais sans aucune conséquence sur mon espérance de vie. Il a suffi que je me fasse opérer pour être totalement libéré d'une angoisse qui m'a quand même poursuivi quelques années...

Et, comme une médaille, les mauvaises choses ont toujours un bon côté : grâce à ces douleurs, j'ai pu me faire réformer du service militaire à une époque où c'était très difficile. Un an et demi de gagné dans ma vie ! Le double, en fait, *dixit* mon frère : un an et demi de perdu, plus un an et demi de ce que j'aurais pu faire à la place !

D'autre part, j'ai pris conscience du temps qui passe. C'est pour moi une notion très claire, d'autant que j'ai toujours adoré les sabliers et l'horlogerie...

Mon père l'avait compris. Il m'aida à entreprendre immédiatement une activité qui correspondait à mon goût pour la mécanique et à mes aptitudes, tout en préservant mon indépendance. Sans aucune formation, ni collège technique, je m'improvisai serrurier.

J'ai monté un atelier à Paris, y ai bricolé de longues heures pour enfin déposer mon premier brevet d'invention dans ce métier vieux de plus de six mille ans ! Il n'y avait pas un an que j'avais ouvert ma serrurerie...

Tout en continuant à développer mon affaire, je m'impliquais de plus en plus dans la musique avec mes deux amis intimes, Jean-Louis, extraordinaire pianiste, et Robert, compositeur de génie. Encore lycéens, âgés de quinze ans et déjà totalement influencés par la musique de Ray Charles, ils avaient monté leur premier groupe, les Ken Jones. Leur amour de la musique se doublait d'une impérieuse envie de draguer et tous les musiciens vous le confirmeront : rien de mieux qu'un groupe pour attirer les filles ! Ce groupe évolua et se transforma pour devenir les Boots puis les Trèfles.

De mon côté, j'avais décidé d'aller à Cannes et de participer à l'inauguration du premier Midem[1]. Là aussi, sans création, sans fabrication, c'est « circulez, y a rien à voir ! ». Je devais y rester cinq jours, j'en suis parti au bout d'une demi-journée ! Ma conviction était faite : il fallait un endroit pour créer, enregistrer et fabriquer de la musique, en un mot, un studio !

En l'espace de quatre ans, nous avons monté trois studios d'enregistrement. Très franchement, le premier n'avait de studio que le nom ! C'était un abri de jardin de quatre mètres carrés, à Bourg-la-Reine, que nous avions équipé d'un magnétophone Revox deux pistes stéréo. Le deuxième, beaucoup plus élaboré, aurait pu être appelé « studio amateur »...

Pendant ce temps-là, mon père m'avait aidé à mettre au point un système de « clés minute ». Après l'avoir rodé, nous avons été les premiers à diffuser ce système à travers toute la France, la Belgique et la Suisse. Nous sommes devenus rapidement le plus important client

---

1. Marché international du disque et de l'édition musicale. Cette manifestation annuelle a lieu à Cannes en janvier.

en Europe de Dominion Lock[1]. Alfred, son propriétaire, me prit sous son aile. Il aurait pu être mon père et nous nous adorions. Il fut pour moi le meilleur professeur au monde, tant pour les problèmes économiques que pour tous les aspects de la fabrication. Mes relations ininterrompues avec l'usine pendant de nombreuses années m'ont permis de parfaire mon anglais et de me familiariser totalement avec l'attitude anglo-saxonne dans les affaires.

Grâce à ces activités, j'étais appelé à me rendre au siège de Montréal plusieurs fois par an. Bien entendu, je séjournais chez Tibor, dans ma famille. Inutile de vous dire que toutes mes soirées libres, je les passais à l'*Esquire Show Bar* !

L'été 1975, à l'occasion d'un de ces voyages, j'ai décidé avec Robert qu'après Montréal nous irions à Los Angeles passer les vacances et renifler la capitale du show business ! J'ai toujours su que Robert faisait définitivement partie des pointures, des espoirs internationaux. Nous étions ouverts à toute éventualité, à toute proposition...

C'est pendant ce premier délire hollywoodien que j'ai dragué un mannequin : Leslie. Et tel est pris qui croyait prendre, car le célibataire endurci que j'étais tomba amoureux fou de cette jeune et jolie Californienne. De retour à Paris, je téléphonais tous les jours à Leslie. Je ne pouvais plus me passer d'elle, je la voulais à mes côtés. Très peu de temps après, elle prit l'avion pour Paris...

Dès le premier jour de notre rencontre, dans ma voiture, j'avais mis une cassette du *Genius*. Elle connaissait Ray Charles, mais sans plus. Entre-temps, elle a appris à aimer sa musique. Elle a surtout apprécié l'homme

---

1. Dominion Lock était, à cette époque, la plus importante société au monde spécialisée dans tous les aspects de la serrurerie (serrures, cylindres, clés, machines, boîtes aux lettres, coffres-forts, consignes, casiers...). Elle comportait trois usines : Etats-Unis, Canada et Australie.

qu'elle a bien connu à travers les années et nos galères. Elle a compris et accepté notre relation... Et puis, comme moi, elle est tombée sous le charme de son intelligence et de sa rigueur, de son honnêteté et de son intégrité... Trente ans plus tard, Leslie baigne toujours dans cet univers...

Aujourd'hui, non seulement nous sommes toujours ensemble, mais j'ai maintenant deux amours. Nous avons la chance d'avoir Fiona, notre fille, née en 1990. Fiona nous a accompagnés, Ray et moi, pendant quatre tournées internationales, dont la dernière à travers l'Australie en 2003. Elle avait treize ans à peine ! Ray l'adorait [1] et Fiona m'assistait !

Quelques années plus tard, Alfred me proposa de diriger la branche européenne qu'il voulait créer : Dominion Lock Europe (DLE). L'objet de cette société était d'avoir un stock local permanent afin d'éviter le transport maritime des commandes qui prenait habituellement plus de deux mois. Avec ce stock sur place, nous garantissions les livraisons en quarante-huit heures partout en Europe. Tous les stocks étaient établis à Ostende en Belgique, sous port franc [2].

J'ai eu la chance d'acquérir pendant sept ans une formidable expérience car j'ai dû m'occuper de tous les aspects d'une entreprise internationale, y compris des problèmes techniques et de fabrication. Ces nombreux voyages m'ont ouvert l'esprit sur l'Europe entière, révélant les diversités de chaque pays, chaque région. J'étais non seulement confronté à des mentalités différentes, mais je devais aussi manier les subtilités légales et fiscales qui leur sont propres. D'autre part, nos

---

1. D'une manière générale, Ray adorait les enfants et la jeunesse. Il avait surnommé Fiona « *my bambino* ».

2. Le port franc est un système douanier permettant d'importer des marchandises et de les stocker sans acquitter les droits de douane et taxes. Ceux-ci ne sont payés qu'à la sortie des marchandises du port franc vers le client. Sans ce système, des sommes considérables sont bloquées avant la vente desdites marchandises.

clients étant éparpillés dans vingt-deux pays, je devais facturer en vingt-deux monnaies différentes !

Les langues, les cultures n'avaient plus de secret pour moi. Quel fabuleux entraînement dans le business international, qui s'avérerait primordial lorsque j'organiserais plus tard des tournées européennes !

Je voulais impérativement ne pas me disperser. J'avais maintenant deux serrureries à Paris, l'affaire de « Clés minute », le studio de musique et mon appartement... Si je devais en plus avoir des bureaux pour DLE, je passerais ma vie à naviguer d'un endroit à l'autre ! Les clients de DLE étaient des distributeurs disséminés en Europe, en dehors des villes. Ils ne devaient jamais venir me voir à Paris. C'est moi qui leur rendais visite, lors de tournées en voiture que j'effectuais trois fois par an. Dans ces conditions, pourquoi des bureaux commerciaux pour cette nouvelle affaire ? Si je ne voulais pas devenir fou dans les embouteillages et perdre un temps précieux, il me fallait regrouper une partie de mes activités sous un seul toit : une maison pas loin de Paris, sans voisins (pour la musique) et suffisamment grande pour y habiter, établir les bureaux de DLE et monter un studio d'enregistrement professionnel.

J'ai très rapidement trouvé la maison idéale à Marnes-la-Coquette. J'y ai immédiatement emménagé et installé mes bureaux nécessaires. Le sous-sol, d'un seul tenant, était d'une superficie parfaite pour le studio. Nous avons fait réaliser une étude phonique et acoustique par les spécialistes de Saint-Gobain. Nous avons ensuite tout construit selon leurs prescriptions et tous mes vrais amis y ont participé.

Jean-Marc notamment, qui était déjà chirurgien-dentiste, venait tous les soirs nous aider. Il fallait fixer des chevilles dans la maçonnerie à l'aide d'une perceuse à percussion. Voulant probablement aller trop vite et manquant franchement d'expérience dans le bâtiment, Jean-Marc s'appuya de tout son poids sur le manche de la perceuse et, en glissant, se démit l'épaule. Mais comme il n'était pas du genre à faire les choses à moitié, il en souffrit six ans durant, jour et nuit ! Non seulement c'était extrêmement gênant pour son boulot, très physique, de dentiste mais il a fallu qu'il fasse de la rééducation.

J'avais surtout voulu faire de ce studio un lieu de rencontres, de productions et d'expérimentations musicales. Et j'ai réussi. Sans vouloir me vanter, Marnes était devenu l'endroit où tout musicien digne de ce nom se devait de venir traîner. Beaucoup de professionnels sont passés dans le studio, soit pour faire de la musique, se faire plaisir, discuter, répéter, soit pour monter des projets. C'était devenu un centre où des choses se passaient, où les meilleurs venaient...

4

La décision de ma vie

Il est plus d'une heure du matin, je rentre d'un voyage à l'étranger. Je suis esquinté de fatigue. Je défais ma valise, range mes affaires et, enfin, je me relaxe... Je m'assois à mon bureau. Une pile de courrier m'attend et, en évidence devant moi, je vois une cassette accompagnée d'un petit mot de Robert : « Ecoute ça, je viens de la faire. Qu'en penses-tu ? »

Je mets donc la cassette dans le lecteur et écoute cette chanson, *Just Because*. En même temps, j'ouvre le courrier, puis les journaux. En effet, j'ai un petit test : si mon attention est attirée par une maquette, bien que je fasse autre chose, la première étape est franchie. Il s'agit a priori de quelque chose qui me plaît...

C'est le cas de *Just Because*... C'est une très belle mélodie, une chanson d'amour, un tempo slow, des paroles très romantiques d'un homme pour lequel plus rien n'a d'importance lorsqu'il est avec sa femme... Ça me réchauffe le cœur car je sais que les bonnes compositions ne courent pas les rues. Je suis très heureux, c'est une bonne nouvelle. Tout d'un coup, je ne sens plus la fatigue... La chanson se termine. En fond sonore, je mets un album de Ray Charles qui se trouvait là, sur la pile de disques...

Du tas de courrier, il ne reste que les magazines et les journaux. Je feuillette *Le Figaro* et, là, coïncidence incroyable : alors que la voix de Ray Charles sort de mes haut-parleurs, pan ! Un encart en plein milieu de page sur lequel on peut lire : « Deux concerts exceptionnels, Ray Charles, son Grand Orchestre et les Raelettes à Paris le 12 octobre 1978, salle Pleyel, à 20 h 30 et à 22 h 30. »

Un flash m'explose en pleine figure : je ne le crois pas, mais je pourrais jurer que la chanson de Robert est pour Ray Charles ! Ray doit pouvoir chanter *Just Because*. Je dois être complètement fou, ça paraît incroyable, mais c'était évident ! Mon sang ne fait qu'un tour. Je veux réécouter la bande pour m'en convaincre. Une appréhension diffuse, incompréhensible commence à m'envahir. Je remets fébrilement la cassette de Robert dans le lecteur, et plus je l'écoute, plus j'en suis persuadé : Ray Charles peut la chanter. Ma fièvre monte d'un cran. J'arrive carrément à visualiser, dans ma tête, Ray Charles interprétant cette chanson ! Aucun problème, absolument aucun...

Nom de Dieu, ça fait bientôt vingt ans que j'évolue dans sa sphère musicale. Je suis un inconditionnel de la première heure et je connais pratiquement toutes ses chansons par cœur.

Ray Charles voudra-t-il chanter *Just Because* ? Est-ce possible ? De quoi suis-je en train de parler ? Voudra-t-il la chanter ? Avant de vouloir, il faudrait peut-être commencer par le commencement et qu'il écoute cette chanson ! Ensuite, si par miracle j'arrive à la lui faire écouter, faudra-t-il encore qu'il l'aime et qu'il veuille l'enregistrer, en faire sa propre version !

Mais alors, ultime interrogation : si Ray Charles sortait un 45-tours de *Just Because*, irais-je l'acheter ? Réponse immédiate : un OUI franc et massif ! Oui, je suis client et oui, je cours acheter le disque ! Ça y est, cette chanson est pour Ray Charles !

La déduction est simpliste, c'est le principe de réciprocité entre un artiste et ses fans : si j'aime, il doit aimer ; s'il aime, je dois aimer. Je fais partie de son public, il chante pour son public. Il doit bien savoir ce que ses fans apprécient, ça, j'en suis sûr et certain ! C'est d'une évidence implacable et Ray Charles aimera automatiquement *Just Because* !

J'ai brusquement le vertige, comme si j'étais au bord d'un gouffre. C'est énorme, comment vais-je faire ? C'est absolument aberrant, ridicule, prétentieux, voire impossible !

Et pourtant, je suis en accord avec moi-même. Plus j'y pense, plus j'y crois ! Il y a des choses qui ne s'expliquent pas. On les sent dans ses tripes ou pas, point ! En l'occurrence, ma conviction est tellement profonde et intense que je ne pense plus aux difficultés. Il y a de moins en moins de place pour le doute. C'est fou, totalement fou, mais je sens que désormais, rien ne m'arrêtera, rien, absolument rien...

Je parle à des amis pros du show business, et à d'autres qui ne sont pas du tout du métier. Je leur fais part de mon intention de « coincer » Ray Charles dans trois semaines et de lui présenter la chanson de Robert !

Leur réaction est unanime : Jean-Pierre, arrête de délirer, t'es complètement taré, tu ne te rends pas compte ! Tu ne pourras même pas l'approcher ! Tu te feras jeter par ses gardes du corps ! Mais pour qui tu te prends ? Tu crois que Ray Charles a besoin de toi ? Tu rêves, tu n'as absolument aucune chance !

C'est exactement ce qu'il ne faut pas me dire. Plus on tente de me décourager, plus j'ai envie d'y aller ! La difficulté ne m'a jamais fait peur. Au contraire, elle m'attire, me grise, me séduit même ; une vraie maîtresse !

Bon les copains, je vous ai tous écoutés, je vous remercie. Vous êtes bien gentils mais vous pouvez me dire ce que vous voulez, c'est trop tard, j'ai pris ma décision. C'est irrémédiable et, désormais, je n'écouterai plus personne, je ne suivrai que mon instinct, un point c'est tout !

J'ai précisément vingt-trois jours devant moi, et pas un de plus, avant la venue de Ray Charles à Paris... Viendra-t-il avant ? Si oui, combien de temps avant ? Peut-être seulement la veille du concert ? Je ne sais pas... Je ne sais rien... La seule information en ma possession est cette annonce du *Figaro*. A part ça, je ne dispose d'aucun renseignement, d'aucune précision, de rien du tout, que dalle... Le brouillard total !

Je me sens oppressé, écrasé par l'ampleur et la difficulté de la tâche. Tout reste à faire, absolument tout... Pas le temps de lambiner !

Comment procéder ? Par quoi commencer ? Où trouver les infos dont j'ai besoin ? D'abord, c'est quoi, mon objectif exactement ? Présenter la chanson de Robert à Ray Charles et être sûr qu'il l'écoute. A propos, sur quoi va-t-il l'écouter ? Un walkman ? Ce n'est ni pratique, ni agréable et le son n'est pas terrible. Il vaut mieux écouter dans de bonnes conditions, c'est-à-dire sur une véritable chaîne stéréo... Tout ça, c'est très bien, mais où ? Comment ? Quand ?

Plus j'avance, plus l'entreprise me paraît compliquée...

Il faudrait que je trouve les coordonnées de son manager, c'est peut-être par là que je pourrais avoir des infos... Comment avoir son adresse ? Par les organisateurs du concert ? Je n'ai jamais fait attention, mais peut-être que c'est marqué sur les pochettes de disques ?

Je saisis alors le dernier album que j'ai acheté de Ray Charles et l'étudie sous toutes les coutures. Je cherche « Management », « Manager »... Devant... Derrière... RIEN !

Et la maison de disques, alors ?

Le logo me saute aux yeux. Distribution en France : Filipacchi Musique. Filipacchi Musique ? Je ne le crois pas, mais Nicolas Darlet, un de mes meilleurs amis de lycée, vient justement d'être embauché par Filipacchi. Quel bol monstrueux !

Ni une, ni deux, je décroche mon téléphone et je l'appelle : « Ecoute Nicolas, je ne veux pas te déranger pendant ton boulot, mais voilà : il faut que je rencontre Ray Charles et c'est Filipacchi qui distribue ses disques en France. Il y a bien quelqu'un dans la boîte qui le connaît et qui doit pouvoir me donner des plans. Alors, tu te démerdes comme tu veux, mais il faut que je sache tout ce qu'il est possible de savoir sur Ray Charles ! »

Il faut avouer que j'ai été un peu dur avec Nicolas. Je ne lui ai pas vraiment laissé le choix et ça devait certainement s'entendre au son de ma voix... Avec son flegme habituel, il n'a pas eu l'air vraiment surpris et me dit simplement : « Je ne connais pas grand monde car, tu sais, je viens d'entrer dans la boîte mais je vais voir ! Bon, bon, OK, je te rappelle... »

En raccrochant, j'avais un bon *feeling*, un sentiment diffus qui me laissait espérer une ouverture. Mais évidemment, je n'allais pas me contenter d'attendre son coup de fil. Je réunis toutes les publications, les pochettes de disques, tous les articles en ma possession et je commence à tout éplucher. Il se peut qu'il y ait des infos, des détails qui ne m'ont pas marqué à la première lecture et qui pourraient me servir.

J'apprends qu'il boit tout le temps et partout un mélange de café et de gin – et pas n'importe quel gin, un gin de gingembre appelé Bols (gin spécial et naturel venu de Hollande).

J'explore toutes les autres pistes possibles et imaginables pour glaner des infos, quitte à passer pour un con ! Croyez-moi, les téléphones ont chauffé ! Mais rien d'intéressant, que dalle !

Deux ou trois jours plus tard, Nicolas me rappelle : « Jean-Pierre, c'est inouï, tu ne vas pas le croire, mais personne ne connaît Ray Charles ! On m'a dit qu'il ne parle à personne, qu'il est très boulot-boulot, secret, très speedé. Il fait ce qu'il a à faire, bonjour, bonsoir, et il se barre ! J'ai même demandé à la secrétaire du grand patron. Elle m'a confirmé qu'il n'avait aucun contact personnel avec Ray Charles. Le seul mec qui pourrait éventuellement te donner des plans, c'est le chauffeur de la société. Il est le seul à passer un peu de temps avec lui. Effectivement, il va le chercher à l'aéroport, le conduit à l'hôtel et reste à sa disposition le temps de son séjour. Mais bon, je ne sais pas s'il va pouvoir t'aider... »

Faute de grives, on mange des merles ! J'ai donc demandé à Nicolas les coordonnées du chauffeur.

Ça commence déjà bien ! Daniel Filipacchi lui-même ne connaît rien de Ray Charles ! Non seulement sa propre boîte, Filipacchi Music, distribue les disques de Ray Charles en France, mais en plus, elle produit ses concerts. Je dois rêver !

Je suis perplexe, dépité. Je me démène comme un fou et je n'arrive à rien ou presque. Je n'ai pas l'habitude, c'est même une première. Normalement, après quelques coups de fil, j'ai toujours des pistes prometteuses... Mais là, ça fait deux jours que je rame sérieusement et tout ce que j'ai pu obtenir, c'est un vieux numéro de téléphone d'un chauffeur... Bonjour, tristesse ! Avec ce genre d'info, je vais aller loin ! Je commence à me rendre compte à quel point mes potes avaient raison. Dans quelle galère je me suis embarqué !

Mais bon, par acquit de conscience, j'appelle quand même le gars. Je lui explique que j'ai eu son numéro de téléphone par Nicolas, mon ami d'enfance, et qu'il n'a donc rien à craindre. J'ai simplement besoin de le rencontrer pour papoter quelques instants autour d'un pot. Pourquoi ? Je lui expliquerai pourquoi quand on se verra. Je lui demande ses disponibilités et nous fixons un rendez-vous.

Je raccroche, un peu soulagé. Enfin une éclaircie... Même si ce n'est pas le paradis, c'est mieux que rien...

Le lendemain, j'arrive au bistrot et je m'installe au fond de la salle, dans le coin le plus tranquille. Je pose en évidence sur la table *Jazz Magazine*, le signe de reconnaissance convenu la veille avec Christian, le chauffeur. Quelques instants plus tard, un homme d'une cinquantaine d'années entre dans l'établissement. Du regard, il balaie la salle et visiblement, c'est mon homme. Il repère le magazine et vient vers moi. Après nous être présentés et avoir échangé les banalités d'usage, nous nous asseyons face à face, dans ce coin sombre à souhait. Je commence à lui expliquer mon histoire avec toute la persuasion dont je suis capable et, finalement, je lui crache le morceau :

« Christian voilà, je n'y vais pas par quatre chemins, je suis vraiment dans la merde ! Je veux entrer en contact avec Ray Charles et personne jusqu'à présent n'a pu m'aider. Maintenant, tous mes espoirs reposent sur vous. Il va falloir que vous me racontiez tout, absolument tout ce que vous savez et ce que vous avez vu sur lui. Et quand je dis tout, je veux dire tout, même ce qui vous paraît complètement insignifiant, je veux le savoir !

Il me rassure : « Non, non, je comprends très bien. C'est vrai que c'est un drôle de client, votre Ray Charles ! » Je vois une lueur d'intérêt sincère dans ses yeux. Touché par ma sincérité, il me dit : « Je crois que vous allez avoir vraiment du mal, ça ne va pas être facile du tout... »

Et il m'explique pourquoi. Il me dit tout ce qu'il sait, ce qu'il a vu et entendu sur Ray Charles. Une mine d'or ! Moi qui suis arrivé à ce rendez-vous sans illusion, je le bombarde de questions, un vrai interrogatoire de police, et quelle récolte !

Il savait plein de choses qui allaient du simple détail à l'information vitale. Nous avons passé un long moment ensemble. Christian a joué le jeu et s'est laissé faire. Je crois pouvoir dire qu'il a été conquis par ma détermination à vouloir aider mon ami Robert.

Ray Charles voyage toujours avec son secrétaire, sans garde du corps, ni manager, ni femme, ni cour, personne !

— Et les musiciens et leurs instruments ?

— Alors ça, je ne sais pas, je ne les vois jamais. A mon avis, le reste de la troupe ne prend pas le même vol. Ray et son secrétaire sont toujours les deux premiers à sortir de l'aéroport, car ils n'ont pas de valise à attendre. Je ne sais pas comment ils se démerdent, mais ils n'ont que des sacs de cabine qu'on n'enregistre pas ! Je ne les ai jamais vus avec leurs valises !

Autre information primordiale : Ray Charles lit en braille [1].

Evidemment, il est aveugle ! Il a même été interne dans un institut pour aveugles, c'est marqué sur tous ses disques et dans toutes ses biographies. Comment ai-je pu oublier un truc pareil ? Mais, j'y pense, le braille me donne un moyen unique de communiquer avec lui. Si par miracle j'arrivais à lui remettre en mains propres une lettre en braille, je serais certain qu'il la lirait. Son entourage ne peut exercer aucun filtrage car les voyants ne lisent pas le braille ! A la réflexion, un aveugle doit même être flatté de cette attention particulière. Bon, d'accord, mais le plus dur reste à faire. Comment faire pour m'approcher de Ray Charles ? C'est une autre histoire, on verra bien...

Et je laisse Christian continuer...

Il me confirme que Ray Charles est du genre *speed* et que, bien qu'il ne voie pas, il veut tout comprendre, tout savoir. Il me raconte qu'une fois, ils se sont retrouvés coincés dans un bouchon dû à des travaux. Ray Charles commença à s'inquiéter du fait que la voiture était arrêtée, son impatience augmentait de minute en minute, mettant une pression supplémentaire sur les épaules de Christian :

— J'étais sur mes gardes, continue celui-ci, impressionné, vraiment stressé. Ray Charles m'a demandé si je ne connaissais pas un autre itinéraire, car il ne voulait

1. Le braille a été créé par Charles Barbier de la Serre, ingénieur officier de cavalerie. Il avait mis au point, pour des raisons militaires, un procédé d'écriture secret et silencieux en relief. En 1820, il proposa sa méthode à l'institution royale des jeunes aveugles de Paris. En 1829, Louis Braille perfectionna ce système et donna naissance au braille, technique d'écriture et de lecture à partir de six points en relief. 63 combinaisons différentes peuvent être effectuées, ce qui permet, en français, de représenter les lettres de l'alphabet, les signes accentués, la ponctuation et les chiffres. L'ensemble de la cellule braille mesure sept millimètres de haut et trois de large. Elle peut donc être identifiée, *lue* par la pulpe du doigt.

surtout pas rester coincé ! Et lorsque nous sommes arrivés à destination, je me suis aperçu qu'il avait minuté le trajet à l'aide de sa montre. En à peine une demi-heure, il avait déjà fumé deux cigarettes !

Ah, tiens, Ray Charles fume. C'est vrai que j'avais vu des photos où il tenait une cigarette à la main...

— Et quand vous arrivez à l'hôtel, comment ça se passe ?

— Eh bien, c'est chaque fois pareil. Ray Charles reste dans la voiture et continue à lire pendant que son secrétaire va s'adresser à la réception de l'hôtel. Ah oui, j'allais oublier : dès qu'on arrive à l'hôtel, j'ai à peine immobilisé la voiture que Ray Charles a déjà sorti son passeport et le tend à son gars. Quand celui-ci en a fini avec les formalités, il revient le chercher pratiquement en courant. Avant de descendre, c'est Ray Charles lui-même qui me précise à quelle heure il a besoin de moi ! En fait, en réfléchissant, lorsque je suis à sa disposition, je ne reçois d'ordres que de lui.

— A propos de passeport, tu sais sur quel vol ils arrivent ?

— Ils me l'ont communiqué, mais je ne m'en souviens pas. J'ai tout au bureau. Ce que je sais, c'est qu'il arrive de bonne heure à Orly.

J'apprends ensuite que Ray Charles, quand il vient à Paris, ne réserve pas un, mais deux hôtels pour le même soir.

— Quoi, deux hôtels ? Tu plaisantes ?

— Non, non, je suis sérieux. Je ne sais pas pourquoi, moi ! Avec les artistes, faut pas chercher à comprendre ! En tout cas, il y a deux hôtels de réservés : le George-V et le Hilton ! Ce qui est bien, c'est qu'il veut éviter à tout prix la publicité. J'ai vu d'autres artistes agir carrément à l'inverse et chercher tout le temps à attirer l'attention des médias !

— Hilton, Hilton... il y en a deux, un à Orly et l'autre à Paris ? Alors lequel ?

— Celui de l'avenue de Suffren à Paris.

Et Christian continue à me vider son sac au long des deux heures que nous passons à discuter.

Notre rendez-vous se termine. Je rappelle à Christian de me communiquer les informations concernant le vol de Ray Charles :

— Ne t'inquiète pas, mon vieux, je t'appelle demain en fin de matinée.

Au volant de ma voiture, en rentrant, je me résume la situation. Christian m'a donné des informations capitales pour mon projet. Mais, en même temps, j'appréhende les difficultés à venir. Ray Charles semble être un homme très secret et j'ai compris que tout est minuté dans sa vie. Après avoir parlé à Christian, j'ai l'image d'un homme très pragmatique, qui bosse tout le temps, et son emploi du temps doit être un véritable enfer ! Ça ne va pas être commode de trouver l'angle et le moment précis pour lui parler, lui donner la cassette et surtout obtenir qu'il l'écoute !

Où et comment peut-il l'écouter ? Procédons par élimination : pas pendant le concert, ni juste avant, ni juste après, évidemment ! Il reste donc la voiture et l'hôtel, les deux seuls endroits possibles. Dans la voiture avec un lecteur de cassettes, au casque ? Pourquoi pas ? Il fait le trajet au moins quatre fois (Orly-hôtel ; hôtel-salle Pleyel ; salle Pleyel-hôtel et le lendemain matin, hôtel-Orly)...

Mais Christian ne m'a-t-il pas dit qu'il regardait l'heure sans arrêt ? C'est qu'il est préoccupé. Difficile d'écouter une nouvelle chanson dans ces conditions, l'esprit ailleurs...

A priori, la voiture, ce n'est pas le bon plan... Donc, il ne me reste que l'hôtel... C'est le seul endroit où on peut avoir la paix quelques instants et peut-être écouter dans de meilleures conditions. Y aura-t-il au Hilton ou au George-V une chaîne stéréo dans la chambre ? Si oui, ce sera sûrement un radio-réveil amélioré. Ça ne résout pas du tout mon problème ! En effet, l'écoute risque d'être encore moins bonne qu'au casque. Je ne veux pas prendre ce pari. La musique est quelque chose de très subjectif et j'ai intérêt à mettre le maximum d'atouts de mon côté. Il faut impérativement que Ray Charles puisse écouter cette nouvelle chanson sur une véritable chaîne stéréo, avec de vraies enceintes...

En fait, c'est *ma* chaîne stéréo qu'il faudrait... Je prends ma décision immédiatement : je vais installer mon matériel dans sa chambre d'hôtel !

Sauf que je ne sais pas quel hôtel... Prise de tête totale. Je me creuse les méninges. Il arrive à l'aéroport d'Orly. Le concert est prévu salle Pleyel et il reprend l'avion le lendemain matin.

I'm putting my feet in his shoes[1]. Comme le sont souvent les Américains, il doit être pragmatique. Si l'on considère les trajets à faire, le Hilton est le plus pratique, car proche du périphérique. Le matin, il peut filer à l'aéroport directement, sans perdre de temps. Ensuite, le Hilton fait partie d'une chaîne américaine, il y en a partout aux Etats-Unis. Ray Charles ne l'ignore sûrement pas. Il sera donc en terrain connu..

Enfin, à l'hôtel Hilton, pas de problème de langage. Tout le monde parle anglais, ce qui n'est pas forcément le cas dans un hôtel français. Nous connaissons tous le talent des Français pour les langues étrangères ! C'est évident, les jeux sont faits : je mise sur le Hilton !

Le lendemain matin, je suis remonté à bloc. Je m'habille en costume-cravate, officiel comme un cadre supérieur travaillant dans le groupe Filipacchi. Je prends ma voiture et je file au Hilton avec la ferme intention de parler à un responsable.

Après m'être présenté à la réception, je suis reçu par le directeur :

---

1. Littéralement : « Je mets mes pieds dans ses chaussures », c'est-à-dire « Je me mets à sa place ». J'utilisais souvent cette expression en anglais et elle faisait toujours sourire Ray. Elle résume bien ce qu'il pensait : toujours se mettre à la place des autres...

— Bonjour, monsieur, je travaille chez Filipacchi. Mon nom est Nicolas Darlet.

Je lui tends une des cartes que Nicolas m'avait donnée. « Vous devez avoir une réservation au nom de Ray Charles pour le... »

Je n'ai pas le temps de finir ma phrase :

— Oh oui, bien sûr, je suis au courant. C'est d'ailleurs un très grand honneur pour nous de recevoir Ray Charles, me dit-il avec un énorme sourire. Une suite et une chambre double sont réservées.

— Voilà, je voudrais m'assurer que tout va bien et personnaliser sa suite. Vous connaissez comme moi les artistes, ils apprécient les attentions particulières.

— Oh, bien sûr, nous sommes habitués aux caprices de VIP. A votre disposition. Que voulez-vous faire ? Comment pourrais-je vous aider ?

— Nous avions pensé lui installer une belle chaîne stéréo et deux ou trois bricoles...

— Il n'y a absolument aucun problème, monsieur Darlet. Vous pouvez même venir la veille pour tout installer...

Ça avait marché comme sur des roulettes ! Et après, on dira que l'habit ne fait pas le moine !

Plus tard au studio, alors que je prépare une copie-cassette de *Just Because* pour Ray Charles, j'entends la voix de Robert dans le haut-parleur. Je pense à lui et à sa musique. Sa musique ? Ses musiques ! Il n'a pas écrit que *Just Because* ! Dans le lot, il y a... *Bright Tomorrow* [1].

En me la remémorant, je réalise qu'elle aussi serait parfaite pour Ray Charles ! Décidément, on dirait que le *feeling* de Robert est fait sur mesure pour lui. Il a vraiment un sacré talent, Robert ! S'il y a une seconde chanson, il y en a peut-être d'autres ? J'arrête tout et je commence par faire une sérieuse sélection des compositions de mon ami.

Après de nombreuses écoutes et une grande réflexion,

1. « Lendemain lumineux ».

je sélectionne finalement neuf titres supplémentaires. Je n'en reviens pas ! Ce n'est pas une, mais dix chansons qui pourraient convenir à Ray Charles !

Je retourne alors au studio et prépare avec mon ingénieur Alain[1] la cassette destinée à Ray. Mais j'y pense : comment saura-t-il ce qu'il y a d'enregistré sur la cassette ? Et les paroles des chansons ? D'habitude, on les donne dactylographiées en même temps que la cassette. Le braille s'impose ! OK. Mais qui va pouvoir m'écrire tout ça en braille ? Je me renseigne et découvre qu'il y a un Institut Braille à Paris dans le 15e arrondissement, comme dans toutes les grandes villes de France et du monde entier.

Avant de me rendre à l'Institut, je mets les paroles en ordre. Réflexion faite, il faut que je les regroupe dans un classeur. J'ai donc pas mal de choses à faire traduire en braille :

— les paroles des dix chansons ;

— des onglets avec chacun des titres pour le classeur ;

— une étiquette à coller sur la cassette ;

— ma carte de visite pour Ray Charles avec toutes mes coordonnées.

Et tant que j'y suis, pourquoi pas une carte de bienvenue que je poserai sur la table de salon de sa suite ? « Bienvenue à Paris. Jean-Pierre. » Il appréciera sûrement l'attention...

Sur le chemin de l'Institut, je m'arrête dans une papeterie de luxe et explique à la vendeuse ce que je recherche. Elle sort un classeur de sa boîte :

— Voilà, monsieur, c'est ce qui se fait de mieux. Il est très cher, mais très beau.

La vendeuse a raison : ce classeur est ruineux... mais vraiment superbe. Même au toucher, on pouvait se rendre compte de la fine qualité du cuir. Tout à fait ce que je veux.

1. Alain est le cousin de mon copain Robert.

Je ressors de la boutique avec le classeur et la dizaine d'intercalaires dont j'ai besoin.

A l'Institut Braille, une charmante dame non-voyante d'une cinquantaine d'années me reçoit. Je suis surpris, car c'est la première fois que je vois un aveugle travailler dans un bureau. Je lui fais part de ce que je désire, ce qui ne lui pose aucun problème. Je suis touché par sa gentillesse et, devant ses gestes hésitants, j'éprouve un petit pincement au cœur. Je ne peux m'empêcher de penser à Ray.

Elle m'explique qu'il existe deux versions de braille :

— Il faut tout d'abord que je sache si le destinataire lit le braille en version traditionnelle ou abrégée ?

Je réfléchis à toute vitesse et, bien que je sache Ray Charles speedé, je ne prends pas de pari et préfère jouer la sécurité. Me disant « qui peut le plus peut le moins », j'opte donc pour la version intégrale et lui passe commande :

— Très bien, monsieur. Tout sera prêt mardi en huit, à partir de 11 heures.

Comme convenu, je reviens le mardi suivant. Tout est prêt... sauf que tout est en braille ! Evidemment, ils ne travaillent que pour des non-voyants ! En trois formats différents, tout me paraît mélangé. Je retourne quelques feuilles, mais non, rien n'est marqué, ni en français ni en anglais. Devant mon embarras, la dame entreprend de me lire les étiquettes afin que je puisse annoter au crayon le sens de la lecture ainsi que leurs traductions correspondantes. Nous répétons la même opération pour les autres feuillets et les cartes.

Enfin, je range soigneusement le tout dans une grande enveloppe et demande la facture. Quelle n'est pas ma surprise lorsque la vendeuse m'explique que le service est entièrement gratuit :

— Tout ce que vous pouvez faire, c'est une donation pour l'Institut. Son montant reste à votre appréciation.

Je fais donc un chèque. Devant son application et son

sérieux, je la remercie chaleureusement et lui confie que ces travaux sont destinés à Ray Charles :

— Ray Charles ! Savez-vous, monsieur, qu'il est une de nos deux idoles ? La première, bien sûr, c'est M. Braille. Mais Ray Charles est le premier aveugle dans l'histoire à s'être imposé par son propre talent, tout seul ! C'est un véritable modèle pour nous tous en France, où nous sommes un million et demi de non-voyants ! Alors, imaginez l'impact qu'il peut avoir dans notre communauté, à travers le monde ! Je suis très heureuse d'avoir travaillé pour lui !

Moi qui pensais que l'influence de Ray Charles se limitait à la musique, je m'aperçois maintenant qu'il est un héros pour des dizaines de millions d'aveugles sur la planète !

J'ai hâte de rentrer à la maison pour confectionner le classeur comme je l'imagine. J'installe tout sur mon bureau et je m'y mets...

Il faut d'abord perforer les pages des paroles afin de les insérer dans les anneaux du classeur. Il y a environ cinq pages cartonnées par chanson. Après chacune d'elles, je place un intercalaire. Cette opération terminée, je suis un peu étonné de m'apercevoir que le tout forme une bonne épaisseur. En effet, chaque page mesurant environ un millimètre d'épaisseur, les cinquante pages représentent donc à peu près cinq centimètres !

Sur les onglets latéraux des intercalaires, je colle les étiquettes en braille afin que Ray Charles puisse repérer facilement l'emplacement des paroles de chaque chanson.

Devant le classeur ouvert, j'éprouve une certaine satisfaction. Ça commence sérieusement à avoir de la gueule !

Je ne veux pas séparer la cassette des textes. J'essaie de voir si je peux coller le boîtier de la cassette sur le côté intérieur de la couverture. Pour faire un test, je présente le boîtier à l'envers : il suffira de tirer le couvercle vers soi et de saisir la cassette sans risquer de la faire tomber. Essai concluant, je fixe donc délicatement le boîtier à l'emplacement désiré.

Petit problème technique à vérifier : l'étiquette en braille que je veux coller sur la cassette n'empêchera-t-elle pas son insertion dans un lecteur ? J'essaie... Ça marche... tout juste !

J'essaie différents emplacements pour positionner ma carte de visite. L'endroit le plus logique se trouve juste en dessous de la cassette. Aussitôt dit, aussitôt fait !

Et voilà, terminé... Je dois avouer que je suis assez fier de mon boulot. Sans exagération, le tout avait vraiment un *look* très pro que je n'aurais aucune honte à présenter à Ray Charles ! D'autre part, personne ne risque de se tromper et de jeter purement et simplement une si belle reliure en cuir !

Christian m'avait parlé du Bols, l'alcool que Ray Charles appréciait particulièrement. J'ai envie d'agrémenter son séjour et de lui faire une surprise. Mais comme je n'ai jamais été un amateur d'alcool, je vais donc prendre des renseignements chez les professionnels que sont Fauchon et Hédiard. Ils me montrent quelques petites productions françaises limitées et exclusives, supportant d'être comparées au Bols. Ce sont des bouteilles magnifiques, en cristal, toutes plus belles les unes que les autres. Je les écoute et me retrouve à la tête d'une douzaine de ces bouteilles très spéciales. A l'intérieur de l'une d'elles, il y avait même une poire ! Encore une chose à installer à l'hôtel Hilton.

Je ne sais pas si c'est l'excitation, l'appréhension ou le souci constant de bien faire, certainement un peu de tout, d'ailleurs, et autre chose encore, mais ces trois semaines se sont écoulées à une vitesse vertigineuse... Nous voilà déjà à J moins un...

Alain et moi démontons entièrement ma chaîne stéréo, élément par élément, et plions tous les câbles. Nous chargeons ensuite dans ma voiture le tout qui dépasse allégrement les cent kilos ! Je n'oublie ni les bouteilles ni la carte de bienvenue, et nous quittons Marnes-la-Coquette, direction l'avenue de Suffren à Paris.

Nous sommes accueillis par le directeur du Hilton qui nous accompagne jusqu'à la suite qu'il nous fait visiter. Je lui explique que nous allons installer la chaîne stéréo dans le salon, placer quelques bouteilles spéciales dans le bar. Il me donne la clé et son numéro de téléphone interne pour le prévenir lorsque nous aurons terminé. En attendant, il nous laisse toute latitude.

Après plusieurs va-et-vient, nous branchons tous les câbles et procédons à un essai. Etant donné la configuration des lieux, les deux câbles reliant les haut-parleurs traversent le passage... Risqué pour un aveugle ! J'appelle le directeur, lui expose le problème et lui indique la solution : un tapis ! Dans la minute, il nous fait monter un tapis que nous disposons sur les câbles. Je marche dessus pour l'essayer : tout va bien !

Nous plaçons les fameuses bouteilles dans le bar, parfaitement alignées, en évidence. Je fais le tour de la suite, plusieurs fois, pour m'assurer que tout est en ordre. Il y a un meuble à l'entrée qui pourrait gêner Ray Charles. Je décide de le déplacer et libère ainsi le passage.

Après un dernier coup d'œil, j'appelle le directeur pour le prévenir que nous avons terminé. Avant de quitter les lieux, je pose la carte de bienvenue sur la table du salon et nous redescendons à la réception :

— Il faudrait faire monter quelques cendriers dans le salon et la chambre à coucher.

— Certainement, monsieur. Voulez-vous que je fasse apporter un bouquet de fleurs ?

— C'est très gentil de votre part, mais placez-le dans un endroit où Ray Charles ne risquera pas de le renverser.

— Savez-vous vers quelle heure il arrivera ?

— Ecoutez, son avion arrive à 10 h 40. Le temps de sortir de l'aéroport, comme il n'a jamais de valises enregistrées, je pense que nous devrions être chez vous aux environs de 11 h 30.

— Très bien, je vous attendrai dans le hall afin de m'assurer que tout se passe bien...

En rentrant à la maison, je me repose la question : *ai-je oublié quelque chose ?* Je sais où et quand Ray Charles arrive, la musique et les paroles sont prêtes. Il n'y a que l'hôtel dont je ne sois pas sûr, mais là... Non, vraiment, il n'y a rien d'autre que j'aurais pu faire.

Demain, les dieux décideront !

5

« Ray, il faut que je vous parle... »

Comme on peut l'imaginer, ma nuit a été courte et mouvementée... A 8 h 30, Alain et moi partons dans ma voiture pour l'aéroport d'Orly. A 9 h 20, j'approche de l'aérogare...

Super : la Cadillac noire que Christian m'avait décrite est garée pile devant la sortie ! Je me sens rassuré et colle ma voiture juste derrière la limousine de Filipacchi. J'aperçois Christian au volant, vais le saluer et lui présente Alain :

— Alain va rester là avec toi. Moi, je vais aller voir.

Je voulais que ma voiture reste collée à la limousine pour la suivre sitôt qu'elle quitterait l'aéroport. Pas question de prendre le risque de la perdre de vue. Je comptais donc sur Alain pour expliquer aux flics qu'il était avec Christian et qu'ils attendaient Ray Charles. De toutes les manières, pour bétonner, j'avais gardé les clés de contact dans ma poche... exprès !

J'avais revêtu l'uniforme du cadre supérieur, adopté l'arme fatale de l'homme d'affaires : l'attaché-case en cuir ! J'entre dans l'aéroport d'un pas décidé, l'air sûr de moi, comme si j'avais rendez-vous. C'est incroyable ce que la combinaison Filipacchi-Ray Charles-uniforme peut ouvrir comme portes ! Il ne faut pas cinq minutes pour qu'on m'accompagne dans le bureau du directeur, situé au premier étage. En montant les escaliers, je repère dans le hall des arrivées un groupe de journalistes qui visiblement attendaient Ray Charles...

On m'introduit maintenant dans le bureau du directeur. J'affiche un sourire franc et lui tends la main avec autorité. Je lui donne ma carte de visite et lui explique :

— Filipacchi Music est la maison de disques de Ray Charles et je suis chargé de l'accueillir. D'ailleurs, notre limousine l'attend devant l'entrée. Il arrive par le vol LH 87, attendu à 10 h 40, en provenance de Hambourg, et j'ai besoin de votre aide...

— Mais bien sûr, monsieur, qu'attendez-vous de moi ?

Par les vitres du bureau, je lui montre les journalistes.

— Regardez le hall des arrivées, les journalistes sont déjà là, avec leurs micros et leurs caméras ! Vous devez avoir un circuit VIP pour les éviter, n'est-ce pas ?

— Mais bien sûr, aucun problème, nous avons l'habitude, vous savez...

Le directeur saisit immédiatement son téléphone, donne les ordres en conséquence et raccroche :

— Voilà, monsieur, c'est arrangé. Y a-t-il autre chose que je puisse faire ?

— Je vous remercie, c'est très bien, et Ray Charles appréciera. Vous savez, les journalistes tous les jours, à la longue, ça devient un peu indigeste... J'ai une autre faveur à vous demander. Vous savez que Ray Charles est aveugle et il apprécierait que sa maison de disques ait pris la précaution de l'accueillir à la passerelle de l'avion. Si je pouvais y être, ce serait vraiment super !

C'est très gonflé, j'en conviens, mais à l'époque je ne manquais pas d'air ! Le directeur me répond :

— Il s'agit d'un vol international du ressort de la police de l'air. Ce que je peux faire, c'est téléphoner...

Il appelle donc le chef de la police et lui demande de venir nous rejoindre. Il me présente, l'informe de la situation et de ce que je souhaite. Tout sourires, le chef de la police me lance :

— Ray Charles ? J'adore Ray Charles ! Je suis un fan

de la première heure ! Je vais vous y amener moi-même, à l'avion ! C'est quel vol ?

Et nous voilà partis vers l'appareil, dans la voiture du chef de la police équipée d'un gyrophare.

Essayez de vous mettre quelques secondes à ma place... Sans exagération aucune, je n'en mène vraiment pas large et je m'attends à ce que l'on découvre, d'une minute à l'autre, le pot aux roses !

J'ai tout faux car tout se déroule, en fait, comme dans un rêve... Me voilà en train de papoter de Ray Charles avec le superflic de la zone internationale de l'aéroport d'Orly !

Bien sûr, il connaît l'aéroport comme sa poche et arrête sa voiture sur le bord de la piste d'atterrissage :

— C'est ici l'aire de parking de la LH 87, me dit-il en saisissant sa radio de bord. Je vais vérifier l'heure précise d'arrivée... L'avion sera là dans précisément huit minutes, à 10 h 46... Six minutes de retard, pas mal !

J'ai énormément de mal à le croire. Je suis tendu comme un arc. Le moment de vérité approche...

En effet :

— Le voilà qui arrive, s'exclame-t-il, le doigt pointé vers le bout de la piste, allons-y !

L'avion roule sur le tarmac et s'approche lentement de son aire de parking, de nous, de moi.

Il s'immobilise à l'emplacement prévu. La passerelle est rapidement installée. La porte s'ouvre...

Je m'attends à voir d'abord une hôtesse ou un stewart... Surprise : le premier à apparaître dans l'encadrement de la porte est... Ray Charles !

Je ne pensais pas qu'il sortirait le premier, mais je n'ai pas le temps d'avoir peur, pas maintenant, ce n'est vraiment plus le moment !

Ray Charles monte sur la plate-forme, se saisit des deux rampes de la passerelle et descend les marches deux par deux ! Cette scène, à jamais gravée dans ma mémoire, m'a frappé sur-le-champ. Quelque chose ne tournait pas rond : son secrétaire, qui d'habitude le précède, est là, dans l'escalier, *derrière* Ray Charles ! Non seulement personne ne l'aide, mais, sans aucune précaution, il fonce, il les dévale, ces escaliers !

A peine pose-t-il le pied au sol, que je lui prends le bras. Sans se défendre, il se laisse faire. De la main, je fais signe à son secrétaire, qui paraît avoir à peine vingt ans, de ne pas s'inquiéter et que tout est *under control* ! Je jette un œil derrière moi, sur le flic qui, tout content, me fait signe de le suivre.

Je guide Ray Charles dans la direction indiquée et immédiatement j'entre dans le vif du sujet en lui disant à l'oreille[1] :

— Je suis navré de vous cueillir au vol, mais il faut que je vous parle.

— OK, admet-il en fronçant les sourcils, l'air curieux et inquiet à la fois...

— Ray[2], je connais votre musique par cœur et je suis votre admirateur depuis des années. Un de mes amis a composé une chanson qui, j'en suis sûr, est faite pour vous ! Si vous décidez d'aller au Hilton, vous pourrez l'écouter dans de bonnes conditions. J'ai installé ma propre chaîne stéréo dans le salon de votre suite...

Ray ne dit pas un mot, mais je crois apercevoir l'esquisse d'un sourire. Il a l'air un peu plus détendu. Je continue à lui raconter mon histoire et nous arrivons à la limousine où l'attend Christian.

Avant de monter en voiture, Ray me tend la main et me demande :

— Avez-vous une cassette ?

— Oui, voilà...

J'ouvre immédiatement ma mallette, en sors le classeur et le lui mets entre les mains.

Il le tâte rapidement du bout des doigts, en fait le tour et, là, sourit franchement... Oui, cette fois, j'en suis sûr,

1. Sur les pistes d'atterrissage, entre les avions et les véhicules techniques en tout genre, il faut parler fort et à l'oreille de son interlocuteur pour se faire entendre et comprendre.

2. Je savais, pour y être allé plusieurs fois, qu'aux Etats-Unis, dès les présentations, les gens s'appellent par leurs prénoms.

c'est bien un sourire, le premier. Il semble impressionné par la taille de la reliure et touché de l'attention.

Christian avait ouvert la portière arrière, Ray en saisit le haut et s'engouffre avec agilité à l'intérieur. Avant que le chauffeur ait refermé la porte, j'eus le temps d'entrevoir Ray, déjà confortablement calé dans son fauteuil, le manteau sur les épaules et le classeur sur les genoux...

Je me précipite dans ma voiture. La Cadillac s'engage à très vive allure sur l'autoroute, en direction de Paris. Je suis étonné par la vitesse de croisière de Christian : 160 km/h !

Pendant le trajet, j'espère de tout mon cœur que Ray Charles optera pour le Hilton. S'il va au George-V... Non, je ne veux même pas y penser !

Je n'ai pas le temps de m'en apercevoir que nous avons déjà atteint le périphérique intérieur, toujours au-dessus de la vitesse autorisée ! Je ne suis pas plus avancé car, que ce soit pour le Hilton ou pour le George-V, il faut passer par le périph ouest ! Seule la sortie pourra m'indiquer son choix : le Hilton, c'est la sortie « Paris Centre ». Quant au George-V, c'est trois bons kilomètres plus loin, sortie « Porte Dauphine ».

Mon angoisse est de courte durée car, trois cents mètres avant la sortie « Paris Centre », Christian met son clignotant avant de se rabattre sur la file de droite. Quel bol ! J'ai parié sur le bon cheval, c'est le Hilton !

Quel soulagement... Dire qu'il y a à peine deux heures je me faisais un sang d'encre, à me demander comment j'allais faire, ne serait-ce que pour coincer Ray Charles à l'aéroport ! Après cent vingt minutes de montagnes russes, j'ai le vertige ! Mais quel bonheur... quelle satisfaction...

On s'engage sur la voie sur berges, on traverse la Seine au pont de Bir-Hakeim et juste à gauche, à deux cents mètres, l'hôtel Hilton.

Christian s'arrête devant l'entrée, je me gare rapidement juste en face. Pendant que Ray attend dans la voiture, son secrétaire file à la réception.

Je le rejoins au comptoir et l'aborde :

— Je m'appelle Jean-Pierre et je ne suis pas là pour vous enquiquiner. Au contraire, je peux vous aider. J'habite ici, à Paris, c'est ma ville. Si vous avez le moindre problème, je suis là. Vous pouvez compter sur moi pendant toute la durée de votre séjour...

Le secrétaire, un peu moins sur ses gardes, me répond :

— Merci, mon nom est Ron. Mister Charles [1] a apprécié ce que vous lui avez donné à l'aéroport.

— Ce sont des chansons dont toutes les paroles sont écrites en braille, avec la cassette correspondante, y compris mes coordonnées.

— Ah, OK.

— A propos, quand vous allez accompagner Mister Charles dans sa suite, vous verrez, je lui ai préparé quelques *goodies* [2].

— Oh ? Yeah ?

— Oui, oui, j'ai installé ma propre chaîne stéréo pour qu'il puisse écouter confortablement ma cassette. J'ai aussi mis un assortiment de bouteilles d'alcools français qui ressemblent au Bols, qu'il apprécie...

Il me gratifie d'un sourire entendu, similaire à celui de Ray tout à l'heure, à l'aéroport...

— D'ailleurs, j'ai posé sur la table du salon une carte de bienvenue, en braille...

— Ça lui arrive rarement en braille et ça lui fait toujours vraiment plaisir... *Well done, Jean-Pierre* [3] *!* De toutes les manières, je lui montrerai ce dont vous venez de me parler, après sa sieste...

Super, la glace est là aussi brisée ! Non seulement il est très jeune, mais il est vraiment cool, le Ron !

---

1. « Monsieur Charles ». Les employés de Ray Charles Enterprises gardaient toujours une distance respectueuse avec leur patron.
2. Vient de *good* qui veut dire « bon », « doux »... En d'autres termes, les *goodies* sont des douceurs, des bonnes surprises.
3. « Bien joué, Jean-Pierre ! »

Après avoir signé les fiches de police, il récupère les deux passeports, les clés, et s'empresse d'aller chercher Ray Charles.

Pour l'instant, tout marche comme sur des roulettes. Je n'en reviens vraiment pas. Baigné dans une douce euphorie, je ne m'attends pas une seconde à la douche écossaise qui vient à moi en la personne du directeur de l'hôtel.

Il a l'air très embêté :

— Bonjour, monsieur Darlet, j'ai un gros problème. Il faut que je vous parle, c'est urgent !

Je me retourne et vois Ron traverser le hall, Ray Charles à son bras. Tous deux s'engouffrent dans l'ascenseur. Je les vois se retourner alors que la porte automatique se referme.

— Bon, maintenant qu'ils sont montés, je vous écoute.

— Voilà, j'ai une grève du personnel sur les bras depuis ce matin. Je vous aiderais bien, mais je ne peux pas. Ça ne ferait que durcir la grève !

Patatras, c'est la tuile ! Je ne peux pas y croire, tous mes plans qui avaient si bien démarré s'effondrent lamentablement. Nous sommes à peine arrivés que les galères commencent ! A tous les coups, dès que Ray Charles l'apprendra, il va immédiatement décamper pour rejoindre l'autre hôtel, le George-V... Impensable, il faut éviter ça coûte que coûte !

Rapidement, il se ressaisit :

— Ecoutez, la seule chose que je puisse faire pour vous est d'installer une ligne directe entre sa suite et un bureau, ici au rez-de-chaussée, que vous pourrez utiliser...

— Bon, s'il n'y a pas d'autre solution, allons-y !

Alain et moi entrons dans le bureau mis à notre disposition. Je demande à Alain de s'installer et, comme il parle correctement anglais, de répondre au téléphone.

Les appels viendraient uniquement de la suite de Ray Charles ou de la chambre de Ron...

Alain s'installe devant le bureau, bloc et stylo à la main, prêt à assurer. Ça ne fait pas deux minutes qu'il est assis que le téléphone sonne. Je le vois pâlir d'un coup : Ray Charles ! C'est la première fois qu'Alain lui parle... Il a du mal à tenir son stylo et tout ce qu'il réussit à dire est : *Yes, sir, OK, sir, right away, sir*[1]... Il tient parfaitement son rôle d'employé du service d'étage du Hilton !

Penché au-dessus de son épaule, je lis au fur et à mesure ce qu'il écrit d'une main tremblante et là, surprise ! Ray Charles veut prendre son petit déjeuner... Mais pas juste à la française, café, croissants, non ! Il veut un petit déjeuner *à l'américaine*, c'est-à-dire un double jus d'orange pressée, un litre de lait frais entier, des œufs au plat avec du bacon, des pommes de terre sautées, des toasts de pain complet, du beurre, de la confiture de fraises, sans oublier le café... Et, comme de bien entendu, le plus tôt sera le mieux !

Je prends la liste des mains d'Alain et répartis les tâches :

— Pendant que je vais me débrouiller pour la bouffe, vois avec le directeur et demande-lui tout ce qu'il peut te donner pour que tu puisses monter le petit déj à Ray Charles : il te faut un chariot, une nappe, des serviettes, du sel, du poivre, du ketchup, des verres, des tasses, du beurre, de la confiture, un pichet d'eau, tout, quoi... Démerde-toi et prends tout ce qui te tombe sous la main !

Je sors de l'hôtel et repère une brasserie située juste en face, avenue de Suffren. Je fonce, coince le barman et lui montre la liste :

— Chef, je sais que vous avez beaucoup de monde, mais c'est un service que je vous demande. C'est pour le Hilton où, comme vous devez le savoir, le personnel est en grève. Nous avons un VIP qui veut des œufs au

1. « Oui, monsieur, bien, monsieur, tout de suite, monsieur... »

bacon et deux ou trois autres trucs. Soyez sympa, aidez-moi ! Passez ma commande en priorité et vous aurez un bon pourboire !

Le barman me regarde droit dans les yeux comme pour me jauger :

— C'est parti ! Dites-moi exactement ce que vous voulez.

Chapeau, les brasseries parisiennes ! Dans leur genre, elles savent swinguer ! Six minutes plus tard – et, croyez-moi, c'était vraiment six minutes car je ne lâchais pas ma montre des yeux –, le barman me tend un grand plateau comportant tout ce que je lui avais demandé. Je le remercie et, en le réglant, je le rassure :

— Ne vous en faites pas, je vous rapporte tout ça tout à l'heure. Et merci encore...

Un vrai gag de film : je n'ai jamais porté un grand plateau comme ça et me voilà avec un truc énorme, débordant de plats, que je dois maintenir à l'horizontal ! En plus, il faut que je traverse l'avenue de Suffren à midi ! Comme un équilibriste, je zigzague entre les voitures en essayant de ne rien renverser et... sans me faire écraser !

De retour dans le bureau, essoufflé comme si j'avais couru un cent mètres, j'ai la satisfaction de voir qu'Alain lui aussi avait assuré et avait trouvé tout ce que je lui avais demandé. Rapidement, nous installons le tout sur le chariot. Top chrono ! Quinze minutes s'étaient à peine écoulées depuis la commande de Ray...

Quelques instants plus tard, Alain redescend, l'air hagard :

— Et alors ?

— T'es sûr qu'il est vraiment aveugle, ton Ray Charles ? Putain, il était tout seul et c'est lui qui m'a ouvert ! Pendant que j'installais le tout sur la table, il a trouvé la pancarte « *Do not disturb* », suspendue à la poignée intérieure de la porte, l'a décrochée, l'a gardée dans sa main et m'a attendu. Lorsque je suis sorti, il a accroché la pancarte à toute vitesse sur la poignée extérieure et m'a dit « *Thank you* ! » Et avec quelle gentillesse il m'a parlé, je ne le crois pas ! Quand il a fermé la porte, je l'ai même entendu fermer à clé !

Silence radio total tout le reste de l'après-midi... Pas un seul coup de fil ! Autant pour l'image exigeante et capricieuse de la superstar !

Le soir arrive... Même scénario qu'à l'aéroport, le matin : Ray et son secrétaire sortent de l'ascenseur, traversent le hall, montent dans la voiture. Je suis dans la mienne, juste derrière, et Christian démarre en trombe...

Nous rejoignons la salle Pleyel. Il est 20 h 10, tout le monde est déjà entré. C'est qu'il est tard : le concert est prévu à 20 h 30. Pourtant, Christian m'avait dit qu'il aimait la ponctualité, Ray ! Bizarre...

Pendant qu'il se dirige vers le parking de l'entrée des artistes auquel je n'ai évidemment pas droit, je me gare dehors et cours salle Pleyel. Personne ne me connaît. Je ne représente rien, je ne suis rien dans le métier. Je n'ai pas de laissez-passer, donc pas le droit d'aller dans les coulisses. Je connais parfaitement bien la salle Pleyel pour avoir assisté à de nombreux concerts. J'avais déjà remarqué que les officiels empruntaient une porte marquée « Défense d'entrer », à droite de la scène...

Je prends mon culot à deux mains, adopte une attitude déterminée, l'air trop occupé pour m'intéresser aux autres, et me dirige d'un pas rapide vers cette fameuse porte.

Les gens qui ont connu la salle Pleyel à cette époque ne me démentiront pas. Dans les années soixante-dix, la sécurité était réduite à sa plus simple expression, c'est-à-dire deux contrôleurs de billets à l'entrée et point d'ouvreuses ! Pas de garde du corps, ni de videur, pas de talkie-walkie, ni d'oreillette. Personne n'aurait osé franchir une porte marquée « Défense d'entrer »... Moi, si !

Et me voilà dans les coulisses. Je n'ai qu'à suivre les flèches « Loges » pour atterrir dans une espèce de vestibule : l'antichambre de la loge. Il y a un monde fou, la pièce est bourrée. En un centième de seconde, je me transforme en homme invisible. Très discrètement, je regarde autour de moi. « Ils sont venus, ils sont tous là ! » Tous des gens du show-biz, tous les grands noms du métier, d'Eddie Barclay à Charles Aznavour, en passant par Frank Ténot et Daniel Filipacchi...

En fait, personne ne fait attention à moi. C'est comme si je n'existais pas. Heureusement ! Je me serais cru dans un cocktail parisien très mondain auquel je n'aurais pas été invité. Pourvu que personne n'ait la bonne idée de me demander qui je suis et ce que je fais là... Dans un coin, contre le mur, je me fais tout petit et j'attends... Mais je ne sais pas quoi ! Je sais seulement que nous nous trouvons devant la loge de Ray Charles et qu'il va bientôt en sortir pour monter sur scène.

Soudain, la porte s'ouvre, le bourdonnement général cesse instantanément et un grand silence s'instaure. C'est incroyable, ils sont tous hypnotisés et s'arrêtent de parler comme si quelqu'un avait appuyé sur le disjoncteur !

Ray Charles apparaît dans l'encadrement de la porte, guidé par son secrétaire. Il porte la tenue de scène *typique Ray Charles* : veste en soie bariolée, chemise blanche, nœud papillon bordeaux, pantalon noir et chaussures vernies noires.

Ron, habillé d'un smoking noir très classique, scrute la foule. Après avoir balayé la salle du regard, il glisse quelques mots à l'oreille de Ray, pointe son doigt dans ma direction et me fait signe de venir...

Evidemment, ça ne peut pas être pour moi, c'est impossible ! Il s'adresse forcément à un gros légume qui doit se trouver à côté de moi...

Je ne bouge pas et, d'ailleurs, personne ne bouge. Ron me lance alors un regard insistant, l'air de dire : *Oui, c'est bien toi ! Bon, alors, tu viens ou quoi ?*

Je ne comprends toujours pas et, compte tenu de la qualité de l'assistance, je ne peux absolument pas imaginer qu'il m'appelle. Je regarde à droite et à gauche, mais personne ne bouge ! Au contraire, les regards convergent sur moi. Je suis stupéfait et réalise qu'il doit s'agir de moi...

Je prends mon courage à deux mains et m'avance le plus naturellement possible vers eux.

La confirmation est immédiate : Ron, tout en me regardant droit dans les yeux, approuve en hochant la tête. Je me presse jusqu'à eux tandis que Ron se tourne vers Ray et lui dit :

— *The guy is right in front of you, Mister Charles* [1].

Ray ouvre alors grand ses bras, et m'attire contre lui. Je suis totalement interloqué et me demande pourquoi. Pourquoi Ray Charles me garde-t-il dans ses bras ? Je n'ai pas le temps de réfléchir qu'il me parle à l'oreille :

— Je voulais juste te remercier pour toutes tes petites attentions dans ma chambre. Tu sais, sur la route, tous les hôtels se ressemblent : toujours froids et impersonnels. Alors tu comprends, tout ce que tu as fait m'a vraiment touché, m'a vraiment fait plaisir. Il fallait que je te le dise. *Thanks again* [2], *man...*

Puis, faisant mine de ne pas remarquer tout ce gratin, comme si nous n'étions que trois dans cette pièce, Ray s'adresse à Ron, maintenant concentré et impatient de monter sur scène :

— *OK, it's show time, Ron, let's go* [3] *!*

Il tourne les talons, s'éloigne et disparaît dans le couloir, au bras de Ron...

Aussitôt tout ce petit monde bouillonne et jacasse à mon sujet !

Comment, en si peu de temps, les gens peuvent-ils retourner leur veste ? Il y a dix minutes, je n'existais pas, et on m'aurait carrément marché dessus ! Il y a cinq minutes, quand Ron m'a fait signe de venir, tous les regards posés sur moi étaient hostiles. Et là, depuis que Ray m'a pris dans ses bras et m'a parlé à l'oreille,

1. « Le gars est juste là, devant vous, Monsieur Charles. »
2. « Encore merci. »
3 « OK, c'est l'heure, Ron, allons-y ! »

ces mêmes regards reflètent l'étonnement, l'admiration et la curiosité.

En l'espace de quelques instants, ils m'ont attribué trois rôles successifs : celui du figurant insignifiant puis le second rôle du méchant. Maintenant que Ray est parti, je suis sous les feux de la rampe : j'ai brusquement le rôle principal !

En fait, pour résumer en un seul mot, ils étaient tous JALOUX ! ! !

Pourtant, ils avaient tort de l'être et n'avaient pas compris le véritable scénario, l'histoire vraie...

En effet, bien plus tard, j'ai compris qu'avant chaque concert, Ray détestait être détourné de sa préparation. En serrant la louche, en parlant avec Untel ou Untel, il savait qu'il allait perdre du temps ainsi qu'une partie de sa concentration. Ce n'était donc pas de l'incorrection ni de la prétention, encore moins l'insupportable attitude habituelle de la star internationale !

Non, c'était sa manière à lui de se protéger. Très rigoureux, il lui était inconcevable de s'éparpiller avant de monter sur scène. Il réservait toutes ces mondanités pour la fin du concert, avant de rentrer à l'hôtel...

En plus, l'horloge qui trône au-dessus de la porte de la loge indique 20 h 30 passées. C'était donc l'heure et Ray Charles était à l'heure ! Christian avait bien raison lorsqu'il me disait que Ray Charles était un homme ponctuel !

L'orchestre vient d'entamer le deuxième titre. Les musiciens ont bien démarré le concert à 20 h 30, comme prévu ! Et dire qu'il y a vingt minutes, nous étions encore en voiture !

Et l'orchestre s'arrête... Les spectateurs applaudissent à tout rompre, tandis que la fameuse voix tonitruante annonce :

— *And now, ladies and gentlemen, the Genius of Soul, Mister Raaay Chaaarles !*

La prestation de Ray est imminente. Les VIP ont toutes déserté les coulisses et gagnent leurs places précipitamment. Le concert démarre sur les chapeaux de roue, j'entends déjà Ray imposer un tempo d'enfer !

Je me retrouve seul dans les coulisses et vois Ron revenir vers moi. J'ai la ferme intention de transformer l'essai et de le bombarder des questions qui se bousculent dans ma tête. Je suis en effet encore un peu stupéfait de ce qui vient de m'arriver.

Ron me fait pénétrer dans la loge... Mon estomac se noue... C'est la première fois que j'entre dans la vie privée de Ray Charles. Je suis passé de l'autre côté du rideau.

Tout est parfaitement ordonnancé, chaque chose à sa place, rien ne traîne... Tiens, le costume que Ray portait en arrivant est impeccablement pendu à un cintre, son pantalon sur un deuxième, sa chemise sur un troisième et son manteau sur le dernier ! Sur la table sont posés un cendrier et un imposant talkie-walkie muni d'une antenne.

Devant cette table, un fauteuil semble ne pas être à sa place ; il gêne même. La paire de mocassins glissée juste en dessous doit aussi être la sienne... Mais à quoi sert cette serviette, méticuleusement étalée sur le sol, juste devant ce fauteuil... ?

Pendant que je découvre son vestiaire privé, Ron est déjà au téléphone. Je comprends tout de suite qu'il est en ligne avec l'hôtel et qu'il y a encore une galère ! Inquiet, je l'interroge :

— Dis-moi, Ron, t'as un souci ?

— Oui, Ray m'a demandé de faire changer le réfrigérateur de sa suite car il ne marche pas...

— Laisse-moi faire et passe-moi le téléphone ! lui dis-je en tendant la main.

Malgré tous mes efforts, à cause de la grève, il est impossible de résoudre le problème. Je raccroche donc et Ron me demande si c'est réglé :

— Bon, écoute, Ron, ne t'angoisse pas, je m'occupe de tout ! T'as oublié ce que je t'ai dit ou quoi ? Ici, t'es à Paris, c'est MA ville !

J'ouvre la porte et appelle Alain qui m'attend dans les coulisses :

— Alain, le réfrigérateur de Ray ne marche plus et, à cause de la grève, on ne peut pas le faire remplacer. Dépêche-toi, prends ma voiture, voilà les clés. Tu vas chez toi, tu vides ton frigo, tu le nettoies vite fait et tu fonces l'installer dans sa suite ! Ensuite, tu reviens, je t'attends ici !

Même pas une minute plus tard, je retourne dans la loge et, avec un grand sourire, j'annonce à Ron que tout est arrangé. Il me regarde surpris, un peu amusé, mais soulagé. Je crois qu'il commence à comprendre que je suis réellement là pour lui simplifier la vie et non pour la lui compliquer...

— Dis-moi, Ron, pourquoi on ne dînerait pas ensemble après le concert, à moins que tu aies quelque chose à faire ?

— Oh, *man*, j'ai toujours quelque chose à faire ! Mais on peut dîner ensemble plus tard lorsque j'aurai terminé...

Et il me raconte la routine bien huilée de Ray Charles, chaque soir...

Entre Ron et moi, je suppose que la glace fut réellement brisée à ce moment-là...

Parmi toutes les questions que je souhaitais lui poser, je voulais d'abord savoir si Ray avait l'habitude de réagir comme ça, c'est-à-dire de prendre quelqu'un dans ses bras, devant tout le monde :

— Non, jamais ! Je n'ai encore jamais vu Ray faire ça et pourtant, ça fait un bon bout de temps que je suis tous les jours avec lui ! Tu sais, Jean-Pierre, tout ce que tu as fait a dû vraiment le toucher. Et le bouquin en braille que tu lui avais préparé l'a complètement scotché ! En plus, il est tellement pudique et réservé, tellement secret qu'il ne se laisse jamais aller à de telles effusions, surtout devant tout le monde...

C'est extraordinaire, le calme et le silence qui règnent dans les coulisses lorsque Ray Charles est sur scène... A part le pompier de service, Ron et moi sommes seuls...

Je mets à profit ce moment privilégié afin d'approfondir nos relations, de mieux comprendre son job. Réciproquement, je souhaite que Ron saisisse mes profondes motivations et l'honnêteté de mes sentiments vis-à-vis de Ray Charles et de sa musique, ainsi que pour mon ami Robert, le compositeur des chansons que j'ai données à Ray.

Je veux que Ron comprenne que toute cette histoire est fondée sur l'amour et l'amitié. L'amour de la musique et mon amitié pour Robert...

Après ce préambule, le courant passe sans problème entre Ron et moi et je commence mon festival de questions sur Ray, ses habitudes, ses manies, ses goûts, son organisation...

J'ai la confirmation que Ray ne voyage qu'avec son secrétaire, sans son orchestre. Les valises ? Elles sont prises en charge, la veille au soir, par le *road manager*[1] qui les amène à la prochaine destination, le lendemain. Ce système donne à Ray Charles une latitude beaucoup plus grande et lui permet un gain de temps énorme : pas d'enregistrement ni d'attente des bagages dans les aéroports. Christian avait raison : Ray Charles est l'homme le plus impatient du monde !

Faisons un petit calcul : si on prend en considération tous les voyages effectués pour les deux cent cinquante concerts annuels que Ray Charles faisait, avec l'heure de gagnée grâce au système des valises on totalise environ deux cent vingt heures d'économisées chaque année. Bien sûr, c'est sans compter les incidents de parcours, c'est-à-dire les valises égarées ou mal aiguillées ! Donc, cela représente au minimum près de deux mois de travail à temps plein d'un salarié français !

Je commence à comprendre pourquoi Ray Charles s'organise de cette manière, façon commando d'élite, où tout est parfaitement synchronisé, à la seconde près.

---

1. Dans les tournées et sur la route, le *road manager* a le rôle de régisseur en chef : il est responsable de tout le personnel (musiciens et techniciens), des transports, hôtels, répétitions, passeports...

Je saisis aussi l'importance des deux groupes, totalement indépendants l'un de l'autre : d'un côté, Ray Charles et son secrétaire ; de l'autre, le *road manager* avec vingt-cinq personnes, toutes les valises, les instruments et le matériel. Ces deux groupes se rejoignent seulement le soir sur scène, pour le concert...

Pour le premier groupe, tout va bien. Ron est vraiment cool avec moi et Ray a l'air de m'apprécier...

Mais pour le second groupe, c'est le flou total, je ne connais rien ni personne ! Conclusion immédiate : il faut absolument que je rencontre le *road manager* ce soir :

— Dis-moi, Ron, tu crois que le *road manager* aimerait se joindre à nous tout à l'heure ?

— Raspberry ? Il est comme tout le monde, il ne voit pas le jour ! Bien sûr qu'il sera ravi. Comme en plus, tu m'as dit qu'il y avait des copines...

— Bon, comment on fait ? Tu lui diras ?

— Toi, Paris c'est ton territoire, le mien, c'est Ray Charles Enterprises ! me dit-il avec un grand sourire narquois. Alors, t'en fais pas, je m'en occupe !

Et Ray Charles entame les premières notes de *What'd I say*, son titre fétiche, son dernier titre :

— Bon, maintenant, c'est l'heure, il faut que j'aille chercher le *boss*. Tu ne peux pas rester dans la loge, tu comprends...

— Non, non, évidemment, j'ai compris. Je serai dans le couloir.

Alors que le concert se termine sous un tonnerre d'applaudissements, et que l'orchestre joue le final, je vois déjà Ray sortir de scène au bras de Ron. Tout en marchant, il s'essuie consciencieusement le visage avec son mouchoir. Il est de très bonne humeur. D'évidence, il est content de sa performance.

Ils se sont à peine engouffrés dans la loge que toute la grande famille du show business est de retour ! Il y a deux fois plus de monde qu'avant le concert. On me bouscule même, comme dans le métro aux heures de pointe !

Sept minutes chrono après être entré dans sa loge, Ray Charles en jaillit, changé de la tête aux pieds, dans son costume de ville. Ron le précède chargé comme un âne : la housse du costume de scène sur le dos, les anses d'un gros sac sur son bras droit et un autre dans sa main. Bien sûr, de son bras libre, il conduit Ray Charles... Comment ont-ils pu faire tout ça en si peu de temps ?

Instinctivement, j'aide Ron, le libère d'un sac et les suis. Nous n'avons pas fait trois pas qu'une dizaine de caméras et de photographes nous entourent et ça crépite sérieux ! Ray comprend immédiatement et par courtoisie s'arrête, se tourne en souriant vers les photographes pour une séance photos express : vingt secondes ! Et je ne plaisante pas, c'était véritablement vingt secondes, pas une de plus, après lesquelles Ray Charles lança à Ron : « *I gotta go ! Let's go*[1] *!* »

Ray décidait de mettre fin aux séances photos dès qu'il avait entendu un bon nombre de déclics. Il me disait souvent à ce moment précis : Bon, ça suffit maintenant, ils ont pris assez de photos pour ce soir, non ? De combien de photos ont-ils besoin ?

— *I gotta go !* me disait-il, en me poussant le bras avec sa main, pour me signifier sa volonté immédiate de s'en aller.

Nous arrivons maintenant à la voiture, il y a encore dix minutes, montre en main, Ray sortait de scène ! Bonjour, l'entraînement !

Je les rejoins à l'hôtel et retrouve Ron dans sa chambre. Je suis tout de suite surpris par cette ambiance grand voyageur : je n'avais encore jamais vu d'engins pareils et pourtant, j'avais quand même bourlingué ! Deux énormes housses en cuir faites sur mesure, deux *flight-cases*[2] et deux valises, style *Guerre*

1. « Il faut que j'y aille ! Allons-y ! »

2. Boîtes fabriquées sur mesure en matériau ultrarésistant et léger, renforcées dans les coins et montées sur roulettes. Elles sont en général conçues pour les instruments de musique. Leur intérieur est en mousse avec l'empreinte exacte de l'instrument qui est ainsi protégé de tous les côtés.

des étoiles, équipées de solides roulettes. Tout ce matériel, très officiellement estampillé *Ray Charles Enterprises, Los Angeles, USA,* a l'air conçu pour vraiment tout affronter... et plus !

Ron est occupé à boucler ses bagages que l'équipe technique va venir prendre dans quelques minutes. Il m'explique que Ray fait lui aussi tout seul sa valise, en ce moment même. Je suis étonné, mais bon, je ne relève pas...

Ron n'a pas une seconde à perdre, il me demande de m'asseoir et de l'attendre. Pendant ce temps-là, Alain passe quelques coups de téléphone pour faire venir les copines...

Les corvées terminées, nous nous retrouvons tous les quatre – Ron, Raspberry, Alain et moi – autour de la table dans la chambre de Ron. La pression est totalement retombée et Ron m'éclaire :

— Ça y est, il est 1 h 30, la journée est finie, les valises sont faites. Quant à Ray, tu verras, il ne m'appellera plus jusqu'à demain matin. La soirée est à nous... Et tes copines ?

— Ne t'en fais pas, elles arrivent !

Pendant le dîner, je continue mon interrogatoire, je veux tout savoir ! Raspberry, tout comme Ron, s'avère être un mec vraiment super. Son regard est vif et rieur, il semble très ouvert. D'ailleurs, il n'oppose aucune résistance à mes questions, au contraire. Il aime parler, parler de lui et de Ray Charles !

C'est un véritable cours particulier et intensif que me donnent Ron et Raz[1] sur Ray Charles ! Tout y passe, son caractère, ses manies, ses tournées, son organisation...

A la fin du dîner, on sonne à la porte. Alain va ouvrir : les filles sont arrivées ! Nous nous installons dans le coin salon de la Junior Suite[2], la bouteille de Dom

1. Diminutif de Raspberry. C'était le surnom que tout le monde lui avait donné dans la troupe, y compris Ray. C'est évidemment plus court que son nom en entier !

2. Comme son nom l'indique, c'est une petite suite.

Pérignon est prête, dans le seau à glace, la musique en fond sonore...

Dans cette ambiance totalement relax, je continue d'interroger Ron et Raz.

Ray Charles est un homme très pinailleur, très organisé, qui ne tolère aucun flou artistique, aucune improvisation, sauf sur scène ! Tout est prévu et tout passe par lui. Il contrôle tout, il dirige tout.

Je comprends de mieux en mieux pourquoi, ne seraitce que pour les transports. Comme vient de me l'expliquer Raz, pour chaque année, on parle de plus de sept mille cinq cents billets d'avion [1] et de 150 000 kilomètres en bus à travers les Etats-Unis, sans compter les innombrables transferts !

Nous discutons comme ça jusqu'au petit matin, nous étions devenus très complices ! Ron m'a même donné l'itinéraire de la tournée que j'ai fait photocopier à la réception.

Ils doivent partir ce matin même pour Munich par le vol de 9 h 30 d'Orly. J'ai le numéro et l'heure du vol. Il serait peut-être bon que je réserve une place sur le même vol, on ne sait jamais...

Alors j'appelle l'aéroport pour réserver une place. L'employée que j'ai au téléphone m'annonce que le vol est annulé...

— Ron, à quelle heure il est ton vol, déjà ?

— A 9 h 30, et on part de l'hôtel à 8 h 15.

— Ah oui ? Eh bien, non !

— Qu'est-ce que tu racontes ?

— Je raconte, je raconte... Je ne raconte rien ! Le vol est tout simplement annulé, mon pote !

— Comment annulé ? Qu'est-ce que c'est que cette histoire ?

Ron panique et a l'air complètement désemparé.

1. Au minimum, trente personnes par concert, deux cent cinquante concerts par an. Ray Charles faisait des concerts dans le monde entier. Entre deux shows, il pouvait y avoir jusqu'à trois correspondances et donc quatre vols pour arriver à destination.

Vous aurez compris que Ray doit adorer ça, qu'on lui dise le matin de bonne heure que son vol est annulé ! Je décide de prendre l'affaire en main...

Je saisis le combiné et en avant ! Je rappelle Orly et on me passe la Lufthansa. Une employée au fort accent allemand me répond. Je lui explique ce qui arrive et qu'il me faut vingt-neuf places ce matin pour Munich. Et je lui balance un énorme bobard que j'improvise dans la foulée :

— Nous avons vous et moi un gros problème, car le maire de Munich doit accueillir Ray Charles à son arrivée. On m'a dit qu'il se rendra directement de son domicile à l'aéroport, donc je n'ai aucun moyen de le prévenir...

Je n'aime pas généraliser, mais il est vrai que les Allemands ont un sens aigu de la hiérarchie et le respect des grades : on ne dérange pas le maire de Munich pour rien et encore moins sans le prévenir :

— Je ne peux pas vous aider, monsieur, je ne vois vraiment pas ce que je pourrais faire.

— Je comprends tout à fait et je vous suggère d'en informer immédiatement votre supérieur. Vous pouvez me rappeler à l'hôtel Hilton. Vous demanderez Ray Charles et ils me passeront la communication. A tout de suite...

Je raccroche sans lui laisser le temps de me répondre. Je veux que la responsabilité de ce qui risquait de se passer lui incombe...

Ron est très inquiet. Il a même essayé d'appeler à Los Angeles. Mais là-bas, il est 22 heures : le bureau est fermé, tout comme l'agence de voyages... Il ne sait que faire et son seul espoir repose désormais sur mes épaules.

Et soudain, le téléphone sonne. Je décroche, c'est le directeur de Lufthansa France. Il veut savoir si c'est du lard ou du cochon... Il va voir ce qu'il peut faire et me rappelle au plus vite...

La pression est à son comble. Les cigarettes se consument les unes derrière les autres. Ron doit réveiller Ray dans vingt minutes. Raz est reparti depuis un moment s'occuper de l'orchestre et attend nos instructions...

Vingt minutes d'angoisse plus tard, Ron qui n'arrête pas de regarder sa montre décroche le téléphone, appelle Ray, lui dit : *It is 7 : 30, sir*, et il raccroche. Une question me vient à l'esprit :

— Dis-moi, Ron, comment fait Ray pour le petit déjeuner ?

— Oh non, il ne déjeune jamais avant le départ et se restaure en arrivant. C'est lui qui nous a appris que l'on voyage mieux le ventre vide...

Le téléphone sonne. Je décroche, c'est de nouveau le directeur de Lufthansa France. Je l'écoute attentivement. Pendant ce temps, Ron, qui ne parle pas français, me regarde fixement, sans cligner les paupières, essayant de comprendre quelque chose...

La conversation terminée, je remercie chaleureusement le directeur de la part de Ray Charles et je raccroche :

— Ron, tu ne vas pas le croire ! La Lufthansa met un avion à notre disposition, rien que pour nous ! Un vol spécial, même heure, même endroit !

— T'es sérieux, Jean-Pierre ?

— Ecoute, Ron, non, la situation est beaucoup trop sérieuse pour déconner ! Regarde, j'ai le nom du chef d'escale à Orly, il nous attend...

Ron a maintenant juste le temps de fermer le dernier sac, de descendre régler la facture à la réception. Il ne lui reste que quelques minutes avant 8 h 15, heure du départ. Il remonte, me prévient qu'il va chercher Ray, dont la suite est un peu plus bas dans le couloir...

Je suis seul dans la chambre et je laisse la porte ouverte, exprès : ils doivent passer par ici avant de repasser par là [1] ! Je suis bien crevé mais heureux et fier de moi. Avoir réglé ce dernier problème n'a franchement pas été si difficile que ça !

C'est invraisemblable ce qu'un nom peut faire ! Même

1. *Il court, il court, le furet !*

pas un nom, un prénom[1] ! Je réalise pour la première fois l'impact, la puissance et la portée d'une renommée telle que celle de Ray Charles.

Ray sort de sa chambre, au bras de son secrétaire. Je les suis. Tandis qu'ils s'avancent dans le couloir, j'entends Ray remercier Ron de s'être occupé du remplacement du frigidaire. Ron lui répond :

— *No, no, sir.* Ce n'est pas moi qui m'en suis occupé. Vous savez, c'est ce gars, Jean-Pierre...

— Non ? Il est trop, ce garçon !

— Vous savez, Mister Charles, ce n'est pas tout. Ce n'est rien du tout à côté du problème de l'avion...

— Problème d'avion ? Quel problème d'avion ?

Ray s'arrête net, se tourne vers Ron, les sourcils froncés, très inquiet. Maintenant face à lui, Ron lui raconte les événements du matin et l'histoire de la Lufthansa. Ray l'écoute attentivement, sans dire un mot, sans même bouger d'un millimètre, la tête inclinée en avant, concentré.

Dès que Ron a fini son explication, Ray se retourne, comme s'il savait que je les suivais :

— *I don't believe it ! Where is this mother fucker*[2] ?

— Je suis là..., dis-je en me rapprochant d'eux, dans mes petits souliers.

— Tu es vraiment incroyable, toi ! Rien ne t'arrête !

— Il n'y a pas de problème, il n'y a que des solutions !

Ray éclate de rire dans le couloir et tous les trois allons vers l'ascenseur...

Jusqu'à la voiture, Ray et moi n'avons pas arrêté de papoter et de rigoler :

— Jean-Pierre, il y a autre chose. Il faut que je te dise, je n'ai jamais vu de bouteilles d'alcool aussi belles que celles que tu m'as offertes. Il y en a une en particulier,

1. Le nom de famille de Ray Charles est Robinson. Lorsqu'il commença à avoir du succès, il y avait alors un champion de boxe qui s'appelait Ray Sugar Robinson. Ça faisait un Robinson de trop ! m'a expliqué Ray.

2. « Je ne le crois pas ! Où est cet enfant de salaud ? »

Ron m'a dit qu'il y avait une vraie poire à l'intérieur de la bouteille. C'est incroyable !

Ron acquiesce et arbore un grand sourire de satisfaction. Tout roule de nouveau et son *boss* est de bonne humeur :

— Oui, Jean-Pierre, je l'ai expliqué à Mister Charles, tu sais, la bouteille qui a une forme bizarre.

Ray a l'air réellement intrigué :

— Mais comment ont-ils fait ? Le goulot est beaucoup trop étroit pour y faire entrer une poire ! A moins que ce soit une toute petite poire ?

— Non, non, c'est une vraie poire dans la bouteille qui baigne dans un alcool de poire. En fait, l'opération a lieu lorsqu'ils fabriquent la bouteille. Ils soufflent le verre autour de la poire préalablement fixée sur un axe. Lorsque la bouteille est soufflée autour de la poire, ils laissent refroidir le verre et n'ont plus qu'à retirer l'axe à travers le goulot. La poire reste donc à l'intérieur de la bouteille. Ensuite, ils ne leur reste plus qu'à remplir la bouteille d'alcool.

— Ah bon, ils soufflent le verre...

— Oui, j'ai vu ça à Venise, en Italie. Ils prennent une boule de verre en fusion et, à l'aide d'un tuyau qui ressemble à une clarinette, ils soufflent de l'air à l'intérieur de cette boule et la façonnent. Le verre en fusion est très malléable et gonfle comme un ballon. En refroidissant, le verre durcit et la bouteille est finie...

— Ouhaou, c'est incroyable ce que tu me racontes ! dit-il, l'air toujours intrigué.

Christian est là, tenant la portière arrière de la voiture grande ouverte. Ron amène Ray à environ cinquante centimètres de la voiture, stoppe et se retourne vers Ray qui lui aussi s'est arrêté. Il saisit ensuite la main droite de Ray et la pose sur l'encadrement supérieur de la portière. Puis, il recule d'un pas pour laisser Ray se débrouiller tout seul.

J'ai envie de me précipiter pour l'aider à monter, mais Ron me retient et me fait signe avec la main de ne surtout rien faire ! Je suis étonné mais ils doivent avoir leur routine bien établie... En effet, j'ai à peine le temps de voir la main de Ray parcourir à toute vitesse le dessus de la porte que, déjà, il s'engouffre dans la voiture, comme le ferait un voyant !

La portière est encore ouverte, je la saisis et me penche vers Ray :

— Qu'en penses-tu, Ray, je viens avec vous à Munich ou pas ?

Avec un énorme sourire amusé, le visage rayonnant et comme s'il me regardait droit dans les yeux, il me lance du tac au tac :

— Jean-Pierre... Un gars comme toi n'a pas besoin de conseils, OK ?

Avant que je ne puisse lui répondre quoi que ce soit, il avait déjà fermé la portière, Ron avait mis les sacs dans le coffre et était assis à côté du chauffeur.

La voiture démarre... Je reste planté là, sur le trottoir, devant l'entrée de l'hôtel, lessivé. Ça faisait vingt-quatre heures que je courais à un train d'enfer, sans arrêt et avec angoisse...

Ray avait raison... C'est vrai qu'après avoir déployé une telle énergie pour régler de telles difficultés, tout seul, sans l'aide de personne, ma question était inutile, voire idiote. Et puis, après tout, j'étais l'initiateur de toute cette salade, je n'allais donc pas lui demander la recette de la vinaigrette !

Il m'avait bien repéré et rien ne lui avait échappé... J'ai toujours fait ce que j'ai voulu faire et il l'avait déjà compris. En plus, j'avais leur itinéraire dans la poche qui me donnait avec précision tous les détails de leurs pérégrinations.

Je rentre en voiture à Marnes-la-Coquette et j'essaie de faire un rapide point de la situation. Tellement de choses se sont succédé qu'il me faut un peu de temps pour les digérer...

Tout en roulant, je me souviens tout à coup que Robert est à New York et qu'il n'est encore au courant de rien ! Je fonce à la maison pour appeler Robert.

Il est trois heures du matin à New York, mais aucune importance ! Je compose son numéro :

— Je sais que tu dormais, mais réveille-toi, prends un café et je te rappelle dans quelques minutes. Il faut que je te parle, c'est superimportant.

— Non, non, ça va. Maintenant, je suis réveillé. Vas-y !

— Je viens à l'instant de quitter Ray Charles. Ça se passe comme dans un rêve, je lui ai donné ta musique. C'est incroyable mais je ne te raconte pas comment le courant passe entre nous ! En tout cas, c'est très simple, je veux que tu téléphones à JFK[1] et que tu réserves maintenant une place sur le premier vol possible à destination de Paris. Dès que tu as la réservation, tu m'appelles pour m'indiquer le numéro du vol. Je serai à l'aéroport...

— Mais pourquoi tu veux que je vienne tout de suite ?

— Ecoute, t'as confiance en moi ou quoi ? Alors, tu ne discutes pas, tu fais comme je te l'ai dit. Je t'expliquerai tout quand tu arriveras ! J'attends ton appel. Salut !

Robert me rappelle. Il sera là demain à 11 h 30, heure de Paris...

Il faut maintenant que je me repose sinon je ne vais pas tenir le coup ! Le lendemain, après une bonne nuit de sommeil, je vais chercher Robert à l'aéroport Charles-de-Gaulle.

Il est 12 h 30 lorsque Robert sort enfin avec ses valises. Je commence à lui relater la série d'événements qui venaient de se produire, tout en allant au parking récupérer ma voiture.

Je continue mes explications tandis que nous sortons de l'aéroport et je prends la direction A1 Lille :

— Attends, Jean-Pierre, fais attention, tu te goures de file !

— Non, je n'ai pas encore eu le temps de te le dire... J'ai l'itinéraire complet et détaillé de la tournée de Ray Charles. Hier soir, il a joué à Munich, ce soir, il sera à Bonn : nous aussi !

Nous avons parcouru les quatre cents kilomètres

---

1. Aéroport international John-Fitzgerald-Kennedy de New York.

d'autoroute en discutant, sans se presser. Nous avions le temps, le concert n'était qu'à 20 h 30...

Le soir, en arrivant dans les coulisses, non seulement je n'ai aucune difficulté pour y entrer mais, en plus, tout le monde me reconnaît. Je suis maintenant en terrain connu. J'embrasse Ron qui est ravi de me voir et lui présente Robert :

— Ah, c'est toi ! Il est trop, ton copain ! Tu as vraiment de la chance parce que pour faire tout ce qu'il a fait, il doit vraiment t'aimer ! Ne bougez pas, je vais dire au *boss* que vous êtes là...

Ron frappe d'une sorte de code la porte de la loge, avant d'entrer. Il en ressort une minute plus tard :

— Il termine de s'habiller et il vous reçoit tout de suite.

Ron nous fait entrer et Ray a l'air véritablement heureux que nous soyons là.

— Ray, je voulais juste que tu fasses la connaissance de Robert. Tu sais, mon pote, le compositeur des chansons.

Ray Charles s'assombrit immédiatement, se détourne de moi légèrement et fait face à Robert, en tendant la main droite. Robert est comme pétrifié et ne sait quoi faire. Je lui prends l'avant-bras pour lui faire comprendre que c'est à lui de serrer la main de Ray...

D'un mouvement simultané, Ray serre la main de Robert et, de sa main gauche, enserre son poignet[1].

---

1. Sa mère lui avait inculqué ce principe : Débrouille-toi ! Tu es aveugle, c'est entendu, mais tu dois pouvoir faire ce que les autres font. Il faut simplement que tu trouves un autre système...

Ainsi, pour jauger quelqu'un, Ray Charles avait trouvé sa propre manière. En serrant pendant quelques secondes, de sa main gauche le poignet de son nouvel interlocuteur, il pouvait avoir une idée très précise de sa morphologie. En effet, le poignet est fonction de l'ossature générale et indique aussi la taille. D'autre part, à force d'habitude, les doigts deviennent des radars qui sentent certaines choses impalpables telles l'honnêteté ou la malhonnêteté, l'anxiété, la timidité ou l'aisance.

J'ai appris, pour l'avoir observé à maintes reprises à travers les années, que plus cette première poignée de main était longue (au-delà de cinq secondes), plus l'interlocuteur était digne d'intérêt. Dans le cas contraire, il libérait la personne très rapidement et s'en détournait, l'air très occupé...

Tout en continuant à lui serrer la main et le poignet, il se penche légèrement en avant, fronce les sourcils et lui dit, avec une intensité et une profondeur qui nous serrent littéralement la gorge et nous hérissent les poils :

— Robert, Jean-Pierre m'a expliqué pour ta mère. Je veux que tu saches que j'ai prié pour elle...

Nom de Dieu, j'avais oublié de lui dire que j'avais mis Ray au courant ! Robert est profondément bouleversé, ému aux larmes...

A Paris, j'avais à peine évoqué à Ray la très grave maladie de la mère de Robert. Il est à cinq minutes de monter sur scène et probablement stressé, son esprit devrait donc être ailleurs. Mais non, il va immédiatement toucher le cœur de Robert...

Puis, il se redresse, se tourne vers moi et sur un ton moins grave, mais tout aussi sérieux :

— Jean-Pierre, tu auras de mes nouvelles dans les quarante-huit heures. Je sais que tu m'as indiqué tes coordonnées dans le livre...

— OK, OK, nous allons assister à ton concert et nous repartirons aussitôt à Paris.

Et là, je le serre brièvement dans mes bras. C'était la première fois. Je ne sais pas pourquoi, je n'ai pas réfléchi. J'ai juste eu envie de l'embrasser...

Nous assistons donc, comme prévu, au concert et nous nous sommes vraiment éclatés ! Robert, comme tous les chanteurs au monde, était en admiration devant le talent du Genius. Un grand moment de musique ; le pur bonheur...

Il est trois heures du matin et personne sur l'autoroute. Nous rentrons sur Paris à cent cinquante à l'heure. Bien que nous soyons épuisés, nous avons pleinement conscience de notre chance, du privilège d'être entrés dans cette sphère très privée. La nuit est noire et les arbres de la forêt, éclairés par la lumière des phares, semblent nous saluer... Les images du concert sont présentes dans nos têtes... Nos tympans vibrent encore...

Nous arrivons à Marnes-la-Coquette, il est 6 h 15. A

peine entrés dans la maison, nous n'avons qu'une chose en tête : ALLER DORMIR !

Je suis bien au chaud dans les bras de Morphée, à dix mille kilomètres de la Terre lorsque... Driiiiing... La sonnerie stridente du téléphone m'atteint en plein vol et me fait immédiatement redescendre dans la réalité.

Je décroche et... c'est Ron .

— Tu fais vraiment chier, Ron, on vient juste de se coucher !

— Mais qu'est-ce que vous avez foutu jusqu'à maintenant ? Il est 10 heures passées !

Il m'annonce qu'ils sont ici, à Paris, à l'hôtel George-V ! Et Ray veut me voir !

— Arrête tes conneries, Ron ! Vous ne pouvez pas être à Paris alors que ce soir, vous devez jouer à Francfort !

Ron qui aimait bien la rigolade avait certainement voulu me piéger, me faire une blague : Ray Charles n'a pas pu venir d'Allemagne ce matin pour y retourner ce soir, rien que pour me voir ! Ça ne peut être qu'un délire de Ron, évidemment !

Pour le prendre en flagrant délit de mensonge, je lui lance : OK, Ron, puisque tu es au George-V, ne bouge pas, je te rappelle !

Je raccroche, appelle dans la foulée le George-V, demande à parler à Ray Charles et... c'est Ron qui décroche :

— Ça y est, t'es convaincu ? T'es bien réveillé maintenant ? Bon, alors, écoute-moi ! Ce matin, Ray s'est réveillé de bonne heure et a décidé de passer par Paris pour te voir, avant d'aller à Francfort, tout à l'heure.

— Non, mais t'es sérieux, Ron ?

— Evidemment que je le suis ! Qu'est-ce que tu crois que je fous à Paris, au George-V, à cette heure-là ? Et si j'étais toi, je me dépêcherais car, comme tu le sais, Ray n'aime pas attendre !

Sans perdre une minute, je fonce dans le salon réveiller Robert, profondément endormi sur le canapé :

— Robert, réveille-toi ! Ray est à Paris et nous attend dans sa suite au George-V !

— Qu'est-ce que tu racontes ? De quoi tu parles ? me dit-il, totalement ébahi.

— Habille-toi vite et on se casse !

Nous nous habillons en toute hâte. Pas le temps de prendre un café et encore moins de nous laver ni de nous raser ; des zonards total !

Je conduis en pilotage automatique. Je n'en reviens toujours pas. Est-ce vrai que Ray est venu uniquement pour nous voir ? Ça paraît tellement incroyable, extraordinaire et totalement irréel...

Nous nous précipitons à l'hôtel et montons directement dans la suite de Ray, comme Ron nous l'avait demandé.

J'appuie sur le bouton de la sonnette et effectivement, aussi sidérant que cela puisse paraître, c'est Ray Charles qui nous ouvre la porte !

Ray est en pleine forme. Il est rasé de près, vêtu simplement d'une chemise beige et d'un pantalon marron. Il a l'air calme et déterminé :

— Il doit y avoir deux fauteuils par là, installez-vous. Voulez-vous boire quelque chose ?

Il s'empare du téléphone, appuie sur le bouton du service d'étage, comme s'il habitait là depuis toujours ! Il commande du café pour trois et, en raccrochant, nous déclare :

– OK, *guys !* Je dois repartir en Allemagne dans une heure, alors parlons peu, parlons bien ! Jean-Pierre, il faut que je te dise, je n'ai jamais trop aimé les duos. Je suis très rarement sur la même longueur d'ondes que l'autre chanteur. Les résultats ne sont jamais à la hauteur de mes exigences. Mais, après avoir écouté la cassette, je dois dire que tu avais raison. En écoutant *Just Because*, c'est vrai que je peux tout à fait entendre nos deux voix s'entremêler. De plus, c'est une très bonne chanson... Les changements d'accords sont totalement inhabituels pour moi. Cela me fait presque penser à une mélodie italienne...

— Tu as raison. Robert a des origines italiennes.

Et Ray nous demande si nous pouvons venir à Los Angeles, dans son studio, le 2 janvier prochain...

— A quelle heure Ray ?

— 11 heures, ça vous va ?

6

Sur la planète Ray Charles

En quittant Ray Charles, nous nous retrouvons dans le couloir de l'hôtel. Nous échangeons un regard et, tombant dans les bras l'un de l'autre, nous éclatons de rire. Puis, tout à notre bonheur, nous courons vers la sortie, comme des gamins.

Je n'en reviens pas mais nous sommes admis chez le meilleur parmi les plus grands et dans la catégorie internationale, s'il vous plaît !

L'idée qui avait germé dans ma tête, au fond de ma banlieue parisienne, à peine un mois plutôt, vient de prendre corps. C'est fou, mon rêve américain devient réalité.

Je mets en vente tout ce qui peut l'être et réunis toutes mes économies. Restée à Los Angeles, ma femme, Leslie, commence à préparer le terrain. Arrive enfin le jour du départ. En moi, l'excitation le dispute à la peur de l'inconnu et au regret de laisser derrière moi mes parents et mes amis. Le fidèle Alain, voulant participer jusqu'au bout à l'aventure, est bien sûr du voyage.

Arrivés à Los Angeles, nous entamons la course folle des problèmes matériels à régler. Après avoir loué une voiture (une nécessité presque vitale dans cette ville immense), nous nous mettons en quête d'une maison assez grande pour y vivre et y travailler, située dans un quartier assez huppé pour y recevoir des businessmen et des artistes et assez indépendante pour pouvoir écouter de la musique à toute heure du jour et de la nuit sans déranger le voisinage. Pour faciliter les choses, nous n'avons évidemment pas un budget illimité. L'idéal serait la même villa qu'à Marnes-la-Coquette, mais à Hollywood ! Bref, un vrai mouton à cinq pattes !

Et pourtant, le ciel devait être avec nous car très rapidement nous avons trouvé la perle rare, au cœur de Hollywood, la maison du célèbre acteur Erroll Flynn : une villa de la Belle Epoque située sur Sunset Boulevard, juste derrière le Comedy Store. Elle était superbe et correspondait exactement à ce que nous cherchions, la surface, l'adresse et... la frime, élément malheureusement très important dans le show business. Il nous fallait pallier notre handicap d'être français (et donc considérés comme des amateurs) par une façade respectable.

Le loyer était très raisonnable car tout était à refaire, mais il en aurait fallu beaucoup plus pour nous arrêter, d'autant que Ron Boyd, l'assistant de Ray Charles, nous avait donné de bons tuyaux pour nous faciliter la vie à LA.

La maison, vide et dans un piteux état lorsque nous l'avons louée, est maintenant totalement retapée, équipée, prête à l'emploi. Le 2 janvier, jour du rendez-vous fixé par Ray Charles, arrive à grands pas.

Los Angeles est une mégalopole qui s'étend sur plus de cent cinquante kilomètres et je ne suis jamais allé au studio de Ray Charles. Mais il est impensable pour moi d'arriver en retard. Trois jours avant notre rendez-vous, alors que Robert est resté à la maison pour répéter, je pars en reconnaissance. Le trafic dans cette ville étant absolument épouvantable et variable selon les heures, je fais mon test à 10 heures du matin. De toute façon, le 2 janvier, par mesure de sécurité, je rajouterai un quart d'heure au temps nécessaire.

En roulant vers l'ouest, c'est-à-dire vers Downtown[1], je m'enfonce dans le quartier noir. A chaque kilomètre parcouru, l'environnement se dégrade un peu plus. On

1. Le centre-ville.

pourrait se croire dans la banlieue d'Abidjan ou de Dakar, soleil compris. La pauvreté, d'abord vaguement perceptible, devient oppressante. Elle m'agresse. Je vois de plus en plus de clochards poussant des Caddie remplis de tout ce qui leur reste au monde, des ivrognes, des drogués : *Welcome to California !* Je suis très loin du Los Angeles de carte postale. Pour preuve, les palmiers se font de plus en plus rares, et même les belles voitures semblent avoir disparu. Et dire que la dernière fois que j'ai vu Ray Charles, c'était dans une suite splendide de l'hôtel George-V !

En arrivant devant le numéro 2107, j'ai un petit pincement au cœur. Je ralentis sérieusement mais ne m'arrête pas. Etant le seul Blanc dans le quartier, je me fais déjà suffisamment remarquer.

De ma voiture, je ne vois qu'une imposante porte d'entrée à double battant et, à droite du bâtiment, une grande grille blanche à travers laquelle je peux apercevoir une quinzaine de voitures impeccablement garées en épi. Au fond de ce parking, je vois une guérite vitrée, surélevée de trois marches, celle du gardien.

Je ne sais pas quoi, mais quelque chose me dérange à la vue de ce bâtiment d'une cinquantaine de mètres de long sur deux étages.

Je ne peux plus voir l'immeuble car je l'ai dépassé. Je fais donc demi-tour et repasse devant à faible allure... Oh ! Merde ! Il n'y a pas de fenêtres ! Sur toute la façade latérale donnant sur le parking, pas une seule fenêtre ! Devant, au-dessus de la porte d'entrée, pas une seule fenêtre, mais uniquement des grandes lettres en relief : R.P.M. INTERNATIONAL.

Qu'est-ce que ça veut dire R.P.M. ? Peut-être R pour Ray ? Mais le reste ?

Je continue mon tour de l'immeuble. J'en ai maintenant vu les quatre côtés et n'ai pas aperçu une seule fenêtre, pas le moindre vasistas ni la plus petite lucarne. Je n'ai pas vu de porte non plus. Cela me semble invraisemblable, à tel point que je repasse devant le 2107, voir si, par hasard, je ne me suis pas trompé d'adresse. Eh bien non, c'est bien là, pas d'erreur possible. Perplexe, je rentre à la maison faire part à Robert de mes découvertes.

Le grand jour arrive. Je n'ai pratiquement pas fermé l'œil de la nuit. Avant 5 heures du matin, Robert et moi, gagnés par une grande nervosité, sommes déjà douchés, rasés, habillés, prêts à partir. Comme tous les matins, Robert appelle sa mère à Paris. Il la sait très malade et s'en inquiète énormément.

A 10 heures, n'en pouvant plus d'attendre, nous montons en voiture. Robert a pris sa guitare [1] et moi un sac de voyage dans lequel j'ai pris soin de mettre un magnétophone à cassettes, un micro, un casque, toutes les paroles des chansons de Robert tapées à la machine mais aussi transcrites en braille, au cas où Ray Charles ne retrouverait pas son exemplaire.

Ron m'avait expliqué clairement la procédure à suivre :

« Présente-toi devant la grille du boulevard. Le gardien sera au courant. Donne deux coups brefs de klaxon et le portail s'ouvrira automatiquement. En entrant dans le parking, sur ta gauche, tu verras des emplacements réservés aux visiteurs. Fais attention, gare-toi bien au milieu d'un emplacement, sinon Joe Adams, le manager, piquera une crise et te fera déplacer ta voiture ! Mais, de toute façon, je t'attendrai sur le parking à 11 heures. »

Arrivé devant l'immeuble, je suis point par point les indications de Ron qui, comme promis, nous attend.

1. Il s'agit d'une guitare Martin's D76, modèle 1976. Cette guitare acoustique est considérée comme la meilleure de sa catégorie. Elle a été fabriquée pour le bicentenaire de l'indépendance des Etats-Unis, en série limitée à 1 976 exemplaires, celui de Robert portait le numéro 7...

Avec un grand sourire, d'un signe du pouce, il nous confirme que nous sommes bien garés.

En sortant de ma voiture, je vois la belle Mercedes 600, de couleur bordeaux, appartenant à Ray Charles. Mon regard est attiré par sa plaque d'immatriculation : RC 923. Non, là, c'est trop ! Le sol se dérobe sous mes pieds. J'ai l'étrange sentiment d'entrer dans la quatrième dimension, celle où le rationnel perd ses droits. En fait, je suis totalement estomaqué. Pourquoi ? Parce que 923, c'est mon matricule d'internat, celui qui m'a suivi durant toute ma scolarité ! Imprimé en rouge sur une petite étiquette, il était cousu sur toutes mes fringues, des socquettes aux caleçons en passant par la blouse, jusqu'aux draps, couvertures, oreillers, mouchoirs, tout, quoi ! Pendant sept ans, 923 ne m'a pas lâché. Ces trois chiffres étaient intimement liés à ma vie, nuit et jour. Certes, ça ne veut rien dire en soi. Mais, ajouté à la liste des coïncidences et des similitudes entre Ray et moi, ça commence à faire... Ça commence à bien faire !

Je m'adresse à Ron : « RC sont les initiales de Ray Charles, mais pourquoi 923 ? »

« C'est sa date de naissance », me répond-il sur le ton de l'évidence.

J'avais simplement oublié qu'en anglais, on écrit le mois avant le jour.

923 signifie donc septembre 23, Ray Charles étant né le 23 septembre 1930[1].

Juste devant la Mercedes de Ray Charles, un escalier donne sur une petite porte assortie d'un interphone, invisible de la rue. Ron nous fait signe de le suivre. Une dernière fois, je me retourne pour regarder le parking, la voiture et sa plaque car je n'en reviens toujours pas. Ce faisant, je m'aperçois que deux caméras, placées à

1. En Californie, contre le paiement d'environ 15 dollars par an, on peut marquer ce que l'on veut sur sa plaque d'immatriculation, dans la limite de six chiffres ou lettres.

dix mètres du sol, balayent systématiquement le parking. A un mètre d'une des caméras est installé un gros haut-parleur. Bonjour l'ambiance de flicage façon FBI !

Nous grimpons les escaliers deux par deux et arrivons au premier étage. Le contraste avec l'extérieur est plus que saisissant, il est choquant. Dehors, les lunettes de soleil s'imposent tant la luminosité est éblouissante, alors qu'ici il fait presque sombre. Seules des rampes de néons diffusent une lumière bleutée artificielle. A l'extérieur, la température est de trente-deux degrés Celsius. Ici, la climatisation tourne à plein régime, il fait vingt degrés.

A gauche, le long d'un grand couloir fraîchement repeint et tapissé de moquette rouge, je remarque une succession de bureaux. En face de moi, dans un autre couloir, les portes des toilettes séparent clairement les *Ladies* des *Gentlemen*. J'y vois aussi une cabine téléphonique identique à celles que l'on trouve dans les rues ainsi qu'un distributeur de boissons automatique.

L'ensemble a une allure très professionnelle, très PME. Tiens, encore des caméras !

En me tournant vers la droite, j'ai un véritable choc. Sur une porte fermée est apposée une plaque gravée STUDIO. C'est l'antre de Ray Charles, où il a composé et enregistré tant et tant de musiques. Toutes les chansons qui ont accompagné ma jeunesse sortent de là, de derrière cette porte... Je n'avais jamais pensé à ça, je n'avais jamais imaginé l'endroit.

Ron s'est déjà engagé dans le long couloir de gauche, Robert et sa guitare sur ses talons. Je ferme la marche. En passant, je ne peux m'empêcher de glisser un regard dans tous les bureaux, les uns après les autres. La première pièce, une cuisine-salle à manger à l'américaine, propre et rangée, équipée d'une télévision, est probablement la salle de repos des musiciens et des employés. Il n'y a personne dans le deuxième bureau, réservé à la photocopieuse. La machine ultramoderne trône au milieu de rayonnages remplis de stocks de papeterie. Le tout est rangé impeccablement, à l'allemande ! Dire qu'à l'extérieur du bâtiment, on baigne dans la pauvreté, la saleté, le bordel, une ambiance tendue, presque angoissante. Ici, c'est l'exact contraire. Tout est agencé, ordonné, d'une propreté exemplaire. Même les peintures et la moquette sont neuves. J'ai le sentiment d'être sur une île isolée, perdue dans un océan de blues...

Dans le troisième bureau, une secrétaire à l'aspect très officiel, en tailleur strict et talons hauts, consulte une pile de dossiers. Là non plus, pas un papier ne traîne.

La comptabilité tient ses quartiers dans le quatrième bureau et tiens ! premier employé blanc depuis que je suis arrivé ! Cette dame d'une cinquantaine d'années additionne des chiffres et fait swinguer sa machine à calculer. Mon attention est attirée par une voix féminine : *Good morning, Ray Charles Enterprises.* Je me retourne et vois une secrétaire assise devant un standard téléphonique. Une autre employée, installée en face, s'affaire devant un Télex [1] qui crépite. Au standard aussi, ça swingue sérieux !

Les bureaux qui suivent sont à l'avenant, impeccables. Les employés ne font même pas attention à nous, tant ils sont absorbés par leurs tâches.

Ron, maintenant arrivé au bout du couloir, se retourne vers moi et me fait signe avec sa main, l'air de dire : Grouille-toi, il est 11 heures !

J'arrive à grands pas à sa hauteur et il frappe à la porte.

— *Come in* [2] *!*

Putain, j'ai reconnu la voix de Ray Charles !

Ron ouvre la porte, Robert me laisse passer. Mon sang ne fait qu'un tour, mes battements de cœur s'accélèrent et nous entrons dans ce qui est à l'évidence le bureau de Ray Charles. En effet, je n'ai jamais vu autant

1. A l'époque, seul le Télex, ancêtre du fax, était utilisé pour la transmission des textes écrits.
2. « Entrez ! »

de disques d'or, de platine, de 33-tours ou 45-tours, de médailles, de récompenses sur les quatre murs d'une même pièce. Il y en a partout, dans toutes les langues, jusqu'au plafond. Complètement bluffé, je réalise l'ampleur de sa notoriété à travers le monde.

C'est une grande pièce rectangulaire, d'environ soixante mètres carrés, avec, aux extrémités, deux autres portes. Sur ma gauche, il y a un piano droit, juste devant un coin salle à manger, une table ronde et six chaises. Le long du mur, je vois un grand meuble rempli de divers appareils servant à écouter de la musique. En face de moi, derrière un grand bureau... Ray Charles !

Il a l'air en pleine forme, reposé, coiffé, rasé de près et fleurant bon l'after-shave. Elégamment habillé d'une chemise en soie rouge et d'un pantalon noir, il arbore un sourire satisfait.

— *Good morning,* je vois que vous êtes à l'heure, c'est très bien ! Je suis content que vous soyez là. *How is life treating you* [1] ? dit-il en se levant.

Robert et moi sommes étonnés et flattés par tant de gentillesse, tant de prévenance.

Tandis qu'il fait très rapidement, comme un voyant, le tour de la table, pour venir nous rejoindre, je regarde son bureau. Je suis effaré par le bordel invraisemblable qui le recouvre. Cela va du cendrier à l'énorme chope d'un litre imprimée RAY, remplie de sa fameuse mixture café-Bols, de l'échiquier (pions installés, prêt à l'emploi) au tas de cassettes audio, de la pile d'albums 33-tours à la quinzaine de peluches de toutes les tailles et de toutes les couleurs, alignées en rangs d'oignons [2].

Il est maintenant devant nous :

— J'espère que vous êtes rentrés avec votre voiture dans le parking, que vous ne l'avez pas garée dehors.

---

1. Littéralement : « Comment la vie vous traite-t-elle ? » En d'autres termes, Comment allez-vous ? »

2. Ray m'expliqua plus tard que caresser ces peluches soyeuses lui rappelait le doux contact des cheveux de sa mère.

— Ron nous avait prévenus et il nous a fait entrer.

— OK, je préfère ça, car vous savez où vous vous trouvez, n'est-ce pas ? Ici, il n'y a que des culs noirs ! Je ne veux pas jouer au parrain, mais si on vous a vus rentrer chez moi, c'est fini, vous pouvez être tranquille. Vous pouvez même laisser la voiture ouverte, personne n'y touchera. Ici les infos voyagent à la vitesse de l'éclair !

Saisissant le classeur posé sur son bureau, que je lui avais donné à Paris, il me dit :

— A propos, Jean-Pierre, félicitations ! Je sais que pour confectionner ce bouquin, ça a dû te prendre plusieurs heures. Mais quel bonheur en l'utilisant ! Tout est rangé, classé, marqué. C'est clair et précis.

Soulevant le classeur dans la direction de Ron, il poursuit :

— A propos, Ron, je te préviens, je n'accepterai plus aucun projet, plus aucun script, si ce n'est pas présenté comme ça ! Tu as bien compris ? J'en ai assez de me bagarrer avec des feuilles dans tous les sens, la moitié en braille, l'autre tapée à la machine ou je ne sais pas quoi.

Puis il lance : *OK, now, are you ready to work ? So, let's go guys*[1] *! I don't have all day*[2] *!* Avant qu'on ait eu le temps de réagir, il avait déjà ouvert la porte et remontait le couloir à petits pas très rapides, tout seul, sans même effleurer les murs, en sifflant *Racing with the moon*[3] *!* J'ai presque des difficultés à le suivre et je suis sidéré de le voir se déplacer avec une telle agilité, une telle assurance.

Il sort un gros trousseau de sa poche et, tout en marchant, cherche la bonne clé. Il stoppe net à vingt centi-

---

1. « OK, maintenant, êtes-vous prêts à travailler ? Alors, allons-y les gars ! »

2. « Je n'ai pas toute la journée devant moi » était l'une des expressions habituelles de Ray. Il mettait toujours la pression sur les gens pour que tout aille plus vite.

3. *Faire la course avec la lune* est une vieille chanson américaine.

mètres de la porte du studio. J'ai beau savoir qu'on est chez lui et qu'il connaît l'endroit par cœur, je ne comprends pas comment il fait pour ne pas se manger la porte ! En un quart de seconde, il l'ouvre et s'engouffre dans le studio.

Robert et moi suivons le mouvement précipitamment. A gauche, la porte du *control room* [1] est ouverte. Une table de mixage professionnelle trône en plein milieu, entourée de quantité de machines électroniques, d'un magnétophone 24 pistes Studer [2] et de tout ce que l'on trouve habituellement dans les grands studios d'enregistrement. Là encore, tout est rangé impeccablement.

Je n'ai pas le temps de contempler les machines. Ray Charles est déjà assis devant un superbe piano à queue. Il s'agit d'un Steinway de concert, laqué noir, sur lequel il entame un blues. Le studio est immédiatement envahi par de magnifiques sonorités sortant du Steinway.

« Whaow ! Il n'y a pas de public, il n'y a pas d'orchestre, ce n'est pas un show, il joue juste pour nous ! Encore une première. Et dire que je suis l'instigateur de toute cette folie... Quel pied ! »

Robert ouvre son *flight case*, sort sa guitare et en vérifie la justesse. Malgré l'air conditionné, je le vois transpirer.

Quant à moi, sans dire un mot, je déballe toutes mes affaires et les pose sur le piano, juste devant Ray Charles. Je branche fébrilement mon magnétophone à cassettes et mon micro. Je commence aussi à transpirer. J'ai du mal à réaliser que je suis reçu dans cet endroit mythique par le Genius lui-même. Nous sommes seuls avec lui, sans même Ron. De toute évidence, Ray Charles avait donné ses instructions...

---

1. Appelé cabine par les professionnels, le *control room* est le centre nerveux du studio. C'est une pièce isolée hermétiquement de laquelle on dirige les enregistrements.

2. Magnétophone professionnel haut de gamme suisse. Il est considéré comme le meilleur des enregistreurs 24 pistes analogiques.

Je regarde autour de moi et, j'en ai maintenant l'habitude, tout est évidemment impeccablement rangé. A la droite du piano, s'étale une brochette de claviers divers et variés : un magnifique orgue en bois, un piano électrique Fender, un autre clavier électrique Wurlitzer, un piano droit classique... Ça n'en finit pas, il y en a au moins douze !

Dans un coin, tous les pieds de micro nécessaires sont stockés, les petits devant, les grands derrière, prêts à être utilisés selon l'humeur du *boss*. A côté, dans un grand placard mural dont les portes sont ouvertes, est disposée toute une batterie de micros de toutes tailles, de toutes marques, chacun avec son câblage approprié et parfaitement enroulé. Il y en a bien une cinquantaine, une vraie fortune[1] !

Lorsque je suis prêt, je relève la tête et j'ai un choc en voyant Ray et Robert côte à côte. Dire qu'il y a quelques semaines, à Paris, je partais d'une vue de l'esprit ! On me riait au nez quand on ne me prenait pas pour un fou furieux. J'ai franchi tous les obstacles et mon rêve est en train de prendre forme. Ils sont là, bien là, tous les deux, devant moi, Ray au piano et Robert à la guitare.

Reste à voir si, musicalement, mon idée allait tenir la route.

Ray demande à Robert d'interpréter *Just Because* comme il en a l'habitude. Robert joue les premiers accords, entame le premier couplet. Ray l'accompagne au piano et répète chaque phrase après lui. Ils viennent à peine de commencer que ça sonne monstrueux ! Pourtant, il n'y a que deux instruments, un piano et une guitare. Alors qu'est-ce que ça va être une fois l'enregistrement terminé !

J'ai bien la preuve, là, devant moi, maintenant, que cette chanson convient à Ray. Mieux, on jurerait qu'elle

1. Chaque micro a un usage spécifique selon l'instrument et la couleur que l'on veut obtenir.

est faite pour lui ou même qu'il l'a écrite, tant il s'investit dans la chanson. En prime, leurs voix sont tellement complémentaires que je suis conforté dans mon idée de duo. Que c'est bon d'avoir raison !

J'ai à peine le temps de savourer l'instant que Ray commence à vraiment mettre son nez dans la chanson et à prendre les choses en main :

— *Hold on, hold on, Robert*[1] *!*

Et Ray poursuit : « Robert, pourquoi dédoubles-tu la mesure avec ta guitare ? Tu devrais uniquement jouer tes accords sur tous les temps. Allez, vas-y, essayons. »

Ray vient tout simplement de diviser le tempo original par deux. En d'autres termes, la chanson devient deux fois plus lente.

Robert et moi échangeons un regard. Nous sommes tous deux très étonnés et Robert semble me dire : « Il n'y va pas avec le dos de la cuillère ! »

Il est vrai que, habituellement, on peut changer le tempo en le faisant accélérer ou ralentir de 5 %, voire 10 %, mais jamais de 50 % !

Suivant les recommandations de Ray, Robert interprète *Just Because* sur ce nouveau tempo. Ray le suit, harmonise au fur et à mesure au piano, tout en répétant les paroles après Robert, mais à sa manière. C'est totalement différent, c'est déjà du Ray Charles !

— *One more time ! For me, please*[2] *!* lance Ray.

On recommence depuis le début. Et les voilà repartis !

Trente secondes plus tard, Ray s'arrête de nouveau :

— Robert, ta chanson est en *sol*. Ta voix s'exprime mieux dans les aigus, la mienne, plutôt dans les médiums. Bon, j'ai compris, essayons-la en *mi* bémol. Comme ça, ça devrait nous convenir à tous les deux, explique-t-il, tout en jouant, au piano, les accords de cette nouvelle tonalité, comme si c'était évident.

Evident pour lui, peut-être ! Il avait effectivement

1. « Attends, attends, Robert ! »
2. « Encore une fois ! Pour moi (pour que je l'apprenne) ! »

suivi des cours de musique classique pendant plusieurs années, lorsqu'il était interne à St. Augustine. Mais, pour Robert, c'est une autre paire de manches. Il n'a jamais suivi de cours de musique. Robert est avant tout un créateur, un excellent compositeur. S'il peut jouer de la guitare ou de la basse, il ne se considère pas cependant comme un instrumentiste. Il a appris sur le tas et n'a ni l'expérience ni les connaissances de Ray.

Les rôles s'inversent. Ce n'est plus Robert qui démarre et Ray qui suit, mais le contraire. Robert peine à suivre, à transposer sa chanson dans la tonalité choisie par Ray. Il hésite. Non seulement il doit jouer dans une autre tonalité mais il doit aussi chanter dans cette même tonalité ! Il hésite encore, se trompe, est en retard par rapport à Ray, s'emmêle carrément les pinceaux !

Ray s'arrête de jouer et, *one more time,* on reprend !

Rebelote, Ray démarre, Robert essaie de suivre mais ne trouve pas les nouveaux accords.

Ray Charles s'impatiente. Il répète plusieurs fois le même accord au piano, à toute vitesse, serinant à Robert : mi bémol, mi bémol !

Robert commence à angoisser et transpire maintenant à grosses gouttes, ne sachant plus comment se sortir de cette galère. Moi-même, je n'en mène pas large.

Ray s'arrête de jouer et se tourne brusquement vers Robert : Robert, c'est mi bémol !

Et, comme s'il voyait, d'un geste brusque, il saisit la main droite de Robert, celle qui plaque les accords sur le manche de la guitare. Il la fait glisser à l'endroit précis du manche et lui assène : mi bémol, c'est là !

Comment a-t-il pu savoir où était exactement la guitare, imaginer la position du manche et saisir la main de Robert pour la placer au bon endroit ?

Et puis, depuis quand Ray Charles joue-t-il de la guitare ? Je savais qu'il jouait de différents instruments, les pianos, acoustiques et électriques, y compris leurs pédales, le saxophone, l'orgue, la clarinette, mais, la guitare, première nouvelle.

La scène est stupéfiante. Robert est maintenant

comme hébété, ébahi par ce qui vient de lui arriver. C'est le monde à l'envers, un aveugle qui le guide ! A cet instant précis, je me suis véritablement rendu compte du talent de Ray Charles, de ses grandes connaissances musicales et de son étonnante faculté d'adaptation.

Je n'arrive pas à croire ce que je viens de voir, mais, pour Ray, ça paraît tellement naturel, tellement évident ! Jamais je n'aurais pu imaginer, même dans mes rêves les plus fous, une telle scène.

Evidemment, avant que je puisse aller plus loin dans mes pensées, Ray se remet au piano et démarre, pour la énième fois, *Just Because*. Robert le suit tant bien que mal.

J'entends mon magnétophone émettre un déclic, c'est la fin de la bande. Heureusement, j'en ai apporté un stock. Je remets une cassette neuve quand je m'aperçois que j'en ai déjà utilisé trois, ce qui représente plus de trois heures d'enregistrement. Je regarde ma montre : quoi ? Il est déjà seize heures passées ?

Incroyable mais vrai ! On venait de se taper cinq heures de séance, à deux cents à l'heure, sans une seule minute de break ! C'était tellement rapide et intense que j'avais l'impression d'être arrivé au studio à peine une heure auparavant.

Ray a dû m'entendre changer de cassette, car, à ce moment précis, il se lève et déclare :

— Bon, c'est pas mal pour aujourd'hui. J'aime vraiment cette chanson. *Roberto, it's all good, my friend*[1] *!*

C'était la première fois qu'il l'appelait Roberto[2], ce qui nous a semblé aussi sympathique que marrant.

Puis, poliment, d'un air très concerné, il nous demande : « Est-ce que vous pouvez être là demain à 10 heures ? », comme s'il ne savait pas que nous étions venus ici, à LA, rien que pour lui ! Bien

1. « Roberto, tout va bien, mon ami ! »
2. Familiarité utilisée par Ray pour nous mettre à l'aise.

entendu, il le savait, et en jouait même avec une certaine coquetterie.

Robert et moi avons juste le temps de lui dire au revoir, il a déjà poussé la porte du studio et enfile à toute allure le couloir vers son bureau.

Nous descendons les escaliers et nous retrouvons dehors, sur le parking. Le haut-parleur que j'avais vu en arrivant diffuse, en sourdine, un instrumental de jazz. Il fait déjà presque nuit et les lumières sont allumées. A l'intérieur du bâtiment, on perd la notion du temps. On ne sait plus quelle heure il est, si c'est le jour ou la nuit. Nous avons le vertige, comme si nous venions de descendre d'un manège tournant à toute vitesse. Nous montons en voiture et rentrons à la maison, esquintés de fatigue, de tension nerveuse. Je ne sais pas ce qu'il en était pour Robert, mais moi, j'avais mal partout. Cependant, cette fatigue n'était rien à côté de l'immense satisfaction que nous ressentions en nous remémorant ce qu'avait dit Ray :

— Tu te rends compte, il a bien dit qu'il adorait ta chanson ?

— Oui, c'est exactement ce qu'il a dit. En plus, il m'a appelé Roberto ! Et, t'as vu comme il a roulé les R ? Rroberrto !

— Quel musicien ! Si je n'avais pas compris pourquoi on l'appelle The Genius, eh bien maintenant je suis servi ! Quelle leçon il nous a donnée !

« C'est fou comme on s'habitue vite aux bonnes choses... » C'est la réflexion que je me suis faite au volant de ma voiture, le lendemain matin, en retournant chez Ray.

L'angoisse de la veille a sérieusement diminué. Je suis beaucoup plus décontracté. Je sais maintenant où nous mettons les pieds, et même le gardien du parking, qui nous reconnaît, nous ouvre immédiatement le portail avec un grand sourire.

Cette fois-ci, Ray est déjà en studio, assis, tout seul, à la table de mixage, et, je n'en crois pas mes yeux, il mixe[1] ! Ron nous fait signe de ne pas faire de bruit, mais Ray nous a déjà entendus. De toute façon, l'heure du rendez-vous est arrivée.

— *Good morning, guys, how are you today ?*

Il est aussi cool, rayonnant, souriant et poli que la veille.

Je lui fais part de mon grand étonnement :

— Dis-moi, Ray[2], tu es en train de mixer ?

— Oui, oui, je m'amuse avec une bande.

Il y avait en effet une bande vingt-quatre pistes installée sur le magnétophone, en train de tourner.

— Ray, de tous les artistes que je connais, tu es le seul qui mixe ses propres productions. D'habitude, ils ne sont même pas présents pendant le mix. Pire, ils ne savent pas se servir d'une table de mixage !

— Non, non, c'est pas mon cas, dit-il en se levant. Je préfère faire les mix moi-même, c'est beaucoup trop délicat pour laisser faire un technicien. Après tout, c'est ma musique, la guerre est une chose trop sérieuse pour la laisser aux militaires !

Sur ces mots, Ray éclate d'un rire tellement communicatif que, quelques secondes après, Robert et moi sommes aussi pliés en deux. Décidément, quel sacré numéro, ce Ray Charles !

Et, il ajoute : « Si ça vous intéresse, je vous explique comment fonctionne ma table de mixage. »

Joignant le geste à la parole, le voilà parti dans une démonstration des possibilités que lui offrent ses machines. Pendant plus d'une heure, à toute vitesse, il

---

1. Chaque piste correspond à un son. Le mix consiste à traiter ces sons un par un, puis les uns par rapport aux autres. Ce minutieux travail terminé, comme dans une gare de triage, les 48 pistes initiales sont réduites à deux pistes stéréo : une piste à gauche et une piste à droite.

2. En anglais, il n'existe pas de distinction entre le tutoiement et le vouvoiement. *You* est utilisé indifféremment pour dire vous ou tu. De plus, dans le métier, les gens se tutoient très vite, sans distinction d'âge, de statut...

nous explique chaque fonction de chacun des boutons de toutes sortes qui se trouvent par centaines devant lui, sur la table de mixage, le tout sur quarante-huit pistes différentes et sur trois mètres de long ! Pour compliquer un peu les choses, il faut savoir que chaque piste a son propre vumètre, ce qui fait donc un total de quarante-huit vumètres[1] ! Il connaît son matériel sur le bout des doigts, c'est le cas de le dire !

« Mais les ingénieurs ont toujours les yeux rivés sur leurs vumètres, alors comment fait-il, lui, pour savoir si l'aiguille est dans le rouge et si la piste sature ou pas ? » La question me brûle les lèvres mais je n'ose pas la lui poser. En fait, je ne le connaissais pas encore suffisamment et je voulais à tout prix éviter de le blesser en évoquant d'une manière ou d'une autre son handicap.

Il m'a expliqué plus tard que les vumètres, il s'en moquait éperdument, au point d'avoir du mal à comprendre leur utilité : « Si le son sature, ça doit s'entendre, non ? OK, je suis aveugle et je ne vois pas l'aiguille. Mais, ça ne me sert à rien, j'ai de très bonnes oreilles. Je n'ai pas besoin de vumètre pour entendre s'il faut baisser ou pas tel ou tel instrument ! J'ai fait un check-up le mois dernier et, grâce à Dieu, mes facultés auditives sont parfaites ! Et heureusement ! Déjà que je n'y vois rien du tout, sans mes oreilles, laisse tomber, *man*, autant mourir ! »

Soudain, il se lève comme un diable sortant d'une boîte et, tout en se dirigeant vers son piano, nous lance : « *Let's go ! I don't have all day*[2] *!* »

Avant de quitter la cabine pour le rejoindre, j'ai juste le temps d'apercevoir un détail intriguant, plusieurs bouts de sparadrap, d'environ deux centimètres de long,

---

1. Le vumètre est le compte-tours de l'ingénieur du son. Le compteur comporte une aiguille qui, si elle entre dans la zone rouge du cadran, indique une saturation. Il faut alors baisser le volume de cette piste.

2. « Allons-y ! Je n'ai pas toute la journée ! »

collés par-dessus certains boutons de la console. Peut-être s'agit-il de boutons dont les fonctions sont en panne ? Je ne sais pas, mais la panne ne cadre pas trop avec la rigueur de Ray Charles.

Comme la veille, on s'installe autour du piano et les répétitions, les mises au point recommencent. Robert, qui a répété toute la soirée à la maison, est beaucoup plus à l'aise qu'hier. Au bout d'une bonne heure de travail très intense et sans interruption, alors qu'il vient de plaquer le dernier accord de la chanson, Ray embraye immédiatement sur une rapsodie hongroise de Liszt ! Est-ce réellement une coïncidence ? Je ne sais pas. Toujours est-il que le voilà parti chez les romantiques pour une interprétation magistrale, digne d'un concertiste de haut vol.

J'ai appris plus tard qu'il adorait cette période et particulièrement Liszt, Chopin. Au bout de deux minutes, il ne peut s'empêcher d'improviser. Avec un petit sourire narquois, il joue maintenant du jazz à partir des accords de Liszt :

— Ah, ça fait du bien ! Ça, c'est un interlude !

Robert et moi sommes subjugués par une telle démonstration, qui nécessite un grand talent comme une maîtrise énorme de la musique. Ray nous explique :

— J'ai appris tout ça quand j'étais jeune, à l'école de musique. Tu as entendu, au bout de quelques instants, j'ai toujours envie d'aller voir plus loin et de ne pas juste jouer ce qui est écrit. D'ailleurs, j'étais comme ça lorsque j'étais jeune et ça m'a valu de nombreuses engueulades des professeurs de musique offusqués par mes fantaisies ! Mais qu'est-ce que tu veux, je ne peux pas m'en empêcher, c'est comme ça. La musique vit en moi et il y a des choses qu'on ne peut pas contrôler. Est-ce que tu peux contrôler les battements de ton cœur ? Non ! *End of story* [1] *!*

Petit à petit, je découvre le Ray Charles secret... Pas le Ray Charles officiel, celui des concerts, des magazines,

1. « Fin de l'histoire ! »

des télés, non ! Maintenant, je suis dans son intimité. Il n'y a personne autour de nous. Il est simplement lui-même, vrai, sans retenue.

— Bon, c'est pas l'tout, *guys*, on y retourne !

A peine a-t-il dit cela qu'il s'est déjà remis à jouer *Just Because*, mais sur un tempo légèrement différent, juste pour essayer, comme ça !

Tout d'un coup, il se lève, se retourne et, pointant son doigt vers un coin précis du studio, me dit :

— Regarde, Jean-Pierre, là dans le coin, il doit y avoir un Neumann U47[1]. Robert, s'il te plaît, juste pour moi, chante *Just Because*, avec ta guitare, devant ce micro, et moi je vais enregistrer dans la cabine[2]. Comme cela, je pourrai travailler sur ta chanson, même si tu n'es pas là.

Robert ne peut s'empêcher de faire cette réflexion :

— Un U47 ? ! C'est mythique, c'est un supermicro !

Ce à quoi Ray répond :

— J'ai dû tous les essayer et c'est celui qui me convient le mieux, qui n'enlève rien, ni ne rajoute quoi que ce soit au vrai son de ma voix. Et toi, Robert, qu'est-ce que tu préfères ?

— Pour ma voix, il existe un Sennheiser[3] qui me correspond bien.

Robert et moi sommes sidérés par la réaction de Ray :

— Bon, vous irez en acheter un et, Jean-Pierre, n'oublie pas de donner la facture au comptable pour qu'il te rembourse. C'est bien moi qui vous ai fait venir de Paris, non ? C'est donc ma responsabilité.

---

1. Il s'agit d'un microphone de fabrication allemande, dont la qualité n'a encore jamais été égalée à ce jour.

2. Ray s'est métamorphosé en ingénieur du son. Il a fait rapidement ce qui était techniquement nécessaire pour enregistrer Robert, de l'installation de la bande sur le magnétophone à l'utilisation de la bonne piste.

3. Micro de fabrication allemande, dont le modèle a été conçu pour les enregistrements de cymbales de batterie. Le son des cymbales est très aigu. Ce micro donne une couleur intéressante aux voix aiguës, comme celle de Robert.

Je suis dans la cabine avec Ray. Je ne suis même pas un assistant, juste un spectateur. Il se débrouille tout seul, ne me demande rien et, appuyant sur le bouton d'appel pour se faire entendre de Robert, resté dans le studio devant le micro : *OK. Are you ready ? OK, go !* Et il appuie simultanément sur le bouton enregistrement. La lumière rouge s'allume, tout un symbole...

Cinq heures se sont déjà écoulées depuis notre arrivée au studio lorsque Ray nous dit :

— Excusez-moi, j'ai un autre rendez-vous. Demain, même heure ?

Le lendemain, ça devient une routine : voiture, trajet, klaxon, portail, Ray assis devant la console en train de mixer. Mais la table de mixage est maintenant couverte de bouts de sparadrap. Je ne peux alors m'empêcher de lui demander :

— Ray, je ne veux pas m'occuper de ce qui ne me regarde pas, mais à quoi servent ces bouts de sparadrap ?

Ray éclate de rire :

– Je ne ris pas pour me foutre de toi, simplement tu as oublié que je suis aveugle ! Tu vois ces centaines de boutons devant moi ? Comment veux-tu que j'en tourne un en étant sûr de ne pas modifier, par inadvertance, la position de celui d'à côté ? Ils sont tous à moins d'un centimètre les uns des autres. Donc, systématiquement, je commence par la première piste et le premier bouton. Lorsque je suis satisfait de ce premier réglage, je pose immédiatement mon bout de sparadrap dessus. Je peux donc passer au réglage suivant, sans risque, et ainsi de suite. Tu vois, c'est simple, je vais te montrer. Je vais prendre la piste 32, ça doit être un saxophone.

Il ouvre la piste et, bien sûr, il a raison, c'est un saxophone.

– Alors, je monte le niveau comme ça, comme ça... Voilà ! Là, c'est bien. OK ?

— Oui, oui, OK...

Et là, d'un geste brusque et précis, il atteint un énorme dévidoir de sparadrap blanc fixé au mur. Il en découpe un petit bout, de la même longueur que ceux qui sont déjà collés et, avec précision, rapidité, délicatesse, il bloque définitivement le réglage effectué. Quand son réglage était fait et qu'il en était satisfait, c'était terminé, il n'y touchait plus. A la limite, s'il y avait eu des vis, il aurait pris le tournevis et les aurait serrées à fond. Il verrouillait, point !

Ce qui est fascinant, c'est qu'au bout de quatre ou cinq heures de mixage, on ne voit plus rien sur la console. Il y a des bouts de sparadrap collés partout. On ne voit plus les boutons, on ne voit plus les réglages, c'est absolument hallucinant.

Et c'est le cas aujourd'hui, ce qui veut dire qu'il a passé plusieurs heures à mixer depuis notre départ du studio, la veille. Quel bosseur, il n'arrête pas !

C'est vraiment un cas à part, ce Ray Charles. Non seulement il fait l'ingénieur du son, il mixe, mais, en plus, il s'est inventé un système pour pallier son handicap.

— Tu sais, Jean-Pierre, il faut que tu comprennes. Si je suis devenu ce que je suis aujourd'hui, c'est entièrement grâce à ma mère. Elle m'a appris comment vivre avec mon handicap, comment dealer dans la vie, et je t'assure que ses paroles sont gravées à jamais dans ma mémoire. En réfléchissant, dans n'importe quelle situation, je trouve une solution. Je peux pratiquement faire tout ce que vous faites, vous, les voyants. Tu ne le crois peut-être pas, mais c'est vrai. Bon, par moments, il faut que je me triture la cervelle pour trouver un système différent du vôtre, mais j'y arrive toujours et je ne me suis jamais retrouvé coincé, sauf pour les voitures ! La seule chose que je ne peux pas faire, c'est conduire une voiture. Je sais conduire et j'aime la mécanique, mais... Bref, tu comprends les bouts de sparadrap maintenant ? dit-il en explosant de rire, toujours de ce même rire franc et massif. Il vient du fond de son cœur et fait tressaillir tout son corps.

Au bout de quelques instants, nous reprenons notre sérieux et Ray nous demande :

— A propos, vous avez trouvé votre fameux micro ?

— Bien sûr, Ray, on l'a acheté hier soir.

La veille en quittant le studio, Robert et moi sommes allés l'acheter dans un magasin spécialisé. Je le prends et le lui place entre les mains. Il le saisit et le palpe sous toutes ses coutures, le tourne, le retourne et le tourne encore, en utilisant ses dix doigts, avec une précision chirurgicale et une vitesse hallucinante. Là encore, il veut tout comprendre, tout savoir :

— Hum, hum, je vois. Oh, OK, là c'est la prise, non ? Et là, l'interrupteur. Whaow, super, il a la forme d'une petite fusée ! Je n'ai jamais vu ça. Bon, eh bien, on va l'essayer tout de suite ! A propos, Jean-Pierre, tu as fait comme je t'ai dit, tu as donné la facture au comptable ?

— T'en fais pas Ray, j'ai même fait établir la facture au nom de Ray Charles Enterprises.

— *You're getting smart, young man* [1] *!* dit-il, me gratifiant d'un grand sourire, tout en se dirigeant d'un pas décidé vers son piano. C'est son signal pour nous faire comprendre qu'il est impatient de retravailler sur les compositions de Robert.

On branche le nouveau micro et la séance se déroule, comme d'habitude, sur les chapeaux de roue, pendant plusieurs heures d'affilée, sans aucune pause. Nous avons enregistré plusieurs versions de *Just Because*.

A la fin, Ray veut se rendre compte des résultats obtenus avec le nouveau micro. Nous nous retrouvons donc tous les trois dans le *control room*. Ray, très à l'aise, actionne les commandes pour rembobiner la bande, monte le volume et appuie sur PLAY. Je n'en reviens toujours pas d'être là, dans son studio, à travailler à fond sur les musiques de Robert. Si Ray bossait sur des compositions de Louis Armstrong ou de Duke Ellington, il n'en ferait pas davantage !

Après quelques minutes d'écoute, Ray est convaincu :

— Tu as raison, Robert, il est vraiment formidable ce micro. Il ramasse tous les aigus mais sans déformer le

1. « Tu commences à devenir intelligent, jeune homme ! » Voilà une des expressions préférées de Ray !

son. Moi aussi, je chante très haut sur certains titres et ça serait intéressant que j'essaie. Hum... OK, Jean-Pierre, est-ce que je peux te demander de m'en acheter un ? Mais rien ne presse, je n'en ai pas besoin tout de suite.

— OK, Ray, je m'en occupe.

La séance prend fin et Ray Charles est pleinement satisfait.

— Ray, à propos, ça fait un moment que je veux te le demander et j'oublie chaque fois. Ça veut dire quoi, RPM, au-dessus de l'entrée de l'immeuble ?

— Simple, *man*. R comme Recording, P pour Production et M comme Management. C'est aussi un jeu de mots par rapport aux disques 33 RPM et 45 RPM [1] !

— OK, ça me fait aussi penser à un moteur qui bourre !

— *That's right !* dit-il en se tapant sur la cuisse.

Après l'avoir salué, je n'oublie pas d'apporter la facture à la comptable, que je ne connais pas encore. Je me présente, mais elle m'arrête :

— Je sais, je sais, bonjour, moi c'est Ethel Rubin.

Tiens, en plein quartier noir, la comptable est blanche, juive polonaise de surcroît !

Robert et moi profitons des week-ends pour rendre la villa plus confortable. Nous n'arrêtons pas soit de bricoler – et Dieu sait s'il faut bricoler dans une villa –, soit de courir les magasins de meubles pour améliorer le confort de la maison. Je dois avouer que, en assez peu de temps, nous avons réussi à nous créer un nid plus que confortable. Tout y était, des tapis aux plantes grasses, jusqu'à la décoration dont Leslie avait pris soin.

Il est vrai que, à cette époque, nous avions une éner-

1. RPM signifie Revolution Per Minute, c'est-à-dire 33 tours minute et 45 tours minute. C'est la vraie définition de la vitesse de rotation d'un disque. On devrait d'ailleurs dire en français 33 tours minute et 45 tours minute. Il en va de même pour les voitures et leurs compte-tours, où l'on peut dire en français, par exemple, 3 000 tours, alors qu'en anglais on dit : 3 000 RPM.

gie dingue. Nous ne sentions jamais la fatigue. Nous bossions comme des malades et dormions peu. Mais tout ce qui se passait était tellement exaltant que le reste nous semblait superflu.

Une espèce de routine s'était installée, sur fond d'hiver californien : soleil et ciel bleu éclatants, vingt à vingt-deux degrés en permanence, des palmiers partout, longeant toutes les avenues et le bord de mer. Bref, une véritable ambiance de vacances. On ne pouvait s'empêcher de penser à tous ceux qui étaient à Paris, les pauvres...

Paris, où était la mère de Robert. Il était de plus en plus préoccupé par son état de santé. Les coups de fil quotidiens étaient malheureusement de plus en plus alarmants et les dix mille kilomètres qui les séparaient n'arrangeaient pas les choses.

Nous voyions Ray tous les jours et étions de plus en plus à l'aise avec lui. Les séances restaient quand même toujours tendues, son magnétisme toujours aussi puissant et son exigence dans le travail toujours aussi intense. Nous étions fiers et rassurés, mais tout de même encore un peu sur le qui-vive. Tout pouvait basculer d'un instant à l'autre.

Dans la musique, il n'y a jamais rien d'acquis. Rien n'est vraiment solide, rien n'est sûr, tant que le disque n'est pas dans les bacs... et encore ! Il faut s'y faire, faute de quoi il vaut mieux changer de métier. Tout ce que nous pouvions faire était de nous occuper de nos oignons, rester ultraperformants, ultraprofessionnels, penser et faire attention à tout. Même dans ces conditions, toutes sortes de galères peuvent arriver, sur lesquelles on n'a absolument aucun contrôle. Et je ne pense pas uniquement au business.

Nous arrivions allégrement à la fin du mois de janvier, lorsque Leslie eut l'idée de faire d'une pierre deux coups, c'est-à-dire une seule et belle soirée pour la pendaison de crémaillère et mon anniversaire, le 29 janvier.

Je ne suis pas trop fêtes, ni anniversaires, mais l'idée

était séduisante. Et puis, après tout, si on ne fait pas la fête lorsque tout va bien...

Le 26 janvier 1979, comme à la fin de chaque séance quotidienne, nous passons quelques minutes à décompresser tous les trois. C'est le moment des blagues, des vannes, bref, le calme après la tempête.

Je me risque alors :

— *Tell me*[1], *Ray*, lundi prochain, nous pendons la crémaillère et nous organisons une petite fête très simple. Juste un buffet où tout le monde se sert et fait ce qu'il veut. Ce sera très cool, uniquement entre amis, et ça nous ferait vraiment très plaisir que tu viennes.

Je ne lui avais pas parlé de mon anniversaire. C'était trop peu important pour en faire état.

— Oh, ça c'est vraiment sympa de votre part, mais, écoute, Jean-Pierre, me dit-il en fronçant les sourcils, je n'aime pas trop les réceptions, les cérémonies, les soirées. C'est très artificiel, on y perd son temps, c'est tout ce que l'on fait ! En plus, j'aime bien savoir ce qui se passe autour de moi. Dès qu'il y a plus de trois personnes dans la pièce qui n'arrêtent pas de bouger, je n'arrive plus à les situer. Mon attention est en permanence attirée par tous les bruits. Pour moi, c'est une sorte de confusion générale qui me fait perdre mes repères et, ça, je n'aime pas du tout ! Mais bon, tu dis que vous faites ça lundi soir ? Je passerai peut-être vers 21 heures. Mais je vous préviens, si je passe, ça ne sera que pour quelques minutes, le temps de boire un pot, pas plus.

Ron nous l'avait confirmé, Ray n'aimait vraiment pas se montrer dans ce genre de soirées. D'ailleurs, il ne parvenait même pas à se rappeler la dernière fois que Ray était allé dans une *party*. Quoi qu'il en soit, nous avions déjà pris la décision d'inviter quelques copains et amis et de faire notre soirée, même si Ray ne venait pas.

1. « Dis-moi, Ray. » C'est une expression que j'utilisais très souvent avec Ray. Lorsque nous étions ensemble, dès qu'il m'appelait, ma réponse était automatique : *Yes, tell me, Ray.*

Les touristes qui viennent à Los Angeles n'en reviennent pas car la capitale mondiale du cinéma, de la musique, de l'*entertainment*[1] ne swingue pas, mais alors pas du tout le soir ! On pourrait même très bien se croire dans une petite ville de province. A 21 heures, la ville entière est comme désertée. Il n'y a plus un seul piéton dans les rues et même les voitures se font rares. Il faut dire que la loi californienne est très stricte. Toutes les discothèques, tous les lieux publics doivent être fermés à 1 heure du matin. A partir de minuit, on vous prévient même qu'il n'y aura plus d'alcool de servi et, partout, on entend le fameux *Last call, last call*[2] *!* Et dire qu'à Paris les discothèques n'ouvrent qu'à minuit et encore, rien ne se passe avant une heure du matin ! Celui qui ne connaît pas LA pense que tout le monde se couche de très bonne heure mais, en réalité, les gens sortent très peu dans les lieux publics et se reçoivent énormément.

Leslie s'était chargée de tout organiser à la maison et, pendant le week-end, Robert et moi sommes allés faire les courses. Nous avions décidé de la jouer à la californienne, c'est-à-dire beaucoup moins formel qu'en France, beaucoup plus décontracté. Nous avons acheté tout un stock de boissons et de plats préparés, faciles à servir, en portions individuelles. Les assiettes en carton, gobelets, couverts en plastique et serviettes en papier s'imposaient donc.

Ensuite, nous avons réorganisé tout le rez-de-chaussée en poussant tous les meubles. Après avoir aligné les tables le long des murs pour le buffet, nous avons regroupé les divans, fauteuils et chaises devant la cheminée, pour créer un coin discussions. A la fin du week-end, tout était fin prêt et ça avait vraiment de la gueule ! J'étais satisfait et serein, nous pouvions maintenant recevoir du monde.

---

1. Divertissement, distraction.
2. Cela signifie : dernier appel, et donc dernière commande prise pour les boissons alcoolisées.

Le lendemain, lundi 29 janvier, nous avons démarré les répétitions de *Bright Tomorrow*. Les mêmes causes créant les mêmes effets, nous sommes passés par les difficultés rencontrées avec *Just Because*.

Je commençais même à y prendre goût. Je ne suis pas masochiste, mais que c'est bon, la rigueur ! Avec Ray Charles, on sait exactement où l'on va. Ce n'est pas pour rien que tous ses employés, tous les musiciens l'appellent le *boss*. Quand je pense que, la première fois que je l'ai vu, à l'Olympia, en 1960, je le croyais manipulé, pressé comme un citron, exploité ! J'avais tout faux.

Je me sentais déjà vraiment à l'aise avec Ray Charles. J'appréciais de plus en plus le personnage, sa manière de travailler, son sens de l'humour, son intelligence, son intensité de tous les instants, sa rage de vivre, sa force de caractère.

7

Et Ray chanta *Just Because*

A la fin de la séance, je lui rappelle notre invitation :

— Tu sais, Ray, c'est ce soir la *party* pour la crémaillère.

— Je sais, je sais, je n'ai pas oublié.

— OK, mais il y a une chose que tu ne sais pas. C'est aussi mon anniversaire, j'ai trente-deux ans aujourd'hui. Alors, maintenant, ça te fait deux raisons de passer. T'as plus le choix ! dis-je en rigolant.

— *Alright now ! Happy birthday to you,* Jean-Pierre ! me lance-t-il dans un grand sourire, avant d'ajouter : On verra pour ce soir, ça dépendra de mon humeur...

A partir de 20 heures, les premiers invités arrivent et, très rapidement, la majorité d'entre eux est là. Vers 21 heures, en regardant autour de moi, je réalise qu'il y a beaucoup plus de monde que prévu, des Blancs, des Noirs, des jeunes, des vieux et une brochette de mannequins ! Je connais à peine la moitié des gens qui sont là, chez moi ! Mais qui sont-ils ?

Après avoir demandé à Leslie et à Robert, aussi étonnés que moi, j'en déduis que le téléphone arabe a dû sérieusement fonctionner. C'est fou ce que l'on peut avoir comme amis dans ce métier lorsque l'on a le vent en poupe...

Pour la énième fois, aux environs de 22 heures, on sonne au portail. Je me dévoue encore et descends l'escalier qui traverse le jardin. J'ouvre la porte et me retrouve nez à nez avec Ray Charles !

— J'ai pensé que ça vous ferait plaisir que je passe prendre un pot. Mais je ne reste que quelques minutes, juste pour marquer le coup.

La scène restera à jamais imprimée dans ma mémoire. Je ne sais pas pourquoi, peut-être pour lui faire part de mon émotion, mais, pour la première fois, je lui prends tout naturellement le bras et le guide. Nous grimpons ensemble les marches, deux par deux [1], suivis de Ron. J'ai presque le tournis, tout se bouscule dans ma tête. Nous franchissions une nouvelle étape, totalement inattendue, où la réalité dépasse la fiction.

Jusque-là, professionnellement, tout baignait, mes objectifs étaient pratiquement atteints, ma satisfaction à son comble.

Mais ce soir, Ray Charles n'est pas venu par obligation, ni pour la musique, ni pour le business. Il est simplement là pour mon anniversaire, pour moi. Quelle marque d'affection ! J'en suis profondément bouleversé.

Je passe directement du jardin au salon en empruntant la double porte vitrée, Ray à mon bras. Il a à peine franchi le seuil que, instantanément, le brouhaha général s'interrompt. L'aura de Ray Charles vient encore de frapper ! Aussi invraisemblable que cela puisse paraître, tout le monde est sidéré, comme attiré par une force magnétique. Tous les yeux sont rivés sur Ray Charles. En me suivant, sa main droite effleure le piano. D'un geste rapide, il lâche mon bras, se retourne vers le piano et, alors que je ne lui ai pas encore retiré son manteau, il attaque les premiers accords de *Happy Birthday to you* et commence à chanter *Happy Birthday*, Jean-Pierre, *Happy Birthday to you, Happy Birthday, dear* Jean-Pierre, *Happy Birthday to youuuu and many more !* »

Tout le monde applaudit en éclatant de rire et Ray

1. Ray Charles avait l'habitude de monter et descendre les escaliers deux par deux, quand ce n'était pas trois par trois. Rien n'allait jamais assez vite pour lui !

me dit : « D'habitude, on me paie très cher pour que je chante. Mais toi, je t'aime bien, alors tu ne me dois rien ! »

Non seulement il est venu à mon anniversaire, mais, en plus, il me chante *Happy Birthday*. On n'est pas encore assis qu'il m'a déjà fait un festival !

Je lui prends la main et, tout en le remerciant, le dirige vers un sofa confortable, lui retire son manteau et l'aide à s'asseoir. Il se cale confortablement dans le coin du divan et pose son bras droit sur l'accoudoir. Je prends place à ses côtés quand Leslie apparaît. Je l'appelle, la présente à Ray Charles qui se lève immédiatement en lui tendant la main. Leslie, très gênée, ne sait que faire. Je comprends tout de suite, lui saisis le poignet et accompagne sa main vers celle de Ray. Comme à son habitude, Ray se sert de ses deux mains, la gauche enserrant le poignet de ma femme. Et, très respectueusement, il la salue :

— *It is very nice to meet you, Mam* [1].

— Ma femme s'appelle Leslie et, tu sais, elle est américaine !

Se tournant dans ma direction, il s'arrête pile en face de moi, comme s'il voulait me regarder droit dans les yeux :

— Avec ma mémoire des noms, laisse tomber, Jean-Pierre !

Il se retourne alors vers Leslie :

— Ah bon, vous êtes américaine ? De quel coin exactement ?

— Je suis née à Salt Lake City, Utah. Mais j'ai passé toute ma jeunesse ici même, à Los Angeles.

— OK, super, je ne savais pas. Jean-Pierre, tu ne me l'avais pas dit.

— Comme si on avait eu le temps de papoter ! Tu nous fais travailler comme des chiens. On n'a même pas le temps d'aller pisser quand on est au bureau !

Une nouvelle fois, nous explosons de rire et nous

1. « Je suis très heureux de vous rencontrer, madame. »

nous rasseyons. Leslie demande à Ray s'il désire boire ou s'il a faim. Et, là encore très poliment, très gentiment :

— Oh non, non, merci beaucoup mais j'ai déjà mangé. Par contre, je prendrais bien un Coca, *if you don't mind*[1].

Alors que Leslie, très émue, s'éloigne, Ray me dit :

— Tu sais[2], Jean-Pierre, je suis très content de la tournure que prend notre projet. Je m'habitue aux chansons de plus en plus et *Just Because* est vraiment une très belle composition, très originale pour moi. La succession d'accords que Robert a trouvée m'est inhabituelle. Ça semble très européen, très romantique, très beau. En plus, tu sais que j'aime les histoires d'amour et les paroles correspondent exactement au feeling de la chanson. C'est vraiment super.

Devant tant de compliments, je ne trouve rien à dire. Je suis un peu gêné et décide alors d'aborder un sujet qui me turlupine sérieusement :

— Ray, j'aimerais que tu m'expliques un truc. Au studio, je t'ai vu mixer tout seul. Tu passes des heures et des heures sur la table de mixage, alors que tu pourrais faire de la musique. Je ne sais pas, moi, composer, arranger, développer des idées...

— *You ain't lying, man*[3] *!* C'est vrai que ça me bouffe un temps fou.

— Alors, pourquoi tu ne laisses pas faire ton ingénieur ? Ça ne devrait pas être ton problème ! Laisse les autres se démerder ! Avec ta notoriété et ton pognon, ça ne devrait pas être trop difficile de trouver le bon mec ! Je ne vois vraiment pas pourquoi tu te prends la tête.

— En fait, c'est très simple. Bien souvent, les ingé-

---

1. « Si cela ne vous dérange pas. » Lorsque Ray Charles demandait quelque chose à qui que ce soit, il finissait très souvent sa phrase par cette formule.

2. Traduction de *you know*. Expression très utilisée par Ray lorsqu'il veut avoir l'attention de son interlocuteur.

3. « Tu n'as pas tort, mon pote ! »

nieurs ne sont pas musiciens. S'ils étaient vraiment musiciens, ils ne seraient pas ingénieurs ! Et, de nos jours, la technique offre de plus en plus de possibilités. Tu as vu ma table de mixage ? Tu te rends compte, il y a quarante-huit pistes, toutes différentes, quarante-huit sons, informations, rythmes, voix, bref, un véritable puzzle ! Pour faciliter les choses, il arrive que certains musiciens jouent faux ou pas en place. Et tu veux que je laisse faire un ingénieur ? ! Impossible, pour moi c'est impossible. Je me rappelle tout ce qui a été enregistré et je sais ce que je veux entendre. Chaque fois que j'ai laissé la place à un autre, j'ai toujours été frustré. Soit des éléments importants pour moi avaient disparu, soit, au contraire, des choses que je voulais virer étaient là, devant mon nez ! Insupportable ! Mais je ne peux blâmer personne. Comment veux-tu qu'ils sachent ce que j'ai dans la tête ? OK ?

Il ne peut s'empêcher de rire et conclut :

— Ça te suffit comme explication ?

— Oui, oui, je peux comprendre, mais, pour le mixage, tu dépends quand même des enregistrements des autres musiciens. Tu ne peux mixer que ce qui a été mis sur la bande, alors, comment fais-tu ?

— Là, tu me parles du job de producteur, et des producteurs, crois-moi, j'en ai vu défiler. Tout ce qu'ils ont su faire, c'est m'user et me faire perdre encore plus de temps ! Certains ont une réputation extraordinaire dans le métier, oui, peut-être, pourquoi pas, et alors ? Pour produire Ray Charles, dit-il, en pointant son pouce sur sa poitrine[1], il faut me connaître et surtout connaître ma musique, l'apprécier. J'ai tout essayé, ça n'a jamais marché. Je n'ai jamais été satisfait. Mieux, je ne peux simplement pas chanter sur une instrumentation qui ne me convient pas. C'est pour ça que, maintenant, je produis mes albums tout seul, dès la conception. Avant d'enregistrer, je travaille énormément. J'essaie, j'arrange,

---

1. Gestuelle typique et habituelle de Ray Charles lorsqu'il s'agit de sa personne.

je change jusqu'à ce que je sois sûr de ce que je veux entendre, de quels instruments j'ai besoin pour telle ou telle musique. Donc, pendant les enregistrements, il faut que je sois là pour donner mes directives aux musiciens.

— Je comprends, Ray, mais tu pourrais donner toutes tes indications à un arrangeur qui écrirait les partitions avant les séances d'enregistrement. De cette façon, les musiciens joueraient exactement ce que tu veux.

— Ton raisonnement tient à peu près la route, tu oublies juste un petit truc.

Et là, il se penche vers moi, il m'écrase presque :

— Et l'interprétation ? Tu oublies l'interprétation ! C'est comme lorsque tu lis un livre à haute voix, il y a plusieurs façons d'interpréter le texte, non ? ! Eh bien, la musique, c'est pareil, dit-il, en me donnant, de son avant-bras, un grand coup dans les côtes pour accentuer et ponctuer son propos.

C'est incroyable, il utilise toute une gestuelle, une swinguerie, en rythme avec les mots auxquels il veut donner une importance particulière. La synchronisation entre le geste et la syllabe est simplement hallucinante.

A ceux qui seraient tentés de penser que les gesticulations de Ray Charles sur scène, au piano, sont étudiées et font partie du show, je voudrais dire à quel point ils se trompent.

Si le sujet l'intéressait, il y mettait toujours toute son énergie et tout son cœur, sans demi-mesure, sans restriction, à fond. Dans ces moments-là, il ne calculait pas, il ne calculait rien, que ce soit sur scène ou en privé, en voiture ou en avion, au bureau ou à la maison.

— Ray, c'est là que je rejoins ce que tu disais tout à l'heure. Celui qui veut te produire doit connaître ta musique et savoir d'où tu viens.

— *That's right* [1] *!*

---

1. « C'est juste ! » Encore une expression que Ray Charles affectionnait beaucoup ! C'était surtout sa manière très particulière de l'envoyer, il la chantait presque. Il disait *that's* sur un ton semblable

Et naturellement, je reçois un coup de coude dans les côtes, parfaitement synchro avec le *right* de *that's right*.

— Jean-Pierre, c'est peut-être évident, mais, jusqu'à présent, je n'ai pas eu cette chance. Je n'ai jamais trouvé un producteur qui soit sur la même page que moi en musique.

Il sort son briquet et s'allume une cigarette. J'en profite pour lui expliquer :

— Avant de quitter Paris, pour être en pleine forme pendant les séances, Robert et moi avons décidé d'arrêter de fumer. Il y a plus d'un mois que je n'ai pas touché une cigarette.

N'importe qui de sensé, de normal, m'aurait félicité. Au lieu de ça, j'ai droit à un nouveau coup de coude de sa part et à un : « *Oh, man ! I'm sorry for you* [1] *!* »

Il explose de rire, une nouvelle fois. Il a vraiment un humour particulier, Monsieur Charles. Je suis scié par sa repartie. Ce rire, si franc, si communicatif m'amène les larmes aux yeux.

— Bon, Ray, trêve de plaisanterie, passons aux choses sérieuses. J'ai très bien compris tout ce que tu viens de m'expliquer, mais je ne peux pas m'empêcher de penser que tu serais plus productif, plus créatif si tu avais quelqu'un pour tout te préparer, aux petits oignons. Et ce quelqu'un, ça peut être moi ! Tu as la preuve, avec les chansons que je t'ai amenées, que nous sommes bien branchés sur la même longueur d'onde. Tu m'as même dit avoir apprécié mon travail, que tout ce que j'ai fait avait été bien préparé...

— OK, OK, on verra. Un jour, je te laisserai faire.

Ray était arrivé à 21 h 30, soi-disant pour quelques instants, juste pour dire bonjour et boire un pot. Lorsqu'il est reparti, il était 2 h 30. Nous venions de passer cinq heures d'affilée en tête à tête.

Les séances de travail se succèdent, sur le rythme

à celui de la conversation et enchaînait sur un *right* foudroyant et strident, à plus d'une octave au-dessus.

1. « Oh, mon pauvre, je suis désolé pour toi ! »

effréné de Ray Charles. Il n'y a pas d'heure, pas de samedi, pas de dimanche, pas de vacances, nous bossons tout le temps et devons être disponibles tous les jours.

Nous passons en revue la plupart des compositions de Robert et la liste des chansons retenues par Ray n'en finit plus de s'allonger.

Nous arrivons un matin, Ray est dans le *control room*. Il ne nous a pas encore entendus arriver. Nous le regardons faire, depuis l'entrée du studio, et restons médusés : il fait carrément le job de l'assistant !

Il vient visiblement de terminer son mix et est en train de débrancher tous les câbles, de les plier méticuleusement, comme un pro, avant de les ranger avec précision à leur place. Ensuite, avec une dextérité incroyable, de sa main droite, il enlève tous les bouts de sparadrap collés sur les boutons de chaque piste. Il les regroupe au fur et à mesure dans sa main gauche. On aurait dit un voyant pressé.

La console est maintenant dénudée et le sparadrap forme une grosse boule de la taille d'une orange. Il se retourne brusquement et la jette pile dans la corbeille, panier !

Il se retourne à nouveau et entreprend alors la remise à zéro de toutes les fonctions et de tous les boutons de chacune des quarante-huit pistes. Cela représente plusieurs centaines de boutons à tourner.

Mais, pour Ray, hors de question de laisser tout en plan. La manipulation prend donc plusieurs minutes, avant que la table de mixage soit prête pour démarrer une nouvelle séance d'enregistrement. On n'est jamais mieux servi que par soi-même, telle était sa devise.

Je décide alors d'entrer dans la cabine, pensant qu'il avait terminé son rangement.

— *Good morning*, Jean-Pierre, donne-moi encore deux minutes. Je termine ce que je fais et on va bosser.

Sur ces mots, le plus naturellement du monde, il rembobine la bande installée sur le magnétophone, l'enlève de la machine et la pose sur la console. Il saisit ensuite la boîte vide et replace soigneusement la bande magnétique à l'intérieur, avant de la refermer. Cette manipulation est vraiment délicate pour un voyant, alors, pour Ray !

— Jean-Pierre, dis-moi, il y a bien marqué bande numéro 17 sur la boîte ?

Je me demande bien pourquoi je vérifie, car, évidemment, c'est bien la numéro 17. Je le lui confirme.

— *OK, thank you !*

Et le voilà, quittant la cabine, la bande sous le bras. Je le suis. Il se dirige rapidement vers une pièce adjacente au studio, celle réservée au stockage des bandes sur lesquelles il travaille. Il va directement au rayonnage des vingt-quatre pistes et place, à toute vitesse, la boîte au bon endroit, entre la 16 et la 18.

Tout ce que je viens de voir me confirme qu'en s'organisant différemment, en déléguant un peu plus, il gagnerait du temps qu'il pourrait consacrer à sa musique.

Je mesure de mieux en mieux ce que je pourrais lui apporter...

Même en Californie, le ciel ne reste pas toujours bleu. Les nuages noirs se font de plus en plus menaçants, jusqu'au jour où l'orage éclate : la maman de Robert vient de mourir. Robert avait ce point en commun avec Ray Charles : il adorait sa mère. En état de choc, il laisse tout en plan, quitte Los Angeles précipitamment et rentre à Paris. Il est tellement flippé qu'il n'a même pas dit au revoir à Ray. Je m'en chargerai pour lui.

En allant prévenir Ray, je ne peux m'empêcher de réfléchir à la fragilité des choses et des gens. On a beau se triturer les méninges, tout envisager et tout prévoir, il y a toujours une tuile qui peut arriver et changer la donne. Certains appellent ça le destin. Pourquoi pas ?

Ray est dans son bureau, il me reçoit immédiatement. Je le mets au courant. Il est bouleversé :

— *Oh, man, I don't believe it*[1] *!* C'est une catastrophe,

1. « Je n'arrive pas à le croire ! »

le pauvre Robert. Je sais exactement par quoi il doit passer. Ça fait des années que j'ai perdu ma mère, mais, chaque fois que son image surgit dans ma tête, j'ai l'impression que c'était hier. *Man, this is terrible !*

Ray était devenu tout d'un coup très sombre, un peu voûté, il avait l'air préoccupé, les sourcils froncés, le visage grimaçant, blessé. On aurait dit qu'il souffrait.

J'avais des nouvelles de Robert tous les jours et les choses ne s'arrangeaient pas. Il flippait de plus en plus, totalement dégoûté de la vie. Même la musique ne comptait plus pour lui. Même l'excitation, la fierté et la joie de travailler avec Ray Charles avaient disparu. Il est entré dans une profonde déprime qui allait le paralyser durant de longs mois.

Ray savait calculer immédiatement tous les décalages horaires[1] de la planète. Il me téléphonait donc tous les matins, sachant que je venais de parler à Robert.

Bien sûr, j'avais remarqué que Ray était toujours très poli, très attentionné avec tout le monde, mais, de là à imaginer toute la prévenance, toute la patience qu'il a déployées à cette époque !

En y repensant aujourd'hui, je suis encore touché de son attitude pendant toute cette période. Je savais combien il était sollicité, tout le temps, du monde entier. Malgré toutes ses activités[2] et toutes ses obligations, il trouvait toujours le temps de me rece-

---

1. Ray Charles donnait des concerts aux quatre coins du monde et avait donc l'habitude de jongler avec les décalages horaires. Entre Paris et Los Angeles, il y a neuf heures de différence. Le soleil se levant à l'est, c'est donc Paris qui est en avance sur Los Angeles. Ainsi, s'il est 8 heures à Los Angeles, il est 17 heures à Paris.

2. L'emploi du temps de Ray Charles a toujours été rempli et ce, des mois voire des années à l'avance. Cependant, aucun rendez-vous n'a jamais été pris sans son approbation. Entre les 240 concerts annuels à travers le monde (de début avril à fin décembre), les interviews (radio, TV, presse), les enregistrements en studio, les répétitions avec l'orchestre, d'autres répétitions avec les Raelettes, les shows TV, les voyages, Ray Charles a toujours travaillé à deux cents à l'heure. Il n'a jamais eu un week-end à lui et encore moins pris de vacances.

voir au bureau, ou de me téléphoner tous les jours. Il était, chaque fois, concerné et affable, poli et délicat, désireux de faire aboutir notre projet, comme au premier jour.

Cette période n'a pas été très gaie pour moi non plus. Je connaissais bien la mère de Robert, une femme exceptionnelle à plus d'un titre, et je n'oublierai jamais son lumineux et perpétuel sourire, son incroyable gentillesse. Nous pouvions arriver chez elle à n'importe quelle heure du jour ou de la nuit. Quel que soit le nombre d'invités, elle était prête, mieux encore, elle semblait nous attendre. En moins de temps qu'il ne faut pour le dire, comme par miracle, la table était mise, les plats réchauffés et servis, laissant échapper une odeur délicate et parfumée à faire fondre nos papilles.

J'étais très affecté par sa disparition, par le vide qu'elle laissait autour d'elle, par le désespoir de Robert, mon ami.

Professionnellement, j'essayais de temporiser, espérant que les choses retrouveraient assez rapidement un rythme normal. Au bout de plusieurs semaines, il est pourtant devenu évident que le projet de duo ne pourrait pas se réaliser. Ray avait dû parvenir à la même conclusion et, lors de l'une de mes visites à son studio...

A propos de ce rendez-vous, il me revient à l'esprit une anecdote amusante.

C'était un dimanche, le bureau était donc fermé. Ray m'avait expliqué comment entrer et sur quel bouton de l'interphone appuyer. Je m'exécute et il m'ouvre la porte. Surprise : il n'y a pas de lumière dans les escaliers ! A l'aide de la rampe, je me débrouille pour monter au premier où une petite lampe de sécurité, prévue en cas d'incendie, diffuse une pâle lueur. Comme il n'y a pas de fenêtre, la luminosité est similaire à celle d'une nuit sans lune. Personne dans les bureaux, personne nulle part. Tout est éteint.

J'ouvre la porte du studio, plongé dans la nuit la plus noire. Je ne vois rien mais j'entends Ray :

— Je suis ici, Jean-Pierre, dans le *control room*.

A tâtons, tout doucement, je m'approche et longe la console pour atteindre Ray, assis sur le tabouret de l'ingénieur. Au radar, je lui fais la bise[1], comme nous en avions pris l'habitude.

Evidemment, j'avais réfléchi depuis des années aux problèmes engendrés par la cécité, ne serait-ce qu'en pensant à Ray Charles, mais sans être jamais confronté au black out complet. Maintenant que Ray est juste devant moi, il ne s'agit plus d'essayer ou d'imaginer. Je suis tout bonnement dans la merde !

Il ne me vient même pas à l'esprit d'en parler à Ray. Pour moi, on ne peut pas demander à un aveugle d'allumer la lumière. Indécent, vexant, ce serait un manque de considération pour Ray, et le rappel de son handicap. Comment infliger ça à quelqu'un, surtout quelqu'un que l'on aime ? Il n'en était même pas question.

— Jean-Pierre, est-ce que tu as amené avec toi la copie de travail des chansons de Robert ?

— J'ai toutes les cassettes dans mon sac.

— Bon, j'ai envie de les passer en revue. Après, on en parlera. Commençons par *Just Because*.

D'une main, je fouille fébrilement mon sac posé sur mes genoux, coincé contre la console. De l'autre, j'allume mon briquet Cricket pour arriver à lire l'étiquette de la bonne cassette. Je dois le rallumer à deux ou trois reprises et il commence à devenir bouillant. Je trouve finalement la cassette que je passe à Ray.

Je le devine en train de se retourner. J'entends des boutons s'enclencher, le lecteur se fermer et alléluia ! le minuscule témoin vert de l'ampli s'allume et la musique sort des haut-parleurs.

C'est comme une scène mal faite d'un film de série B. On ne comprend pas très bien ce qui se passe, on le devine seulement.

---

1. Contrairement à la France, où la bise entre ami(es)s fait partie des mœurs, aux Etats-Unis, les gens ne se serrent jamais la main pour se dire bonjour et se font encore moins la bise. La seule fois où les gens se serrent la main, c'est lorsqu'ils se rencontrent pour la première fois.

Complètement paumé, j'essaie de lutter contre cette satanée obscurité. Mes yeux sont grands ouverts, je me demande encore bien pourquoi, d'ailleurs. Si j'avais gardé les paupières fermées, ça n'aurait absolument rien changé.

Just Because se termine et Ray me demande la cassette de *Bright Tomorrow*, mais, cette fois-ci, il veut aussi les feuilles avec les paroles. Et, rebelote, le sac sur les genoux et le Cricket ! Lorsque, finalement, au prix de grands efforts, je trouve les feuilles, Ray souhaite que je les lise afin de les mémoriser. Je joue du briquet comme un malade, jusqu'à ne plus pouvoir le garder allumé, tant il est bouillant.

Alors, sur le ton de la confidence, Ray me susurre :

— Je sais que tu as arrêté de fumer Jean-Pierre. Alors, pourquoi tu allumes ton briquet tout le temps, comme ça ? Si c'est la lumière qu'il te faut, ne bouge pas, je vais allumer.

Je l'entends se lever, s'éloigner et clic ! La lumière fut...

Ray se fait plaisir, semble déguster l'instant et reprend, d'une voix sarcastique :

— C'est mieux comme ça pour toi ? Et, dis-moi, Jean-Pierre, serais-tu aveugle quand la lumière n'est pas allumée ? Ah, vous, les voyants, il suffit qu'il n'y ait pas de lumière pour que vous soyez encore plus handicapés que nous !

Puis, reprenant instantanément son sérieux, il me pose cette question :

— Est-ce que tu vois un inconvénient à ce que j'enregistre tout seul *Just Because*, sans attendre Robert ?

Je suis totalement pris au dépourvu. D'une part, j'ai bien la confirmation qu'il n'y aura pas de duo. D'autre part, cette question a quelque chose de surréaliste. Les choses ont tellement évolué que, maintenant, le demandeur, c'est Ray Charles. Il me demande la permission ! Lui, la grande star internationale, me demande la permission, à moi, comme si j'étais le patron d'une maison d'édition mondiale.

— Ray, je te rappelle que si l'on se connaît aujourd'hui, c'est parce que je voulais que tu chantes *Just Because*, et tu me demandes la permission ?

— *You know, man, I thought I'd ask* [1].

Il ne se prend vraiment pas pour une star. En véritable gentleman, il fait toujours preuve d'une grande délicatesse et veille à ne froisser personne.

— *Ask, my ass* [2] *!* Ray, tu rigoles, t'as rien à demander à personne, tu fais comme t'as envie. Je suis trop content que tu prennes cette chanson et je t'en remercie ! En plus, ça remontera le moral de Robert.

— OK, je prépare tout et, quand je serai prêt, je te préviendrai. Comme ça, si tu veux, tu pourras venir à la séance d'enregistrement.

Cependant, mon idée de duo continuait à me travailler. En plus de la création artistique et des satisfactions qu'elle entraîne, une des raisons qui me plaisait était de toucher deux audiences différentes avec une seule et même chanson. Je passais en revue les artistes qui justifieraient une création de duo avec Ray Charles. Parmi eux, Stevie Wonder arrivait en tête. Ils n'avaient jamais fait de duo ensemble.

Bon sang, mais, c'est bien sûr ! *Living for the City* ! Stevie l'avait composée et interprétée. Elle m'avait beaucoup touché [3]. Quelques années plus tard, Ray Charles l'avait reprise et l'avait bien évidemment interprétée à sa sauce [4]. Connaissant par cœur les deux versions, je pouvais imaginer l'interaction et la complémentarité des voix, ce mariage entre leurs deux approches. Ces mêmes réflexions m'étaient passées par la tête lorsque j'avais rêvé du duo entre Ray et Robert.

---

1. « Je pensais que c'était mieux de te demander. »
2. « Parle à mon cul, ma tête est malade ! »
3. Chanson de révolte qui critique le système américain, le fait que des gens, en majorité des Noirs, n'aient pas un sou, soient au chômage et dans la misère la plus sordide. Trente millions de personnes vivent aujourd'hui en dessous du seuil de pauvreté aux Etats-Unis.
4. Elle fait partie de l'album *Renaissance*.

Là aussi, plus j'y pensais, plus j'en étais convaincu. J'arrivais à imaginer la réunion, l'enregistrement, le disque même !

Je suis remonté à bloc, mais il me faut avant tout l'approbation de Ray. Au même moment – est-ce une coïncidence ? – le téléphone sonne. C'est Ray. Il me prévient que tout est fin prêt pour *Just Because* et que l'enregistrement aura lieu le surlendemain, à 10 heures.

Tout en lui faisant part de ma satisfaction, j'ajoute :

— Ray, il faut que je te parle. J'ai une nouvelle idée que j'aimerais te soumettre.

— *Alright, this afternoon at 3 o'clock, OK*[1] ?

— *You got it*[2] !

A 15 heures précises, je frappe à la porte de son bureau :

— *Come in !*

J'entre et, tout en le saluant, je prends une des chaises du coin salle à manger et l'apporte à côté de son fauteuil.

Je ne suis pas encore assis qu'il m'a déjà saisi le coude et me dit :

— Je crois que tu seras très content jeudi prochain. Comme je te l'ai dit, tout est prêt, les arrangements sont faits, les partitions écrites. Il y aura l'orchestre au complet, avec le chef d'orchestre. Ecoute bien ce que je te dis, ça va être super !

— Ça me fait vraiment chaud au cœur et, franchement, ça me remonte le moral.

— Bon, allez, raconte-moi, à quoi tu as encore pensé ?

— C'est très simple : *Living for the City*, tu t'en souviens ?

— *No !*

Et il explose de rire.

— C'est une chanson que Stevie a composée et toi, tu l'as interprétée ensuite à ta manière. Alors, maintenant,

1. « D'accord, cet après-midi à 15 heures, OK ? »
2. « C'est d'accord ! »

on fait une troisième version, lui et toi en duo ! Qu'en dis-tu ?

— Wouhaou, je n'y avais jamais pensé, mais c'est une très bonne idée ! Il y a un seul hic, il faut que je te mette en garde. Je suis très indépendant, je ne suis lié à personne. Je fais ce que je veux, avec qui je veux, quand je veux. D'après ce que l'on m'a dit, pour Stevie, c'est le contraire. Il est pieds et poings liés avec sa maison de disques, Motown[1]. On m'a aussi rapporté qu'il était entouré de toute une équipe de producteurs, managers, gardes du corps, avocats... Donc, je te préviens, ça risque d'être difficile, je sais qu'il promet beaucoup de choses à beaucoup de gens. En tout cas, moi, je suis OK, maintenant, à toi de te démerder. Plus j'y pense, plus je la trouve excellente ton idée. *You are learning fast, young man. Good luck, JP*[2] *!*

Après l'avoir embrassé, alors que je m'apprête à sortir de son bureau, il m'interpelle :

— Au fait, je voulais te dire, tu te rappelles la bouteille avec la poire ? Eh bien, j'en ai fait faire une lampe de chevet car je veux la garder pour toujours. On vient de me l'apporter à la maison. En plus, elle a un avantage : la bouteille est lourde et ça rend la lampe superstable.

— Comment, lourde ? Tu ne l'as pas bue ?

— *You're kidding*[3] *!* Bien sûr que non, je ne l'ai pas bue ! Elle est beaucoup trop belle !

Et la galère commence, me rappelant ce par quoi j'étais passé à Paris, avec Ray. Sauf que – je m'en rends très vite compte – Stevie n'est pas un artiste aussi rigoureux et organisé que Ray.

Je vais à la pêche aux renseignements auprès de tous les contacts possibles et imaginables. Pas le moindre

---

1. Maison de disques mythique des artistes noirs. Elle a produit les plus grands noms de la black music.

2. En anglais, la lettre J se prononce « jay », la lettre P « pi ». C'était une des différentes façons que Ray avait de m'appeler.

3. « Tu plaisantes ! »

indice, même sa maison de disques n'a aucune idée de l'endroit où il peut être. Et pour cause : j'apprends enfin, par un musicien qui venait de faire une séance en studio avec lui, que Stevie vit dans un camping-car !

J'appelle sans attendre le studio en question. Stevie venait de terminer ce qu'il avait à faire et, non, il ne reviendrait pas. Raté ! Décidément, il est insaisissable, ce Stevie, il nous la joue gens du voyage.

Jeudi matin. Aujourd'hui, Ray enregistre *Just Because*. Ça y est, c'est officiel, les musiciens sont commandés, les dés sont jetés. Je retrouve cette excitation si difficile à définir, ce *feeling* très similaire à l'amour, lorsque l'on court, impatiemment, retrouver l'être aimé. Instant magique où plus rien d'autre ne compte, où l'attente se transforme en véritable bonheur, accompagnée d'une montée progressive d'adrénaline.

Je rejoins Ray dans le studio. Il est 9 h 30 et tout est prêt, y compris son fameux café. Le chef d'orchestre s'affaire à trier les partitions et à les disposer sur les pupitres encore vides. Ray est aux commandes. Il est à la fois l'ingénieur du son, le producteur, le directeur artistique, en un mot le *boss* qui dirige totalement son affaire. Les musiciens sont introduits dans le studio à 10 heures pile. Chacun s'installe à sa place et sort son instrument. L'accordage prend quelques minutes et, finalement, l'orchestre au complet est fin prêt. Tous les regards se tournent maintenant vers Ray Charles et attendent les ordres :

— *Good morning, guys, are you ready ? OK two... three... Rolling*[1] *!*

Vingt secondes plus tard, Ray appuie sur le bouton d'appel :

— Attendez une seconde, stop, stop !

Tout le monde s'arrête, étonné. Ray s'adresse au chef d'orchestre :

1. « Bonjour tout le monde, vous êtes prêts ? OK, deux... trois... Ça tourne ! » En réalité, c'est le compte donné par Ray qui correspond à deux... trois et quatre !

— Un sax ténor a joué une fausse note. Il aurait dû faire un *si* bémol, pas un *fa*.

Le chef d'orchestre, interloqué, très gêné, répond :

— *Sir*, je n'ai pas entendu.

Ray lui répond du tac au tac :

— OK, moi, peut-être que je raconte des conneries, mais, la bande, elle, ne ment pas. C'est enregistré, alors, amène-toi ici, dans la cabine, et écoute !

Pendant que le chef d'orchestre fait vivement le tour pour nous rejoindre dans la cabine, Ray a déjà rembobiné. Sur la table de mixage, il a coupé toutes les pistes, sauf celle des cuivres. Tout le monde se regarde avec de grands yeux incrédules, n'ayant rien entendu, moi le premier.

Il joue alors pour le chef d'orchestre la partie de cuivres en question et, effectivement, on entend un saxophone pas très juste. Il n'avait pas volé son surnom de *bionic ears*[1] ! Je le savais, mais j'en ai ici la preuve : Ray a l'oreille absolue[2].

Le chef d'orchestre est proprement mouché et Ray lui demande d'aller vérifier la partition du saxophone. Il quitte la cabine, penaud, et confirme :

— C'est effectivement une erreur d'écriture sur la partition.

— Alors corrige-la !

Et, se retournant vers moi :

— Ça m'étonnait aussi car tous mes musiciens savent lire et bien lire la musique !

Il appuie maintenant sur le bouton et s'adresse à l'orchestre :

— *OK, let's go, gentlemen !*

Dix secondes plus tard, il se rue de nouveau sur le bouton d'appel[3] :

1. Oreilles bioniques.

2. Oreille absolue : faculté pour un homme de pouvoir identifier une note musicale en l'absence de référence.

3. Ray Charles va tellement vite que toutes les manipulations paraissent normales et simples, comme s'il était voyant. Cependant, il faut imaginer à quel point Ray mémorise les choses car ce bouton d'appel fait partie de centaines d'autres alignés sur la console...

— Vous êtes si pressés que ça ? ! Où allez-vous donc ? C'est une chanson d'amour, alors, prenez votre temps. OK, je vais vous donner le tempo : *one... two... three... four !*

Alors que l'orchestre redémarre sur le tempo, extrêmement lent, que Ray vient de lui indiquer, je ne peux cacher un grand sourire de satisfaction. Un vrai rêve en couleurs se déroule sous mes yeux. C'est presque trop beau, ce conte de fées. En dépit de toutes les angoisses traversées, toutes les difficultés surmontées, ça y est, nous arrivons à destination de mon trip de fou. Invraisemblable, mais tout le studio, des musiciens au chef d'orchestre, de l'arrangeur aux techniciens, tous sont mobilisés, là, grâce à mon seul délire ! Cerise sur le gâteau, Ray Charles lui-même s'est approprié toute l'histoire et *drive* la séance, comme s'il s'agissait d'une de ses propres compositions.

Décidément, il reste toujours le même, quelles que soient les circonstances. Seul avec Robert, sur scène avec son Grand Orchestre et ses choristes, ou bien maintenant, en studio, devant quarante musiciens, il n'a qu'une chose en tête : s'approcher le plus possible de l'idée qu'il se fait de la perfection, partout, pour tout, tout le temps. Tant qu'il n'a pas tout ce qu'il veut sur la bande, il fait jouer et rejouer les parties qui ne lui conviennent pas, jusque dans les moindres détails, la moindre note.

Toute la séance se déroule avec cette rigueur, sans compromis, dans une ambiance de bagne, à une vitesse infernale. Je commence à m'y habituer, à apprécier même. Mais pour les autres, quelle tension nerveuse, quelle fatigue, une véritable punition !

Il est 12 h 30, et Ray a finalement obtenu tout ce qu'il désirait. Il met fin à la séance et remercie très poliment les musiciens. Il ajoute même, d'une voix suave, un compliment :

— Ce que vous avez fait est très bien. C'est exactement ce que je voulais. *Bye, guys.*

Il s'adresse maintenant à moi :

— Tu vois, maintenant je dispose de toutes les fondations dont j'ai besoin. Il ne me reste plus qu'à chanter et à mixer. *It's a piece of cake*[1] !

Je fais part à Ray de ma profonde reconnaissance et de mon immense joie. En riant, il me prend alors dans ses bras et me dit, en me tapant l'épaule de sa main :

— *It's alright, it's all good*, Jean-Pierre[2] !

J'ai un nœud dans la gorge, celui-là même qui me saisissait, le dimanche, à l'internat de Bordeaux. Je suis profondément touché, au point d'avoir envie de pleurer.

Plus tard, Ray a ajouté sa voix sur la bande et, finalement, il a mixé *Just Because*. Le résultat était très étonnant, totalement différent de la version qu'en avait fait Robert. C'était devenu du pur Ray Charles. Après sa sortie, *Just Because* faisait partie des chansons préférées de Ray. Il aimait l'interpréter régulièrement dans ses tours de chant à travers le monde. Cinq ans plus tard, Ray, Robert et moi avons eu une nouvelle satisfaction de taille. En effet, la bande originale du film *The Sure Thing*[3] n'était autre que *Just Because*, interprétée par Ray Charles.

Si Robert bénéficiait d'un bon succès d'estime, en France, après quelques 45-tours, il n'avait pas encore obtenu de reconnaissance internationale. Peut-être est-ce une coïncidence, mais sa carrière changea du tout au tout à la sortie de l'album de Ray Charles[4], dans lequel figure *Just Because*.

Sous le nom de scène qu'il s'était choisi, FR David[5], il a composé et enregistré une nouvelle chanson qui est devenue un tube planétaire. Avec plusieurs millions de disques vendus à travers le monde, elle est devenue

1. « Ça va être du gâteau ! »

2. « C'est très bien, c'est tout bon, Jean-Pierre ! »

3. Sorti en 1985 avec, entre autres, Tim Robbins, John Cusack et Daphnée Zuniga, le film *The Sure Thing* est qualifié comme l'une des meilleures comédies des années 1980.

4. *Ain't it so ?*

5. FR sont les initiales de son nom : Fitoussi Robert... Et David, parce que ça sonnait bien !

numéro un dans de nombreux pays. Cette chanson, *Words* (*don't come easy to me*[1]), est maintenant un véritable standard.

Cette première séance d'enregistrement avec Ray Charles m'avait regonflé à bloc. Dans le métier, il était considéré comme l'artiste le plus difficile, le plus exigeant, le plus intransigeant aussi. Si j'avais réussi avec Ray Charles, qui pourrait me résister ? Je sais que ça peut paraître prétentieux, mais c'était mon état d'esprit de l'époque. D'ailleurs, soit dit en passant, je le pense toujours.

Ce ne sont donc pas les difficultés pour contacter le fameux neveu de Ray Charles[2], Stevie Wonder, qui pouvaient m'impressionner. Je reprends mes recherches et, enfin, j'apprends qu'il va donner un concert exceptionnel au Convention Center de Los Angeles. En costume cravate, je m'y rends. Stevie a toujours fait partie de mes artistes favoris et je suis comblé au-delà de toute attente, il nous donne un show fabuleux.

Avant la fin du spectacle, j'avance discrètement vers le côté de la scène où j'ai repéré une porte gardée par deux cerbères. Je me dirige vers eux, l'air très officiel, sûr de moi :

— Je travaille avec Ray Charles et j'ai besoin de parler à Stevie.

L'un des deux me répond ironiquement :

— Et moi, je travaille pour Ronald Reagan ! Vous avez votre badge ? Non ? Eh bien, mes ordres sont très clairs : sans badge, personne n'entre !

OK, repli tactique, je m'éloigne d'un pas nonchalant. C'est maintenant la fin du concert et Stevie vient de quitter la scène. Il me faut rapidement trouver un autre plan dans ce brouhaha général.

---

1. « Les mots ne me viennent pas facilement. »

2. Le premier album de Stevie Wonder s'intitulait *Tribute for Uncle Ray* (« Hommage à l'oncle Ray »). A l'époque, chacun pensait qu'il était effectivement le neveu de Ray Charles. C'était une idée de sa maison de disques pour attirer l'attention du public.

Beaucoup de gens se lèvent, se bousculent et s'en vont. Certains restent pour discuter, tandis que d'autres se dirigent vers cette fameuse porte.

Les endroits stratégiques, c'est-à-dire les accès, sont protégés, mais, en regardant la scène, je constate qu'il n'y a aucun service d'ordre. Il n'y a personne, à part les musiciens en train de ranger leurs instruments et les *roadies* [1] qui démontent la sono. Voilà la faille !

Sans plus tergiverser, je fonce vers la scène et l'escalade rapidement. Puis, pour me fondre dans le paysage, j'adopte une démarche lente et décontractée. En faisant mine de vérifier la technique, je dérive gentiment vers le backstage [2].

Je débouche dans un grand salon de réception, où se tient un cocktail. Plus de cent cinquante personnes sont présentes. Scrutant l'assistance, je découvre que tout le gratin du métier est là.

Stevie, du haut de son 1 m 90, trône au milieu de cette foule. Immédiatement, je joue des coudes et me dirige vers lui. Il est en pleine discussion mais moi, je m'en fous, « *I am on a mission for God* [3] *!* »

Je l'aborde et, d'autorité, lui prends le bras :

— Bonsoir, Stevie, je suis un ami de Ray Charles. J'ai besoin de te parler.

Il fronce immédiatement les sourcils, se crispe, semble inquiet. Tout d'un coup, ses trois interlocuteurs, dont Diana Ross, ne l'intéressent plus :

— Excusez-moi, je reviens.

Se tournant vers moi, il tend le bras vers la gauche :

— Je crois qu'il y a une banquette, juste là. Viens, on va s'asseoir.

Je l'entraîne alors dans la direction qu'il m'a indiquée

---

1. Ce mot désigne les techniciens chargés du matériel pendant les tournées. Il vient du mot *road*, la route.

2. L'arrière-scène, les coulisses, les loges.

3. « Je suis investi d'une mission pour le bon Dieu. » Fameuse réplique dans le film *The Blues Brothers*, dans lequel Ray Charles joue.

et, effectivement, il y a un banc le long du mur, libre. Je croise des regards étonnés et intrigués ; bien sûr, personne ne me connaît.

Je l'aide à s'asseoir et m'installe à côté de lui. Il me demande mon nom et mon signe astral :

— Je m'appelle Jean-Pierre et je suis Verseau.

— *Alright ! Can I call you my French Aquarius* [1] *?*

Et nous voilà partis dans une discussion qui a duré une bonne demi-heure. Stevie, très intéressé par ce que je lui disais, avait mis en garde son entourage :

— *Now, I don't want to be disturbed by anybody* [2] *!*

Une foule de VIP l'attend, juste là, à trois mètres de nous, retenue par ses sbires. Heureusement, Stevie ne les voit pas, mais moi, je ne peux ignorer les regards furieux qu'ils me jettent. De toute façon, Stevie les ignore, totalement absorbé par notre discussion.

Sans attendre, je lui explique mon idée :

— Tu as composé *Living for the City*. Comme tu le sais, Ray a adoré cette chanson et en a fait sa propre version. Maintenant, je voudrais que vous la chantiez en duo. Je sais que ça sera super !

— Ah non ! Non, non ! Elle a été beaucoup trop jouée, cette chanson, les gens la connaissent trop. En plus, très franchement, *my French Aquarius*, je commence à en avoir assez, je l'ai suffisamment chantée. Non, ce que je voudrais faire, c'est composer une nouvelle chanson, c'est nettement plus intéressant.

Pour moi, c'est d'abord une vraie douche froide, une grande déception, immédiatement suivie d'une immense satisfaction. En effet, il vient d'accepter implicitement cette idée de duo ! Mieux encore, il veut carrément écrire un nouveau titre ! J'ai du mal à le croire mais, en quelques minutes, l'affaire est entendue.

Nous sommes sur la même longueur d'onde et parlons le même langage. Il n'y a pas dix minutes que nous sommes ensemble, mais nous avons l'impression d'être

---

1. « OK, puis-je t'appeler mon Verseau français ? »
2. « Maintenant, je ne veux être dérangé par personne ! »

de vieux acolytes. Il m'explique le profond respect qu'il a pour *Uncle Ray* et à quel point il a pu être influencé par lui. Il me parle de son désir d'écrire une chanson vraiment spéciale pour ce projet qui lui tient déjà à cœur.

Notre conversation dévie et Stevie, se sentant de plus en plus à l'aise avec moi, me sort, tout d'un coup, une réflexion qui me choque profondément :

— *You know, man,* il faut que je te dise quelque chose. Je suis sûr que je vais mourir avant Ray Charles.

— Quoi ? Mais comment tu peux dire ça ? Je ne comprends pas !

— J'en suis intimement persuadé. Ne me demande pas pourquoi, mais je le sais. C'est comme ça.

Son ton est si grave que je ne trouve rien à répliquer. Je m'empresse de changer de sujet et lui parle de Ray Charles sur lequel il me pose quantité de questions. Très attentif à toutes mes réponses, il finit par conclure :

— *This is a blessed day, my French Aquarius ! I will call you*[1].

Avant de partir, je prends soin de laisser toutes mes coordonnées au secrétaire de Stevie. Je quitte le Convention Center, sur mon petit nuage. Je suis très content, à juste titre. Tout s'est déroulé tellement mieux que je ne l'avais espéré !

J'ai maintenant une raison supplémentaire pour rester aux Etats-Unis : un second projet avec Ray Charles.

Le lendemain matin, après avoir appelé Ray, je fonce lui annoncer la bonne nouvelle. Pendant que je lui explique la scène, il est totalement immobile, la tête penchée en avant, tout ouïe. Au bout de quelques minutes, il arbore un petit sourire satisfait. Lorsque je lui relate avec fidélité les étranges propos de Steve[2], ce sourire se transforme immédiatement en une grimace soucieuse et ses sourcils se froncent :

1. « Ce jour est béni, mon Verseau français ! Je t'appellerai... »
2. Dans le métier, les gens appellent Stevie Wonder du diminutif Steve.

— Quoi ? Qu'est-ce que tu racontes ?

— Je ne raconte rien du tout. Je te répète fidèlement ce que Steve m'a dit hier soir : il sait qu'il va mourir avant toi !

— Incroyable ! Je ne comprends pas comment il arrive à cette conclusion. Invraisemblable.

— Moi non plus, je n'ai rien compris, mais, crois-moi, il ne pouvait pas être plus sérieux lorsqu'il m'a sorti ça.

— Wouaaah, je n'en reviens pas ! Bon, *anyway*, et alors ?

— J'ai laissé toutes mes coordonnées à son secrétaire, comme il me l'a demandé. Il m'a simplement dit qu'il m'appellerait. Affaire à suivre.

Ce nouveau projet avec Stevie Wonder est maintenant une véritable obsession. Je ne pense qu'à ça, du matin au soir, et je reste cloué chez moi, de peur de rater son appel. Moi qui n'aime pas trop les téléphones portables, à cette époque j'aurais vraiment apprécié leur existence.

Le temps paraît très long, lorsque l'on est rivé au téléphone. Le doute commence à m'envahir. Va-t-il appeler ou était-ce une parole en l'air ? Stevie Wonder a la réputation de promettre beaucoup de choses, de ne pas savoir dire non car tout l'enthousiasme. Oui, mais là, c'est pour Ray Charles. Normalement, il devrait donc tenir sa promesse.

Le temps passe, sans aucune nouvelle de Stevie Wonder. Combien de fois suis-je passé du doute le plus profond à la conviction que tout allait bien se dérouler ? Je me repassais en boucle les paroles de Steve, analysant, interprétant chacun de ses mots, chacune de ses intonations.

Après plusieurs semaines de cette torture, alors que Leslie et moi sommes profondément endormis, le téléphone sonne. Il est 2 heures du matin. Je suis pratiquement sûr qu'il s'agit d'un coup de fil de Paris. Encore un abruti qui ne sait pas calculer le décalage horaire ! C'était Ron.

— Nous sommes à Chicago. Nous venons de rentrer

du concert et devine qui va monter dans la suite de Ray dans cinq minutes ?

— Ron, tu m'emmerdes ! Il est 2 heures du mat, c'est pas l'heure des devinettes !

— Tu ne devines pas ? Eh bien, c'est Steve ! Il veut monter dans la suite et jouer des trucs à Ray. Il a même fait apporter des claviers.

— Arrête tes conneries ! T'es sérieux ? dis-je en sautant du lit, excité comme un fou.

— Hey, *man*, je sais que ce projet te tient vraiment à cœur. Je ne déconne pas, je suis très sérieux.

Et là, j'entends, dans le combiné, la voix tonitruante de Ray :

— Ron !

— T'as entendu, le *boss* m'appelle, dit-il, en chuchotant presque. Je te rappelle.

Fou de joie, je suis maintenant pleinement réveillé et si j'avais eu du champagne...

Dès le lendemain matin, de retour à Los Angeles, Ray m'appelle et me demande de venir à son bureau :

— Steve est venu me voir hier soir, à Chicago, dans mon hôtel. Il devait être minuit, et il s'est installé devant les claviers qu'il avait amenés et m'a joué cinq nouvelles chansons.

— Quoi, cinq !

— Oui, oui, cinq, me dit-il, tout sourires.

— Et alors ?

— Sur les cinq, il y en a trois superbes. Bon, les deux autres, franchement, je n'ai pas trop compris... Mais les trois, vraiment formidables !

— C'est incroyable ! Il ne m'avait parlé que d'une chanson !

— Oui, c'est super, il n'y a qu'un problème, il n'a pas encore écrit les paroles. Il m'a dit qu'il nous les ferait parvenir d'ici une quinzaine de jours.

— Eh bien, décidément, il est vraiment prolifique ce Stevie !

— *That's right ! Steve is ultra-talented*[1] !

1. « C'est vrai ! Steve est ultratalentueux ! »

Je voyais Ray quasiment tous les jours. Nos relations s'intensifiaient, s'approfondissaient. Ron, aux premières loges pour assister à cette évolution, m'avait accordé sa confiance et donné accès au carnet d'adresses de Ray Charles.

Dans ce carnet, il y avait tout le gotha du métier, tous les musiciens dignes de ce nom, y compris tous les pros de la musique noire, la vraie. Je n'ai eu aucun mal à réunir les meilleurs, lorsque j'ai voulu faire une autre production avec une jeune artiste, Pat Shelby, qui chantait vraiment très bien. Le disque a eu un certain succès en Europe, en particulier dans les discothèques [1], mais il n'est jamais sorti aux Etats-Unis.

C'est aussi par Ron que j'ai obtenu le numéro de téléphone privé de Quincy Jones. Notre première conversation a duré plus d'une heure. Quincy, comme Ray, adore la plaisanterie. Après que je me fus présenté, il m'a répondu, en français :

— Enchanté de vous connaître, cher Jean-Pierre.

— Ah bon, tu parles français ?

— Indubitablement ! Rappelle-toi que j'ai passé des années à Paris, j'ai même longtemps travaillé pour Eddie Barclay.

Et Quincy de me citer Nadia Boulanger, Henri Salvador, les Double-Six...

Notre conversation se poursuit en anglais, pour aboutir, naturellement, à notre point commun, Ray Charles :

— *Oh, I know Ray since I'm fifteen and man, he's somethin' else* [2] *!*

Je raconte à Quincy l'épisode de Stevie Wonder et lui demande :

— Quincy, pourquoi ne ferions-nous pas cette production ensemble ? En plus, tu pourrais écrire les arrangements ?

— Produire Ray ?

---

1. *Superman Superman.*
2. « Oh, je connais Ray depuis que j'ai quinze ans et lui, *man*, c'est une autre histoire ! »

Et il explose de rire.

— Tu plaisantes, j'imagine ! Il y a quelques années, il m'avait laissé entendre que, peut-être, je pourrais éventuellement l'aider à produire un titre. Lorsque nous sommes arrivés au studio, dès les premières heures, Ray a commencé à donner son avis sur tout et à tout le monde. Le lendemain, *forget it, man !* Il a pris totalement la séance en main, je n'avais plus rien à dire, ni à faire. Je me suis retrouvé assis, comme un spectateur, derrière lui. *I love him, man. I will always love him*[1] *!*

Quincy, tout en n'y croyant qu'à moitié, m'encourageait à persévérer. Le jour venu, lorsqu'il ne s'agira que des arrangements, il se tiendrait à notre disposition. Pour la production, là, il en était sûr, je faisais fausse route. Ray Charles ne me laisserait jamais le produire.

Régulièrement, Ray me demandait si j'avais des nouvelles de Stevie. Quant à moi, je m'informais au standard du bureau pour savoir si, par hasard, Stevie Wonder avait appelé.

Etait-ce cette histoire de neveu, inventée par sa maison de disques alors qu'il n'avait que douze ans, qui l'a profondément marqué ? Est-ce qu'il considérait Ray Charles comme un énorme monument, devant lequel il se sentait diminué ?

Je ne sais pas vraiment, je n'ai jamais su. Le fait est qu'entre le jour où Stevie est venu jouer ses nouvelles compositions à Chicago et la mort de Ray, un quart de siècle s'est écoulé. Et Stevie n'a jamais écrit ces fameuses paroles.

1. « Je l'aime et je l'aimerai toujours ! »

8

Nouveaux horizons

La première partie de mon rêve américain s'était très bien déroulée. Tant qu'il s'agissait de Ray Charles, les choses s'enchaînaient, les unes après les autres, mais les éléments extérieurs ont enrayé la machine. J'étais à Los Angeles depuis un an et mes économies rétrécissaient à vue d'œil. Dieu sait, d'ailleurs, si j'en ai dépensé de l'argent, et pendant très longtemps, avant de pouvoir gagner mes premiers sous dans la musique !

Et quand bien même un projet aurait abouti, il m'aurait fallu au moins deux ans de patience, dans le meilleur des cas, pour en voir les premiers bénéfices. Je considère la musique comme un art et non comme une source de revenus. Je détesterais être obligé de produire de la musique alimentaire pour subvenir à mes besoins quotidiens. Je n'en tirerais absolument aucune satisfaction, et j'en serais même profondément malheureux. Ce qui ne veut pas dire, bien entendu, que je suis opposé à l'idée d'obtenir un tube, bien au contraire.

Simplement, quoi que je fasse, j'ai besoin d'être passionné et d'avoir la satisfaction du travail bien fait. La passion et l'intensité sont ce qui compte pour moi dans la vie. Le reste a peu d'importance. Notre civilisation moderne nous a fait oublier que l'on peut prendre son pied en travaillant. Cela me désole, car je suis intimement persuadé que l'on peut, si l'on veut, s'intéresser à tout et en retirer de profondes satisfactions.

Pour garder cette indépendance de choix, cette honnêteté intellectuelle et cette fraîcheur indispensable à la créativité, je ne vois que trois solutions : être le fils de Rothschild, gagner au loto, avoir un autre boulot. Je ne suis pas sorti de la cuisse de Jupiter et je déteste les jeux d'argent. En conséquence, au lieu d'insister lourdement, alors que rien ne se concrétise à Los Angeles, j'ai décidé de rentrer à Paris exercer mon métier. Heureusement, la serrurerie rapporte de quoi vivre tous les jours, sans attendre. De retour à Paris, j'ai donc créé une nouvelle serrurerie à Montmartre et après deux mois de dur labeur je suis retombé, comme prévu, sur mes pieds. J'ai ensuite trouvé un magnifique deux pièces, juste devant le Sacré-Cœur, et j'ai enfin pu faire venir Leslie, restée jusque-là en Californie.

Le show-biz français avait eu vent de mon aventure et m'accordait maintenant un certain crédit mêlé d'admiration, Ray Charles ayant toujours été considéré comme un modèle dans le métier. Ce que j'avais fait leur paraissait complètement fou. Grâce à cette réputation et au hasard des rencontres, j'ai fait la connaissance de Marvin Gaye.

Marvin Gaye se trouvait dans une mauvaise passe. Il était seul à Ostende, en Belgique, obligé de s'expatrier des Etats-Unis pour avoir négligé pendant des années de payer ses impôts. S'il y retournait, les sommes réclamées étant beaucoup plus importantes que ses économies, il risquait purement et simplement la prison. Sa carrière aux Etats-Unis totalement entre parenthèses, il se contentait de donner quelques concerts européens.

Marvin avait le blues, le vrai. Il venait de divorcer et son fils de trois ans avait été confié à son ex-femme, aux Etats-Unis. Il n'avait personne pour s'occuper de ses affaires, pas de contrat avec une maison de disques, donc pas d'enregistrement en vue. Star américaine noire, abandonné dans une station balnéaire belge, Marvin avait le mal du pays.

Pour moi, Marvin Gaye appartenait au cercle très fermé des grandes vedettes internationales. Son talent ne pouvait, ne devait pas être muselé par des problèmes fiscaux. C'était aussi ridicule qu'inconcevable et c'est ce que je lui ai expliqué, dès notre première rencontre.

Il s'en est trouvé rassuré, réconforté, et le courant est immédiatement passé entre nous.

C'est fou comme les artistes peuvent avoir une sensibilité à fleur de peau. C'est un de leurs dénominateurs communs. Pour les profanes, cela peut paraître incompréhensible, mais mon expérience en témoigne. L'assurance, la combativité et l'enthousiasme que je déploie les rassurent. Ils aiment ça, ils en ont même besoin. C'était le cas de Marvin Gaye.

Un musicien français que je connaissais avait réuni le budget nécessaire à la production de son propre album. Il désirait la participation de Marvin. Pour ce dernier, qui n'avait pas été en studio depuis longtemps, j'ai immédiatement pensé que c'était l'occasion de se replonger dans la création, sans compter, bien sûr, le cachet à la clé.

Après l'avoir convaincu, non sans mal (il avait en effet des doutes sur le niveau des musiciens français), nous nous sommes retrouvés au château d'Hérouville, à environ quarante kilomètres de Paris. Ce complexe, monté par Laurent, un ami de lycée, visait justement la clientèle internationale du métier. Son idée était de profiter de l'isolement du château, afin de protéger l'intimité des artistes désireux de rester incognito, productifs et créatifs pour enregistrer leurs albums. Laurent avait tout prévu : c'était comme s'il y avait un studio d'enregistrement professionnel dans un Relais & Château quatre étoiles, dont tous les services sont disponibles 24 heures sur 24.

Dès les premières minutes, Marvin a pris une guitare et, sur des accords qu'il venait d'improviser, a demandé aux musiciens de l'accompagner. Les doutes qu'il pouvait avoir se sont immédiatement envolés, il avait affaire aux meilleures pointures de France[1].

1. Jean-Louis Bucchi, Basil Leroux, Bernard Paganotti, Claude Salmiéri...

Marvin s'est éclaté ! Cela faisait des années que cela ne lui était pas arrivé et il en était venu à penser que cela ne lui arriverait plus jamais.

Le plaisir retrouvé de jouer avec d'excellents musiciens et la qualité des résultats lui ont donné des ailes. Marvin ne voulait plus s'arrêter. Nous devions y passer une journée, nous sommes restés une semaine entière, à travailler jour et nuit.

Après cette succession infernale de séances, une période de repos était indispensable. Une de mes grandes amies, Béatrice, nous a prêté sa maison, dans les Yvelines. Isolée à souhait, c'était l'endroit rêvé pour se reposer, avec tout le confort à l'américaine et un piano à queue, en face de la cheminée, dans le living.

Marvin, encore sous l'excitation des séances, n'opposa qu'une molle résistance lorsque je lui ai suggéré de s'asseoir au piano pour composer :

— Mais, Jean-Pierre, je n'ai rien composé de valable depuis des années !

— Justement, raison de plus. C'est l'endroit idéal, personne ne sait que nous sommes là et il n'y a rien qui presse.

Marvin s'est laissé convaincre. Il s'est mis de plus en plus au piano, cherchant de nouvelles idées, jusqu'à trouver l'inspiration. C'est d'ailleurs pendant cette période qu'il a composé son dernier tube, *Sexual Healing*.

Les événements se sont ensuite succédé très rapidement. Au fond de notre retraite, nous avons été débusqués par Larkin Arnold, le vice-président de la maison de disques CBS [1]. Lorsqu'une maison de disques désire faire signer un artiste, elle le trouve, où qu'il soit dans le monde. Larkin nous a réservé deux suites à l'hôtel George-V – décidément, cet hôtel me poursuit ! – et nous a envoyé une limousine pour nous y conduire. Marvin m'a présenté comme étant son manager et leur a demandé – car il y avait déjà un avocat CBS sur

1. Aujourd'hui devenue Sony Music.

place – de traiter avec moi. Très vite, un second avocat est venu prêter main-forte à la maison de disques et nous avons entamé une négociation marathon de trois semaines.

J'étais seul face à trois professionnels du disque, avec la lourde responsabilité de représenter Marvin Gaye pour défendre ses intérêts. Je me suis mis à sa place pour savoir si je pouvais accepter, ou non, certaines conditions. Lentement, nous passions d'un article du contrat à un autre et, tant que je n'étais pas entièrement satisfait, ça marchandait sec !

Tous les soirs, je faisais le point avec Marvin et préparais ma liste de doléances pour le lendemain. Plus nous avancions dans la négociation, plus les frais de CBS augmentaient et plus ils s'engageaient.

Marvin et moi avons très vite compris l'objectif de la maison de disques : c'était très clair, ils voulaient le signer à tout prix. Nous étions donc en position de force et CBS a accepté toutes nos conditions, même les plus inhabituelles, sans exception. Ce devait être la dernière fois que Marvin apposait sa signature sur un contrat de disques.

Au bout de quelques mois, grâce à la maison de disques, les soucis financiers de Marvin se sont estompés. Il a alors décidé de rentrer aux Etats-Unis, voulant, bien entendu, que je l'accompagne pour poursuivre notre collaboration. Je dois avouer que j'ai eu peur de cette vie décousue, même si, d'un autre côté, elle m'attirait.

Je suis allé voir Marvin et lui ai fait part de ma décision : je ne le suivrai pas aux Etats-Unis. Je ne sais pas si c'est mon instinct qui m'a empêché de le suivre. En tout cas, ce n'est certainement pas l'idée d'un déménagement, même si nous venions de nous réinstaller en France. Ce que je sais, en revanche, c'est que sa vie a définitivement été interrompue par celui qui la lui avait donnée. Son père l'a tué, quelques mois après son retour, de plusieurs coups de revolver. Ses avocats ont plaidé la folie, lui évitant ainsi de finir ses jours en prison.

Il me reste une magnifique expérience qui m'a permis de comprendre et d'apprendre énormément de choses dans le métier.

L'épisode Marvin Gaye, après l'aventure Ray Charles, m'a ouvert beaucoup de portes. Les compositeurs n'hésitaient plus à venir me trouver pour me présenter leurs maquettes.

L'écoute d'une nouvelle chanson est toujours difficile. Plusieurs éléments doivent être réunis pour que je puisse écouter attentivement une œuvre non aboutie. Une maquette est à la musique ce qu'une ébauche est à un tableau. Les ingrédients sont déjà là, mais jamais clairement définis, souvent suggérés, parfois même absents.

Je m'attelle à cette tâche après mes journées de travail, c'est-à-dire le soir, la nuit, lorsque je suis tout seul, certain de ne pas être dérangé. Elle requiert une disponibilité d'esprit difficile à atteindre et m'oblige à un effort, une discipline, une concentration extrêmes. Pour éviter de passer à côté d'une œuvre intéressante, je dois être totalement réceptif. Je dois aussi me demander si l'on peut développer, arranger, produire et réaliser une belle chanson à partir de cette maquette.

J'étais toujours à l'affût d'une chanson pour Ray et, dès que j'en trouvais une, soit je lui envoyais la bande, soit je la lui remettais en mains propres, lors d'un de ses fréquents voyages en Europe.

Lorsqu'il aimait une des chansons que je lui avais fait parvenir, il m'indiquait souvent par téléphone les modifications à apporter. Elles s'appliquaient aux tempos, tonalités et suites d'accords, sans oublier les paroles.

A propos des textes, Ray me disait souvent :

— Jean-Pierre, je ne peux pas m'habiller en short, j'ai passé l'âge. Tu comprends, la musique, on peut toujours l'arranger. L'histoire, c'est beaucoup plus difficile. Et puis, il y a des sujets dont je refuse ne serait-ce que l'idée de les chanter. Par exemple, si c'est une histoire psychédélique, avec des éléphants roses qui volent dans le ciel, *forget it, man* [1] !

Et il s'esclaffait chaque fois.

Lorsque j'écoutais une maquette, la seule chose qui me préoccupait était de me mettre à la place de Ray : cette chanson est-elle faite pour lui ? Est-ce qu'elle me parle ? Si la réponse est positive, irais-je acheter le disque ? Si oui, je la donne à Ray. Sinon, *forget it, man* !

Parallèlement, j'étais de plus en plus sollicité pour des concerts *one off* [2]. Le coût global d'une telle opération étant très élevé et Ray étant toujours très occupé, les possibilités étaient toujours très restreintes. Le premier *one off* que j'ai organisé pour Ray a été particulièrement difficile à orchestrer, et la somme de travail en amont tout simplement colossale. Non seulement je n'en avais pas encore l'habitude, mais le réglage de tous les détails représente plusieurs semaines, voire plusieurs mois de préparation. En plus, les contrats établis par le bureau de Ray Charles étaient carrément draconiens. Ray et moi avons néanmoins réussi à faire quelques concerts, de temps en temps.

En 1984, une de mes amies me présente une chanteuse noire américaine qui venait d'arriver à Paris, toute seule avec ses deux enfants en bas âge. Encore totalement inconnue du grand public, Dee Dee Bridgewater

1. « Oublie, mon gars ! » C'est l'une des quelques expressions préférées de Ray.

2. Concert unique ne faisant pas partie d'une tournée. Ces concerts sont généralement beaucoup plus chers pour deux raisons : d'abord, Ray Charles étant basé à Los Angeles, il lui fallait trois jours pour donner un concert en Europe. En effet, aux neuf heures de décalage horaire, on doit ajouter les douze heures de vol minimum à l'aller mais aussi les mêmes douze heures de vol pour le retour, le lendemain du concert. A la place d'un *one off* en Europe, Ray avait largement le temps de faire deux concerts aux Etats-Unis. Ensuite, le prix des transports internationaux, comprenant deux billets de première classe pour Ray et son secrétaire, augmentait sérieusement le coût du concert. Un seul aller-retour Los Angeles-Paris en première classe coûte environ dix mille dollars.

passait dans des clubs de jazz, simplement accompagnée d'un pianiste ou, plus rarement, d'un trio.

Nous étions voisins et nous avons très vite sympathisé. Avec une honnêteté remarquable, elle m'a raconté ses mésaventures.

Financièrement, elle ne s'en sortait pas du tout. Seuls les clubs de jazz l'engageaient quelquefois. Dans le meilleur des cas, elle était payée cinq cents francs pour toute la soirée :

— Lorsque j'ai payé tous les frais, il ne me reste carrément plus rien. Je ne peux évidemment pas emmener mes enfants au travail, ils sont trop petits. Il faut donc que je paie la baby-sitter. Lorsque j'ai fini de travailler, il n'y a plus de métro, je suis obligée de me payer un taxi. Je dois faire dégraisser chaque fois ma robe car, tu sais, dans un club, il fait chaud et je transpire.

Et puis, il y avait tout le reste : le loyer, la crèche, la nourriture, les vêtements, le maquillage pour le soir, le téléphone, les factures...

Elle a ajouté :

— Chaque fois que je suis engagée, c'est pour deux sets [1], voire trois. Je passe donc plus de six heures dans ces clubs enfumés, sans ventilation. De chanter deux ou trois heures, tu ne le croiras pas, mais, lorsque j'en sors, je n'ai plus de voix. Le lendemain, je ne peux plus assurer.

Elle ne manquait pas de volonté, n'avait pas peur de se battre et paraissait sûre d'elle. Elle m'a raconté toutes ses difficultés avec un tel accent de sincérité que j'en ai été touché.

Je suis allé l'écouter, un soir, dans un club de jazz à Paris. En descendant l'escalier, j'ai entendu sa voix, une voix au grain typiquement noir, chaude, puissante et sensible à la fois. Je n'étais pas arrivé au bas de l'escalier que mon opinion était déjà faite : j'adorais, tout simplement.

---

1. Un set est un passage sur scène qui dure en général une heure. Dans les clubs de jazz, la tradition veut qu'il y ait deux à trois passages différents du même artiste dans la même soirée.

Je me suis approché du trio, et dès qu'elle m'a remarqué, en plein milieu de la chanson, elle m'a fait un immense sourire, découvrant ainsi une calandre à l'américaine, des dents impeccables d'une blancheur étincelante. Avec un naturel époustouflant, elle m'a fait un grand signe de la main, s'est approchée du micro et a lancé :

— *This is Jean-Pierre, my friend ! Thank you for coming*[1] !

Voulant sûrement me montrer de quel bois elle se chauffait, elle a mis le turbo et s'est engagée, avec toute l'énergie du désespoir, dans un *Every Day I've got the Blues*[2], qui m'a littéralement décoiffé.

J'ai attendu la fin de son dernier set pour la ramener chez elle, en voiture. Elle était totalement épuisée et avait effectivement mis ses cordes vocales à rude épreuve. Malgré sa combativité naturelle, son instinct maternel et son courage, elle avait le blues et s'est mise à pleurer :

— Jean-Pierre, je n'en peux plus, il faut que tu m'aides.

— Ecoute, Dee Dee, je suis d'accord pour t'aider, mais il faut que tu saches que je n'ai pas beaucoup d'expérience dans le management d'un artiste. Ce ne doit pas être sorcier et je pense que, en travaillant sérieusement, on peut y arriver. A partir de demain, si on t'appelle, tu indiqueras les coordonnées de ton nouveau manager. Tu ne t'engages pas, tu ne parles d'aucun détail, tu es l'artiste et tu laisses faire ton manager. On essaie comme ça, pendant quelque temps, comme des fiançailles. Si ça fonctionne et que tout le monde est heureux, on passera aux actes, on fera des contrats. En d'autres termes, on se mariera !

Notre collaboration venait de démarrer. Il me fallait avant tout faire connaître Dee Dee. Là encore, j'ai

1. « C'est Jean-Pierre, mon ami ! Merci d'être venu ! »
2. « J'ai le blues tous les jours. »

écouté mes tripes. Si elle m'avait touché, elle devait pouvoir en toucher d'autres, beaucoup d'autres.

De mon petit bureau, que je venais de prendre, au deuxième sous-sol d'un immeuble à Montmartre, à proximité de ma serrurerie, je me suis mis au travail. J'ai d'abord conçu un dépliant et l'ai fait imprimer. J'ai ensuite fait un *mailing* systématique à toutes les adresses de l'*Annuaire du jazz*, y compris tous les festivals européens. La photo de Dee Dee que j'avais utilisée était très belle, mais insuffisante. J'avais besoin d'une photo sonore, afin que les gens du métier, les organisateurs, puissent entendre ce dont Dee Dee était capable sur scène. Il fallait donc que je crée un événement et que je l'enregistre.

Mon choix s'est porté sur le New Morning, à Paris. J'ai rencontré la propriétaire, Mme Fahri, une femme formidable, qui n'a pas du tout compris ma démarche. En effet, je voulais louer la salle le plus tôt possible et, comme elle n'avait jamais entendu parler de Dee Dee Bridgewater, elle me garantissait une catastrophe.

Et, lorsque je lui ai dit que je voulais deux soirs d'affilée, je suis passé pour un total amateur :

— Les deux soirs que vous avez choisis sont dans quinze jours. Il n'y aura personne, je vous le garantis. Croyez-moi, je connais bien la scène parisienne.

— D'abord, les dates, madame Fahri : je vous prends les 24 et 25 novembre. Pour faire venir les gens, on verra ça dans deux minutes. Quel est le prix du billet d'entrée moyen, ici, chez vous ?

— De soixante-quinze à quatre-vingt-quinze francs, selon la réputation de l'artiste.

— C'est très bien. Alors nous, on va le fixer à cent vingt-cinq francs.

Je crois que, là, elle m'a vraiment pris pour un grand malade. Elle m'a regardé, interloquée, l'air de dire : « Vous êtes bête ou vous le faites exprès ? »

— Je vous ai déjà dit qu'un concert dans si peu de temps est un risque énorme, et vous voulez en faire

New York 1954.
Photo utilisée pour
le 45 tours *What'd I say*.
© Ray Averty/S. Star/O.Medias

Paris 1962. Ray Charles à l'Olympia. © Christian Hirou

Dans le studio de Ray à Los Angeles, janvier 1979. Ray et F. R. David répètent *Just because*. © Jean-Pierre Grosz

29 janvier 1979. Mon anniversaire à Los Angeles. *En arrière-plan* : Alain Cucumel et Ron Boyd. © Jean-Pierre Grosz

Studio du château d'Hérouville. *De gauche à droite* : Claude Salmieri (batteur), Bernard Paganotti (bassiste), Jean-Pierre Grosz, Marvin Gaye et Christian *Basile* Leroux (guitariste). © Farida Guerdjou/Didier Hebert

Ray et Quincy Jones.
© Celebrity/Stills/Gamma

Scène de la rose avec
Dee Dee Bridgwater pendant le tournage
du clip *Precious Thing*. © J. Madani

Enregistrement de *Precious Thing*. *De gauche à droite au premier plan* :
Jean-Pierre Grosz (de dos), Dee Dee Bridgewater et Ray. *En arrière-plan* :
Kjetil Bjerkestrand, Pierre Papadiamandis et deux assistants. © J. Madani

Ray en plein travail de mixage dans son studio. © Jean-Pierre Grosz

Ray et moi en studio écoutant une nouvelle chanson. © Christian Hirou

Moment de détente : partie d'échecs épique dans le bureau de Ray. © Christian Hirou

Scène habituelle dans une chambre d'hôtel (Washington). © Christian Hirou

Ci-contre: Ray plongé dans ses pensées en attendant son vol (aéroport de Los Angeles). © Christian Hirou

En bas, à gauche: Tête à tête habituel. © Christian Hirou

Ci-dessous: Rare visite de Ray à sa fondation. Cette petite fille vient de bénéficier d'une opération qui lui a rendu l'ouïe. © Christian Hirou

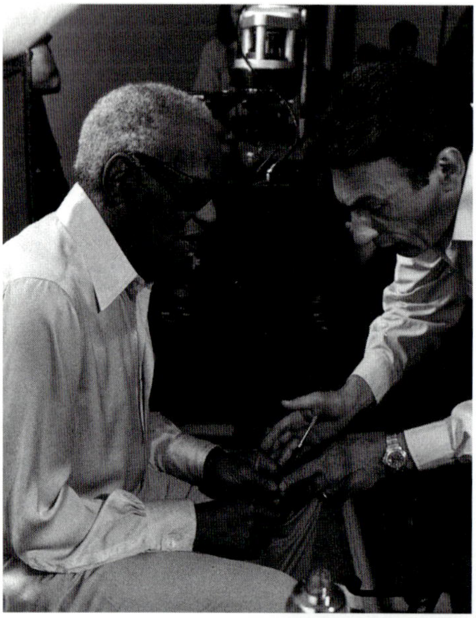

A Los Angeles, 1997.
Tournage du clip *Say no more* : dans cette scène Ray apprend à peindre (remarquez la manchette droite de sa chemise en soie, le rabat et son gros bouton...)
© Denis Freppel

Tournage du clip *Say no more* : je fais essayer à Ray un appareil photo professionnel, équipé d'un flash. Sur son visage, vous pouvez lire son étonnement lorsqu'il constate le poids de l'ensemble. © Denis Freppel

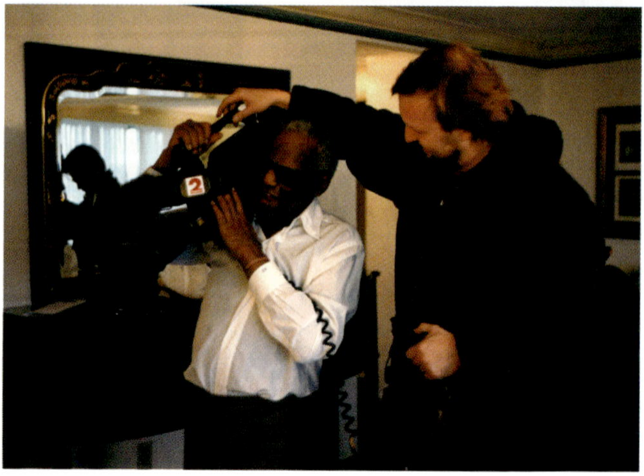

Tournage d'*Envoyé spécial* : Ray veut essayer la caméra de France 2 avec l'aide de Michel Mompontet...
© Christian Hirou

1966. Ray en communication avec la tour de contrôle, à côté de son pilote. © Bill Ray/Time Life Inc.

Utah, 1994. C'est bien Ray conduisant la 306 cabriolet sur le lac salé. © Gamma

Ray essaie la nouvelle Harley Davidson de Damian Ross à Los Angeles, sur le parking du bureau. © Vernon Troupe

Départ de Nice pour l'Italie et le festival de San Remo le 14 novembre 1999. (Remarquez la main de Ray sur la partie supérieure de la portière...) © coll. part., DR

Umberto Marcatto (patron de la maison de disques italienne) remet un prix à Ray. © Gilles Philippot

Festival de San Remo 1989 avec Renzo Arbore, le présentateur de la RAI. © Gilles Philippot

Arènes de Nîmes 20 juillet 1999. Une minute avant son entrée en scène, Ray est assis et écoute son orchestre en swinguant. Il marque le tempo avec les pieds et moi, avec les mains. © Gilles Quinqueneau

Dans la loge de Ray : Charles Aznavour vient le saluer. © Gilles Quinqueneau

Conférence de presse lors d'une tournée en Europe en 2000. © Coll. part., DR

30 juillet 2000. Interview de Lyse Doucet pour la célèbre émission de la BBC *Hard Talk*. © Alexandra Stephanakis

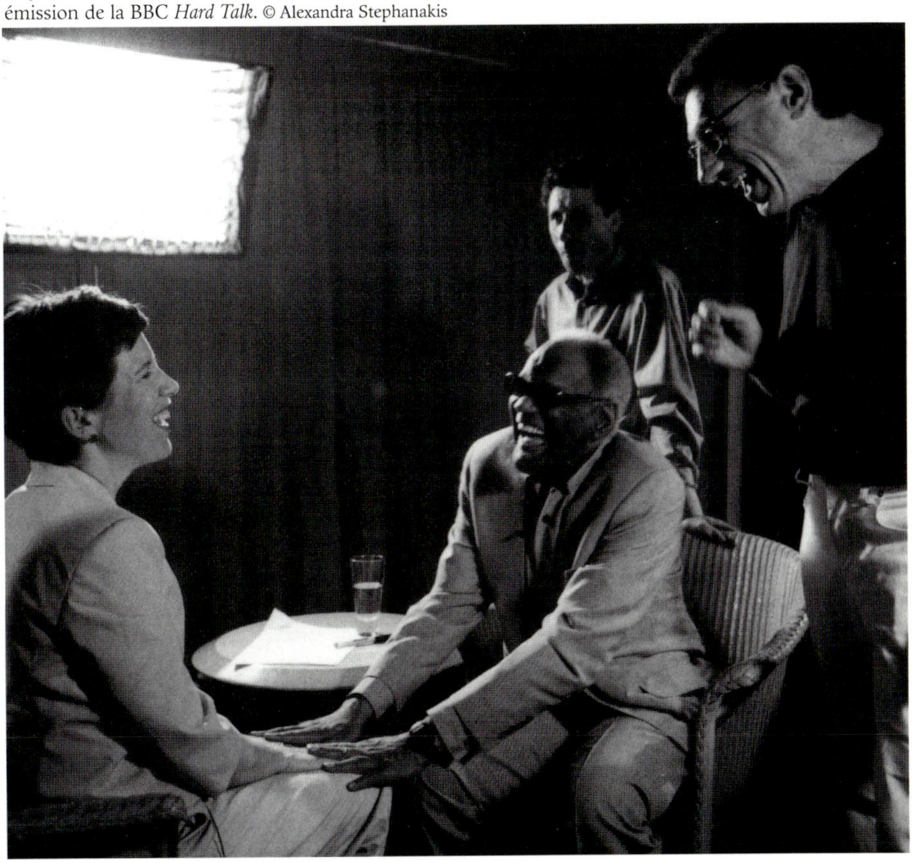

Pendant le tournage du clip *Say no more* à Los Angeles. © Denis Freppel

Vernon dans sa chambre d'hôtel attend à côté du téléphone l'appel de Ray pour le départ. Il nettoie ses lunettes, prêt à l'accompagner au concert. © Jean-Pierre Grosz

Avant le concert dans sa loge : Ray vérifie l'heure en écoutant sa montre (sur la table, son thermos personnel contenant son fameux café…). © Jean-Pierre Grosz

Avant le concert dans sa loge : Ray appelle au talkie-walkie le chef d'orchestre (remarquez la veste du costume sans revers et le col de la chemise, dans le même tissu, qui vient recouvrir sa veste). © Jean-Pierre Grosz

Quelques minutes avant le début du concert dans la loge de Ray. Rituel : le chef d'orchestre note les numéros des chansons que Ray lui dicte. Il les recopie et les découpe pour les donner aux différentes sections de l'orchestre. © Jean-Pierre Grosz

Avant le concert dans sa loge :
Ray s'habille en tenue de scène.
© Jean-Pierre Grosz

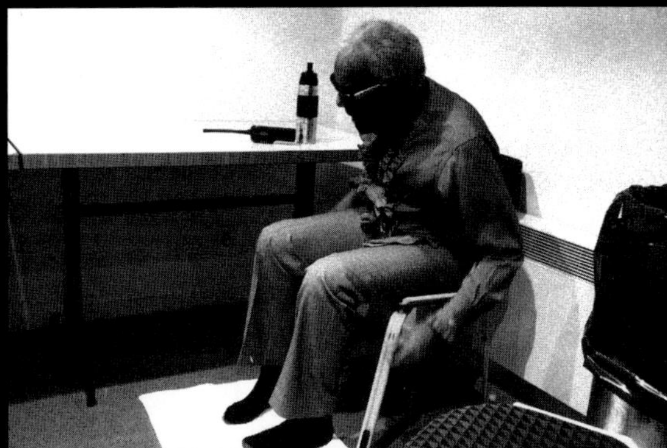

Autre rituel : cette photo aurait pu être prise lors des 10 000 concerts que Ray a donnés dans sa carrière : thermos, talkie-walkie, serviette sous ses pieds, chaussures sous la chaise… © Jean-Pierre Grosz

Avant le concert dans la loge de Ray : Vernon ajuste son nœud papillon
Dans à peine cinq minutes, Ray sera sur scène. © Jean-Pierre Gros

Répétition : Ray est en *civil*, pas rasé et attend que tout le monde soit prêt….
© Jean-Pierre Grosz

Rituel avant un concert, Ray se change et les blagues fusent. Le rire ouvre la voix…
© Frédéric Reglain/Gamma

Ray chauffe son saxophone : ce soir, il a l'intention de surprendre son public.
© Frédéric Reglain/Gamma

Après le concert, Ray est le premier à partir, son manteau sur les épaules.
© Jean-Pierre Grosz

Festival de San Remo, 14 novembre 1999. Répétition avec l'orchestre de la RAI. On s'aperçoit de la connivence entre Ray et Jean-Michel Bernard qui a écrit les arrangements et dirige l'orchestre. © Jean-Michel Bernard

Répétition avec l'orchestre de la RAI, San Remo (remarquez les fleurs au premier plan). © Jean-Michel Bernard

Répétition avant le concert : le grand orchestre de Ray et les Raelettes (ses cinq choristes). © Jean-Pierre Grosz

19 juillet 1999 lors du festival « Swinging Deauville ». © Caccia/Sipa

Tournée 2001 : concert en quintette devant 45 000 personnes aux Jardins de Tivoli à Copenhague (Jean-Michel Bernard à l'orgue, Michel Gaucher au saxophone, Thomas Fowler à la basse, Peter Turre à la batterie, Brad Rabuchin à la guitare… et Ray au piano). © Fiona Grosz

Tournée australienne en février 2003 : concert en quartette à Melbourne (Jean-Michel Bernard à l'orgue). © Fiona Grosz

Bras dessus, bras dessous autour du monde. © Gilles Philippot

deux ! Déjà, à soixante-quinze francs vous n'aurez personne, alors, à cent vingt-cinq, c'est de la folie douce.

Je lui ai donc expliqué mes intentions :

— Madame Fahri, je veux faire un album *live*. Ce sera *Dee Dee Bridgewater, live in Paris*. Il me faut donc enregistrer deux concerts, par sécurité. On n'est jamais à l'abri d'un problème technique, ni d'une contre-performance de l'artiste. Quant au prix de l'entrée, voilà ce que l'on va faire. Vous avez un service promo ? Eh bien, ils ont quinze jours pour faire savoir que ceux qui viendront au concert recevront un album gratuitement. On leur expliquera qu'il s'agit du *live* enregistré ce soir-là. Nous enverrons le CD par la poste, à nos frais, à ceux qui auront mis leurs noms sur la liste, à l'entrée. Rendez-vous compte, quand ils recevront le CD, ils pourront dire : j'y étais ! Ça vaut bien cent vingt-cinq francs, non ?

Les deux concerts ont eu lieu, comme prévu, avec un trio de première classe[1]. Dee Dee a cassé la baraque, chaque fois, on a refusé du monde les deux soirs. Les enregistrements étaient impeccables, nous avons très rapidement sorti l'album et l'avons, comme promis, expédié à tous ceux qui avaient laissé leurs coordonnées au New Morning.

J'avais l'intention de diffuser l'album à l'étranger et, dans un premier temps, les pays européens importants[2]. Pour renforcer l'impact du disque, j'avais décidé de produire deux concerts pendant le Midem qui arrivait à grands pas : une soirée privée au Whisky à gogo de Cannes et une prestation de quarante-cinq minutes, lors de la soirée jazz du Midem, avec le même trio. J'avais tout réglé dans les moindres détails, et tout s'est déroulé exactement comme prévu.

Dee Dee a cartonné à deux reprises, cette fois-ci devant un parterre de professionnels venus des quatre

1. André (Dédé) Ceccarelli à la batterie, Hervé Sellin au piano et Antoine (Tony) Bonfils à la basse.

2. Allemagne, Espagne, France, Grande-Bretagne et Italie.

coins du monde. Nous sommes rentrés du Midem lessivés, mais heureux. Nous avions trouvé des distributeurs à l'étranger, noué des contacts avec les plus grands festivals et échangé de très nombreuses cartes de visite.

Quelques mois plus tard, l'Académie Charles-Cros [1] nous a décerné le premier prix de jazz.

Malgré tout, les concerts restaient très rares, d'autant plus que j'avais décidé de ne plus faire de club. Par la même occasion, j'avais ajouté un zéro au cachet de Dee Dee.

Nous sommes tous les deux dans mon bureau, à étudier la situation, lorsque le téléphone sonne. C'est le responsable d'un festival, qui désire connaître le cachet de Dee Dee. Je réponds : « Attendez, excusez-moi, mais, avant de parler d'argent, donnez-moi vos dates car nous sommes très demandés. »

Assise en face de moi, Dee Dee me lance un regard effaré, ahurie par le gros mensonge qu'elle vient d'entendre. Mon interlocuteur me propose une date et, après l'avoir fait patienter quelques instants, le temps de consulter mon agenda, garni de pages... blanches, désertes, je lui réponds :

— Je suis désolé, c'est impossible. A cette date-là, nous serons en tournée en Italie.

— Ah bon, vous avez tant de dates que ça ?

— Oui, nous sommes débordés. L'album marche très bien et, en plus, nous avons reçu le prix de l'Académie Charles-Cros.

Dee Dee est absolument révoltée. Elle ne comprend plus rien : comment ai-je pu refuser un festival, et pas n'importe lequel puisqu'il s'agit du Nancy Jazz Pulsations, un des plus grands en France ?

J'ai dû apprendre à Dee Dee la valeur inestimable du

---

1. Créée en 1947 par un groupe de spécialistes de l'enregistrement sonore et des critiques, l'Académie Charles-Cros a pour objectif d'être représentative de la société civile. Ce prix est considéré comme une prestigieuse récompense.

vieux proverbe « Je te fuis, tu me suis », qui ne s'applique pas uniquement au business, bien sûr !

Nous avons ainsi gravi les échelons, lentement au début, pour finalement accéder, en Europe, au circuit traditionnel des grands noms du jazz. J'ai encore rajouté un zéro au cachet de Dee Dee. C'était déjà un très beau parcours et nous avions fait de nombreux envieux.

Les activités s'intensifiaient dans mon petit bureau, envahi par une quantité croissante de paperasse, de contrats, réservations, billets d'avion, etc. Il était temps d'avoir un assistant, quelqu'un en qui je puisse avoir pleinement confiance. J'ai choisi Nathalie, qui travaillait déjà dans ma société de serrurerie. Elle ne connaissait rien à la musique, mais compensait cette lacune par beaucoup de dynamisme et d'intelligence.

En dépit de nos succès, je sentais que nous n'avions pas atteint le niveau que Dee Dee méritait. Certes, les concerts que nous donnions étaient importants, mais nous étions encore loin de ce que draine un artiste pop ou rock. Dans mon esprit, sans prétention aucune, je pouvais comparer Dee Dee à Tina Turner. Je l'ai toujours pensé, je l'ai toujours dit et je le pense encore.

9

Precious Thing : l'aventure d'un tube

L'idée des duos ne m'avait pas abandonné. Grâce aux centaines de concerts que nous avions maintenant à notre actif, Dee Dee avait acquis un sacré métier. Pour moi, une association avec Ray Charles devenait réalisable. Il me restait à savoir si Ray approuverait cette idée.

Pour juger de la vraie valeur d'un artiste, rien ne remplace la scène. A l'occasion d'un concert de Ray Charles au Palais des Sports, à Paris, je réussis à convaincre le promoteur de laisser Dee Dee Bridgewater en faire la première partie... gratuitement. Le soir du concert, dès qu'elle est sur scène, je rejoins Ray dans les coulisses. Je ne l'ai pas vu depuis plusieurs mois et c'est un immense plaisir pour moi de le serrer dans mes bras. Je sais que c'est profondément réciproque.

A ce moment précis, Ray n'est au courant de rien et je lui explique :

— La fille sur scène, c'est celle dont je t'ai parlé, c'est Dee Dee. Viens avec moi, on va s'approcher de la scène, juste derrière les rideaux, que tu puisses entendre correctement.

D'habitude, Ray se fait une opinion en moins d'une minute. Là, nous sommes bien restés une dizaine de minutes, sans mot dire, à écouter Dee Dee et à swinguer ensemble. Alors que je le raccompagne à la loge, Ray me tire le bras et m'arrête :

— Tu as raison. Avec une voix comme la sienne, aucun problème. Il ne te reste plus qu'à trouver le véhicule[1].

Je suis fou de joie. Je viens de recevoir son approbation. Décidément, nous sommes bien sur la même longueur d'onde ! Nous entrons dans la loge, tout en continuant à parler du projet.

Mon père, à qui j'avais procuré un passe, venait d'arriver, et Vernon entre pour nous avertir.

— Fais entrer ton père, Jean-Pierre. Après tout ce que tu m'as raconté sur lui, je suis pressé de le rencontrer ! s'exclame Ray.

La poignée de main qu'ils échangent est respectueuse et ferme. Chacun essaie d'évaluer l'autre au plus vite, entre hommes. Mon père parle anglais couramment, et Ray le sait :

— Jean-Pierre m'a dit que vous jouiez très mal aux échecs, n'est-ce pas ?

— Vous savez, je suis hongrois et on ne se refait pas. En Hongrie, c'est le jeu national et je me débrouille.

J'interviens :

— Tu parles ! Ray, je te l'ai déjà dit, méfie-toi, il joue superbien.

Mon père avait effectivement un très bon niveau. A cette époque, mon frère participait aux championnats universitaires d'échecs et avait même remporté un premier prix. Pourtant, tous les soirs, il jouait avec mon père et, pratiquement chaque fois, il prenait sa raclée.

Il faut imaginer la scène : mon frère, ses deux poings sur les joues, ne quitte pas l'échiquier du regard et calcule constamment ses coups. Mon père, lui, suit les nouvelles à la télévision, tout en lisant son journal. Lorsque c'est son tour, il ne regarde l'échiquier que trois secondes, avant de jouer. La partie ne durait jamais plus de dix minutes.

Ray aimait le challenge, dans tous les domaines. Par

1. Par véhicule, Ray entendait « la chanson ».

ailleurs, les échecs permettent de jauger la personnalité de l'interlocuteur.

Très impatient d'en découdre, il sort de son sac l'échiquier conçu pour les non-voyants[1] et invite mon père à faire une partie. Les premiers mouvements se font rapidement et le rythme ralentit au fur et à mesure de la complexité du jeu. Les stratégies s'élaborent, les plans s'exécutent.

Ils sont en plein dans la partie lorsque le chef d'orchestre vient s'enquérir du choix de Ray pour les chansons de ce soir. Très poliment, Ray s'excuse de l'interruption et se métamorphose. En un instant il s'imagine sur scène et se concentre. Il pense à ce qu'il a décidé au cours de la journée et affine son choix. Je sais aussi qu'il se pose cette question : qu'ai-je vraiment envie de chanter ce soir et dans quel ordre ?

Pendant que Ray réfléchit, je me rapproche de mon père et en profite pour lui expliquer, à voix basse, ce qui se passe :

— Les musiciens sont prêts à l'accompagner sur des centaines de chansons. Ils ont tous leurs partitions, mais rien n'est prévu à l'avance. Tout se décide maintenant, tu vas voir. Là, il réfléchit à l'enchaînement des chansons. Le dernier accord d'une chanson doit se marier avec le premier de la suivante. Son tour de chant est comme un train, où tous les wagons doivent s'accrocher les uns aux autres.

Le chef d'orchestre, à la manière d'un maître d'hôtel, est au garde à vous, muni d'un carnet et d'un crayon, prêt à prendre la commande :

— *OK, I guess we can start with 342, then we move on to 418 and 220 to follow*[2]...

---

1. Il existe deux différences avec le jeu d'échecs traditionnel : l'échiquier est composé de cases blanches surélevées d'un millimètre par rapport aux cases noires ; pour différencier la couleur des pions, les blancs ont une sorte de clou, planté sur leur partie supérieure.

2. « OK, je crois que l'on peut commencer avec la 342, on passe à la 418 et la 220 pour suivre... »

A toute vitesse, Ray donne, avec cette liste, la partie de son âme qu'il va dévoiler ce soir. Devant le regard étonné de mon père, je lui dis :

— Papa, avec Ray, tout est numéroté, des chansons aux chaussettes, et, évidemment, il a tout en mémoire. Il faut que tu réalises qu'ils jouent tous les soirs ensemble et crois-moi, ils sont très bien rodés.

Ray a terminé son énumération et demande au chef d'orchestre de bien vouloir lui relire la liste !

— *That's it ! You got it !*

— *Thank you, Mister Charles, we gonna have a great show*[1] *!*

Le chef d'orchestre sort de la loge et la partie reprend comme si de rien n'était. Mon père, malgré sa force de caractère, est décontenancé, autant par Ray que par la discipline ambiante. A peine deux minutes plus tard, le talkie-walkie posé devant Ray crépite et :

— *Unit 3 calling Base. Six minutes before the first tune, boss. Is that alright with you ? Over.*

— *Base to Unit 3. This is perfectly fine, young man. It seems we are on time ! Over.*

— *Unit 3 to base. Yes, sir, we are right on time. Over and out*[2].

La partie est régulièrement interrompue par ces rapports constants de toute l'équipe avec le *boss*. Comme toujours, Ray veut être au courant de tout, jusque dans les moindres détails.

C'est à son tour de jouer et, comme pour confirmer la position des pièces qu'il a en mémoire, il les localise à l'aide de ses doigts. Il fait son inspection à toute vitesse, avec une délicatesse incroyable. Il frôle les

1. « Merci, Monsieur Charles, nous allons faire un super-concert ! »

2. « Unité 3 appelle la base. Six minutes avant le premier titre, *boss*. Est-ce que ça vous va ? Terminé.

— Base à unité 3. C'est parfait, jeune homme. On dirait que nous sommes à l'heure ! Terminé.

— Unité 3 à base. Oui, monsieur, nous sommes parfaitement à l'heure. Terminé et fin de la conversation. »

pions, s'assure avec son index de leur couleur, sans jamais en déplacer un seul. Il glisse un commentaire – « *Hum, I see... This is how you want to play, Papa*[1] *?* » – et décide d'amener, sans attendre, sa tour en position d'attaque.

A peine a-t-il posé son pion, qu'il est de nouveau interrompu par son régisseur, qui veut régler son clavier. Ray lui lance :

— *Base to Unit 3. Please, set my piano to 64. Over and out*[2].

Mon père joue, avance sa dame et déclare :

— *Check !*

— *Oh, really ? Well, I am sorry, Papa, but you forgot my little pawn, right here and... Checkmate, Papa*[3] *!*

Ray explose de rire devant mon père, écœuré et abasourdi d'avoir perdu cette première partie. Je savais que mon père était sûr de gagner : « Comment pourrait-il en être autrement face à un aveugle ? » m'avait-il dit lorsque je lui avais proposé de venir faire cette partie avec Ray, dans les loges du Palais des Sports. Il était tellement convaincu de remporter la partie qu'il avait presque refusé de jouer, pour ne pas vexer Ray Charles. Ray Charles, devant qui il reconnaît sa défaite :

— Je vous tire mon chapeau, je suis vraiment admiratif. Tout en dirigeant votre entreprise, en vrai businessman, vous m'avez mis échec et mat.

— Vous savez très bien que c'était un coup de chance, mais, de toutes les manières, vous aurez votre revanche. Je laisse le soin à Jean-Pierre d'organiser ça.

A ses dépens, mon père a lui aussi été victime du

1. « Hum, je vois, c'est comme ça que vous voulez jouer, papa ? »

2. Base à unité 3. Règle mon piano sur 64. Terminé. Ray avait adopté le clavier Yamaha XK88. Relié à un séquenceur, il lui donnait la possibilité d'utiliser une banque de sons allant des violons à la guitare, en passant par le piano ou le xylophone. Il gérait le choix des sons par un tableau de bord en braille, situé sur le clavier.

3. « Echec !

— Oh, vraiment ? Bon, je suis désolé, Papa, mais vous avez oublié mon petit pion juste là et... Echec et mat, Papa ! »

magnétisme et de la personnalité de Ray. La plupart des gens, la première fois qu'ils rencontraient Ray, perdaient leurs moyens. En outre, nous sommes tous un peu gênés par la cécité et le handicap qu'elle génère. En général, les gens n'ont que très rarement affaire aux non-voyants.

Ray devait se changer pour monter sur scène. Après un au revoir chaleureux – il y avait une certaine émotion dans la pièce –, nous quittons la loge.

— Il est vraiment incroyable ce bonhomme ! Moi qui n'avais jamais considéré le show business comme une activité sérieuse, je viens d'être servi ! me confesse mon père.

Depuis des années, je l'entendais rabâcher que c'était un métier exercé par des gens très peu intéressants, qui aiment se montrer, parader, se faire remarquer, sans compter les scandales réguliers, à propos de tel ou tel artiste, liés aux femmes, à l'alcool, à la drogue – il était de notoriété publique que Ray Charles s'était fait arrêter en possession d'héroïne.

— Je suis obligé d'admettre que je me suis trompé, Jean-Pierre. C'est toujours la même chose, il n'y a rien à faire, on a toujours peur de ce que l'on ne connaît pas. Non seulement je ne te dirai plus rien sur la musique et je comprends que tu aies envie de travailler avec Ray Charles, mais, par-dessus le marché, tu as ma bénédiction.

Qu'il est doux d'être finalement compris par son père ! Une vague de fierté m'envahit ce soir-là. J'étais aussi très heureux d'être le fils d'un homme suffisamment intelligent pour reconnaître et admettre son erreur.

Il ne me restait plus qu'à concrétiser mes idées et à me mettre sérieusement au boulot.

Tout le monde s'accorde à dire, dans le métier, que le plus dur est de trouver une bonne chanson. Effectivement, après avoir contacté les maisons d'édition, les auteurs, les copains, j'ai dû écouter des centaines de cassettes avant de trouver mon bonheur chez Pierre

Papadiamandis[1], un garçon d'une droiture, d'une simplicité et d'une honnêteté rarissimes dans le show business. Ses compositions aussi ont une qualité et une personnalité rares. La chanson qu'il m'a jouée le soir de notre rencontre était la maquette de… *Precious Thing*.

A l'écoute de la cassette, Ray a tout de suite aimé la composition et les suites d'accords (il n'y avait pas encore de paroles).

Une chanson peut être comparée à une fusée Ariane à plusieurs étages. Si le *timing* est bon, qu'il n'y a pas de problème technique ou météorologique, que tout se déroule parfaitement bien, le satellite sera mis sur orbite. En ce qui concernait mon projet de duo, le premier étage était fini. Les paroles constituent le deuxième étage de la fusée. Il s'agit, en réalité, d'habiller la musique par des textes. J'ai évidemment utilisé la réputation de Ray Charles dans ma recherche des paroles. J'ai contacté plusieurs paroliers, dans différents pays, et les ai mis en concurrence, les prévenant que j'avais contacté d'autres paroliers et que Ray Charles était, *in fine*, le seul jury. Ray Charles m'avait appris que, lorsque l'on est sûr de son fait, on n'a pas peur de la concurrence, les créateurs (auteurs et compositeurs) comme les autres. Il m'avait aussi expliqué qu'un bon auteur ne refuse pas de modifier son texte original. S'il y a un mot ou un son de syllabe à changer, il n'a pas d'état d'âme, se met à la place du chanteur et transforme ce qui pose un problème : « C'est mon expérience, Jean-Pierre. Crois-moi, si un auteur commence à te filer le blues, à se vexer car tu

1. Pierre est, entre autres, l'acolyte d'Eddy Mitchell. Il a en effet composé tous ses plus grands tubes. Plus tard, il me chanta l'air d'une nouvelle chanson, toujours sans les paroles. Il démarrait le couplet par « Mama Ray, la la la la la la la »… Lorsque j'ai présenté la maquette à Ray, il me fit très sérieusement : « Jean-Pierre, mais pourquoi Mama Ray ? A la limite, Papa Ray, j'aurais compris, mais Mama Ray ! » Depuis, Ray et moi appelions Pierre Mama Ray ! Cette chanson plut à Ray ; je l'ai produite dans l'album *Strong Love Affair* et elle s'appelle *Say No More*…

oses critiquer son œuvre, ne va pas plus loin. Laisse tomber, tu sais que tu as affaire à un poids plume. »

Le texte anglais, écrit pour les deux artistes américains que sont Dee Dee et Ray, qui a finalement retenu mon attention était l'œuvre d'un... Français. Ronald Méhu, plus connu sous le nom de Ronnie Bird [1], lui aussi marié à une Américaine, habite depuis de nombreuses années à New York. Non seulement il a un vrai talent d'auteur, car il maîtrise parfaitement la langue anglaise, mais il a aussi une expérience de chanteur et sait l'importance du son des mots et des syllabes dans une chanson. L'histoire qu'il raconte dans *Precious Thing* est, en un sens, autobiographique pour Ray. Il s'agit de la vie d'un chanteur constamment en tournée et de l'aventure d'un soir, au hasard d'une rencontre.

Sur les paroles de Ronnie, avec la voix de Dee Dee et Pierre au piano, j'enregistre une maquette. Les paroles collent parfaitement à la musique, un vrai travail d'orfèvre, et Dee Dee, maintenant, piaffe d'impatience.

Après avoir écouté la cassette que je lui avais envoyée, Ray me téléphone un soir :

— *You got it, young man !*

Voilà, le deuxième étage est prêt. Il me faut m'atteler à l'étage suivant, c'est-à-dire aux arrangements et aux orchestrations. Même combat que pour les paroles, sauf que cette opération est un peu plus délicate. En effet, si on n'y prête pas sérieusement attention, on peut très facilement être séduit par des arrangements au goût du jour, dans l'air du temps.

Or, mon idée était bien claire et je l'ai répétée je ne sais combien de fois à tous ceux qui ont participé au projet : « Je veux que l'on puisse écouter *Precious Thing* dans vingt ans, dans trente ans, et se dire que c'est vraiment super, que ça n'a pas pris une seule ride. »

Je mets tous les arrangeurs en compétition et les résultats s'étalent du mauvais goût pur et simple à

---

1. Dans les années soixante, Ronnie Bird était le porte-drapeau de la pop anglaise en France. Il en a même été le précurseur.

l'escroquerie de la copie dénuée de toute création, de l'arrangement téléphoné, sans aucune originalité, à... la merveille venue du froid.

Kjetil Bjerkestrand, un Norvégien, m'avait été recommandé par mon ingénieur du son attitré, Steven Forward. Kjetil avait déployé un talent tel, lors d'une séance qu'ils avaient faite ensemble, que Steve ne s'en était pas remis. La maquette qu'il m'a envoyée était une véritable production, terminée et mixée. Tout y était, enregistré sur vingt-quatre pistes différentes, il ne manquait pratiquement plus que les voix. C'était un travail exceptionnel, d'une sensibilité diamétralement opposée à son look de Viking norvégien et d'une beauté intemporelle.

Il ne me restait plus qu'à recevoir le feu vert de Ray. Lui aussi a adoré les arrangements de Kjetil et m'a simplement confirmé la tonalité dans laquelle l'enregistrement devait être effectué.

Et nous voilà réunis au Studio Marcadet [1], à la Plaine-Saint-Denis, pour mettre au propre la maquette de Kjetil sur quarante-huit pistes digitales. Une semaine plus tard, le troisième étage était terminé.

Il ne restait plus qu'à poser les voix sur la bande. Je tenais absolument à enregistrer les deux artistes en même temps. Je voulais faire un vrai duo, avec de vrais échanges traduisant la proximité et la complicité entre Dee Dee et Ray.

Je téléphone donc à Ray, qui accepte un rendez-vous pour le mois suivant :

— On pourra commencer la séance, si tu le veux bien, le dimanche 4 décembre, à 14 heures. Pourquoi ne viendrais-tu pas me chercher à l'hôtel, disons à 13 heures ? Rappelle-toi qu'il faudra tout finir avant le lendemain matin car je dois prendre le Concorde à 11 heures, j'ai un engagement à New York.

1. Ce studio d'enregistrement, toujours dirigé par Georges Blumenfeld, avait été classé Meilleur studio du monde. Stevie Wonder venait d'y enregistrer son album.

En 1978, c'est lui qui m'avait fait venir à Los Angeles, c'était lui le *boss*. Aujourd'hui, c'est mon tour. C'est moi le producteur et je le fais venir à Paris. Pour la première fois, Ray Charles me laisse le produire. Lorsqu'il était venu à mon anniversaire, il m'avait pourtant prévenu, le bougre, qu'il était lent. Mais dix ans, franchement, ce n'est plus de la lenteur, c'est de la torture !

Je n'ai pas intérêt à foirer le coup. Il faut au contraire marquer le coup... Mais oui, c'est ça... Evidemment, il faut faire une vidéo ! Un vidéo-clip comme on en voit trop, sans queue ni tête ? Non, hors de question. Comme pour la musique, je n'ai pas envie d'avoir honte en regardant les images plus tard, dans dix ou vingt ans. Et puis, Ray Charles ne me consacre qu'une journée, et pas pour une vidéo. La solution s'impose alors : il faut faire le vidéo-clip pendant l'enregistrement des voix, réaliser une sorte de documentaire, avec des images et de l'émotion vraies.

J'avais visionné un film magnifique sur Chet Baker[1]. L'ambiance jazz était parfaitement rendue, comme je veux qu'elle le soit pour mon clip. Je choisis donc de confier cette mission à son réalisateur, Bertrand Fèvre.

Il vient chez moi et, après lui avoir fait écouter la chanson, je le préviens :

— Je veux un clip comme ce que tu as fait avec Chet, en noir et blanc et en cinémascope. On va faire un truc de fous, on va tourner le vidéo-clip en même temps qu'on enregistre les voix[2]. On ne peut pas faire autrement.

Bertrand est tellement sidéré par mon ignorance cinématographique qu'il tente de m'expliquer les contingences techniques :

1. Chesney Henry Baker était un trompettiste de jazz de grand talent, décédé en 1988.

2. Tous les vidéo-clips que l'on peut voir sont faits lorsque le disque est terminé. Les chanteurs et les musiciens qui y apparaissent font tous semblant. A titre de confirmation, vous remarquerez que, dans les clips, les chanteurs n'ont jamais de micro !

— Ce n'est pas de la vidéo mais du cinéma que tu veux, et en cinémascope. Les images qui t'ont plu sur mon film, c'est un bordel de Naples à faire ! Tu ne te rends pas compte : le chef opérateur et ses lumières, le maquillage, les rails au sol, les énormes caméras, la technique pour la synchro... Il faut des heures de préparation avec les acteurs pour une seule scène. En plus, si tu enregistres les voix, comment puis-je tourner sans parler, sans donner d'ordre et sans diriger les comédiens ?

— Même si tu veux plus de temps, on n'en a pas. Moi, je veux rouler en Ferrari, je ne peux pas ! On fait avec ce que l'on a, point. Toutes tes préparations, tu peux les faire avant. Tu auras tout le temps pour t'installer dans le studio. Je veux que les images soient comme celles d'un film, mais je ne veux pas un film. Je veux un documentaire.

Bertrand est un perfectionniste et, malgré tous mes efforts de persuasion, il reste sceptique. Je lui explique le déroulement de la séance en détail, y compris que Ray ne se maquille jamais et que Dee Dee est assez grande pour se maquiller toute seule.

Après deux heures de discussion, il cède et accepte de réaliser ce vidéo-clip. Nous laissons tomber la technique pour enfin parler du scénario et de ce dont il a besoin : une belle voiture de couleur sombre, avec chauffeur, Dee Dee habillée en robe du soir, Ray Charles simple et sobre – surtout pas ses vestes de scène ! –, costume sombre et chemise claire, un piano à queue et la fameuse rose. En effet, pour que le tout fasse plus cinéma que reportage, Bertrand pensait que Ray offrant une rose blanche à Dee Dee serait une très belle scène romantique. Très honnêtement, ce n'était pas, mais alors pas du tout mon problème ! Mais je l'avais tellement poussé dans ses retranchements que je me suis senti obligé d'accepter le coup de la rose, d'autant que j'étais convaincu que Ray adorerait ça.

Nous réglons tous les détails et je réserve le studio Guillaume-Tell de Suresnes pour quarante-huit heures.

Ancien cinéma transformé en studio d'enregistrement, il est considéré comme un des meilleurs de Paris. Il offre une très grande hauteur de plafond, ce qui est indispensable pour les lumières et la technique de Bertrand.

Le jour J, dès la première heure, le chauffeur vient me chercher à la maison et me conduit à Guillaume-Tell. Je veux briefer tout le monde. Après avoir réuni toute l'équipe – quatre-vingts personnes environ –, je leur fais mon speech :

— Je suis sûr que Bertrand vous en a parlé, mais je veux que les choses soient bien claires. Ray Charles et Dee Dee Bridgewater seront là, tout à l'heure, pour enregistrer des voix et faire un disque, pas pour faire un clip. S'il y a la moindre interférence lors de la séance, je serai dans la merde ! Je ne pourrai pas la reporter car Ray s'en va demain matin. Vous voyez ce que je veux dire ? En fait, il faut que la séance se passe comme si vous n'étiez pas là. D'ailleurs, vous n'êtes pas là, n'est-ce pas ?

Tout le monde explose de rire et j'en profite pour ajouter :

— A propos, vous enlèverez tous vos chaussures. A partir de 13 heures, je ne veux voir personne avec ses pompes ! Je ne veux pas entendre un bruit ou un seul mot. Je vous le répète, vous n'êtes pas là !

Steve vient d'arriver, il a beaucoup de choses à préparer avant la séance. Les deux techniciens du studio sont là pour l'aider. Le plus délicat est le placement des micros de Dee Dee et Ray, car il doit non seulement convenir aux chanteurs mais également aux impératifs de tournage. Je lui confie la bande quarante-huit pistes pour qu'il l'installe sur la machine et qu'il identifie chacune des pistes, c'est-à-dire chacun des instruments. Ensuite, il commencera à préparer un mix spécifique [1].

1. Pendant une séance d'enregistrement des voix, vous remarquerez que les chanteurs ont toujours un casque. La raison est simple : il s'agit uniquement de l'enregistrement des voix et le chanteur doit avoir la musique qui l'accompagne dans les oreilles. Il est impératif que l'on n'entende pas l'orchestre sur les pistes de voix.

Il est midi, Nathalie est bien entendu déjà là, sur le pont. Elle est mon élève, ma petite sœur. Je n'ai rien besoin de lui dire, elle vérifie toute l'intendance, les loges, le buffet, les boissons chaudes, les serviettes, etc.

On sonne à la porte, Nathalie va ouvrir : Dee Dee est à l'heure. De la cabine où je me trouve, je la vois s'encadrer dans l'entrée. Elle semble tendue, un peu pâle. Elle ne connaît pas l'endroit et tourne la tête de tous les côtés. Elle n'a pas l'air du tout rassurée et suit Nathalie vers sa loge.

Je les rejoins et, sans un mot, Dee Dee et moi tombons dans les bras l'un de l'autre. Son angoisse est palpable. Je la serre très fort, un peu paternaliste, tout en lui tapotant le dos, comme pour la rassurer. En lui saisissant les mains, je m'aperçois qu'elles sont gelées et moites et lui dis :

— Oh, Dee Dee, tu dois avoir le cœur chaud car tes mains sont froides ! Installe-toi, prends ton temps, tout va bien, il est à peine midi. Je vais aller chercher Ray tout à l'heure, tu as tout le temps pour te maquiller, on ne commencera pas avant 14 heures. Si tu veux manger...

Dee Dee me coupe la parole :

— *You must be kiddin', man* [1] *!*

— Je comprends. Tu es assez grande pour savoir ce que tu as à faire. Bon, allez, je vous laisse, les filles. Soyez sages et à plus tard.

Après avoir donné mes dernières recommandations et m'être assuré une dernière fois que tous les détails avaient été checkés, je repars en voiture, avec le chauffeur, et nous filons au Royal Monceau, l'hôtel où j'avais amené Ray.

En traversant le bois de Boulogne, j'ai un peu de mal à maîtriser mon appréhension. Je connais bien ce feeling de vertige, de quitte ou double ou de l'angoisse de faire tapis aux jeux. Comme d'habitude, moi, j'avais bétonné. Sans aucune exagération, tout ce qu'il avait

1. « Tu plaisantes ou quoi ! »

été possible de faire, je l'avais fait. Peut-être même plus encore, surtout au regard de mes moyens financiers : pratiquement tout mon pognon y était passé !

Il y avait une seule zone d'ombre au tableau, une inconnue de taille : Dee Dee et Ray ne se connaissent pas, n'ont jamais travaillé ensemble.

Ce n'est pas Ray qui me donne des angoisses. C'est un grand pro, avec une expérience incroyable, un musicien accompli n'ayant rien à prouver. Non, mon incertitude, c'est Dee Dee. Elle est aussi une grande pro, à la voix somptueuse, mais son expérience en studio, comparée à celle de Ray, est pratiquement inexistante. En fait, Dee Dee n'a jamais aimé les enregistrements en studio. Elle n'est ni musicienne, ni technicienne. En outre, elle est très émotive. Pourra-t-elle maîtriser le stress de cette séance avec le Genius ?

J'avais déjà été témoin des ravages que le stress peut occasionner sur des artistes et Dee Dee, malheureusement, en faisait partie. Lorsque la pression est trop intense, Dee Dee peut carrément perdre sa voix. Sans parler du fameux magnétisme de Ray qui avait, devant moi, paralysé tant de personnalités et d'artistes. Bien sûr, j'avais passé des heures et des heures à expliquer à Dee Dee qui était Ray. Je voulais qu'elle ait l'impression, dès la première minute, de le connaître. Pour la mettre à l'aise, je lui avais détaillé le comportement à adopter devant un aveugle, enfin tout, quoi.

Je réfléchis aussi à l'étrangeté de la situation. C'est mon projet, mon bébé. Je l'ai porté à bout de bras pendant des mois. Et maintenant, assis dans cette voiture, je réalise que c'est le contraire. Je suis porté par les événements que j'ai créés. Les dés sont jetés. Je suis très exalté, impatient.

Nous arrivons à l'Etoile et le chauffeur s'engage avenue Hoche. Je n'ai plus le temps de philosopher, ni de rêver. Sans passer par la réception, je monte directement à la chambre de Ray. Je frappe le code habituel à la porte, Ray vient ouvrir et me fait entrer. Il est frais, dispo, rasé de près et a l'air de très bonne humeur.

Le contraste avec Dee Dee est saisissant. Il est totalement décontracté, souriant, heureux que nous soyons de nouveau ensemble, prêts à partir pour une nouvelle et excitante aventure.

Comme je suis en avance, nous avons le temps de boire un café et de discuter. Nous nous parlions régulièrement au téléphone, au moins une fois par semaine, mais rien ne remplaçait les contacts physiques, les coups de coude et de genou, sans parler des mains... Un vrai Italien ! C'était comme si nous nous étions quittés la veille, mais nous avions toujours plein de choses à nous dire, entrecoupées des dernières blagues de Los Angeles ou de Paris. Chaque fois, Ray se laissait glisser du divan et se retrouvait à genoux, sur la moquette, plié en deux de rire.

Avec un petit sourire narquois, il me demande : « Bon, Jean-Pierre, je suppose que tout est prêt, n'est-ce pas ? »

Il explose de rire et me lance en me saisissant le bras : « *Stupid Question ? ! Let's go, I don't have all day, young man !* » Comme je le vois prendre une grande enveloppe posée sur la table, devant nous, je l'arrête :

— Ce sont les paroles en braille que je t'ai envoyées ? Si c'est ça, tu peux les laisser là, j'ai fait faire un autre jeu qui t'attend au studio.

— Tu as pensé à tout, hein ?

Il se lève dans la foulée, longe le divan et, comme s'il avait toujours vécu dans cette suite, il se dirige vers l'entrée, ouvre le placard, saisit sa veste suspendue sur un cintre et l'enfile en un tour de main. Il décroche ensuite son manteau et, des deux mains, en prenant de l'élan, il le fait voltiger et retomber précisément sur ses épaules. *OK, I've got the key. I'm ready*, Jean-Pierre[1] ! me dit-il après avoir tâté la poche de sa veste[2].

1. « OK, j'ai la clé. Je suis prêt, Jean-Pierre ! »
2. Toujours très ordonné, la première chose que Ray faisait en entrant dans une chambre était de pendre sa veste sur un cintre, en s'assurant que la clé était bien dans la poche latérale gauche.

Sur le chemin du studio, je demande au chauffeur de passer la cassette que je lui tends. C'est la maquette de *Precious Thing,* chantée tout le long par Dee Dee. Je voulais que Ray se familiarise avec sa voix et, par la même occasion, l'aider à mémoriser le texte.

Il écoute attentivement le premier couplet et, sachant que le suivant est pour lui, se met à chanter par-dessus la voix de Dee Dee.

Je suis complètement explosé ! A ma droite, Ray chante *Precious Thing live* dans mon oreille, alors que la voiture est remplie par la voix de Dee Dee !

— *Oh man, this is so nice* [1] *!*

Ray éclate de rire :

— *Yeah, yeah, man, it's a very good song ! We gonna have some good time* [2] *!*

— Ray, nous arrivons au studio et, tu sais, pour le clip, il y a un metteur en scène qui veut filmer notre arrivée. Il y aura une caméra à l'entrée et il m'a demandé de sortir d'abord, faire le tour de la voiture, venir ouvrir ta porte et, de là, on rentre dans le studio.

— Pourquoi, il y a quelque chose de différent de ce que l'on fait d'habitude, ou j'ai mal entendu ?

— Non, je sais que tu t'en fous des caméras mais je voulais juste t'expliquer ce qui va se passer !

— *I see, young man !*

Et Ray pouffe de rire, en s'affalant sur moi.

La voiture s'arrête. Une énorme caméra et une équipe technique nous attendent. Je sors de voiture, en fais le tour pour aller chercher Ray et nous entrons dans le studio.

L'équipe au grand complet est là, tout le monde est à son poste, briefé, paré et... déchaussé ! Nous pénétrons dans la cabine et, décidément, je crois que je ne m'y habituerai jamais, Ray et son magnétisme avaient encore frappé. En une seconde, l'ambiance de ruche

---

1. « Oh *man*, c'est si beau ! »

2. « Oui, oui, c'est une très bonne chanson ! On va vraiment s'éclater ! »

se transforme en un silence de cathédrale. C'est un véritable arrêt sur image, où tout le monde est pétrifié [1], y compris Pierre, le compositeur et son acolyte, Ronnie, l'auteur. Le Viking est au garde à vous, prêt à intervenir sur ses claviers.

— *Good morning, gentlemen, or shall I say ladies and gentlemen* [2] *?*

— Tu as raison Ray, la Lady est là.

Je suis carrément obligé de tirer Dee Dee par la main, pour la faire venir devant Ray. On dirait un enfant à qui l'on présente le Père Noël en personne.

— Dee Dee est là, devant toi, Ray.

— *Good morning, Ray.*

— *Ah, so, here you are ! Good morning to you, Mam* [3] *!* dit-il, en tendant sa main, tout en baissant légèrement la tête.

Ils s'étaient rencontrés très brièvement dans les loges du Palais des Sports, lorsque Dee Dee avait terminé son show. De toute évidence, Ray voulait de nouveau la soumettre à son test : le coup du poignet ! Plusieurs mois s'étaient écoulés, mais Ray a toujours succombé à la tentation de palper une main et un poignet féminins... voire plus si affinités !

Do you feel like cutting a record today [4] *? So, let's go !*

Tout va bien... Non, ça va mal ! Dee Dee me fait signe qu'elle a perdu sa voix. Elle est tétanisée. Je la prends très vite dans mes bras et lui glisse à l'oreille :

« Contrôle-toi, tu verras, tout ira bien. »

---

1. Lors de l'enregistrement de la chanson *We are the world*, Lionel Ritchie, participant à l'aventure, a décrit la scène suivante : « Nous étions tous dans la cabine, tout le monde avait déjà chanté sauf Ray Charles qui n'était pas là. Ça discutait et rigolait de tous les côtés. Tout d'un coup, la porte s'est ouverte et c'était Ray Charles. J'ai eu l'impression que c'était l'Empire State Building qui rentrait dans le studio... »

2. « Bonjour, messieurs, ou peut-être devrais-je dire mesdames et messieurs ? »

3. « Ah bon, vous voilà ! Bonjour madame ! »

4. « Est-ce que tu sens l'envie de faire un disque aujourd'hui ? »

Ray est impatient. Je lui prends la main, la pose sur mon bras droit et nous sortons de la cabine. Nous nous dirigeons vers l'emplacement prévu pour lui.

Je savais que Ray aimait enregistrer sa voix debout. Etant exactement de la même taille que lui[1], j'avais réglé la hauteur du micro en conséquence. Devant le pied de micro, nous avions installé un pupitre incliné, où Nathalie avait pris soin de disposer les paroles en braille et de poser son casque d'écoute[2]. Je saisis la main de Ray et la pose sur le micro. Immédiatement, de ses deux mains, il le palpe sous toutes les coutures et s'exclame :

— Wahoo ! Mais c'est un Neuman, le même que j'ai à LA !

— C'est pas vrai, quelle coïncidence !

Et tout le monde éclate de rire, ce qui détend considérablement l'atmosphère...

Dee Dee s'est mise en place, devant son micro, à environ quatre mètres de Ray qui ajuste maintenant les réglages de son casque : « *One, two, one two, test. OK. It's working, but it's too loud, Steve*[3]. »

Ray s'empare de la première feuille des paroles en braille et l'applique sur sa poitrine. Comme à son habitude, il utilise ses deux mains pour lire. Voyant que tout est en ordre, je décide de rejoindre la cabine afin de démarrer l'enregistrement : « *OK, guys, behave yourself, I'm going to leave you alone now*[4] *!* » De nouveau, nous

1. 1,79 mètre.

2. Pour les non-initiés, tous les casques d'écoute sont reliés par un seul fil à une source. Ce fil part toujours de l'oreillette gauche du casque, afin de respecter la stéréophonie. C'est un repère universel.

3. « OK, ça marche, mais c'est trop fort, Steve. »

Ray avait horreur d'écouter quoi que ce soit à un niveau sonore trop élevé. Il avait en effet toujours très peur d'endommager son système auditif. C'est devenu une telle obsession qu'il a créé sa propre fondation destinée à venir en aide aux enfants sourds : The Robinson Foundation for Hearing Desorders.

4. « OK, les enfants, soyez sages, je vais vous laisser seuls maintenant ! »

avons ri de bon cœur. Ces explosions de joie, de rires, les exclamations à haute voix peuvent paraître répétitives, mais elles faisaient partie d'un rituel avant les séances d'enregistrement ou les concerts. C'est une manière très agréable de s'ouvrir la voix, de se chauffer les cordes vocales, de se décontracter et d'adopter une attitude positive.

De retour dans la cabine, où tout le monde est prêt depuis longtemps, il ne me reste plus qu'à appuyer sur le bouton d'appel : « *OK, it's rolling*[1] *!* »

Après l'introduction, Dee Dee entame son premier couplet. Elle est complètement à côté de la plaque. J'en souffre pour elle. Elle peine comme ce n'est pas permis et nous regarde à travers la vitre de la cabine, cherchant à tout prix à être rassurée.

Comme si elle allait se faire engueuler, à la manière d'un enfant pris la main dans le sac, Dee Dee se tourne vers Ray. Il fait mine de ne s'être aperçu de rien, car il la sent vraiment coincée. Il ne veut pas en rajouter et démarre quand même son propre couplet.

Ils font ainsi toute la chanson, très approximativement, comme pour un tour de chauffe.

Les deux prises suivantes sont à peine mieux. Décidément, Dee Dee n'y arrive pas. Elle veut trop en faire, prouver à Ray qui elle est, lui montrer ce dont elle est capable. J'appuie sur le bouton d'appel : « Bon, OK, faites un petit break et venez écouter dans la cabine. J'arrive, Ray. »

Les voilà maintenant devant les haut-parleurs et ils peuvent écouter attentivement le résultat. Je croise le regard de Pierre. Nous sommes tous deux abasourdis par ce que nous venons d'entendre. En effet, la manière dont Ray vient de chanter est à des années-lumière de la maquette originale. Ray avait, là encore, totalement investi la chanson et imposé sa propre interprétation, complètement inattendue.

Au bout de quelques instants, Ray fait signe à Steve

---

1. « OK, ça tourne ! »

d'arrêter la bande et, se tournant vers Dee Dee : « Dee Dee, lorsque tu es avec ton amant, tu ne lui hurles pas dans l'oreille que tu l'aimes ! Tu le lui murmures simplement, avec amour et délicatesse. »

Et voilà Ray parti dans un cours de chant où il prend les parties de Dee Dee. A capella, il lui indique, en chantant dans sa tonalité, la manière d'interpréter l'histoire de *Precious Thing*. Il fait répéter Dee Dee après lui, puis en même temps que lui : « *That's right, you got it, Dee Dee ! Alright, let's go back to work*[1] *!* »

Pendant que je ramène Ray, Nathalie, maligne comme ce n'est pas permis, apporte à Dee Dee, en sous-main, un petit verre de whisky :

— Tiens, Dee Dee, avale ça. Ça va te relaxer.

— Oh oui, oui, bonne idée, tu as raison. Je suis tellement tendue...

La séance reprend. Dee Dee essaie d'interpréter, sans l'assistance de Ray, ce qu'il venait de lui indiquer. C'est mieux, beaucoup mieux même, Dee Dee commence vraiment à être dans le bain. Ray chante sa partie et... bien que j'eusse tout prévu, jusqu'au camion générateur de courant à l'extérieur, en cas de panne ou de grève EDF, je n'aurais jamais imaginé ce qui se produisit alors : badaboum, la panne, la sale panne ! La console ne marche plus, plus rien ne marche. Steve est rouge comme un homard et transpire à grosses gouttes. Il regarde de tous les côtés à la fois, l'air hagard, se demandant ce qui peut bien se passer, parmi les milliers de boutons qui nous entourent :

— Steve, nom de Dieu, qu'est-ce qui se passe ?

— Je ne sais pas...

Il triture fébrilement les boutons dans tous les sens :

— Je ne vois pas du tout ce que ça peut être.

— Putain, tu déconnes ou quoi ? Comment est-ce possible ?

Je vois que Ray commence sérieusement à s'impatienter et l'informe :

1. « C'est bon, tu l'as, Dee Dee ! On y retourne ! »

— Ray, il y a un petit problème technique. Laisse-nous deux minutes pour régler ça.

Puis je me tourne vers Steve, totalement dégoûté, et lui lâche :

— Tu sais quoi, tu te démerdes, mon vieux, salut !

Furieux et désespéré d'être à la merci de l'électronique, je sors du studio en donnant un grand coup de pied dans la porte. Je me retrouve dehors, sur le trottoir, il fait beau. Une dame âgée, portant un sac rempli de commissions, me regarde et me sourit. Son air sympathique et rassurant de grand-mère est aux antipodes de la pression que j'ai sur les épaules. Le contraste est incroyable. Cette femme n'a aucune idée de mon angoisse. Comment pourrait-elle imaginer que je suis en train de produire un disque avec Ray Charles et qu'il est juste là, derrière moi, dans le studio, et qu'il y a une panne générale ?

Au lieu de me calmer, la sérénité de cette femme me fait réaliser la folie de mon ambition et, pour la première fois, un doute énorme m'envahit. Je me laisse glisser le long du mur et m'assois par terre, sur le trottoir, devant le studio. J'allume une cigarette. Je me sens coincé. Le destin vient de frapper : échec et mat !

Je sais que, dans les minutes qui viennent, Ray sera furieux et voudra partir. Je l'imagine déjà me balançant quelque chose du genre : quand tu auras trouvé un studio qui marche, tu m'enverras une carte postale !

Je lève les yeux au ciel, la tête pleine de questions existentielles : pourquoi moi ? Pourquoi maintenant ? Que vais-je faire ? Que vais-je devenir ? J'ai presque le sentiment de subir une malédiction. En un mot, je flippe ! L'assistant sort du studio, se précipite vers moi. J'avais dû prendre un sacré coup de vieux pendant ces quelques minutes car il me dit : « Qu'est-ce que tu as, Jean-Pierre ? Tu ne te sens pas bien ? Viens vite, Ray te demande et ça y est, tout remarche ! »

J'oublie instantanément toutes mes divagations et retourne en courant dans la cabine. Steve qui, lui aussi, a l'air d'avoir pris dix ans m'explique, en me montrant l'extrémité de la console : « C'est l'équipe du film qui a tout fait sauter en branchant le câble de synchronisation de l'image sur la mauvaise entrée de la console. On a changé les fusibles et ça y est, tout remarche. »

Ray avait profité de ce temps mort pour continuer à donner des ficelles à Dee Dee et la faire répéter encore et encore.

J'appuie sur le bouton d'appel :

— *It's whenever you want*[1] *!*

— *You're kidding ! You mean it's finally working ?*

Steve est furieux contre l'équipe du film, mais nous voilà repartis comme s'il ne s'était rien passé. La prise terminée, Ray désire l'écouter dans la cabine. Ça commence à avoir de l'allure. Dee Dee pouvait faire mieux, mais le résultat est bien supérieur aux premières prises. C'est alors que Ray fait preuve d'une grande psychologie. Il prend Dee Dee par la main et lui suggère : « Ecoute, Dee Dee, avec toutes les prises qu'il a, Jean-Pierre a l'embarras du choix pour faire un montage final. Mais tu connais Jean-Pierre. Alors, pour sa tranquillité d'esprit, pour bétonner au cas où il y aurait un souci technique, maintenant qu'on a fini, allons faire une dernière prise. Une prise de sécurité, juste comme ça. On peut même se lâcher maintenant. Alors, Dee Dee, oublie tout et allons-y ! »

Cette dernière prise fut la bonne, et de loin ! Dee Dee s'est laissée aller, sans trop réfléchir, laissant parler son talent, rassurée par ce que Ray venait de lui dire.

Dans toutes les séances d'enregistrement, après chaque prise, on se consulte du regard pour savoir ce qu'en a pensé l'autre. Mais lorsque le talent a frappé, l'évidence s'impose, personne ne se regarde, tout le monde se lève simultanément et les superlatifs fusent. Il n'y a pas photo et, *good is good, man !*

Ray, vieux renard, enlève son casque et complimente Dee Dee pour sa performance, car il sait exactement ce

1. « C'est quand vous voulez !
— Tu plaisantes, ça remarche enfin ? »

qui vient de se passer : cette prise est incontestablement la bonne. Je n'ai pas le temps d'appuyer sur le fameux bouton d'appel que Ray m'a déjà interpellé à travers le micro : « Jean-Pierre, *I know you've got what you wanted ! So, let's go, man, I gotta go*[1] *!* »

En sortant de la cabine pour aller chercher Ray, je tombe nez à nez avec Bertrand. Il ne partage pas du tout mon excitation, ni ma satisfaction : « JP, il faut faire toutes les scènes prévues dans le scénario. Ça va prendre beaucoup de temps, il faut que tu le préviennes. J'ai impérativement besoin de plusieurs heures. »

Les techniciens ont leurs propres impératifs, que je comprends, mais je sais aussi que, lorsque l'on a chanté tout l'après-midi avec une énorme précision, une grande intensité, comme viennent de le faire Dee Dee et Ray, n'importe qui est totalement lessivé. En plus, nous sommes en 1989 et Ray vient d'avoir cinquante-neuf ans. En le rejoignant à grandes enjambées, je me prépare à retrousser les manches. Je vois qu'il est fatigué, qu'il a envie de rentrer à l'hôtel – lorsqu'il dit *I gotta go*, c'est le signal – et, pour couronner le tout, je sais qu'il n'a jamais été intéressé par les images. Mais lorsqu'il s'engageait à faire quelque chose, il le faisait jusqu'au bout. « *You can go to your grave with it*[2] *!* », avait-il l'habitude de dire. Il m'a souvent expliqué qu'il fallait bien réfléchir avant de prendre une décision. Une fois prise, en revanche, pas question de revenir dessus. Tout était finalement toujours très simple avec Ray.

Je commence par lui expliquer le scénario de la rose et il explose de rire. J'avais raison, ça l'éclate ; un vrai gosse !

— *Yeah, yeah, that's cool !*

Je poursuis avec les deux autres scènes que Bertrand

---

1. « Jean-Pierre, je sais que tu as ce que tu voulais ! Alors, allons-y, il faut que j'y aille ! »

2. Littéralement : « Tu peux l'emporter jusqu'à ta tombe ! » que l'on peut traduire par : une fois que je me suis engagé, c'est jusqu'au cimetière !

veut tourner. Je le vois réfléchir deux secondes et je sais qu'il est en train de faire appel à ses souvenirs, son expérience, afin d'évaluer le temps nécessaire :

— *OK, I'll give him two hours, that's it*[1].

Bertrand arrive et, dans un anglais très français, essaie de s'expliquer en mimant la scène. Un vrai gag de caméra cachée ! J'interviens tout de suite, sachant pertinemment que Ray apprécie la précision et la clarté. Il suffit de lui dire ce que l'on attend de lui pour qu'il s'exécute immédiatement et docilement.

Je prends la rose blanche des mains de Bertrand et en place la tige dans la paume de Ray :

— Voilà la rose. Tu la caches derrière ton dos, tu te diriges vers le micro de Dee Dee et, au dernier moment, tu la lui offres. Tu as compris, c'est comme une histoire d'amour, tu t'imagines l'attitude.

— *OK, I am ready when you're ready*[2] *!*

Bien évidemment, toute l'équipe est prise au dépourvu. Elle n'est pas prête à tourner. Il faut encore ajuster les spotlights, mesurer la distance et la lumière, etc. C'est long, très long. Ray reste stoïque, son attitude ne m'étonne plus.

Bertrand est sur les braises et transpire à grosses gouttes :

— OK, on peut tourner.

— OK, Ray, *go* !

Tout seul, tranquillement, en rythme avec la chanson, Ray s'avance vers Dee Dee. Avec un grand sourire, il sort la rose de derrière son dos et... Raté ! La rose s'est cassée en deux. Evidemment, Ray ne pouvait pas s'en rendre compte, mais que c'était drôle de voir Ray donner à Dee Dee une rose cassée ! Dee Dee ne peut s'empêcher à son tour d'éclater de rire.

Je vais tout de suite expliquer à Ray le problème technique. A l'aide de ses mains, il tente de redresser la tige, mais peine perdue, et lui aussi explose de rire. En fait,

---

1. « OK, je lui donne deux heures, rien de plus. »
2. « OK, je suis prêt quand vous l'êtes ! »

tout le studio n'est plus qu'un grand fou rire général. Seul petit problème, il n'y avait qu'une seule rose. Il a donc fallu la réparer avec du sparadrap et retourner la scène pour laquelle, d'ailleurs, Ray a démontré un vrai talent d'acteur.

Le reste du tournage se déroule sans anicroche. Il est 19 heures lorsque la séance prend fin. Une drôle d'ambiance règne dans le studio, comme après une bataille remportée : la fatigue due au stress et à l'angoisse, le soulagement que tout soit en boîte et la certitude d'avoir participé à une séance historique.

Après avoir salué tout le monde, Ray et moi sortons du studio et rejoignons la voiture pour rentrer à l'hôtel. A peine avons-nous démarré que Ray écoute l'heure à sa montre :

— On a démarré à 14 heures. Cinq heures pour les voix et le clip, c'est pas mal, et je sais que tu as tout ce qu'il faut sur la bande. Il ne te reste plus qu'à mixer.

— Ray, merci encore. Tu m'as donné bien plus que ce que je n'espérais. Hey, tu te rends compte que *Precious Thing* c'est une musique composée par un Grec sur le texte d'un Français et les arrangements d'un Norvégien, chantée par deux Noirs américains, avec le son d'un ingénieur anglais, le tout produit par un citoyen du monde, juif par-dessus le marché ! Et après, on viendra nous dire que la musique n'est pas universelle...

Ray est reparti le lendemain matin pour de nouvelles aventures. Dee Dee, totalement vidée par cette séance épique, a eu besoin de trois jours pour s'en remettre. Steve et moi avons réintégré le studio, où nous avons passé quarante-huit heures à effectuer un mixage aux petits oignons. Nous avons en fait passé quarante-huit heures à écouter la même chanson, encore et encore. Le résultat était somptueux et je ne m'en lassais pas. Pendant ce temps-là, Bertrand montait le clip. Son travail s'avéra être superbe, d'une beauté naturelle et romantique, parfaitement rendue par un noir et blanc en cinémascope.

Les derniers réglages de la fusée *Precious Thing* étant

terminés, rien ne s'opposait à sa mise à feu. Pourtant, j'ai eu un mal fou à la lancer, car les maisons de disques étaient très frileuses. En fait, les problèmes que rencontrent les maisons de disques aujourd'hui trouvent leur source à cette époque, où un tournant a été pris. Jusque-là, de véritables amateurs de musique dirigeaient cette industrie, aussi bien en France, avec messieurs Barclay et Carrère, qu'aux Etats-Unis avec Ahmet Ertegun et Barry Gordy, pour ne citer qu'eux. Ces hommes se fiaient à leurs goûts, à leur instinct. Ils avaient l'intelligence de leur métier et du business. Aujourd'hui, ces mêmes maisons sont devenues des outils froids et insensibles, aux mains d'une sorte de monstre mystérieux que l'on appelle le show business. La dimension humaine n'existe plus, les contacts avec les artistes non plus, sauf pour la façade, les photos ou les remises de prix.

Tout le business ne se fait plus qu'entre avocats, managers, experts fiscaux, experts internationaux, experts comptables et... sans un seul musicien ! Tout ce beau monde n'a qu'un seul et unique objectif, la rentabilité, le retour sur investissement. C'est une aberration, la transformation du show business en business plan. Voilà l'erreur fondamentale ! Tout est planifié, du budget enregistrement au budget marketing, en passant par le nombre d'albums à produire sur un nombre d'années déterminé.

En ce qui concerne les territoires, par exemple, les experts ont prévu très large : l'exclusivité est consentie par l'artiste, non pas pour le monde, mais pour l'univers !

Cerise sur le gâteau, dans chaque album, ces mêmes experts décident du nombre de singles à extraire, donc du nombre de tubes, ce qui trahit de manière flagrante l'incompatibilité des mots show et business. Qui peut savoir à l'avance – à part peut-être le bon Dieu – si une chanson va être un tube ou non ? S'il y avait une recette, ça se saurait.

Malgré cette évidence, ils continuent à tout quantifier

et lorsqu'un artiste n'entre plus dans leurs grilles et leurs critères, il est purement et simplement éjecté du circuit. Peu leur importe le talent intrinsèque de l'artiste ou sa réputation. Il n'est plus question de carrière. Il s'agit simplement de résultats financiers qui, au début, étaient annuels, pour ensuite devenir semestriels. Ils sont maintenant trimestriels et tous louchent sur les résultats mensuels. Les artistes ne sont pas seuls à subir ce diktat. Les P-DG des maisons de disques sont les premiers à valser dès que les résultats baissent, actionnaires obligent.

Ray m'a souvent raconté que, à son époque, cette dictature des chiffres ne sévissait pas encore. Ses deux premiers 45-tours n'avaient pas marché, ou très peu, ce qui n'a pas empêché les frères Ertegun de croire en son talent :

— Lorsque le premier disque n'a pas marché, ils sont restés à mes côtés, m'affirmant que ça n'avait aucune importance, que le deuxième marcherait et que, même si le deuxième ne marchait pas, ça n'entamerait pas leur foi en ma musique. Ils ne m'ont jamais dirigé musicalement. J'avais l'entière liberté d'enregistrer ce que je voulais, comme je le voulais. Je suis convaincu que, si je devais démarrer aujourd'hui, je ferais un bide total ! Il m'a fallu du temps, plusieurs disques et des centaines de concerts pour trouver et peaufiner mon propre style.

J'ai pu comprendre toutes ces règles en essuyant de nombreux refus pour *Precious Thing*. En effet, les maisons de disques ne savent pas comment manier un artiste de stature internationale, une pointure comme Ray Charles. Elles n'ont personne pour ce genre de mission à haut risque. Heureusement, il y a encore quelques oiseaux rares dans le métier, qui aiment la musique et ont une bonne oreille. C'est le cas de Marc Lumbroso, alors patron de Polydor, à qui mon avocat, Simon Tahar, avait fait parvenir une bande. Inconditionnel de Ray Charles, Marc a adoré la chanson et le clip. Il aimait beaucoup cette direction pop music et ne voulait pas entendre parler de jazz [1]. Nous nous sommes mis d'accord et avons très rapidement signé les contrats d'exclusivité pour le monde. Le jazz en était exclu.

Marc a procédé à la mise à feu de *Precious Thing*. Cette chanson est devenue très rapidement un tube, numéro un dans de nombreux pays et pendant de très longues périodes. Les radios FM rivalisaient d'ardeur dans sa diffusion [2]. Marc Lumbroso d'ailleurs s'en inquiétait beaucoup : « Ça passe beaucoup trop en radio et, si ça continue, personne n'ira acheter le disque ! »

Avant ce duo, seules de rares émissions confidentielles, diffusées à des heures tardives, acceptaient de passer le disque de Dee Dee *Live in Paris*. Alors, s'entendre dire que l'on passe trop sur les ondes !

Plus qu'un tube, ce duo est devenu un véritable standard qui, bien entendu, a largement contribué au développement de la carrière de Dee Dee Bridgewater.

J'étais heureux, comblé d'un bonheur que l'on atteint rarement dans la vie, fruit de la constance, de la persévérance et du travail bien fait.

Pour la carrière de Dee Dee, mission accomplie, mes objectifs étaient plus qu'atteints. En outre, je venais de prouver à tous, à Ray en particulier, que mes idées n'étaient pas trop mauvaises et que je pouvais les concrétiser. Très honnêtement, je n'avais jamais espéré un tel succès pour ce duo et j'avoue que cela fait beaucoup de bien à l'ego.

Quelque temps après sa sortie, *Precious Thing* est entré dans les Charts [3]. Le téléphone du bureau n'arrêtait plus de sonner et Edouard, mon nouvel assistant – il avait remplacé Nathalie partie travailler chez Polydor –, changeait le rouleau de fax tous les deux jours.

C'est bien simple, nous étions demandés de tous les

1. Le jazz représente 2 à 3 % du chiffre d'affaires des Majors...

2. Sur certaines stations, *Precious Thing* était programmée jusqu'à vingt-quatre fois par jour !

3. Classement hebdomadaire outre-Atlantique des meilleures ventes de disques.

côtés à la fois, à travers toute l'Europe. Pour chaque jour du calendrier, nous avions trois, voire quatre offres différentes, sans compter les télévisions, les interviews et séances photos. Dee Dee ne pouvait pas être dans deux pays différents le même soir. Malheureusement pour les *aficionados*, elle n'a eu qu'une seule solution devant elle : augmenter sérieusement ses cachets pour effectuer une sélection naturelle et limiter les demandes. D'ailleurs, tous les artistes qui ont un tube sont beaucoup trop sollicités et n'ont pas d'autre choix.

L'été 1989 est arrivé et nous n'avions pas un seul jour de libre sur le planning. Je n'avais plus à faire semblant d'être occupé. Nous étions complètement débordés et passions notre temps à courir entre les avions, les aéroports, les studios télé, les concerts. Bref, nous faisions les 35 heures en deux jours. Malgré l'augmentation des cachets, tous les gros festivals européens s'arrachaient Dee Dee et, en regardant mes agendas, je me suis aperçu que, pour ce seul mois de juillet, nous sommes allés en Italie une bonne douzaine de fois !

Mises bout à bout, nos prestations italiennes forment une véritable montagne russe, aussi bien pour la vitesse que pour les hauts et les bas.

Le Festival de San Remo 1989 en est le parfait exemple. La France est le seul pays européen à ne pas le diffuser, alors qu'il s'agit du plus grand événement musical d'Europe, suivi par quelque cent millions de téléspectateurs, sans compter les innombrables retransmissions à travers le monde. Il n'est pas question pour nous de rater une telle occasion. Il faut au contraire consolider le succès du disque.

A cette époque, Ray et moi avions déjà un accord tacite, une manière claire de procéder. Nous travaillions à la parole. Afin qu'il puisse être certain de mon offre et éviter qu'il ne jongle avec son planning pour rien, je m'assurais au préalable de la faisabilité totale du projet et de son sérieux. Je contrôlais tout, dans tous les détails. Il n'était notamment pas question – comme c'est souvent le cas dans le métier – de ne pas avoir de garantie sonnante et trébuchante :

— Jean-Pierre, par expérience, crois-moi, lorsque le promoteur a payé un acompte, il ne décommandera jamais...

10

Sueurs froides à San Remo

Lorsque j'avais tous les éléments en main (ce qui pouvait prendre plusieurs semaines), une seule conversation de trois minutes avec Ray me suffisait pour lui résumer le projet. Il me rappelait très rapidement pour me donner son feu vert définitif si son emploi du temps le lui permettait.

— *OK, Jean-Pierre, I will be at your hotel, in San Remo, at high noon*[1] *!*

— Je vois que tu as déjà consulté les horaires. Et, si tu me précises « à midi », c'est que tu as aussi compté l'heure de route entre l'aéroport de Nice et San Remo[2]. Comment fait-on pour les billets[3] ?

— C'est déjà fait, je m'en suis occupé. On verra après pour leur remboursement. Tout ce que j'ai besoin de savoir, c'est le nom de ton hôtel.

Ray aimait pouvoir contrôler tous ses déplacements. Il avait horreur de dépendre de billets d'avion restrictifs, que l'on ne peut ni échanger ni modifier, mais que les promoteurs préfèrent, car ils sont évidemment beau-

---

1. « OK, Jean-Pierre, je serai à ton hôtel à San Remo à midi tapant ! » C'est une allusion au fameux western *Règlements de comptes à OK Corral*, où ça dégainait sérieux à midi pile !

2. Nice est l'aéroport le plus proche de San Remo.

3. Ray voyageait toujours avec son assistant, ce qui implique deux billets aller-retour en première classe.

coup moins chers. D'autre part, Ray conservait toujours une certaine latitude pour improviser. Il pouvait très bien se trouver aux antipodes de Los Angeles la veille du show.

Compte tenu de l'importance de ce festival, de sa retransmission télévisée, je voulais éviter tout stress inutile[1] à Dee Dee. J'ai donc décidé que nous irions à San Remo la veille. L'organisation nous avait envoyé une voiture à notre arrivée, à l'aéroport de Nice. La route qui mène à San Remo est absolument magnifique. Elle serpente dans les hauteurs de l'arrière-pays pour ensuite descendre vers le bord de mer et San Remo. Toutes les collines autour de nous sont couvertes de serres, car San Remo est la capitale italienne des fleurs.

Cette petite station balnéaire appréciée des riches retraités se transforme pendant une semaine, lors de son festival, en un *Grande Casino*[2], de type festival de Cannes. Le monde qu'il draine est absolument phénoménal, c'est l'événement musical de l'année. Vu le nombre impressionnant de vedettes internationales, les rues sont bondées, la foule débordant des trottoirs sur la chaussée. Les paparazzi sont légion, sans parler de l'omniprésence de la police et de ses contrôles successifs.

J'avais beau avoir déjà une certaine expérience des plateaux TV, je n'étais pas rassuré du tout. Les Italiens, Dieu sait si je les adore, mais, pour l'organisation, la précision et la ponctualité, il vaut mieux oublier ! Dee Dee non plus n'était pas à l'aise. C'était la première fois que nous faisions un show d'une telle importance, devant tant de millions de téléspectateurs.

---

1. Dee Dee et moi aurions pu partir le jour même mais nous aurions dû nous lever à 6 heures du matin afin d'arriver à San Remo avant Ray. Pour un manager, il n'est pas très sage de vouloir tout faire le même jour. L'artiste se doit d'être au top de sa forme devant les caméras.
2. C'est de l'italien dans le texte et signifie grand bordel.

La suite réservée pour Ray Charles était la présidentielle, avec vue sur la mer et le bruit de la foule en prime. Ils sont adorables, ces Italiens, mais Ray préférait le silence et le calme de l'arrière-cour à... la vue.

Après avoir vérifié la nouvelle suite – la routine –, je demande à Luciano Linzi, de la maison de disques, d'y faire monter un piano droit. Il venait d'arriver à San Remo et, harcelé par la Rai (la télévision nationale) et les journalistes, il voulait impérativement connaître l'heure d'arrivée de Ray. Je lui indique que Ray arriverait à l'hôtel le lendemain, à midi. J'insiste : « Je sais que je me répète, mais je vous connais, vous, les Italiens. Pour Ray, midi, c'est midi. Avant l'heure, ce n'est pas l'heure, et après l'heure, ce n'est plus l'heure ! »

Je pouvais me permettre de le charrier car il était devenu un ami. Au Midem, il avait été le premier étranger à s'intéresser à l'album *Live in Paris*, qu'il avait distribué en Italie :

« Ne t'en fais pas, je vais tous les tanner. Même les Carabinieri ont prévu d'envoyer deux motards pour l'attendre à la sortie de l'autoroute. Bon, maintenant, il ne faudrait pas tarder à partir pour la répétition, car ça roule très mal. »

Arrivés au théâtre, je fais mon job de contrôleur des travaux finis et demande à passer dans les loges. Je veux connaître leur emplacement ainsi que celui des toilettes. Ray, comme tous les hommes ayant dépassé la soixantaine, commençait à avoir quelques soucis avec sa prostate. Il n'était donc pas question de perdre du temps à demander où se trouvent les toilettes.

Nous quittons la loge et, comme je l'avais demandé, il y a bien une clé sur la serrure. Je ferme et nous nous dirigeons vers la scène où nous attend Renzo, le fameux présentateur de la Rai. Il y a des fleurs partout, des milliers de magnifiques fleurs fraîches de toutes les couleurs, parfaitement arrangées. Un superbe piano à queue, blanc, trône sur la scène. Les techniciens poussent un escalier en bois, d'au moins cinq mètres de haut, qui ressemble à une passerelle d'avion, et Renzo nous explique :

— J'ai bien écouté votre chanson, *bellissima ! Brava !* Quel dommage que Ray ne soit pas là.

Je le rassure, en lui rendant une DAT[1] :

— Ce n'est pas grave, j'ai la bande avec sa voix pour faire vos réglages.

Renzo poursuit :

— Comme c'est Dee Dee qui commence à chanter, j'ai décidé qu'elle apparaîtrait en haut des escaliers, pour rejoindre Ray, qui sera au piano. Ils vont amener l'escalier juste devant le piano. Dee Dee, tu montes par-derrière, on va t'y conduire. Dès que tu es là-haut, tu nous fais signe et on démarre la répétition.

Perchée là-haut, Dee Dee éclate de rire :

— Qu'est-ce qu'il est raide, l'escalier ! Je dois sourire, regarder la caméra, descendre les escaliers, le tout en chantant. Qu'est-ce qu'il ne faut pas faire, on donne dans l'acrobatie maintenant !

Deux répétitions et quelques réglages techniques plus tard, nous retournons à l'hôtel, pénétrés de l'importance du show que nous allions faire et des conséquences.

Le lendemain, lorsque je descends dans le hall de l'hôtel, à 11 h 30, je constate que Luciano a fait son boulot. Tout est fin prêt, j'ai même la clé de la suite de Ray dans ma poche. Luciano m'accueille, très excité, avec un grand sourire. C'est l'événement pour Gala Records et Umberto Marcato, le patron, l'accompagne. Ils n'ont jamais eu un artiste international de la stature de Ray Charles. Je suis là, heureux, parmi toute cette foule qui me connaît – miracle du show-biz ! –, sûr de mon fait, confiant dans le talent de mes artistes. J'ai presque un complexe de supériorité, l'impression que nous sommes des professionnels parmi des amateurs.

A 11 h 45, je m'approche de l'entrée principale, où les voitures s'arrêtent pour déposer leurs passagers. Il y a

1. Digital Audio Tape : format de bande professionnelle d'enregistrement.

plusieurs caméras, montées sur trépieds, prêtes à filmer l'arrivée de Ray pour les actualités. Les belles voitures se succèdent et les minutes s'écoulent. Il est pratiquement midi et je me prépare à ouvrir la portière d'une des prochaines voitures, celle de Ray. Je regarde ma montre une nouvelle fois, il est 12 heures passées. Je jette un œil sur la route, il est vrai que ça roule mal. Je regarde Luciano, dont le sourire a disparu. Il a une petite mine, n'en mène pas large. Son regard et ses mains m'interrogent, semblent me demander : « *Ma*, où il est, Rrray Charrrles ? »

A 12 h 15, une valse infernale commence. Si je n'ai pas entendu mille fois la question « *ma*, où il est, Rrray Charrrles ? », je ne l'ai pas entendue une fois ! Les regards, très respectueux avant midi, sont maintenant inquiets, impatients, voire sarcastiques. Je leur ai tellement rabâché les oreilles avec la ponctualité et le professionnalisme de Ray que je ne sais plus où me mettre. Je suis tout simplement en train de passer pour un grand con !

A 12 h 45, tout le monde commence à plier bagage, en râlant à haute voix, à l'italienne. Luciano et Umberto courent dans tous les sens, essaient d'en retenir quelques-uns, en vain, et m'interrogent de nouveau :

— *Ma*, où il est, Rrray Charrrles ?

— Il est 4 heures du matin à Los Angeles, je ne peux rien faire. On ne peut qu'attendre.

13 heures sonnent et j'essaie de me raisonner : « Il n'est que 13 heures, on passe à 21 h 15. Il a dû avoir un retard d'avion ou un truc dans le genre. Ce sont les aléas de la route. »

Ne disposant d'aucune information sur les vols choisis par Ray, je ne peux même pas téléphoner aux compagnies aériennes. Les minutes tournent, puis les heures. Toutes les dix minutes, je vais au standard, voir s'il y a un message pour moi. Six heures plus tard, je suis toujours devant l'hôtel. Je commence à être crevé et j'ai mal aux jambes. J'attends comme un abruti, mais un abruti angoissé et déprimé, car cette absence ne ressemble pas du tout à Ray.

Il y a peu de temps, lors d'une interview, il s'enorgueillissait de ne jamais avoir raté d'engagement, sauf un, il y a bien longtemps, à cause d'une épouvantable tempête de neige. Même privé de sa voix par une mauvaise laryngite, il avait fait un concert entier, au piano, sans chanter : un tabac dont on parle encore à New York.

Pourtant, ce soir, à San Remo, on dirait bien que l'on se dirige tout droit vers la seconde annulation dans la carrière de Ray. Il est maintenant 20 heures, il fait noir depuis longtemps.

Impossible de joindre Ray, je tombe systématiquement sur son répondeur personnel et le bureau est fermé. Malgré tout, au fond de moi, je ne peux pas croire qu'il ne viendra pas. De toute façon, il a les coordonnées de l'hôtel et, s'il avait eu un gros pépin, il m'aurait contacté. Je fais les cent pas dans le hall, tout en gardant les yeux rivés sur la porte d'entrée. J'inspecte chacune des voitures qui s'arrête. Je suis usé par ces huit heures de cauchemar passées dans un hall d'hôtel. Dee Dee, pendant ce temps-là, se morfond dans sa chambre. Je lui ai promis de l'appeler dès l'arrivée de Ray et elle attend, sans plus y croire, à côté du téléphone.

Soudain, mon attention est attirée par des crissements de pneus. C'est un vulgaire taxi italien, une Fiat 124 jaune. Pour la énième fois, je scrute les passagers et... Ray Charles est à l'arrière, son secrétaire assis à côté du chauffeur.

Je fonce à leur rencontre et ouvre frénétiquement la porte arrière. Avant que je puisse ouvrir la bouche, Ray me jette : « *I told you I was gonna be here. I am here. I know it's very late, let's go*[1] *!* »

Pendant que Vernon[2] s'occupe des bagages, j'aide

1. « Je t'avais dit que je viendrai. Je suis là. Je sais qu'il est très tard, allons-y ! »

2. Vernon Troupe était le plus ancien employé de Ray Charles. Il est resté son fidèle assistant de 1960 jusqu'à ses derniers jours. Sept jours sur sept et 365 jours par an, il a accompagné Ray partout, à part quelques interruptions dues à des problèmes de santé.

Ray à sortir de la voiture. Nous fonçons directement à l'ascenseur. Arrivés dans sa suite, je le sens très nerveux. Avec la ferme intention d'honorer son engagement et de respecter l'horaire de ce show en direct, il ne perd pas une seconde. Après avoir enlevé ses lunettes, il commence à se déshabiller :

— Jean-Pierre, je prends une douche et je me rase. J'ai besoin de huit minutes. Demande à Dee Dee de monter tranquillement. C'est la première fois que l'on va le faire *live* et je veux me mettre d'accord avec elle.

— Tu sais, Ray, il y a un piano dans le salon.

— Super, *I'm gotta give you some skin*, Jean-Pierre[1], me dit-il en entrant dans la cabine de douche.

J'appelle donc Dee Dee, qui pousse un cri de joie si strident que mon oreille a sifflé pendant plusieurs minutes : « Prends toutes tes affaires et monte nous rejoindre. Tu as quelques minutes, Ray est sous la douche, mais ne traîne pas, bien sûr. »

Dee Dee devait être prête depuis longtemps car, deux minutes plus tard, elle est là. Ray sort de la douche, se rase avec une dextérité et à une vitesse incroyables. Il sort de la salle de bains, sa serviette autour de la taille. Dee Dee est comme tétanisée. Non seulement elle est dans la chambre de Ray Charles, mais encore il est là, devant elle, pratiquement à poil et sans ses lunettes.

J'accompagne Ray au piano. Il s'assied et, en commençant à jouer, il lance à Dee Dee :

« Qu'en penses-tu si on la joue comme ça ce soir ? » Puis, d'un signe de tête, il lui demande de démarrer son premier couplet.

Lentement, avec les ralentissements pour lesquels il est réputé, Ray entame son propre couplet. Il plaque un dernier accord, saute sur ses pieds : « *Yes, that's right ! OK, let me get dressed now and let's go*[2] *!* »

Entre-temps, Vernon avait préparé sa tenue de scène.

---

1. « Super, bien joué, Jean-Pierre ! »
2. « Oui, c'est ça ! Bon, laissez-moi m'habiller maintenant et allons-y ! »

Ray s'habille et nous voilà partis, au pas de course. Nous nous engouffrons dans la grande Cadillac limousine qui, malgré l'escorte de deux motards, n'avance absolument pas. Tout est bouché devant nous. Les gens commencent à s'apercevoir que Rrray Charrrles est dans la voiture. En fait, les Carabinieri attirent les regards plus qu'autre chose. Plus ils s'époumonent sur leurs sifflets plus nous nous faisons remarquer, moins nous avançons.

Chaque minute semble une éternité, le chauffeur s'énerve et n'arrête pas de jurer en italien. Heureusement que Dee Dee est prête à monter sur scène car il est évident que, même dans le meilleur des cas, elle n'aurait absolument pas le temps de se changer, encore moins de se maquiller. D'où nous sommes, à travers le pare-brise, je peux voir le théâtre. Nous y sommes presque, mais un sérieux barrage de police, à cent mètres du théâtre, refoule toutes les voitures. Leurs conducteurs sont obligés de faire demi-tour, ce qui nous retarde plus encore. Finalement, grâce aux motards, nous passons très vite ce dernier contrôle routier. Le chauffeur fait vrombir son moteur pour que les gens s'écartent et, enfin, nous entrons dans le parking, juste devant l'entrée des artistes.

Dès que la voiture est immobilisée, nous jaillissons. Chacun sait que nous devons être sur scène dans exactement quatre minutes. J'ai sur moi les badges électroniques de Dee Dee et de Ray et, bien que tout le monde ait reconnu Ray Charles, chaque badge est scruté par la sécurité. Umberto et Luciano, accompagnés d'une hôtesse et de deux gardes du corps, nous ouvrent le chemin des loges. Les coulisses sont une véritable ruche, parcourue en tous sens par des gens affairés. Il y a un vacarme étourdissant, je ne sais pas qui est sur scène, mais ça joue très fort ! Tout le monde est obligé de crier, de hurler pour se faire comprendre.

Notre convoi se fraie un passage dans cette folie à l'italienne, lorsque Dee Dee me tire le bras avec force. Je me retourne et elle me crie dans l'oreille :

— Jean-Pierre, Jean-Pierre ! J'ai oublié mes verres de contact à l'hôtel ! Comment je vais faire dans les escaliers ?

— Je vais vite leur demander si on peut changer ton entrée en scène et ne pas utiliser...

Je n'ai pas fini ma phrase que l'assistant de la Rai a déjà pris Dee Dee par le bras pour l'amener en haut du fameux escalier. Elle a juste le temps de me lancer : « Ne t'en fais pas, je me débrouillerai. » Je donne nos manteaux à Luciano et, Ray à mon bras, je suis le technicien qui nous montre le chemin jusqu'au rideau. Heureusement que je suis en costume cravate car, dans la précipitation, je n'ai plus le temps d'expliquer à Renzo comment faire[1], et j'amène moi-même Ray jusqu'au... *standing ovation* ! Le public italien a toujours eu un profond respect, une admiration sans faille pour Ray Charles.

Une vraie révolution ! Avant même que nous ayons atteint le piano, le niveau sonore de ce vieux théâtre, d'environ deux mille places, atteint les limites du supportable. Je pose enfin la main de Ray sur les touches et m'éclipse discrètement, dignement, aussi, car je sais que nous sommes sous le regard de millions de téléspectateurs. Quel chemin parcouru entre l'internat de Talence et ce soir, à cet instant ! Dee Dee et Ray vont interpréter le fruit de mon travail, ma production, devant des millions d'individus. J'en suis tout remué, fier et ému à la fois. Je me précipite devant un écran de contrôle, au moment où Renzo fait son annonce. On dirait qu'il accueille César en personne, tant sa gestuelle et sa prestance sont dignes du Colisée de Rome : « Et maintenant, un moment historique, un bonheur incroyable. Nous avons l'immense privilège, ce soir, d'avoir avec nous le Genius de la musique, le plus grand du monde, Mister Rrray Charrrles ! Il va nous interpré-

1. Ray doit toujours être devant le public. L'accompagnateur doit donc se trouver de l'autre côté, côté coulisses. En sortant de scène, c'est l'opposé, l'accompagnateur doit donner à Ray son autre bras.

ter, avec la magnifique Dee Dee Bridgewater, une chanson extraordinaire, qui est déjà un tube planétaire : *Till the next... Somewhere*[1]. »

Renzo disparaît à son tour, tous les feux sont maintenant braqués sur Ray et sur le haut des escaliers, où Dee Dee va nous faire un numéro de chanteuse équilibriste, quasiment à l'aveugle. Ray, en pleine forme, arbore son traditionnel sourire. Il est profondément heureux d'être là. On peine à croire qu'il arrive tout juste de Los Angeles, après vingt heures de voyage. Il entame les premiers accords et Dee Dee apparaît en haut des marches.

Non seulement j'ai la pression habituelle du producteur pendant un show *live* (où tout peut arriver), mais en plus, je vois Dee Dee commencer à descendre cet escalier très abrupt, totalement au radar. J'ai peur. Elle regarde droit devant elle, avec un grand sourire, comme si de rien n'était. Habillée d'une magnifique robe noire lamée, elle est royale ! Je ne cligne même plus les yeux, tant je crains de rater... sa chute. Malgré tout, Dee Dee, en grande professionnelle, arrive sans encombre en bas de l'escalier et s'approche langoureusement de Ray. Dee Dee chante *her head off*[2] et Ray se met immédiatement au diapason. Ils nous offrent un festival de chant, d'interprétation, d'amour, de bonheur. Ils sont constamment portés par les applaudissements de la foule[3] qui réagit, en temps réel, au moindre accent de vérité. La chanson se termine et, de nouveau, Dee Dee et Ray ont droit à une *standing ovation* exceptionnel.

Renzo les rejoint sur scène alors que toutes les lumières s'allument. Il est bouleversé, au bord des

---

1. « Jusqu'à la prochaine fois... quelque part » est le titre de la chanson, dans le monde entier, sauf en France. Marc Lumbroso, le président de Polydor, avait estimé que c'était un titre bien trop compliqué pour les Français. Comme *Precious Thing* revenait plusieurs fois dans les paroles, il nous a convaincus de le choisir comme titre pour la France.

2. A tue-tête.

3. Le public italien ne peut s'empêcher de montrer son appréciation au cours de l'interprétation. C'est même une preuve de succès.

larmes, et les superlatifs – c'est aussi une grande spécialité italienne – se succèdent. Je sais que Ray n'apprécie que modérément les grandes effusions. Alors, sans attendre que cela devienne embarrassant pour eux, je monte sur scène, prends Dee Dee par le bras pour la rapprocher de Ray et ainsi couper le sifflet à l'intarissable Renzo.

Ils se mettent côte à côte et, ensemble, font une révérence au public. Renzo raccompagne Dee Dee, tout en continuant à l'encenser de compliments, tandis que Ray quitte la scène à mon bras. Il est totalement éclaté, son corps baigne physiquement dans les applaudissements du public, toujours debout et frisant l'hystérie.

Voilà, San Remo 1989 s'achève sur un formidable triomphe. Nous retournons dans la limousine pour regagner l'hôtel, sans même passer par les loges. Je regarde l'heure et réalise qu'il y a à peine douze minutes, montre en main, nous arrivions au festival. Je suis surtout sidéré par la somme d'énergie, de temps, d'heures de vol, de coûts de transport, de décalages horaires et de cachets déployée pour 5,02 minutes de bonheur, la durée totale de *Precious Thing*. L'ambiance à l'intérieur de la voiture est euphorique, survoltée : un vrai commando des marines ayant mené à bien une attaque surprise. Quel *timing* ! Si nous étions arrivés une minute plus tard, l'animateur aurait été obligé de passer à l'artiste suivant. Ce festival étant retransmis en direct, tous nos efforts auraient été vains, nous ne serions pas passés. Cela a été le show télé le plus rapide du monde ! Tout le monde a été scié, moi compris, sans parler d'Umberto et de Luciano qui étaient au bord de l'infarctus. Ils ont dû prendre dix ans ce jour-là. De retour à l'hôtel, nous sommes attendus par la foule des grands jours, qui a envahi l'entrée et le hall : télévisions, journalistes, photographes et de nombreux fans. Une arrivée en fanfare. Bien entendu, ils avaient tous vu le duo en direct. A peine sortis de la voiture, nous sommes assaillis par les flashes, qui crépitent de toutes parts, accompagnés des exclamations de tous ces gens venus nous exprimer leur gratitude et leur joie : *Bravo, bravo, bellissimo, una cansona magnifica...*

Les employés de la maison de disques nous ouvrent un passage vers l'ascenseur qui, fort heureusement, est là, portes grandes ouvertes. J'accélère le pas, Ray à mon bras, et j'ai juste le temps de me retourner pour faire un signe à Dee Dee :

— Je t'appelle tout à l'heure, Dee Dee.

— *Yes, Dee Dee, great show, good evening* [1] *!*

Après avoir salué tout le monde, Ray et moi nous retrouvons, enfin seuls, dans sa suite. J'avais commandé le dîner le matin même, au cuisinier de l'hôtel, en lui précisant que nous dînerions vers 22 heures. J'avais l'habitude d'organiser ainsi le dîner, afin d'éviter à Ray l'attente interminable d'une commande au *room service* de ce genre de palace.

Ray se met à l'aise, se déshabille et range tranquillement toutes ses affaires. Il passe à la salle de bains, se rafraîchit, lave et essuie méticuleusement ses lunettes, avant de les ranger, prêtes pour le lendemain. Ray aimait naturellement la propreté et avait aussi compris que les gens le détaillaient de la tête aux pieds. Par respect pour les autres, il faisait attention à tous les détails, y compris aux traces de doigts sur les verres de ses lunettes.

Pendant ce temps-là, le maître d'hôtel, aidé d'un garçon d'étage, est venu mettre la table et disposer les plats : soupes de crème de tomate, escalopes panées à la milanaise, assiettes de légumes variés cuits à la vapeur, glaces à la fraise, salades de fruits frais, une portion de pruneaux au sirop, un litre de lait frais et... une bouteille de Dom Pérignon [2] dans son seau à glace.

---

1. « Oui, Dee Dee, c'était un supershow, bonne nuit ! »

2. Ray aimait le Dom Pérignon : « Ce champagne n'a pas l'odeur du vin blanc, que je ne supporte pas. En plus, il est de très bonne qualité quelles que soient les années. » Ray, en outre, avait découvert que tous les grands hôtels du monde entier possédaient dans leurs caves du Dom Pérignon, ce qui était très pratique. Par discrétion, j'avais surnommé le Dom Pérignon Uncle Dom et c'était devenu un code entre nous : *Uncle Dom is here tonight !* (« Oncle Dom est là ce soir ! »)

Alors que tout est en place, après m'avoir demandé si nous avions besoin de quelque chose d'autre et signalé que, de toute façon, ils restaient à notre entière disposition, « car c'est un honneur de servir le grand Ray Charles », ils quittent finalement la suite, à reculons !

C'était toujours la même chose, dans n'importe quel hôtel de n'importe quel pays. Les employés perdaient leur contenance et cherchaient souvent à apercevoir, même furtivement, le Genius dans son intimité.

La porte à peine refermée, Ray ressort de la salle de bains, vêtu de sa seule robe de chambre en soie qui le suit partout, pieds nus et sans lunettes.

J'avais pris l'habitude de voir Ray sans ses lunettes. Bien qu'étrange, ce n'était ni désagréable ni déstabilisant, ses paupières étant constamment fermées. Cela le rendait plus humain, moins star.

Je l'aide à s'asseoir à sa place et m'installe en face de lui :

— Tu dois être crevé, non ?

Il écoute sa montre et répond :

— Ça va faire vingt-sept heures que je suis debout. *I'm fried, man, but we made it*[1] *!*

— Bon, maintenant, il est temps de mettre du carburant dans le moteur ! Tout ce que tu aimes est devant toi.

Ray ne faisait qu'un repas par jour, en plus du petit déjeuner. Son expérience de vieux routier lui avait appris que, pour bien dormir et bien voyager, il faut manger léger et le plus sain possible. Il considérait qu'il avait un avantage sur les voyants : son appétit ne pouvait pas être influencé par la décoration ou la beauté d'un plat.

Il s'arrêtait donc de manger dès qu'il n'avait plus faim. Ray aimait d'ailleurs se vanter d'avoir gardé le même tour de taille depuis 1960, de n'avoir jamais pris le moindre kilo.

---

1. Littéralement, « Je suis frit » – c'est-à-dire je suis cuit – mais on a réussi ! »

Je lui montre, à l'aide de sa main, l'emplacement des différentes choses sur la table, et nous attaquons les plats de bon appétit, heureux d'avoir pleinement accompli notre mission. Comme tous les non-voyants, pour manger, il utilisait ses doigts de la main droite en s'aidant d'une cuillère à soupe de la main gauche. C'était très efficace, mais pas très élégant, ni beau à voir. Il le savait et, très respectueux des convenances, il évitait au maximum d'aller au restaurant, ne voulant pas imposer aux autres ce qu'ils auraient pu interpréter comme de mauvaises manières. D'autre part, Ray mangeait extrêmement rapidement, en quelques minutes, pour se débarrasser au plus vite de cette corvée. « Manger pour vivre et non vivre pour manger » est une devise qu'il avait très vite adoptée. Speedé comme il l'était, patienter au restaurant entre les plats, ce n'était pas son genre. Cela ne l'empêchait pas d'apprécier certaines spécialités : sole grillée, poulet grillé, spaghettis bolognaise, haricots rouges mijotés avec du pied de porc façon *soul food*[1].

Ray avait pris l'habitude de dîner seul. J'ai dû attendre quelques années, qu'il soit totalement à l'aise avec moi, avant que nous puissions manger en tête à tête.

Nous avons terminé la soupe et, en débarrassant les assiettes, je demande :

— Ray, tu as fini ton verre. Tu veux encore du lait ?

— Tu sais bien que je ne refuse jamais un bon verre de lait frais. Pour moi, le lait est vital. Il tapisse l'estomac et te protège contre toutes les saloperies que tu peux ingurgiter dans la journée, y compris les cigarettes !

A la fin du repas, j'ouvre la bouteille de Dom Pérignon et lui pose une question qui me brûle les lèvres, que j'avais retournée des milliers de fois dans ma tête ce jour-là :

1. Littéralement, « nourriture de l'âme ». Cela désigne les spécialités de la nourriture des Noirs dans le sud des Etats-Unis.

— Ray, maintenant, s'il te plaît, tu peux me raconter ce qui s'est passé, nom de Dieu ?

— *Oh, man, forget it*[1] ! Nous sommes partis de Los Angeles, j'avais trouvé une connexion parfaite à Londres pour rejoindre Nice. Nous avions une heure et quart entre les deux vols. Arrivés à Londres, nous récupérons les valises et passons la douane. Vernon demande à une hôtesse le terminal pour Nice et, tu connais Heathrow, c'est probablement le plus grand aéroport du monde, c'est immense. Nous prenons donc une voiture pour le terminal 5 et là, comme d'habitude, valises, attente au comptoir d'enregistrement, passeports, billets, pour que finalement la fille nous dise : *Ah, no, sir, this flight leaves from terminal 2*[2] *!*

Ray avait pris une voix très aiguë pour imiter la fille et, cachant mal son agacement dû à ce manque de professionnalisme (il aimait bien les Anglais, mais leur flegme légendaire avait ses limites !), il poursuit :

— Nous sommes repartis comme des imbéciles, avec les valises et les sacs, chercher une nouvelle voiture. En avant, terminal 2 ! Putain, il doit bien y avoir dix bornes entre les deux terminaux, et je ne te parle pas du trafic ! Au terminal 2, ça recommence la cavalcade, avec les valises, le comptoir, l'hôtesse et ouf, c'était bien là... Sauf que l'avion n'était plus là, il venait juste de quitter la porte d'embarquement !

— Ah bon, j'ai compris alors, le temps que tu trouves un autre vol, probablement un autre terminal et...

Ray me coupe la parole :

— *No, no, it's much worth than that*[3] *!* Tous les vols suivants ont été annulés car il y avait une énorme tempête sur le golfe de Gascogne, d'après ce qu'ils m'ont expliqué.

— Et alors ?

— Après avoir tout essayé, la seule solution était de

1. « Oh, man, oublie ! »
2. « Ah non monsieur, ce vol décolle du terminal 2 ! »
3. « Non, non, c'est bien pire que ça ! »

louer un avion privé. Afin de contourner la tempête, il a fallu établir un plan de vol qui devait passer par la France, la Suisse, l'Autriche pour enfin atterrir à Turin. Voilà comment je suis arrivé ici à 20 heures.

— Tu as loué un avion ? Mais quel avion ?

— *A* Boeing 737, *I believe*[1]...

C'est la première fois de ma vie que je suis confronté à la location d'un avion privé. Totalement pris au dépourvu, je suis angoissé par le coût astronomique d'une telle opération, qui m'incombe automatiquement. Après tout, c'est moi qui lui ai demandé de venir...

Avant que je puisse parler, comme s'il avait lu dans mes pensées, Ray m'explique :

— Jean-Pierre, si tu te rappelles bien, lorsque tu m'as posé la question pour les billets d'avion, je t'ai répondu : C'est déjà fait, je m'en suis occupé. A cette seconde précise, c'est devenu MA responsabilité. Je t'ai dit que je viendrais à ton hôtel par mes propres moyens donc, fin de l'histoire, on n'en parle plus ! Tu vois, la morale de l'histoire est qu'on en apprend à tout âge. Si je n'étais pas capable d'assumer, j'aurais fermé ma gueule, c'est très simple ! Je t'aurais laissé faire et ce serait devenu TA responsabilité.

Sur cette constatation, Ray explose de rire. Nous ne reparlerons plus jamais de cette histoire de fous.

Deux mois plus tard, à Los Angeles, je fais les comptes avec Ethel, la comptable. En effet, je dois rembourser à la société les deux billets que Ray avait achetés. Bien que Ray lui ait donné pour instruction de ne pas me réclamer son montant, elle me montre la facture de la location de l'avion, à laquelle le loueur avait, bien entendu, appliqué le tarif aller-retour, de Londres à Londres. Heureusement que j'étais assis car, aussi délirant que cela paraisse, la somme réglée par Ray Charles Enterprise était bien supérieure au cachet qu'il avait perçu !

En venant au Festival de San Remo, Ray s'est non

1. « Un Boeing 737, je crois... »

seulement enquiquiné à faire plus de vingt mille kilomètres en quarante-huit heures, mais, en plus, il a carrément perdu de l'argent !

Et dire qu'il aurait pu m'appeler en me disant : il n'y a plus d'avion, j'ai raté le dernier, je ne peux pas venir. C'était un cas de force majeur, et c'est ce qu'aurait fait n'importe quel artiste.

Oui, mais pas Ray Charles... Pour lui, dans les affaires, chaque mot avait son sens. Il attachait une immense importance à la valeur des mots, au respect de la parole et répétait souvent : « Lorsque je me suis engagé, je dois assumer. Rien, sauf la mort, ne peut plus m'arrêter. »

Precious Thing avait propulsé Dee Dee vers les sommets des Charts de la pop music [1], catégorie à part dans le business de la musique. Pour Dee Dee, il s'agissait d'une nouvelle carrière, différente de celle menée jusqu'à présent et restreinte au jazz.

Le métier du jazz se gère avec beaucoup de souplesse, sans grande préparation. Nous pouvions nous permettre d'aller faire un concert, au pied levé, n'importe où dans le monde, à cinq personnes, c'est-à-dire Dee Dee, le trio et moi-même. Quant au matériel, tout était fourni par l'organisateur du concert, les seuls instruments que nous amenions étant la basse et les cymbales du batteur. Parfois, il n'y avait rien à amener, même pas le trio. Dee Dee et moi allions rejoindre diverses formations de jazz. Il suffisait alors d'une seule répétition pour pouvoir interpréter les grands classiques connus de tous. La longueur de ces standards est totalement fantaisiste et dépend uniquement des improvisations effectuées. Afin d'avoir une liberté totale et finir le titre au feeling, la devise consacrée est : rendez-vous au tas de sable !

Le métier de la pop music est une autre paire de manches. Tout est formaté, rien n'est improvisé. Tout

1. La pop music est la contraction de *popular music*, c'est-à-dire la musique populaire.

est réfléchi, rien n'est instinctif. La clientèle attend les chansons qu'elle connaît par cœur, ces tubes qui sont sur les disques. Tous les tubes, mais rien que les tubes, et il n'y a donc plus de place pour l'improvisation.

Cette nouvelle carrière exigeait un travail presque surhumain de notre part. Il fallait vite retourner en studio pour enregistrer la suite du duo, réaliser un album dans la même lignée, exclusivement pop. En même temps, les promoteurs bombardaient le bureau d'offres, avec et sans Ray Charles, à travers toute l'Europe. Cela implique, tout d'un coup, une logistique beaucoup plus lourde, une organisation nettement plus complexe.

Pour reproduire sur scène les sons d'un disque pop, il faut énormément de matériel[1] et d'excellents musiciens. Il faut ensuite des titres, des arrangements spécifiques et écrits (sans improvisation aucune), des répétitions à n'en plus finir, une sonorisation complète, deux ingénieurs du son, des monitors[2], des lumières, des chorégraphies, des choristes, des tenues de scène, etc., le tout à des coûts faramineux.

Dee Dee ayant définitivement établi sa réputation de chanteuse de jazz, il fallait aussi enregistrer des disques de jazz. J'avais signé un contrat d'exclusivité pour le monde, avec Polydor, à l'exclusion du jazz. J'étais donc libre de signer une seconde exclusivité mondiale, avec une autre maison de disques, mais, cette fois-ci, uniquement pour le jazz.

Signer le même artiste en même temps dans deux Majors différentes, en exclusivité pour le monde, cela n'était jamais arrivé. Grâce aux différentes facettes du talent de Dee Dee Bridgewater et aussi grâce à Marc Lumbroso, qui considérait le jazz comme quantité négligeable, Dee Dee allait appartenir à deux maisons de disques. Quelques semaines après avoir signé le

1. Plusieurs camions semi-remorques.

2. Un monitor est un haut-parleur qui restitue aux musiciens un mixage différent du son diffusé au public. Un second ingénieur du son est indispensable pour régler les monitors.

contrat de Polydor, je signais avec MCA, à Los Angeles, l'exclusivité mondiale de Dee Dee Bridgewater pour le jazz.

Nous nous sommes donc retrouvés avec deux carrières à gérer de front, deux maisons de disques, donc deux albums différents [1] à faire et deux services de promotion à satisfaire.

Il nous fallait aussi jongler avec deux types de tournée, les festivals de jazz et les concerts pop, en passant par les studios d'enregistrement, les innombrables interviews et séances photos, sans oublier les tournages de vidéo-clips, indispensables dans la pop music.

Dee Dee a toujours été partante. Comme tous les artistes dignes de ce nom, elle avait envie et besoin de reconnaissance, de succès. A chaque étape importante de sa carrière, nous en débattions, en évaluions les difficultés. J'avais l'habitude de la conseiller et de préserver ses intérêts, en ami. Bien qu'elle ait validé l'idée des deux carrières et malgré l'immense satisfaction qu'elle en retirait (être signée dans deux maisons de disques Majors, alors que beaucoup rêveraient d'en avoir une !), Dee Dee avait préjugé de ses forces. Le poids sur ses épaules était beaucoup trop lourd et, quelques mois plus tard, notre collaboration prit fin.

Pendant toutes ces années, grâce notamment à notre profonde entente, nous sommes ensemble parvenus à ce sans faute, un parcours dont je reste fier.

1. Album pop : *Victim of Love* et album jazz : *Live in Montreux*.

11

Ray, mon ami

Precious Thing a été un tube non seulement pour Dee Dee, mais aussi pour Ray. Il ne comptait plus ses tubes mais il y avait tout de même plusieurs années que cela ne lui était pas arrivé : « Pour beaucoup de professionnels du métier, ce duo a donné un coup de jeune à la carrière de Ray Charles et il aimait ça [1] ! »

Après un des concerts épisodiques que j'organisais, alors que nous dînions tranquillement ensemble, Ray me confie :

— Ah, je ne t'ai pas encore dit. Dans l'avion qui m'a amené de Los Angeles tout à l'heure, j'ai mis les écouteurs pour suivre le programme musical de l'avion et devine sur quoi je suis tombé en tournant le bouton ? Sur ta chanson, sur *Precious Thing* !

Et nous voilà partis dans une discussion couvrant les nouvelles techniques d'enregistrement que j'avais utilisées, l'importance capitale de la promotion et des shows TV, jusqu'à la puissance exercée par la musique sur l'humanité. Ray finit par ce constat :

— La musique est la seule chose pour laquelle personne n'a déclaré de guerre dans le monde et ça n'arrivera jamais !

---

1. *Ray Charles, man and music* de Michäel Lydon, éditeur – fondateur de *Rolling Stone*, paru aux éditions Riverhead Books Penguin Putnam Inc. en 1998.

— A propos de musique, dis-moi, Ray, je sais que tu as une bonne mémoire. Tu dois te rappeler ce que tu m'as dit voilà bientôt quinze ans.

— Je te vois venir ! C'est comme pour les échecs, je crois que j'ai compris ta stratégie. Maintenant que tu m'as montré ce dont tu es capable avec *Precious Thing*, tu veux produire mon prochain album.

— Je te le répète, c'est toi qui me l'as dit en 1979, lors de mon anniversaire, à Los Angeles. Ce n'est pas une stratégie, ça date de quinze ans ! Tu viens de le dire toi-même, regarde ce que l'on vient de faire avec une chanson ! Alors ?

— *OK, go ahead*[1] *!*

Ça y est, j'ai le feu vert ! Je vais produire le prochain album de Ray Charles pour le monde entier ! Ces mots « go ahead » sont devenus un tube dans ma tête et je me souviens de tout. De l'endroit où nous étions au son de sa voix, de sa détermination au sourire qui a éclairé son visage, tout est à jamais gravé dans ma mémoire.

Commençons par le commencement. Cela peut paraître très élémentaire mais il ne faut surtout pas oublier la finalité d'un enregistrement. La musique est faite pour le public, pas pour se faire plaisir en studio ou rechercher les prouesses musicales et les accords compliqués destinés à épater les confrères. Il existe des repères qui indiquent parfaitement ce que le public a aimé d'un artiste. Les fans connaissent très bien tous ces indices. Il faut bien comprendre et assimiler ces ingrédients avant de se lancer dans la fabrication proprement dite de l'album. Une première conclusion s'impose : il ne peut s'agir que de chansons faites sur mesure pour Ray Charles et non de chansons reprises et adaptées. Elles auraient pu faire l'affaire – ne disait-on pas de Ray qu'il pouvait chanter l'annuaire téléphonique ? –, mais, dans ce cas, Ray n'aurait pas eu besoin de moi puisqu'il n'aurait alors été question que de la qualité de l'interprétation et non de la composition.

1. « OK, vas-y ! »

Pour ses interprétations, Ray Charles n'avait besoin de personne et c'était chaque fois un modèle du genre : *Yesterday* des Beatles, *La Mama* de Charles Aznavour, *Ne me quitte pas* de Jacques Brel, pour ne citer qu'elles.

La composition d'un nouveau titre exige quant à elle une disponibilité d'esprit et de temps que Ray n'avait plus depuis longtemps[1]. Il fallait donc trouver les auteurs et les compositeurs correspondant à un certain profil : avoir comme moi grandi avec la musique de Ray Charles, être en phase avec ce genre de musique, être original et créatif. Pour les auteurs, leurs paroles devaient impérativement le toucher au cœur. Ray devait toujours pouvoir s'identifier à l'histoire que raconte la chanson.

Quant aux arrangeurs, le choix s'annonçait très délicat. Ils devaient garder les ingrédients spécifiques à la patte de Ray, tout en s'aventurant dans des territoires encore vierges. En tant que compositeur, Ray l'avait déjà fait à maintes reprises et dans diverses directions, en mélangeant les genres ou en utilisant des sons nouveaux.

C'est justement dans ces choix et ces sélections que mon intervention allait être décisive. Il me faudrait constamment conserver ce fragile équilibre entre les attentes du public et les exigences de Ray. En fait, je devenais la seule interface entre Ray et le reste du monde[2].

Lorsque j'ai produit *Precious Thing*, je me suis souvenu des mésaventures de Quincy Jones avec Ray Charles. Ses paroles sont encore très claires dans ma mémoire. C'était plus fort que Ray. S'il était en studio avec Quincy, avec moi ou n'importe qui d'autre, il ne pouvait pas

1. Comme pour beaucoup de choses, Ray était un perfectionniste et se plaignait que la composition lui prenne trop de temps. Dès qu'il avait terminé une chanson, il s'empressait de tout déchirer et de recommencer et recommencer encore, trouvant toujours qu'il aurait pu faire mieux...

2. Auteurs, compositeurs, arrangeurs, musiciens, studios, clips, maisons de disques, enregistrements et mixages...

s'empêcher de prendre les commandes. Avec le duo j'avais trouvé la parade. Pour ne pas subir l'influence de Ray, tout a été entièrement préparé, enregistré et mixé à Paris, c'est-à-dire avec l'océan Atlantique entre nous !

En ce qui concerne l'album, afin de conserver une latitude totale pour choisir, essayer, recommencer, innover, je devais absolument conserver la même recette. Il n'était donc pas question d'enregistrer à Los Angeles et de prendre le risque que Ray vienne mettre son grain de sel dans les séances. Si je pousse plus loin ce raisonnement, je pouvais même surprendre Ray Charles favorablement. Ces considérations techniques entendues, je devais conserver et mettre en valeur les qualités propres à Ray Charles. Cet album devait en outre être le reflet de l'artiste qu'il était aujourd'hui. Avec le temps et l'expérience, Ray Charles était devenu particulièrement émouvant dans l'interprétation des ballades. J'étais donc d'ores et déjà à la recherche de blues taillés dans de l'émotion pure. Il me fallait aussi satisfaire une des autres spécialités de Ray, le swing. Il ne pouvait pas s'empêcher de swinguer ! Pour lui, le tempo faisait partie intégrante de la vie et du corps humain[1].

Je me souviens qu'une fois, alors que nous étions tous les deux seuls en studio, Ray s'est interrompu pour réfléchir à haute voix :

— Quand même, c'est bien fait la nature. Regarde, prenons le cœur, quelle extraordinaire machine ! Les spécialistes disent que c'est juste une pompe.

Et il explose de rire avant de reprendre :

— Juste une pompe ! Parce que toi, tu connais une pompe qui ne s'arrête jamais, qui fonctionne à quatre-vingts tours minute, comme le cœur ? Est-ce que tu imagines le nombre de battements depuis ta naissance ?

---

1. Il est à noter que tous les titres destinés aux discothèques et appelés dance music ont toujours été composés sur un tempo équivalent au rythme cardiaque lorsque l'on danse, c'est-à-dire entre cent vingt et cent quarante pulsations par minute.

quatre-vingts à la minute, quatre cent quatre-vingts à l'heure, environ onze mille par jour et plus de quatre millions par an ! Est-ce que tu te rends vraiment compte ?

De mon bureau, j'ai préparé un mailing expliquant ma recherche de titres inédits pour Ray Charles. Je l'ai adressé systématiquement à toutes les maisons d'édition. D'autre part, j'ai fait sérieusement chauffer les téléphones en appelant tous mes contacts. Bien qu'énormes, les retombées étaient la plupart du temps décevantes. J'ai écouté des centaines et des centaines de maquettes, de niveaux totalement disparates. J'ai rendu visite à de nombreux compositeurs qui préféraient me jouer leur composition *live* plutôt que de faire une maquette qui trahirait leur œuvre.

Lors d'une visite éclair à Los Angeles, Ray, Quincy Jones et moi nous retrouvons dans le studio. Alors que Ray se plaint du temps passé à écouter les maquettes qui lui parviennent au bureau, Quincy l'arrête :

— Ah, non, Ray, je ne fais plus comme ça ! Je n'écoute plus les cassettes que l'on m'envoie. J'ai donné pour instruction à mon assistante de contacter les expéditeurs pour leur expliquer que je n'écoute plus les bandes mais que, par contre, elle est prête à leur fixer un rendez-vous. Quand le gars arrive, il n'y a pas trente-six solutions. Soit il joue des claviers, soit de la guitare. Au pianiste comme au guitariste, je demande de jouer leur chanson, mais avec une restriction : n'utiliser qu'un seul doigt pour développer la mélodie. S'il ne peut pas, c'est qu'il n'y a pas de chanson. Très simple et vite vu !

Cette manière de procéder que Quincy venait de nous expliquer m'a beaucoup marqué et elle m'a servi de leçon. Sans entrer dans les détails techniques, la mélodie d'une chanson doit être simple, efficace et facile à siffler. Lorsque l'on siffle, on ne peut sortir qu'une note après l'autre. Tous les grands tubes du monde entier peuvent être sifflés sans aucun problème. Faites vous-même l'essai : *La Mer* (qu'on voit danser) de Charles Trenet, *O sol e mio*, *Joyeux anniversaire*, *Au clair de la lune*...

Beaucoup de compositeurs sont stupéfaits lorsque je leur explique la méthode Quincy. Cependant, tous les compositeurs ne peuvent pas venir vous jouer leur chanson et les cassettes restaient notre lot quotidien.

Lentement, consciencieusement, j'ai commencé ma propre sélection. La concentration nécessaire est phénoménale et mon imagination devait être constamment débridée. La mélodie n'est qu'une partie de l'entreprise. Les textes peuvent l'habiller avantageusement, la tourner en dérision ou la réduire à néant. Par contre, d'excellentes paroles n'ont pas besoin d'une mélodie extraordinaire pour tenir la route[1].

Ray aimait les sélections de chansons que j'effectuais et me donnait souvent des indications sur les modifications qui lui paraissaient évidentes. Lorsque la chanson (la musique et l'histoire) en valait vraiment la peine, il m'indiquait la tonalité dans laquelle il désirait la chanter ainsi que son tempo. Les chansons que nous retenions venaient de tous les horizons : compositeurs anglais, français, américains, grecs, norvégiens, suédois, canadiens, etc. Bref, ça ressemblait à une vraie tour de Babel, mais, en fait, tout le monde parlait le même langage.

Après avoir réuni le maximum de paramètres et les indications de Ray, je pouvais prévoir des séances d'enregistrement et mettre en œuvre ce que l'on appelle la préproduction, procédé qui permet d'avoir une photo assez précise du titre, sans toutefois se retrouver coincé. En effet, beaucoup d'éléments d'une préproduction ne sont pas figés et peuvent être changés, transformés, voire effacés. Nous avions décidé dès le début d'utiliser le dernier système d'enregistrement qui venait de sortir, un magnétophone digital à quarante-huit pistes[2].

---

1. Par exemple Georges Brassens.
2. Avant la sortie de ces magnétophones quarante-huit pistes digitales, le maximum était de vingt-quatre pistes. Ce matériel offrait deux fois plus de place pour enregistrer...

J'enregistrais ensuite une voix témoin. J'avais trouvé quelques chanteurs aux voix proches de celle de Ray et qui s'appliquaient à chanter comme lui. Ces cassettes lui permettaient d'apprendre les textes par cœur ainsi que la place des mots. Toutefois, par sécurité, pour chaque chanson, les paroles définitives étaient préparées en braille.

Sachant que Ray faisait très souvent fonctionner son studio tout seul, Steve et moi avions pris l'habitude d'attribuer précisément un instrument à chaque piste. Ainsi Ray avait mémorisé la position de chaque instrument ou voix sur chacune des pistes.

La valse des bandes entre Paris et Los Angeles commença. Nous avons utilisé les services de Federal Express [1] un nombre incalculable de fois mais, malheureusement, il arrive à ces sociétés spécialisées de perdre des colis.

Un jour, j'ai envoyé à Los Angeles un master quarante-huit pistes. Trois jours plus tard, Ray m'appelle :

— Jean-Pierre, je croyais que tu m'avais envoyé la bande ?

Cette bande était bien partie, mais jamais arrivée. Renseignements pris, FedEx avait carrément égaré le colis ! Ils avaient paumé notre master : des jours et des jours de travail en studio, sans compter le coût. Ils ont mis plus de quatre jours pour la retrouver dans un hangar, au fin fond du Minnesota. Mais quelle frayeur, quelle angoisse ! Ce fut une bonne leçon à moindre prix et, à partir de ce moment, il n'a plus été question d'envoyer quoi que ce soit à Ray sans en avoir fait au préalable une copie de sécurité.

FedEx venait de livrer la bande à Ray et, comme à son habitude, il m'appelle un soir vers 21 heures, heure de Paris, pour me tenir au courant :

---

1. Le service des Postes aux Etats-Unis est loin d'être fiable et en outre, très long. Toutes les entreprises n'utilisent que ces sociétés privées pour tout ce qui a de la valeur. D'autre part, ces spécialistes garantissent la livraison de Paris à Los Angeles en 24 heures.

— *This is the old man speaking*[1] *!* Je voulais juste te dire que la fameuse bande que FedEx avait perdue vient d'arriver. Je l'ai là, dans mes mains, et dès que nous aurons fini de parler, je vais aller l'écouter au studio.

Il me pose deux ou trois questions techniques sur cette bande et ma manière de lui répondre, que je pensais tout à fait normale et habituelle, a dû lui mettre la puce à l'oreille :

— Qu'est-ce qu'il y a, Jean-Pierre ? Je sens que tu n'es pas dans ton assiette...

Depuis des années, Ray et moi avions un pacte : ne rien nous cacher, tout nous dire, sans exception, quoi qu'il arrive. Je n'hésite donc pas avant de lui annoncer que mon univers est en train de chavirer sous mes pieds, car mon père n'a plus que six mois à vivre :

— Il ne le sait pas, mais il a un cancer des poumons. Tu sais que plusieurs de mes amis d'enfance sont médecins. Ils ont été très clairs : c'est un cancer à petites cellules, donc inopérable. Il n'y a rien à faire, la médecine est totalement impuissante face à ce genre de cancer.

— Quoi ? Ton père, un cancer[2] ? Oh, Jean-Pierre, je suis désolé. J'ai senti que quelque chose n'allait pas.

— C'est incroyable, je n'arrive pas à réaliser complètement et je ne sais pas quoi faire.

— *Do you want my advice*, Jean-Pierre[3] ?

— Oui, j'aimerais bien ton point de vue car, je dois bien le dire, j'ai la tête dans le sac.

— Je vais te dire, Jean-Pierre, c'est très simple. Tu arrêtes immédiatement tout ce que tu es en train de faire, toutes tes affaires, tout. Quant à l'album, n'y pense même pas. Je t'attendrai et lorsque tu seras prêt, nous continuerons. Tu vas rester à côté de ton père

---

1. « C'est le vieux à l'appareil ! » Bien que seuls seize ans nous séparent, Ray avait pris l'habitude de s'appeler *old man* et de me surnommer *young man* (jeune homme).
2. Les cancers effrayaient Ray bien plus que la mort elle-même.
3. « Veux-tu mon conseil, Jean-Pierre ? »

24 heures sur 24, jusqu'à la fin. Jean-Pierre, n'oublie jamais les priorités et leur hiérarchie. Il s'agit de ton père, c'est grâce à lui que tu es là. Tu as eu besoin de lui toute ta jeunesse, maintenant, c'est lui qui a besoin de toi, une dernière fois.

Comme à son habitude, Ray n'oubliait jamais l'essentiel. Il avait une échelle de valeurs bien établie où chaque chose avait sa place. Je dois dire que depuis que j'avais appris que mon père était malade, j'avais dû penser à tout, sauf à ce que Ray venait de me dire. C'est que j'ai été élevé à la dure. Ne vous méprenez pas, je ne m'en plains pas. Bien au contraire, j'en remercie mes parents. Lorsque j'évoque mon éducation, je ne parle pas uniquement de l'école mais aussi des valeurs que mes parents m'ont toujours inculquées.

Jamais le conseil de Ray ne me serait venu à l'esprit. Jamais, au grand jamais. Mon père a toujours été un dirigeant, un patriarche, un chef d'entreprise. Toutes choses beaucoup trop importantes et sérieuses pour qu'il soit influencé par des problèmes personnels, ceux-ci ne pouvant venir qu'après, bien après. La responsabilité prend toujours le dessus. Cette philosophie se défend et, en tout cas, elle avait déteint sur moi.

J'étais tellement étonné par l'avis de Ray que, à la manière des paysans, j'ai décidé de dormir sur cette idée et laisser la nuit me porter conseil.

Au réveil, le conseil de Ray s'était transformé en évidence. Ma décision était prise et une heure plus tard je suis parti rejoindre mes parents. Je dois avouer que j'avais presque honte. Je trouvais incroyable de ne pas y avoir pensé moi-même, d'autant plus que j'adorais mon père. Voilà un exemple de l'influence de l'éducation qui nous conduit à acquérir des certitudes alors qu'en réalité rien n'est certain, absolument rien, pas même la mort... la parole entre deux hommes mise à part.

Ray, comme tout le monde, a été influencé par son éducation. Avant de s'engager dans quoi que ce soit il réfléchissait, en calculait les implications, appliquant sans le savoir, à sa manière, le fameux dicton « Il faut tourner sa langue sept fois dans sa bouche avant de parler ». Une fois sa décision prise il ne revenait pas en arrière, même s'il devait faire face à des conséquences imprévues.

« Pour l'album, ne t'en fais pas, je t'attendrai. » Sa voix, ses mots résonnent encore dans ma tête. Chaque fois que j'ai une décision importante à prendre, l'attitude de Ray me revient en mémoire, m'aide à bien poser les hypothèses du problème et me rappelle qu'il ne faut jamais oublier l'essentiel.

C'est ainsi que, grâce à Ray, j'ai fait exactement ce que j'aurais dû faire. Il est vrai que, dans ces moments-là, on se découvre des forces insoupçonnées. Ce qui paraît insurmontable et hors d'atteinte se trouve soudainement à portée de main. Une seule chose restait très difficile : mentir à mon père tous les matins, tous les jours.

J'avais pris la décision de ne pas parler de sa véritable maladie ni à mon père ni à ma mère. Tôt ou tard, elle le lui aurait dit. Quant à lui, je savais qu'il avait été bien trop marqué par le sang et la mort pendant ses années de guerre. Je peux même parler de traumatisme car il ne voulait jamais consulter un médecin, encore moins entrer dans un hôpital. Même lorsque mon frère et moi sommes venus au monde, il n'était pas là. Mon père n'avait tout simplement plus le profil pour encaisser ce genre de choc, se faire expliquer qu'il avait un cancer. Après mûre réflexion, j'ai donc décidé d'occulter sa maladie et, jusqu'à son dernier souffle, je n'ai jamais prononcé le mot cancer. Avec mes amis intimes, presque tous dans le milieu médical, nous avions élaboré un scénario. Très souvent, lorsqu'il toussait, il y avait un filet de sang sur le mouchoir avec lequel il s'essuyait la bouche et je lui expliquais :

— Tu sais bien que les radios ont montré un gros abcès au poumon. Si l'on pouvait t'opérer, ton problème serait réglé en quinze jours mais, à cause de ta tension artérielle beaucoup trop élevée, le risque est trop grand.

Ce sera plus long, mais grâce aux antibiotiques et tous les autres médicaments, tu verras, tu guériras.

Cette explication, chaque fois, me faisait très mal. Je devais jouer la comédie et je n'avais pas le droit de mal jouer. Mais, aussi étrange que cela puisse paraître, je sais que lui aussi jouait la comédie :

— Tu sais, Jean-Pierre, lorsque j'étais jeune, à Tokay, quand quelqu'un crachait du sang, on ne donnait plus cher de sa vie. Oui, j'ai bien peur de ne pas gagner cette bataille.

C'est la seule fois que mon père s'est laissé aller à une confidence concernant sa maladie. C'était entendu entre nous. Nous le savions mais n'en parlions jamais. A quoi bon ? Avant qu'il tombe malade, je ne passais jamais plus de quelques jours avec mes parents. Afin de donner le change, de faire comme si tout était normal, je lui ai dit au bout d'un moment :

— Bon, tu sais, il va falloir que je rentre à Paris, j'ai pas mal de choses à faire.

Nous étions sur une terrasse et mon père savourait le soleil d'hiver. Il me jeta un coup d'œil :

— Tu es vraiment obligé de rentrer à Paris ?

— Obligé, obligé, non je ne suis pas obligé ! Tu m'as toujours dit que la seule chose que l'on est obligé de faire est de mourir et que les cimetières sont remplis de gens indispensables !

— Bien, alors, reste !

Et je suis donc resté à ses côtés, lui consacrant tout mon temps. Leslie, comme d'habitude, avait tout compris. Elle a pris ma place à Paris et s'est occupée de tout, me libérant ainsi de toute contrainte.

Je n'ai aucun remords, aucun regret. Au contraire, j'ai passé six mois merveilleux, magnifiques, parmi les meilleurs moments de ma vie. Je n'avais jamais passé autant de temps avec mon père, sans rien faire, en totale insouciance, en parfaite harmonie. Tous les jours, nous sortions nous balader dans la forêt et son émerveillement devant la beauté de la nature me remplissait de bonheur.

Il me considérait désormais comme un homme. Nous étions d'égal à égal. Il n'avait plus besoin d'être le patriarche, le chef, et une sorte de transfert a eu lieu entre nous. C'était à son tour de m'écouter et au mien de prendre les décisions. Il s'est reposé entièrement sur moi et s'est laissé guider en toute confiance. Cette proximité, ce rapprochement intime qui nous ont été accordés les derniers mois ont été uniques. L'amplitude de mes sentiments allait du plus profond de l'abîme au sommet de la plénitude. Je peux dire que la mort de mon père m'a été enrichissante et apaisante. Grâce à Ray Charles, à son amitié, son humanité et sa clairvoyance.

L'intensité, la fatigue physique et morale des derniers mois s'étaient accumulées et j'ai finalement pu me laisser aller. Je dois avouer que je suis un peu ignorant des choses de la religion, et réticent au surnaturel, mais, plusieurs jours après la mort de mon père, je sentais sa présence physique et sa proximité immédiate. Ensuite, presque soudainement (en tout cas d'après ma mémoire), il s'est éloigné à la vitesse de la lumière pour atteindre une sorte d'orbite fixe située très loin, là-haut. Plus de dix ans après sa mort, je vois toujours mon père sur cette orbite. Plus précisément, c'est son visage que je vois, avec toutes ses expressions, ses rides et ses yeux très clairs d'une profondeur inouïe. J'ai mis du temps à me remettre de la mort de mon père, beaucoup de temps. Là aussi, je suis redevable pour toujours à Leslie d'avoir parfaitement compris mon voyage et de m'avoir même aidé à l'accomplir.

En me donnant ce bon conseil, Ray aurait pu très bien me remplacer comme l'auraient fait la plupart des artistes. Faire un album est une entreprise suffisamment délicate et difficile pour ne pas la fragiliser davantage en gardant un producteur qui ne pourra pas donner toute son attention et son énergie au projet. J'imagine très bien ce qu'un autre artiste aurait pu me dire : « Jean-Pierre, je suis désolé pour toi, c'est terrible ce qui t'arrive. Mais, tu sais, j'ai des obligations, un contrat avec la maison de disques qui m'oblige à... Le public attend mon nouvel album depuis longtemps. » Et ils m'auraient tout de suite remplacé par un autre producteur, d'autant que je ne fais pas partie du club des grands producteurs internationaux, loin s'en faut !

Pour Ray Charles, trouver un autre producteur aurait été un jeu d'enfant. Les meilleurs producteurs se seraient bousculés pour avoir l'honneur de venir travailler avec lui. Un seul coup de téléphone lui aurait suffi. Mais, là encore, Ray s'était engagé et a contredit sérieusement le dicton « les conseilleurs ne sont pas les payeurs ». Il n'a embauché personne pour me remplacer et s'est pratiquement fait un devoir de m'attendre plusieurs mois, en acceptant d'en subir toutes les conséquences. Ce témoignage d'amitié, ce respect de l'engagement pris ont approfondi un peu plus nos relations et ont soudé définitivement notre filiation.

Enfin, j'ai pu me remettre à travailler sur l'album, en y consacrant tout mon temps et toute mon énergie. Moi qui ne suis pas musicien, je me permettais de donner des conseils, des cours même aux arrangeurs, compositeurs et paroliers de Ray Charles !

J'expliquais à tous les acteurs de ce projet mon ambition quant à la forme de cet album. Sur pratiquement toutes les chansons, je voulais qu'apparaissent des clins d'œil musicaux qui évoqueraient la musique et la carrière de Ray Charles. Pour ce qui concerne les paroles, je souhaitais donner à Ray la possibilité de s'exprimer dans ses registres de prédilection, ceux qui correspondent à son caractère : le désespoir sans aucune issue[1], la franche rigolade limite juvénile[2], sa réputation de dragueur invétéré[3], etc. Ray et moi avons pris tout le temps nécessaire pour fignoler cet album et en être fiers. Il n'a jamais été question de bâcler, ni même d'aller vite. Seuls la qualité et le résultat comptaient.

1. *Angelina* et *Separate Ways*.
2. *Everybody's handsome child* et *No time to waste time*.
3. *All she wants to do is love me* et *I need a good woman bad*.

Début 1996, une fois terminés tous les enregistrements, il ne restait que les mixages à effectuer. Ray et moi avons décidé de faire cette délicate opération ensemble, aidés de Steve Forward, à Los Angeles au Larabee Studio. Nous avions pensé à tout, sauf au titre de l'album :

— Ray, as-tu une idée pour le titre ?

— Oh, j'ai complètement oublié. C'est vrai qu'il faut un titre.

— J'ai une petite idée. Une des chansons de l'album me semble parfaite : *Strong Love Affair*.

— *That's it ! You got it, young man ! Very good idea* [1] *!*

Strong Love Affair, c'est-à-dire histoire d'amour forte et intense, tout un programme... En l'occurrence il ne s'agissait pas seulement d'une histoire d'amour avec les femmes ou le public. Cela allait plus loin. C'était aussi une histoire de confiance et d'amitié très forte entre les trois acteurs principaux de ce projet : Ray, Quincy et moi. Lorsque Quincy a appris que je négociais l'album dans les Majors, il a immédiatement appelé Ray et lui a interdit de signer ailleurs que chez lui. Il avait en effet sa propre maison de disques, QWest, distribuée dans le monde par Warner Music.

De retour à Paris, je pensais qu'indéniablement cet album méritait un vidéo-clip, bien que je sache que Ray n'en était pas un grand fana. L'idée même de passer au minimum trois jours de tournage pour une chanson déjà enregistrée lui paraissait être une perte de temps aberrante. Pourtant, je l'ai appelé :

— Ray, s'il te plaît, tu me laisses finir jusqu'au bout. Je sais que tu n'aimes pas trop les tournages de clips mais il faut qu'on en fasse un. Je prends tout en main et je te promets le minimum de tournage dans un minimum de temps pour un résultat optimum.

— *Yeah, I know. I know you will. What song do you have in mind* [2] *?*

---

1. « C'est ça ! Tu le tiens, jeune homme ! Très bonne idée ! »
2. « Ouais, je sais. Je sais que tu feras vite. Quelle chanson as-tu en tête ? »

— *Say no more* me paraît être un bon choix. Je suis sûr que l'on peut tout tourner ici, à Los Angeles. Donne-moi deux jours en tout et pour tout.

— *Two days ? Well, OK, you've got them*[1] *!*

Comme pour le clip de *Precious Thing*, j'ai appelé toutes les boîtes de production afin qu'elles m'envoient leurs cassettes de réalisateurs et que je fasse mon choix. Parmi toutes les bandes, celle d'Olias Barko m'a vraiment marqué. Ce court métrage, réalisé avec très peu de moyens financiers et techniques, était d'une richesse époustouflante. Le jour même, Olias, un jeune homme de vingt-huit ans, a débarqué chez moi et j'ai tout de suite compris à qui j'avais affaire. C'est un garçon à la personnalité franche et affirmée, aux yeux d'une clarté exceptionnelle, laissant apparaître la profondeur de son âme.

Je savais que j'allais faire le clip de *Say no more* avec lui et l'affaire a été rondement menée. Après une première réunion de plusieurs heures où nous avons échangé différentes idées et possibilités, j'ai accordé à Olias un délai de vingt-quatre heures pour ficeler son scénario. Le lendemain il m'a apporté différents croquis évoquant les scènes principales qu'il avait élaborées pendant la nuit. Il avait parfaitement compris et digéré toute l'histoire. J'ai immédiatement été convaincu. Vingt-quatre heures plus tard, nous étions dans l'avion pour Los Angeles. Olias avait contacté son chef opérateur préféré, le grand Thierry Arbogast[2], qui était en tournage du film *Le Cinquième Elément* en Angleterre. Avant de rencontrer Thierry, j'ai pu évaluer le degré d'amitié qui le liait à Olias. En effet, son contrat avec Luc Besson spécifiait qu'il n'avait pas le droit de quitter l'Angleterre mais il a profité d'un break de la production pour nous rejoindre incognito à Los Angeles, faire le clip et retourner illico à Londres.

1. « Deux jours, hein ? Bon, OK, tu les as ! »

2. Thierry Arbogast est, entre autres, le chef opérateur attitré de Luc Besson depuis de nombreuses années.

Olias et Jean-Luc Planche, vingt-huit ans lui aussi et patron de sa propre société, Janvier Production, avaient établi un budget que j'avais faxé au siège de la maison de disques, Warner, à Los Angeles. Sur mes instructions, Jean-Luc avait engagé une équipe de tournage à Hollywood et, la veille du tournage, tout ce beau monde s'est installé dans le studio de Ray Charles. De la même manière que pour le clip de *Precious Thing*, j'ai briefé tous les techniciens, leur précisant encore et encore qu'ils n'avaient que quarante-huit heures, en tout et pour tout.

Le jour du tournage, à 9 heures, tout est prêt. Ray arrive avec Vernon à 9 h 30 et je les rejoins dans le bureau de Ray pour le traditionnel café du matin. Ray est en pleine forme, de bonne humeur. Je lui confirme que nous sommes prêts à tourner, que nous démarrerons comme prévu à 10 heures. Je lui précise également qu'il n'aura aucun souci pendant le tournage et que toute l'équipe a été prévenue :

— Ray, je leur ai dit qu'à partir du moment où on t'expliquait précisément ce qu'on attendait de toi, tu étais l'acteur le plus facile à diriger.

— *You got that right, young man* [1] !

Le téléphone sonne, je décroche [2]. John, le directeur vidéos de Warner, a de très mauvaises nouvelles pour moi. En effet, le budget que je leur ai envoyé leur paraît irréaliste et largement en dessous des budgets habituels. Je réplique :

— Si le budget total est moins élevé que ceux dont vous avez l'habitude, de quoi vous plaignez-vous ?

— Non, non, la décision a été prise. C'est beaucoup trop risqué et ce budget dénote un amateurisme que nous ne pouvons accepter.

— Vous plaisantez, j'espère ! Toute l'équipe est là, tout est prêt. Nous tournons dans un quart d'heure !

---

1. « Là, tu as eu raison, jeune homme ! »
2. J'avais pris l'habitude, bien que nous n'en ayons jamais parlé, de décrocher le téléphone lorsqu'il sonnait dans son bureau.

— Je suis vraiment navré mais je ne peux absolument rien faire. Il faut retravailler le budget. En tout cas, il n'est pas question de tourner maintenant.

Je raccroche et Ray me demande s'il a bien compris, si c'est bien Warner qui me pose des problèmes. Je lui résume ma conversation avec John et je le vois froncer les sourcils puis réfléchir quelques secondes au bout desquelles il me demande :

— Tu as le nom et le numéro de téléphone du gars ?

— Oui, bien sûr.

Il appelle alors sa secrétaire, la met sur haut-parleur :

— Jean-Pierre *is gonna give you a number. Call the man for me, please.*

— *The number is... and you want to talk to John* [1].

Ray a l'air soucieux et concentré. Il plane un grand silence dans la pièce lorsque sonne le téléphone. Ray décroche.

— *John from Warner is on line 3, sir.*

— *Thank you... Good morning, John. This is Ray Charles, speaking. How are you today ? It is nice to talk to you, John* [2]...

Son apparente gentillesse ne cadre vraiment pas avec son irritation évidente. Il démarre très cool et en douceur, comme une intro de chanson, et puis :

— Je veux vous parler du clip, John. Il y a une petite chose que vous ignorez. J'ai personnellement approuvé cette production et je fais une totale confiance à Jean-Pierre. Alors que vous veniez, après mon approbation, annoncer à Jean-Pierre que son budget ne correspond pas à vos critères, je trouve cela innommable ! C'est un manque de respect total vis-à-vis de l'artiste, c'est-à-dire

---

1. « Jean-Pierre va vous donner un numéro. Appelez-le pour moi, s'il vous plaît.

— Le numéro est... et vous demandez à parler à John. »

2. « John de Warner est sur la ligne 3, monsieur. »

« Merci... Bonjour, John. C'est Ray Charles. » C'était toujours sa manière de s'annoncer au téléphone à quelqu'un qu'il ne connaissait pas. « Comment allez-vous aujourd'hui ? C'est agréable de vous parler, John... »

moi, Ray Charles, en l'occurrence. Qui croyez-vous être pour préjuger d'une production que vous ne connaissez pas ? Ne vous avisez plus jamais de me faire un coup pareil et laissez-moi vous donner un autre petit conseil, John : ne faites jamais ça à un autre artiste, non plus ! *Have a good day, now*[1] !

Comme par enchantement, tout est rentré dans l'ordre. Un chèque correspondant au budget français a été envoyé dans l'heure par Warner et nous avons démarré le tournage du clip de *Say no more*.

Le scénario consistait à entrer dans l'imaginaire de Ray pour retracer les moments importants de sa vie, ses frustrations, ses espoirs. La première séquence montre Ray assis à son piano. La caméra se rapproche de plus en plus de lui, de son visage, de ses lunettes, jusqu'à pénétrer dans son monde intérieur. Plusieurs scènes mettent Ray en situation inhabituelle pour un aveugle : peindre sur une toile les souvenirs que lui évoque une bouteille de parfum ouverte, aider une fillette de quatre ans à traverser un passage clouté de Washington Boulevard lorsque le feu passe au rouge[2], ou encore prendre des photos avec un appareil professionnel équipé d'un gros flash.

Une séquence touchante illustre la vie de l'artiste en tournée et met en évidence sa solitude quotidienne, ponctuée de rencontres fugaces. Au petit matin, dans une suite d'hôtel anonyme, le lit est défait et Ray est assis à une table où sont posés une bouteille de champagne vide et deux verres. Il est seul et se remémore la nuit qu'il vient de passer en agréable compagnie. A tâtons, il trouve le verre marqué de rouge à lèvres et en caresse les contours, avant de porter ses doigts à ses narines comme pour ne rien oublier.

Dans l'après-midi, Ray est à mon bras et nous gagnons à pied le feu tricolore où doit être filmée la

1. « Passez une bonne journée, maintenant ! »
2. La scène a réellement été filmée sur Washington Boulevard, lequel comporte pas moins de six voies de circulation en double sens.

scène suivante. Ray doit traverser le passage clouté en tenant par la main une petite fille. Les six voies du boulevard à traverser représentant environ vingt-cinq mètres, nous nous sommes mis d'accord sur la procédure à suivre : je serai à trois mètres derrière lui, hors du champ de la caméra, et le dirigerai à la voix.

Toute l'équipe technique est prête, la caméra installée de l'autre côté du boulevard. Le feu passe au rouge : moteur ! Et Ray s'engage le plus naturellement du monde au milieu des clous en tenant la petite fille par la main. Inévitablement, sa trajectoire commence à dévier :

— *Ray, a little more to the left... That's it... Straight, now*[1] *!*

Je suis trop concentré sur Ray pour voir arriver la catastrophe.

Le feu passe au vert. Je n'ai pas le temps de bouger d'un centimètre que je suis bousculé par le rétroviseur d'une voiture lancée à vive allure. A quelques centimètres près, je valdinguais dans les airs ! Le temps de me retourner, après avoir réalisé ce qui s'était passé, je vois Ray buter contre le trottoir et tomber de tout son long, les mains en avant. Je n'ai pas eu le temps de le prévenir.

En courant, j'arrive à sa hauteur pour le relever. J'ai évidemment très peur qu'il se soit fait mal. Je lui prends les mains pour m'assurer qu'elles n'ont pas été abîmées dans sa chute mais, immédiatement, il me rassure :

— Non, non, ne t'inquiète pas, Jean-Pierre, tout va bien. Tu sais, je tombe en moyenne une fois par jour... les bons jours ! Je suis comme tous les aveugles, j'ai l'habitude de trébucher et je sais donc tomber. C'est au contraire en essayant d'interrompre ta chute que tu risques de te faire mal.

En l'espace de dix secondes, j'ai failli me faire écraser et Ray se fracturer les doigts ou la main ! Une fois remis

1. « Ray, un petit peu plus à gauche... C'est ça... Tout droit maintenant ! »

de nos émotions, nous faisons demi-tour pour rentrer au bureau lorsqu'un groupe de trois gamins noirs nous aborde. L'un d'eux, âgé de six ans à peine, tend la main à Ray :

— *Can you spare one dollar, sir*[1] ?

Ray se plie en deux à toute vitesse, se retrouve nez à nez avec le gosse et lui assène :

— *Don't ever beg ! Do you hear me, boy ? Go ask your mama*[2] *!*

Si vous aviez entendu le ton sur lequel Ray a répondu, même sans parler anglais, vous auriez compris très précisément le message. Croyez-moi, cet enfant n'est pas près d'oublier la leçon ! Bien entendu, ce n'était pas pour le dollar en question que Ray avait refusé mais, dans ce genre de situation, les mots de sa mère lui revenaient instantanément à l'esprit : « On ne mendie sous aucun prétexte, tendre la main est une honte ! C'est de la pitié que tu essaies d'inspirer aux autres et une insulte faite à toi-même. » Il aurait pu se servir de son handicap comme excuse pour agir comme ce gamin, mais ça ne collait ni avec ce que sa mère lui avait inculqué ni avec son caractère et son désir d'indépendance.

C'est aussi la raison pour laquelle Ray détestait ce qu'il considérait être les symboles du non-voyant : la canne blanche, le chien guide et la guitare sèche. Il ne pouvait pas s'imaginer une seule seconde, assis par terre sur un trottoir, jouant de la guitare, son chien allongé à côté et une boîte de conserve vide posée devant lui.

Même devenu très riche il n'a jamais oublié, ne serait-ce qu'un instant, ses premières années. Issu d'une famille monoparentale, Ray n'a jamais connu son père mais a toujours connu la misère. Sa mère, blanchisseuse-repasseuse des Blancs, gagnait tout juste de quoi nourrir ses deux fils. Ils vivaient dans une bicoque de

1. « Est-ce que vous pouvez vous défaire d'un dollar, *sir* ? »
2. « Ne mendie jamais ! Est-ce que tu m'as bien entendu, gamin ? Va demander à ta mère ! »

bois, au sol en terre battue, sans sanitaire ni eau courante.

Ray me racontait qu'à cette époque, à Greensville, ils étaient tout à fait en bas de l'échelle et que personne n'était plus pauvre qu'eux. Devenu orphelin, alors qu'il commençait à peine sa carrière de musicien, il lui est arrivé de dormir, des semaines durant, sur le banc d'un jardin public. Il me disait : « Jean-Pierre, je t'assure que lorsque j'avais pour dîner une boîte de sardines, c'était un festin ! » La dèche totale, quoi. Ces événements l'avaient façonné, tanné et forgé. Ils étaient comme une plaie toujours ouverte, à vif, jamais soignée.

Plus tard, il a croisé beaucoup d'artistes au destin tragique. « Certains, pourtant mondialement connus, ont terminé dans le caniveau, sans personne, sans un rond. *Can you believe it*, Jean-Pierre [1] ? », me disait-il. Chaque fois qu'un de ces destins était évoqué, Ray en était profondément bouleversé. Il n'arrivait pas à comprendre ni pourquoi ni comment des gens si talentueux et si intelligents avaient pu en arriver là. Cette seule idée le perturbait vraiment, constamment. Avec le temps, elle était devenue une phobie, une véritable obsession. Il n'était pas question pour Ray de finir comme ces gens-là.

Je répliquais :

— Oui, mais les gens dont tu parles avaient tous de sérieux vices. Soit ils étaient des joueurs invétérés, soit devenus alcooliques au dernier degré, soit...

— Jean-Pierre, tous ces vices, tous ces problèmes, sans compter les maladies, tu sais à quoi cela me fait penser ? J'ai l'impression de traverser une forêt à pied et, derrière chaque arbre, se cache une menace. Le jeu consiste à essayer de les éviter pour parvenir sain et sauf à la clairière.

Toutes ses galères passées, son éducation du sud des Etats-Unis où gaspillage ne faisait pas partie du vocabulaire, toutes ses craintes pour ses vieux jours ont

---

1. « Est-ce que tu peux le croire, Jean-Pierre ? »

conduit Ray à garder les pieds sur terre et il aimait affirmer : « I'm a country boy, *man* [1] ! »

Je me souviens d'une anecdote caractéristique à ce sujet. Nous attendons l'embarquement de notre vol à l'aéroport de Moscou lorsque Peter, le batteur de l'orchestre, va s'acheter une gourmandise. Il revient complètement dégoûté :

— C'est scandaleux, ils m'ont pris huit dollars pour une barre de chocolat !

Ray lui non plus n'en revenait pas :

— *What, 8 bucks ? You're kidding ! 8 bucks for a candy bar, you must be nuts* [2] *!*

Ray ne comprenait pas que l'on puisse se laisser embarquer dans ce genre de dépenses totalement absurdes. Payer huit dollars ce que l'on peut acheter cinquante cents n'importe où n'avait vraiment aucun sens. Rendez-vous compte : seize fois la mise ! Pour Ray, c'était une question de principe et non de montant.

Le clip de *Say no more* se termina dans les temps. L'équipe française était fière d'avoir tenu son engagement et Warner maintenait un silence radio éloquent ! Le projet complet venait enfin de voir le jour.

Aujourd'hui encore, je suis très fier de *Strong Love Affair,* cet album que Ray considérait comme faisant partie des cinq meilleurs de sa carrière.

---

1. « Je suis un campagnard, mon gars ! »
2. « Quoi, 8 dollars ? Tu plaisantes ! 8 dollars pour une barre de chocolat, tu dois être fou ! »

12

« Jean-Pierre, il faut que je te parle »

En 1996, alors que je suis à Paris, France 2 me contacte. Paul Nahon, de l'émission « Envoyé Spécial », désire me rencontrer. Le rendez-vous est pris et il m'explique qu'ils n'ont jamais fait de reportage sur une star internationale et qu'ils aimeraient bien le faire pour Ray Charles. Ce qui signifie envoyer une équipe aux Etats-Unis pendant trois semaines afin de le suivre jour et nuit.

Je téléphone à Ray qui, après m'avoir écouté attentivement, me répond :

— OK, mais à une condition. Je désire que tu sois là pour être sûr qu'ils ne seront pas dans mes pattes. Ils peuvent filmer ce qu'ils veulent, quand ils le veulent. Mais je veux rester libre de mes mouvements et faire ce que j'ai à faire.

Après avoir réglé tous les détails avec Paul Nahon, je rappelle Ray :

— La télévision nationale est d'accord et je serai du voyage. Elle fera exactement ce que tu voudras et nous ne sentirons même pas la présence de l'équipe de tournage, sauf évidemment si tu veux parler avec eux. A toi de m'indiquer la période qui te semble la plus propice.

— Laisse-moi voir mon planning, trouver une période intéressante afin qu'ils ne viennent pas pour rien. Je te rappellerai demain à 21 heures, *high noon in LA*. C'est vraiment très bien que tu viennes.

Une fois de plus, on retrouve sa logique implacable. Il avait posé une condition et l'avait obtenue. A partir de ce moment-là, sa responsabilité était engagée. Et, puisqu'il faut faire ce que l'on a promis, autant choisir le meilleur angle, l'attitude positive. Ray, en homme très pudique, n'avait accepté ce genre de reportage qu'une seule fois, sur CBS, pour son incontournable émission « 60 minutes ». Pour « Envoyé Spécial », il voulait offrir au public européen un profil au plus près de sa réalité. Donc, après avoir choisi une période qui englobait plusieurs aspects de ses activités, il nous a fixé un rendez-vous au bureau. Quelques semaines plus tard, me voilà dans l'avion en direction de Los Angeles avec l'équipe de tournage d'« Envoyé Spécial » : Michel Mompontet le journaliste, Christian Hirou le cameraman et Lionel Ledu, l'ingénieur du son. L'ambiance est très détendue, style départ en vacances vers le soleil de Californie. Je les avais déjà prévenus qu'avec Ray on peut oublier les nuits de sommeil normales mais, visiblement, ils sous-estimaient mes avertissements :

— Vous êtes assez grands, vous faites comme vous voulez, les gars. Mais moi, je vais dormir. Je vous l'ai déjà dit, à partir de demain, le rallye commence et vous verrez comme c'est usant de suivre Ray Charles !

L'équipe internationale, très sûre d'elle, rétorque au petit serrurier de Montmartre :

— Jean-Pierre, arrête ! Nous sommes de vieux routiers, des durs à cuire, et nous en avons couvert des sujets délicats, même des guerres !

Nous arrivons à Los Angeles en fin d'après-midi et, aussitôt, les « envoyés spéciaux » s'exclament :

— C'est super, on va visiter la ville et après on ira au restau !

Je les préviens :

— Je vous rappelle que le décalage horaire avec la France est de neuf heures. Il est donc 3 heures du matin à Paris. Si vous sortez, c'est comme si vous passiez une nuit blanche et demain, vous serez crevés ! Moi, je vais à l'hôtel me reposer.

Le lendemain matin nous avons rendez-vous à 10 heures avec Ray. Je retrouve l'équipe à 8 heures pour le petit déjeuner. Malheureusement, ils ne m'ont pas écouté et ça se voit déjà. Nous n'avons pas commencé qu'ils ont déjà les traits tirés.

Au bout de trois jours, c'est la Bérézina. L'équipe de tournage est sous le choc et m'avoue :

— Tu nous avais prévenus et on n'y croyait pas ! Ça va vite, on n'arrive pas à suivre, c'est monstrueux ! Dis-moi, Jean-Pierre, nous étions à Phoenix tout à l'heure, nous sommes maintenant à LA et il faut repartir à 19 heures pour Washington. En tout, nous n'avons dormi que deux heures depuis hier. On dort quand alors ? !

— C'est ton problème, Michel. Tu dors quand tu peux ! Alors tu n'as pas dormi ? C'est bien, c'est que ça rentre !

Michel est un garçon très honnête, direct, intelligent et cultivé, qualités que Ray a repérées très rapidement. Ce reportage, bien que harassant pour l'équipe de télévision, s'est transformé en une virée entre amis à travers les Etats-Unis.

Dès que l'emploi du temps le permettait, je passais pas mal de temps avec Michel, afin qu'il ait le maximum d'éléments en sa possession. J'avais bien assimilé la leçon de Ray : lorsque l'on s'engage à faire quelque chose, on le fait bien. Je l'ai même peut-être fait trop bien...

En effet, lors de l'une de nos discussions, j'en ai trop dit à Michel :

— C'est vrai que Ray a la réputation d'être près de ses sous. En fait, il a simplement conscience de la valeur de l'argent.

— Bon, OK, Jean-Pierre. Mais alors, qu'est-ce qu'il fait de tout son argent ?

— Justement, c'est le côté pratique, pragmatique de Ray Charles. Je t'ai déjà dit qu'il réfléchissait toujours avant de prendre une décision, exactement comme aux échecs. Prends par exemple l'époque de Martin Luther

King. Ray m'a tout raconté, en détail. Ils lui avaient demandé de participer à une marche, aux côtés du King. Ray s'est simplement posé la question : est-ce la meilleure manière de les aider ? Sa réponse était évidente : non. Que peut rapporter une marche, sinon des coups ? Des retombées médiatiques ? Oui, et après, ça sert à quoi ? Alors qu'avec l'argent qu'il gagnait largement grâce à ses concerts, il pouvait vraiment aider le mouvement de libération des Afro-Américains : payer les avocats pour défendre les manifestants incarcérés, payer les cautions pour leur remise en liberté...

— Ah bon, pourquoi il n'en parle jamais, de tout cela ?

— Tu sais, Michel, dans la vie, on peut faire des choses formidables sans le crier sur tous les toits. Ray, c'est un homme généreux, mais aux antipodes des habitués du charity business hollywoodien, loin de ceux qui portent leur bon cœur en bandoulière devant les caméras. Comprends que Ray est un homme pudique, un peu timide et très secret.

— OK, je comprends. Y a-t-il d'autres trucs dans lesquels il est partie prenante ?

Lancé dans la conversation, je ne réfléchis pas et je commets l'erreur de lui parler de la fondation que Ray avait créée vingt ans plus tôt, The Robinson Foundation for Hearing Disorders [1]. Que n'avais-je pas fait là !

— Quoi ? Tu veux dire pour les aveugles ?

— Non, non, tu as bien entendu, une fondation pour les sourds.

La perplexité de Michel m'oblige à lui raconter ce que Ray m'avait expliqué à ce propos :

— Lorsque tu évoques ces sujets avec Ray, il faut te rappeler qu'il n'est pas aveugle de naissance. C'est un facteur fondamental pour comprendre son raisonnement. Il a vu, il ne voit plus. Il a fallu qu'il s'adapte à

1. La Fondation Robinson pour les sourds et mal-entendants. Elle est à l'intérieur du plus grand hôpital de Los Angeles, pour ne pas dire des Etats-Unis : The Cedars Sinai.

cette perte totale de vision et c'est ce qu'il a fait. Il l'admet lui-même : ça n'a pas été facile, ce n'est pas une partie de plaisir et les restrictions sont nombreuses mais, grâce aux conseils de sa mère, il a compris qu'en utilisant ses autres sens et en les développant il pouvait compenser son handicap. Comme il aime à le répéter : « Je me suis pas mal débrouillé pour un aveugle ! » Mais rappelle-toi, Michel, que pour Ray, le son, la musique sont sa raison de vivre...

Si Michel ne m'a pas demandé d'aller filmer la fondation cent fois, il ne me l'a pas demandé une fois ! A contrecœur, je fais part à Ray du désir de France 2 :

— Ray, je sais que tu n'aimes pas ça mais ils veulent montrer au public européen ta fondation et ce qu'on y fait.

Immédiatement, il a froncé les sourcils, perplexe. Puis, après quelques secondes de silence, il a lâché :

— Laisse-moi réfléchir jusqu'à demain. C'est vrai que je n'aime pas beaucoup cela mais, d'un autre côté, je comprends qu'ils veulent faire leur job.

Je n'ai pas eu besoin de le lui rappeler car, dès le lendemain matin, il a appelé devant moi la fondation pour les informer de son intention de venir avec une équipe de tournage, le jour même si, bien sûr, il n'y avait pas d'inconvénient :

— Justement, Mister Charles, une petite fille de quatre ans, opérée il y a quinze jours, doit venir voir le médecin à 12 heures.

Pour la première fois, Ray acceptait d'aller visiter sa fondation en compagnie d'une équipe de télévision. Michel avait gagné. Il avait eu raison d'insister. La séquence, qu'il a gardée dans son reportage, en valait la peine.

The Robinson Foundation for Hearing Disorders finance des interventions chirurgicales qui consistent à implanter dans l'oreille interne des capteurs électroniques destinés à compenser la surdité du patient. Ces opérations délicates sont en général pratiquées sur des enfants en bas âge. Elles ne sont que le premier stade d'un long processus d'apprentissage, pris lui aussi en charge par la fondation.

En effet, lorsque l'on est sourd de naissance, il faut évidemment apprendre à identifier tous les sons. Il faut évidemment tous les apprendre : du chien qui aboie à la porte qui claque, de la voiture qui passe aux chants des oiseaux, sans parler bien sûr de la musique et de la voix humaine ! Selon les patients, cette éducation aux sons peut durer de quelques mois à plusieurs années.

Ray était profondément convaincu que, s'il devenait sourd, il ne pourrait plus faire de musique, il ne pourrait plus communiquer avec l'extérieur. « Si cela devait m'arriver, je n'aurais plus rien à faire sur cette Terre », m'a-t-il répété à de nombreuses reprises.

A Washington, où Ray a donné un concert la veille devant les VIP de la capitale américaine, nous sommes installés au Watergate Hotel, le vrai, celui du scandale Nixon ! Ray et moi avions fixé le départ de l'hôtel à 8 h 15. A 8 heures, je lui téléphone :

— *Good morning, Ray. It's 8 o'clock. I am ready when you are.*

— *Good morning, man. If you have time, come on up and have coffee* [1] *!*

Une fois dans sa chambre, Ray me dit :

— Installons-nous, il faut que je te parle sérieusement. L'information est parvenue à mes oreilles de différentes sources. Mon manager est fatigué et veut prendre sa retraite. Tu sais, il a plusieurs années de plus que moi. Il en a assez de tous ces voyages et de ces emplois du temps de fou. Depuis plusieurs mois, je me demande par qui le remplacer. J'ai fait le tour de tous les candidats potentiels mais aucun ne fait vraiment l'affaire. Même parmi mes enfants, c'est pathétique, mais il n'y en a pas un qui fasse le poids. En plus, tu dois comprendre que, comme je suis aveugle, il n'est évidemment pas question que j'accorde ma confiance à

1. « Bonjour, Ray. Il est 8 heures, je suis prêt quand tu le seras.
— Bonjour, man. Si tu as le temps, monte boire un café ! »

un inconnu. Je t'ai vu faire à travers toutes ces années et tu m'apportes du sang neuf ! Bref, tu es le seul qui fasse l'affaire. En plus, tu me vois expliquer à un autre tout ce que tu sais de moi ? Laisse tomber, je n'ai pas le temps ! Alors, c'est très simple. Je veux que tu viennes à Los Angeles, que tu t'installes avec ta famille et que tu deviennes mon nouveau manager !

Je suis complètement sidéré que Ray Charles me demande, à moi, son vieux fan français, de diriger sa carrière !

— Ray, d'abord, je te remercie beaucoup pour ce que tu viens de dire et de la confiance que tu me témoignes et...

— *OK, stop the bullshit*[1] *!* De toutes les manières, ma décision est prise. Il faut simplement régler tous les détails et ce n'est ni le moment ni le lieu. Donnons-nous rendez-vous à Los Angeles et nous prendrons tout le temps nécessaire.

Le tournage terminé, je suis rentré avec l'équipe de France 2 à Paris pour repartir dès le lendemain à Los Angeles. Ma préoccupation principale était de bien cadrer la situation et ce fut mon préambule :

— Ray, qu'as-tu envie de faire à partir de maintenant ? Qu'est-ce qui te branche aujourd'hui ? Je veux que tu puisses te concentrer uniquement sur ce qui te plaît, ce qui t'éclate, ce qui t'amuse. Tu n'as que ça à me dire et j'organiserai tout en conséquence.

Nous avons passé beaucoup de temps seuls, Ray et moi. Ray a consacré une semaine entière, tous les jours, du matin au soir très tard, à couvrir tous les aspects de notre nouvelle association. Tout y est passé. Il m'a expliqué avec précision comment il imaginait la route que nous allions faire ensemble. Je lui ai fait part des évolutions que je souhaitais voir en tant que spectateur. Je voulais transformer, élaborer, fignoler et mettre en

1. « OK, arrête tes conneries ! » Ray était toujours très gêné lorsqu'il recevait des compliments...

valeur le Ray Charles nouveau. Je lui ai tout déballé en détail.

A ses réactions, je voyais que mes idées le touchaient, lui faisaient plaisir. Ray n'était pas un homme exubérant, mais je le connaissais suffisamment pour pouvoir interpréter le moindre mouvement de son visage. Bien plus tard, j'ai appris par ses proches que tous les changements que j'avais suggérés l'excitaient au plus haut point. Non seulement il avait compris, mais il approuvait pratiquement toutes mes idées et avait hâte de les mettre en pratique. Il les considérait comme une injection d'oxygène dans sa carrière. Nous avons également discuté de ma situation sous tous ses aspects. Notre relation était très claire : l'amitié est une chose mais le business en est une autre et nous sommes tombés d'accord pour éviter le piège du mélange des genres.

Je savais pertinemment que j'allais accepter l'offre de Ray. Cependant, je devais régler de nombreuses questions d'ordre pratique : faut-il déménager en milieu d'année scolaire et installer ma famille à Los Angeles ? Faut-il trouver et former un remplaçant pour diriger mon entreprise en mon absence ? Le personnel de la société s'entendrait-il avec le nouveau dirigeant ? J'avais une responsabilité morale vis-à-vis de mes employés, à mes côtés depuis de nombreuses années. Que faire en ce qui concernait ma mère, seule à Paris depuis trois ans ? Pourrais-je supporter la vie à Los Angeles ? La pollution constante, les tremblements de terre[1], le côté superficiel des habitants, la chaleur désertique, insupportable en été, etc. ? Cette ville clinquante et toc, sans âme et sans racine, n'est en fait qu'une succession de banlieues avec chacune son centre-ville. En réalité, j'ai

1. Chaque jour, des centaines de secousses sont enregistrées à Los Angeles. Cependant, la plupart ne sont pas perçues par la population. Les spécialistes sont unanimes et prévoient dans les cinquante ans à venir le Big One. La Californie devrait alors se détacher du continent, le long de la faille de San Andrea qui traverse l'Etat du nord au sud, en passant par le milieu de Los Angeles.

toujours détesté Los Angeles, la vraie, très différente des cartes postales.

En même temps que toutes ces questions bien concrètes, j'avais aussi une appréhension. Elle peut sembler tout à fait irrationnelle et pourtant, en arrière-plan, elle s'imposait à moi : la mort. Je n'avais pas encore surmonté celle de mon père – le pourrais-je un jour ? – et je n'étais sûrement pas prêt à affronter celle de Ray. Il avait déjà soixante-six ans, je m'en souviens car je voulais appeler la tournée à venir Route 66[1]. Ray continuait à travailler comme un malade, prenait l'avion pratiquement tous les jours de l'année. Il ne se reposait jamais et avait constamment quelque chose à faire. Jusqu'à quand ? Certes, ses bilans médicaux annuels étaient absolument impeccables, il n'y avait aucune raison de nourrir le moindre doute sur sa santé, mais, là encore, jusqu'à quand ?

La seule résolution concrète, efficace et rapide que je pouvais prendre était de venir seul à Los Angeles. Ma femme m'avait déjà remplacé dans ma société à plusieurs reprises et je n'avais pas à chambouler l'existence de ma famille.

Ray comprit et approuva ma décision. C'est comme cela que je suis devenu *the new sheriff in town*[2] avec tous les égards qui lui sont dus !

Pour gagner du temps, je me suis installé à l'hôtel Westwood Marquee que j'avais choisi, comme son nom l'indique, à Westwood, un quartier à cinq minutes du domicile de Ray, à Beverly Hills. C'est le seul endroit agréable de Los Angeles, grâce à UCLA[3] où l'on voit des gens marcher...

J'ai démarré sur les chapeaux de roue. Je commençais

---

1. La route 66 est mythique. Elle traverse les Etats-Unis d'est en ouest et a donné son nom à un standard du jazz.

2. Le nouveau shérif en ville, c'est-à-dire celui qui fait la loi. Dans le show-biz américain, rien ne peut se faire sans l'accord du manager. Les hiérarchies ont toujours été beaucoup mieux établies aux Etats-Unis qu'en Europe.

3. University of California, Los Angeles.

comme un businessman de Wall Street par une réunion à 7 heures du matin pendant le petit déjeuner. Ma journée se déroulait au rythme d'un pilote de rallye automobile et ne se terminait jamais avant minuit. C'était comme ça sept jours sur sept et, comme j'accompagnais Ray sur la route, je ne vous parle pas des nuits blanches passées dans les avions ou en studio. Pour Ray, c'était sa vitesse de croisière habituelle, alors que moi, j'étais constamment en sur-régime, le pied au plancher.

Un jour, je reçois un scénario pour Ray. Il s'agit de *The Blues Brothers 2000*, une nouvelle version du film *The Blues Brothers*. La proposition précise les noms des artistes qui allaient y participer ainsi que le montant confortable de son cachet.

Très fan de la première version, je suis emballé par la proposition. Immédiatement, je vais voir Ray dans son bureau et lui résume le dossier : quand, comment, combien...

Cela va très vite entre nous, pas plus de cinq minutes. Nous nous connaissons si parfaitement que nous parlons à trois cents à l'heure.

Après m'avoir écouté attentivement, je le vois réfléchir, toujours les sourcils froncés, pas longtemps, juste quelques secondes avant de me dire :

— Non, je ne crois pas que ce soit une bonne idée et on ne va pas le faire. Comme je te l'ai dit, tu es maintenant dans la cour des grands et je vais t'expliquer comment je vois les choses. Le premier était excellent. A mon avis, il faut le laisser tel quel, ne plus y toucher, ne plus y penser. C'est devenu un classique et je ne peux pas imaginer une suite meilleure que l'original. Cette nouvelle version ne pourra jamais être aussi bien, je n'y crois pas, en plus je ne vois pas l'intérêt, donc ma réponse est non. *I have no time to waste time, man* [1] *!*

Ray a toujours pris d'instinct les bonnes décisions

1. « Je n'ai pas le temps de perdre du temps ! » Expression si courante chez Ray que j'ai voulu qu'elle devienne le titre d'une des chansons de l'album *Strong Love Affair*.

dans sa carrière. Quand *The Blues Brothers 2000* est sorti, le verdict est tombé : le flop total ! Aujourd'hui encore, les télévisions du monde entier passent et repassent le premier, jamais le second. Ray l'a senti dès le départ. Il ne s'est pas laissé griser par le cachet et la gloriole, non. Il a réfléchi et n'a pas voulu se commettre dans une aventure que l'on pourrait lui reprocher. Belle preuve de clairvoyance.

Le tempo des journées swinguait vraiment. Ray étant sur la route très souvent, il ne chômait pas lorsqu'il était au bureau et passait beaucoup de temps à travailler au studio. C'est le cas ce jour-là, lorsque l'on me passe un appel du président de l'ASCAP[1]. Il veut me parler, à moi, le petit serrurier de Montmartre ! Je ne peux pas m'empêcher de sourire en prenant la ligne.

Il montait toute une campagne de relations publiques à l'échelle nationale. De nombreux artistes avaient déjà donné leur aval et, évidemment, l'ASCAP voulait celui de Ray Charles. Il s'agissait d'une pétition réclamant la perception de droits pour l'utilisation de la musique dans certains lieux publics. En effet, dans les petites entreprises comme les bars, restaurants, drugstores, aucune taxe n'était encore perçue. Cette campagne de l'ASCAP était donc destinée à protéger les intérêts de ses adhérents.

J'ai attendu de recevoir le dossier avant d'aller voir si Ray était disponible au studio. Il est tout à sa musique et, d'un air malicieux, il me lance :

— Jean-Pierre, ça tombe bien, je vais te faire écouter un truc que je viens de finir.

Nous voilà donc debout, côte à côte devant la console et Ray envoie la bande de *A Song for You*[2]. Tandis que la musique se déverse des haut-parleurs, il me saisit le

---

1. The American Society of Composers, Authors and Publishers : société américaine des compositeurs, auteurs et éditeurs qui est l'équivalent de la SACEM en France.

2. « Une chanson pour toi ». Avec ce titre, Ray a d'ailleurs reçu un Grammy Award, le douzième de sa carrière.

bras pour accentuer les passages intenses de cette ballade.

Et là, quelque chose s'est passé que je n'oublierai jamais. Alors que je découvrais la chanson, Ray a posé sa tête sur mon épaule et m'a chanté à l'oreille les paroles :

And now, we are alone
And I am singing that song for you
I love you for my life
Because you're a friend of mine.
And when my life is over,
Remember when we were together,
We were alone
And I have been singing that song for you[1].

Nous n'avons parlé de l'ASCAP que beaucoup plus tard, dans son bureau. Je n'ai pas terminé la lecture du document que le froncement caractéristique de ses sourcils me montre clairement qu'il a du mal à suivre la logique de l'ASCAP et, en effet, il me tient ce raisonnement :

— Je ne comprends pas. D'après ce qu'ils écrivent, il s'agit vraiment de petits établissements, du restaurant ou du bar de quartier. La musique est utilisée en fond sonore. Les gens vont au restaurant pour manger, contrairement aux discothèques où ils vont pour écouter et danser sur la musique. D'autre part, ces endroits-là ne roulent jamais sur l'or, avec trois ou quatre clients en tout. Le mec se bagarre toute sa vie pour garder la tête hors de l'eau, pour son business. Il ne compte pas ses heures et s'en sort à peine. Et ils veulent en plus le taxer pour les trois pelés et deux tondus qui écoutent ta musique dans son restaurant ? D'autre part, le gars qui met ton disque l'a acheté et a donc déjà payé les droits

1. « Et maintenant, nous sommes seuls et je chante cette chanson pour toi. Je t'aime pour la vie car tu es mon ami. Et lorsque ma vie sera finie, rappelle-toi que nous étions ensemble, que nous étions seuls et que je chantais cette chanson pour toi. »

d'auteur. Si ce n'est pas un CD ou une cassette, c'est la radio et c'est elle qui paie les droits pour utiliser ta musique sur les ondes. Pour couronner le tout, en passant ton disque, les patrons de ces établissements te font en réalité de la publicité gratuite. Mais la pub, ça se paie, non ? Alors, non seulement nous ne les payons pas pour faire notre promo mais en plus, nous voudrions les faire payer ! Non, définitivement, je ne suis pas d'accord et tu peux leur dire !

Aucun artiste n'aurait agi comme cela surtout lorsqu'il s'agit de recevoir de l'argent généré par une nouvelle taxe, sans rien faire ! Mais Ray pensait aux autres et se mettait à leur place. La pétition a été faite sans son parrainage. Voilà, ça c'était Ray...

Jamais il ne s'est pris pour une grande star sur son piédestal, à qui tout est dû. En fait, il n'aimait pas recevoir de cadeau en affaires, faisant comme toujours preuve d'un très grand pragmatisme. Si on voulait Ray Charles, il fallait payer le prix sans discuter et si Ray Charles avait besoin de quoi que ce soit, il tenait à payer le prix, là aussi sans discuter. J'ai été témoin d'une anecdote illustrant parfaitement cette mentalité. Un matin, le standard me passe une communication de Suisse. Il s'agit de Claude Nobs, le président fondateur du Festival de Montreux, que j'ai connu lorsque je m'occupais de Dee Dee. Nous avions participé plusieurs fois à son festival et je m'entendais très bien avec lui.

— Qu'est-ce que je suis content, Jean-Pierre, que tu sois son nouveau manager ! Bon, écoute, cette année, nous allons fêter l'anniversaire de Charles Aznavour. Evidemment, j'aimerais que vous veniez mais, surtout, j'aimerais que Ray fasse un duo avec Aznavour sur une de ses chansons, *La Mama* par exemple. On pourrait faire comme avec Dee Dee[1] et tu as d'ores et déjà mon accord pour que vous repartiez avec l'enregistrement du duo sous le bras. Aznavour est d'accord et tu sais que la bande ne te coûtera rien.

1. Dee Dee Bridgewater, *Live in Montreux*.

— Pour cet été, en ce qui concerne ton festival, tu as mon accord de principe et nous verrons la date précise plus tard lorsque mon planning de la tournée européenne sera un peu plus avancé. Quant au duo, il faut que j'en parle à Ray. Il rentre ce soir. Je te rappelle donc demain.

Comme prévu, Ray et Vernon arrivent en fin de journée. En passant devant mon bureau, Ray m'avertit qu'il va au studio terminer un mixage :

— OK, Ray, je termine un truc et je te rejoins.

Quelques instants plus tard, Vernon entre dans mon bureau :

— Tu ne sais pas où est Terry ?

— Il n'est pas venu car il savait que Ray ne serait pas au studio aujourd'hui. Pourquoi ?

— Il y a une soudure à faire sur un câble qui est cassé.

— Bon, j'y vais...

Arrivé dans la cabine du studio, je propose à Ray :

— Si tu veux je peux appeler Terry. Il a un biper maintenant. Sinon, je peux t'aider ?

— *Oh, never mind. I can do it and I will do it myself, man* [1] *!*

Ray avait déjà localisé la panne et tenait le câble dessoudé dans sa main. Il pose délicatement le câble sur la console puis va de l'autre côté du couloir pour apporter la boîte à soudure. Avec des gestes lents, mais sans perdre une seconde et avec une précision de chirurgien, le voilà assis, prêt à intervenir sur le patient.

A l'aide d'un cutter, il dénude le câble à l'endroit de la cassure et sépare le fil défectueux des autres. Après avoir sorti et branché le fer à souder, il aligne consciencieusement les deux bouts et, dans le respect des règles, ressoude le câble ! L'opération terminée, il teste pour voir si cela tient bien, remballe le matériel et entoure la blessure d'un morceau de sparadrap. Le tout n'a pas

1. « Oh, laisse tomber. Je peux le faire et je vais le faire moi-même, *man* ! »

duré cinq minutes ! Ray rebranche ensuite le câble et... miracle, ça marche !

— Tu vois, Jean-Pierre, ma mère avait raison... Bon, Terry aurait fait ça en une minute ou deux. Je ne suis pas ingénieur, mais je peux quand même le faire, la preuve !

Le lendemain matin, j'informe Ray de la proposition de Claude pour Montreux et nous commençons à parler de Charles Aznavour, que Ray appréciait de plus en plus. Il l'avait découvert totalement par hasard quelques années plus tôt.

Ray est un jour à l'hôtel à Paris. Dans sa chambre il écoute la radio avec son transistor de voyage. Il cherche une station musicale et tombe sur une chanson française qui attire immédiatement son attention. Avant même la fin de la chanson il se lève, prend la clé de sa chambre et descend à la réception. Le voilà devant le comptoir, tout seul sans Vernon, en robe de chambre et pantoufles, le transistor à la main !

Il montre le transistor au réceptionniste et lui explique :

— Voilà, je ne connais pas le nom de la station mais ma radio est calée sur la bonne fréquence. Il y a exactement quatre minutes, j'ai entendu une chanson qui parlait de Mama, la Mama, et c'est tout ce que j'ai compris. J'aimerais savoir de quel disque il s'agit. Pouvez-vous vous en occuper ? J'apprécierais énormément...

Sur ces mots, tournant les talons, Ray remonte dans sa chambre. Evidemment, après avoir repéré la fréquence, le concierge de l'hôtel a appelé la station de radio en leur expliquant qu'il s'agissait d'une demande d'un de leurs clients, Ray Charles. Dans l'heure, la radio a envoyé un coursier apporter le disque à l'hôtel. C'était *La Mama* de Charles Aznavour. En rentrant aux Etats-Unis, Ray a tranquillement écouté la chanson et a décidé de l'enregistrer. Il en a fait une version Ray Charles bouleversante qu'il interprétait régulièrement quand il venait en France ou lorsqu'il avait le feeling pour la chanter, probablement quand il pensait à Retha[1], sa mère.

Je raconte donc à Ray que pour l'anniversaire de Charles Aznavour, Claude pensait à un duo en juillet prochain. Pour être plus clair, je lui explique ce que j'avais fait avec Dee Dee lors du festival de 1990 :

— Ils ont un studio d'enregistrement juste en dessous de la scène et, à la fin du concert, nous repartons avec la bande, gratuitement. Cela fait partie du deal et il ne nous restera plus qu'à mixer.

Comme à l'accoutumée, Ray m'écoute jusqu'au bout, attentif, sans m'interrompre. Mais, signe qui ne me trompe plus, il a les sourcils froncés. Aussi ne suis-je pas vraiment étonné lorsqu'il me répond :

— J'adore Montreux mais Claude est extraordinaire ! Là, il parle de deux animaux totalement différents ! En concert, je chante pour le public, cela n'a rien à voir avec le disque. D'autre part, il faudrait écrire des arrangements, répéter avec Charles, se mettre au point avant l'enregistrement. Or, en juillet, nous serons en tournée à travers l'Europe et nous n'aurons jamais le temps. Je respecte trop Charles pour bâcler et lui faire le coup du jazzman : viens coco, on fait un bœuf ! Il y a autre chose que je voudrais que tu comprennes. C'est bien gentil de la part de Claude mais je n'aime pas les cadeaux. Tu sais, parfois, les gens sont bizarres et je peux déjà entendre dire : Oh, si Ray Charles a fait ce disque, c'est grâce à moi ! *Fuck that, man* ! Le jour où je voudrai enregistrer avec Charles, nous l'appellerons et nous ferons les choses dans les règles. Je ne veux rien devoir à personne.

L'idée d'avoir la photo sonore de la soirée me plaisait beaucoup, mais Ray avait raison. C'était bien trop risqué, le style de musique ne s'y prêtant pas du tout. Je ne suis plus le manager de Dee Dee Bridgewater mais celui de Ray Charles et la donne est différente : le coût

1. Retha est la contraction de Aretha, véritable prénom de sa mère.

d'une opération, quelle qu'elle soit, est secondaire et entre à peine en ligne de compte.

Il en va de même pour les maisons de disques, surtout lorsqu'il s'agit des Etats-Unis et d'une star internationale. Rhino Records, filiale du groupe Warner, venait de conclure un très gros deal avec Ray juste avant que j'arrive. Lors de ma première réunion avec Bob Emert, le patron, je mesure l'urgence de son problème :

— Jean-Pierre, il faut vraiment que tu m'aides. Dans ce métier, aux Etats-Unis, personne, pas même le bon Dieu, ne peut se passer de promotion ! Tout le monde sait que Ray n'aime pas ça mais c'est absolument indispensable. Sinon nous risquons de perdre de l'argent !

Bob se lance dans une longue explication sur l'inondation du marché par une multitude de produits, la saturation du public, l'impérative coordination entre la promotion et la distribution du disque...

Ce à quoi je réponds :

— Ray comprend très bien la nécessité de la promotion. Ce qu'il n'aime pas, c'est perdre du temps. Mettons tout à plat et faisons le tri. Voyons tout ce que l'on peut regrouper au même moment, dans un même lieu.

C'est ainsi que Bob et moi sommes arrivés à un compromis, bien entendu sous réserve de l'approbation de Ray. Bob se faisait fort d'obtenir le jet privé de Warner afin que nous puissions effectuer le tour des Etats-Unis en quarante-huit heures et huit villes. L'emploi du temps était très serré mais, avec une excellente organisation et l'aide des décalages horaires, c'était faisable.

Bob se chargeait de tout coordonner et il savait ce qu'il voulait. Il lui fallait créer un événement pour attirer les Networks[1] ainsi que la presse écrite. Pour les faire venir en même temps et au même endroit, il avait prévu que le maire de chaque ville viendrait personnellement accueillir Ray Charles à l'aéroport. La poignée de main avec le maire, suivie d'une conférence de presse

1. Les Networks sont les chaînes de télévision et les stations de radio regroupées en réseaux régionaux ou nationaux.

et le tour est joué ! Nous remontons dans l'avion pour la prochaine étape.

Il ne me restait plus qu'à soumettre l'idée à Ray. J'avais compris depuis longtemps comment il fonctionnait. Comme il n'aimait pas trop la promo, il préférait donner un bon coup de collier une fois pour toutes et ne plus en parler. Exactement ce que je venais lui proposer.

— *You're getting smart,* Jean-Pierre ! *I like that, you got it*[1] *!*

On frappe à la porte, c'est le code de Vernon. Il entre avec plusieurs costumes sur les bras :

— *Boss, I have the suits back from the cleaners.*

— *OK, you're talking about number 15, 28 and 42*[2] *?*

— *Exactly, sir !*

Hé oui, Ray numérote aussi ses costumes. Le numéro est cousu en braille dans la poche intérieure gauche de la veste ainsi que celle du pantalon. Ce n'est pas parce qu'il est aveugle qu'il ne va pas décider ce qu'il souhaite porter. Toutes ses affaires sont regroupées dans une pièce spéciale, aménagée à cet effet. Les trois murs de ce dressing-room sont équipés d'une tringle sur laquelle tous ses costumes, pressés, repassés, prêts à servir, sont suspendus et classés par numéro. Les chaussures sont parfaitement alignées par couleur et par genre. Chaque chaussure est elle-même identifiée en braille, sur la semelle, juste devant le talon. La numérotation a été faite par Ray, comme il l'a voulue. Il a tout en tête. Suivant les tournées, les concerts, les nombres de jours passés sur la route, il sait exactement ce qu'il souhaite porter. Il dicte son choix à Vernon en lui donnant les numéros correspondants et passe la main discrètement sur la semelle pour vérifier que ce sont bien les chaussures qu'il a choisies. Sa précision est hallucinante et son organisation sans faille. Ray est un véritable ordinateur doté d'une mémoire phénoménale.

---

1. « Tu deviens malin, Jean-Pierre ! J'aime ça, c'est d'accord ! »
2. « *Boss*, j'ai les costumes de retour du pressing.
— OK, tu parles des numéros 15, 28 et 42 ? »

Les lunettes n'étaient pas exclues de la sélection et leur couleur devait être complémentaire de celle du costume. Pour Ray, les vêtements devaient avoir deux qualités : l'élégance et le confort. L'élégance, par respect des autres et de son public. Il se devait d'être toujours impeccable, d'autant plus qu'il était constamment photographié ou filmé. Tout était coordonné par son tailleur, jusqu'aux manchettes de chemise laissant apparaître ses initiales brodées. Ray avait horreur des boutons de manchette (s'il en laisse tomber un en s'habillant...). Il avait donc demandé à son tailleur de monter ses manchettes avec un ingénieux système très facile d'utilisation qu'il avait lui-même conçu : une languette munie d'une boutonnière et d'un gros bouton.

Son confort était primordial. Tout était taillé sur mesure dans les plus belles matières. Ses sous-vêtements et ses chemises étaient toujours en soie, matière très agréable sur la peau, régulant la température du corps et par conséquent la transpiration. Comme tous les chanteurs, Ray craignait les courants d'air et les coups de froid.

Le confort implique également le côté pratique pour un non-voyant. Ses chemises de ville étaient impérativement munies d'une poche, à gauche, dans laquelle Ray avait l'habitude de mettre son paquet de cigarettes. Tous ses costumes étaient systématiquement coupés de la même manière, sans passant car Ray ne portait jamais de ceinture[1], toutes les poches, les boutons, les fermetures exactement au même endroit. Les poches de ses pantalons étaient toujours style cavalier pour éviter de perdre leur contenu lorsqu'il s'asseyait, sans oublier la poche secrète. En effet, pour être certain de ne pas perdre son argent et garder ainsi son autonomie en toutes circonstances, Ray avait demandé à son tailleur que tous ses pantalons soient équipés d'une petite

1. Un artiste doit s'habiller et se déshabiller plusieurs fois par jour. Si en plus, il faut mettre une ceinture !

poche intérieure[1], accessible uniquement lorsque le pantalon était ouvert et déboutonné.

Ray était à l'image de sa garde-robe, très compartimenté et très ordonné, dans sa vie privée comme dans sa vie professionnelle. Bien sûr, son bureau centralisait toutes ses activités, mais chaque domaine était spécifiquement réservé à une société extérieure. Un bureau d'expertise comptable vérifiait les comptes d'Ethel Rubin et faisait les déclarations annuelles. Les enregistrements de Ray étaient regroupés sur Crossover and Tangerine Records[2], ses propres labels et les éditions musicales gérées par Progressive and RPM Music Publishing, sociétés d'édition au sein de Ray Charles Enterprises.

Pour les tournées et les concerts, les divisions étaient géographiques. Ray Charles était représenté en Extrême-Orient et au Japon par une société nipponne d'excellente réputation, la même depuis plus de vingt ans. L'Europe était couverte tout d'abord par le fameux Norman Granz[3], puis par Norbert Gamsohn.

Pour l'Amérique du Nord – Etats-Unis et Canada –, Ray avait confié l'exclusivité de ses concerts à la William Morris Agency[4]. Cette dernière avait nommé Don Fischel pour s'occuper de Ray à plein temps, y compris l'accompagner à chacun de ses concerts. C'était un véritable plaisir de travailler avec Don qui connaissait sur le bout des doigts tous les détails concernant l'organisa-

---

1. Ray avait toujours sur lui plusieurs billets de cent dollars pliés en deux. Cette petite poche avait donc la taille correspondante. L'argent liquide permet de se tirer d'affaire en bien des situations.

2. « Disques Mandarine » : Ray avait choisi ce nom car il adorait les mandarines !

3. Norman Granz (18/08/18-25/11/01) a monté ses propres labels de disques (Clef, Verve et Pablo Records) et a produit des centaines d'albums d'immenses artistes : Charlie Parker, Lester Young, Oscar Peterson, Billie Holiday, Dizzy Gillespie, Ella Fitzgerald...

4. William Morris Agency, fondée en 1898, a été enregistrée dans l'Etat de New York le 31 janvier 1918. Elle est l'agence la plus grande au monde, avec plus de six cents employés.

tion de Ray. De toutes les agences et promoteurs avec lesquels j'ai eu affaire à travers le monde, William Morris est la plus professionnelle et la plus sérieuse. Elle contrôlait en profondeur toutes les offres avant de les transmettre pour approbation au bureau de Ray. Selon son planning et les problèmes de logistique qui en découlent, il suffisait d'accepter ou de refuser l'offre finale. L'agence se portait garante et s'occupait de tout. Don me l'a un jour avoué, le président avait été très clair : « Ray Charles restera jusqu'à la fin de sa carrière chez William Morris et je ne veux pas entendre parler du moindre problème ! » Ray y est effectivement resté jusqu'à son dernier concert aux Etats-Unis.

Je ne voyais pas le temps passer, m'informant de toutes les facettes du business, gérant un à un les dossiers tout en mettant en application les idées que Ray et moi avions choisies. En plus de la routine quotidienne – nous nous voyions tous les jours –, nous profitions des voyages et des temps libres pour faire le point et prendre de nouvelles décisions.

J'étais à Los Angeles depuis deux mois et mes problèmes personnels s'amplifiaient. Ma famille me manquait et je commençais à me sentir coupable. Tous les matins, avant de partir au bureau, je profitais du décalage horaire pour appeler chez moi. Leslie portait un sacré fardeau : diriger une entreprise de serrurerie, pour une femme, ce n'est déjà pas facile, je vous laisse imaginer les difficultés pour une Américaine ; assumer l'éducation de Fiona ; s'occuper toute seule de ma mère toujours sous le choc de la perte de mon père, sans parler de mon absence.

Ma fille Fiona pleurait maintenant chaque fois qu'elle entendait ma voix et me faisait toujours les mêmes tendres reproches : « Tu me manques, papa, c'est quand que tu reviens à la maison ? »

Toutes ces conversations matinales avaient le don de me fendre le cœur. Tous ces sacrifices en valaient-ils la peine ? N'y avait-il pas d'autres solutions ? Cela devenait, de jour en jour, une véritable obsession.

Le planning tenait une place primordiale dans la vie de Ray Charles. Il fallait en effet parvenir à satisfaire le plus grand nombre, dans différentes activités, dans pratiquement tous les pays du monde. La logistique avait donc une importance prépondérante et faisait l'objet de nombreuses discussions entre nous :

— Tu sais Ray, la télévision dont je t'ai parlé, jeudi prochain en Allemagne, elle tombe en fait le lendemain du concert de Paris. Je pense qu'il faudrait la faire car c'est une télé de grande audience et, en plus, c'est très bien payé ! Nous pouvons repasser à Paris vendredi pour prendre le Concorde et donner sans problème le concert à Chicago le soir même.

— *Yeah, I love the Concorde !* A propos de Paris, tu dois être content, tu vas revoir ta famille. Ça fait un bout de temps...

— Oui, c'est vrai. A ce propos, Ray, il faut que je te parle sérieusement. Tu aimes être pragmatique, allons-y. Tu sais que ce qui me branche vraiment, c'est la musique, la musique avec toi. Tu fais des concerts à travers le monde dix mois sur douze et je ne peux pas être avec toi tout le temps. Il faut que quelqu'un dirige le bureau. Prenons l'exemple de la tournée le mois prochain : nous ne pourrons pas être ensemble et, au lieu de m'occuper de ce qui m'intéresse vraiment, je ferai de la gestion. Ray, tu sais que j'ai horreur de la routine. Nous devons pouvoir nous organiser autrement.

— J'ai déjà réfléchi à tout cela, mais je pensais que tu allais me parler de ta famille.

— *Business first*[1] ! Tu es le premier à le clamer. Mais c'est vrai que ma famille me pose des problèmes pratiquement insolubles, en particulier ma mère. Je lui ai proposé de venir vivre ici. Il n'y aurait aucun problème pour trouver une maison et elle vivrait avec nous. Rien n'y fait, j'ai tout essayé, elle ne veut pas quitter Paris. Il y a aussi ma société et les employés pour lesquels, là non plus, je n'ai pas trouvé de solution.

1. « Les affaires d'abord ! »

— Comment vois-tu les choses ?

— A ton contact, je réalise finalement combien le monde est petit. Toi-même, tu n'arrêtes pas d'aller et venir aux quatre coins de la planète. Aujourd'hui, nous avons tous les outils à notre disposition pour ne pas être cloués à un endroit précis : toi et moi sommes les rois du téléphone ; le fax marche parfaitement bien vingt-quatre heures sur vingt-quatre ; Internet[1] ouvre une nouvelle dimension à toutes les communications, sans parler des concerts en simultané par satellite.

— C'est vrai. Moi-même, sur la route, je n'ai aucun problème à me tenir informé de ce qui se passe au bureau.

— Pour les enregistrements, notre système a fait ses preuves : *Strong Love Affair* a été enregistré en Europe et tu as fait les voix ici à Los Angeles. Pour les tournées, tout baigne maintenant, tout est verrouillé. Et très franchement Ray, compte tenu de tout cela, je ne vois pas ce que je fais ici de plus que ce que je ferais à Paris !

— C'est aussi vrai pour moi. Je pourrais très bien décider d'aller vivre en France ou en Angleterre.

— De toutes les manières, nous sommes très souvent à quelques heures de vol l'un de l'autre, alors ça ne changera pas grand-chose. Si tu as besoin de moi à Los Angeles, pour venir de Paris c'est dix heures de vol.

— Je sais que tu aimes tout ce qui a trait à la création et je comprends que ce rôle de gestionnaire t'éloigne de moi. Je voudrais donc que tu deviennes mon *personal manager*.

— Ça, je le serai toujours, ainsi que ton ami. La distance et le temps n'y changeront rien.

— Je ne crois pas que cela soit de toi, mais j'approuve !

Plus je voyageais, plus j'aimais Paris et j'étais très heureux d'y reprendre mes habitudes. Ma vie familiale

---

1. Ray, féru de nouveauté, a été l'un des premiers abonnés d'Internet.

avait recouvré son équilibre, ma mère était soulagée, et mes employés rassurés de mon retour parmi eux.

Les propositions concernant Ray arrivaient chaque jour un peu plus nombreuses sur mon bureau, certaines très fantaisistes, d'autres très sérieuses, comme celle des automobiles Peugeot. Leur responsable du département audiovisuel, Jean-Louis Mourey, devait produire un film institutionnel.

Son scénario, tout simplement époustouflant, avait Ray Charles pour personnage principal dans des scènes extraordinaires. Entre autres folies, Ray devait jouer un de ses titres au piano, en plein milieu de l'usine de Sochaux, entouré de centaines de véritables ouvriers. Il devait ensuite rentrer aux Etats-Unis à bord d'une 307 volante et, survolant l'usine, saluer les ouvriers restés au sol, dans la cour.

Jean-Louis Mourey me précise :

— Les derniers perfectionnements de trucages cinématographiques nous permettent de donner l'impression que Ray Charles conduit.

— Vous savez, Ray est aveugle mais il sait conduire ! Croyez-moi, il en connaît un rayon question voiture et mécanique en général[1] !

J'ai évidemment résumé, par téléphone, le scénario à Ray. Il l'a tout simplement adoré et a trouvé les idées très originales. J'ai arrangé un rendez-vous pour que Jean-Louis Mourey puisse lui expliquer de vive voix toutes ses très nombreuses idées. Il a rencontré Ray dans son bureau à Los Angeles, où ils sont restés plus d'une heure ensemble : un vrai record pour Ray !

Le département Marketing a été emballé par l'idée d'un film avec Ray Charles au volant et la direction a décidé de l'utiliser pour un spot publicitaire vantant leur nouveau modèle. C'est ainsi que tout le monde a pu voir la fameuse pub du cabriolet 307.

1. Un jour, dans un parking, il en fit la démonstration à un journaliste italien incrédule. Baissant la vitre de sa portière, il lui dit : « Alors, qui conduit là ? Moi ou le pape ? »

Ce spot, qui a reçu le prix de la meilleure publicité de l'année, a été tourné en une matinée, sans trucage, sur le Lac Salé dans l'Utah. Non seulement Peugeot avait choisi *Georgia on my Mind* pour accompagner les images, mais Ray s'est aussi beaucoup amusé en conduisant tout seul, sous le soleil, cette voiture décapotée. Il a particulièrement apprécié la fin du spot où, toujours dans la voiture mais à l'arrêt, le visage tourné vers la caméra, il déclare avec un grand sourire narquois : « Puis-je vous déposer quelque part ? » Faire une réflexion de voyant l'avait vraiment éclaté !

Un peu plus tard, grâce au reportage « La clé de Soul », diffusé par « Envoyé Spécial » sur France 2, j'ai pu produire un titre important dans la carrière de Ray Charles : *Imagine* de John Lennon. Le Crédit Agricole utilisait déjà cette chanson depuis plusieurs années dans ses publicités. Il venait d'être nommé sponsor officiel de la coupe du Monde de football 1998 et désirait monter en puissance dans sa communication. Il lui fallait une version de classe internationale d'*Imagine*. C'est ainsi que j'ai été contacté par Anne Storch et Didier Morice, qui habitent également Montmartre. Leur besoin se limitait à une performance de trente secondes :

— Désolé, mais Ray Charles ne travaille pas comme cela. Nous allons enregistrer la chanson dans son intégralité. La production terminée, vous prendrez le bout qui vous intéresse, ce ne sera pas notre problème ! Par contre, nous garderons toute latitude pour exploiter ce titre à notre guise et le commercialiser, si Ray Charles le désire, sur un album.

Cette chanson mythique de John Lennon avait déjà été reprise par des centaines d'artistes. Il fallait en faire une énième version, mais différente des autres.

Comme pour *Strong Love Affair*, j'ai mis de nombreux arrangeurs en concurrence. L'idée la plus originale était celle de Paul Breslin, un Américain parisien, qui avait déjà travaillé pour Ray et moi : une version gospel ! Personne ne s'y était jamais risqué. Par manque de considération pour le gospel ? En tout cas, avec l'aide des Harlem Gospel Singers[1], d'Erwan Le Marc'Hadour, de Paul Breslin et de Steve Forward, j'ai produit une version sur mesure pour Ray Charles. Maintenant considérée comme un standard, elle a été ajoutée sur la nouvelle édition de l'album *Strong Love Affair* ainsi que sur l'*Essentiel de Ray Charles*.

Ces aventures n'auraient jamais vu le jour si j'étais resté à Los Angeles. En un sens, en rentrant à Paris, je dédoublais les activités de Ray.

1. Les chanteurs Gospel d'Harlem : chorale réputée d'une grande église de Harlem.

13

Bras dessus, bras dessous autour du monde

Norbert Gamsohn avait pris sa retraite et Isabelle, sa fille, avait repris le flambeau. Quelque temps plus tard, elle a décidé de changer de métier et Ray m'a alors confié l'organisation de ses tournées européennes.

Pendant les tournées, Ray était constamment à flux tendu. Lorsqu'il arrivait en Europe, c'était systématiquement le jour du premier concert de la tournée. Il n'est jamais venu la veille de la tournée pour se reposer ou s'adapter au décalage horaire. Ray était sur scène le soir même et enchaînait au rythme de six concerts par semaine. Il en aurait bien fait sept, mais ce jour de repos était nécessaire à ses musiciens qui n'avaient pas – mais qui le pourrait ? – la résistance et l'énergie de Ray Charles.

Même si le vol durait quatorze ou quinze heures, Ray ne s'allongeait jamais sur son fauteuil de première classe. Il restait en position assise, ceinture de sécurité constamment attachée, car il avait une sacrée habitude des avions et des risques encourus. Il possédait son propre avion depuis l'âge de trente ans et en avait déjà usé quatre lorsque je l'ai connu.

Ray adorait la mécanique et connaissait ses appareils sur le bout des doigts. Avec toujours cette même rage de tout savoir et de tout maîtriser, il avait posé toutes les questions possibles et imaginables au fabricant avant l'achat et à son pilote dès le premier vol. Très rapidement, une frustration le tarauda : il supportait difficilement de se faire piloter et donc de confier sa vie aux mains d'un autre.

« Tu dois contrôler ta vie et ne dépendre de personne. » Les recommandations de sa mère ne le quittaient jamais. Alors, Ray a passé, avec succès, l'examen lui permettant de communiquer avec la tour de contrôle et ainsi de donner des ordres au pilote ! Il n'avait pas obtenu ce diplôme juste par défi. Non, il prenait son job au sérieux et suivait chacune des étapes, du décollage à l'atterrissage, se tenant informé minute par minute de l'évolution du vol.

Comme pour les voitures, Ray ne pouvait s'empêcher de prendre le manche à balai pour effectivement piloter l'avion et ainsi apprécier toutes les sensations et les réactions de l'appareil. Lors d'une interview, en Italie, un journaliste lui a posé cette question :

— Mister Charles, il paraît que vous savez piloter et communiquer avec la tour de contrôle. Que feriez-vous si par exemple, en plein vol, votre pilote avait une crise cardiaque ?

Le plus sérieusement du monde, Ray lui a répondu :

— Bon, je ne vous promets pas un atterrissage en douceur, sans à-coups. Mais, nom de Dieu, je vous le garantis, avec l'aide de la tour de contrôle, je le pose, ce satané zinc !

Chaque fois que Ray venait en Europe, j'allais bien évidemment l'accueillir à l'aéroport. En France, nous n'utilisions que ma voiture pour tous nos déplacements, y compris pour nous rendre à tous les concerts, dans un rayon de cinq cents kilomètres autour de Paris. Cela nous permettait de ne dépendre de personne, de conserver notre liberté et une certaine discrétion.

A l'occasion d'une tournée, j'avais acheté une nouvelle voiture équipée d'un système qui venait de sortir, le GPS. Nous devions nous rendre à Rouen pour un concert au Zénith. Nous sommes partis de Paris et, comme d'habitude, Ray s'est assis à côté de moi, Vernon à l'arrière.

Avant de démarrer, je demande à Ray de mettre sa ceinture de sécurité. A l'aide de sa main gauche, il la cherche puis se ravise :

— Eh bien, non, je ne la mettrai pas. Aujourd'hui, je n'en ai simplement pas envie. Et si nous nous faisons arrêter, tant pis, je paierai l'amende !

Nous partons et, bien sûr, je frime avec mon nouveau joujou, le GPS :

— J'ai programmé mon GPS jusqu'à notre destination, il n'y a qu'à suivre les instructions et se laisser guider.

— Oui, je connais, j'ai le même système sur ma Mercedes, à Los Angeles. Je suis très content, ça marche vraiment bien. J'ai même voulu essayer de mettre le système en défaut : quand il disait première à droite, j'ai demandé à Vernon de prendre la première à gauche. Et c'est incroyable, le GPS a tout recalculé et nous a expliqué comment faire demi-tour pour rejoindre la route qu'il avait prévu. Très têtu, l'oiseau ! Laisse-moi voir ton système, s'il est comparable au mien.

Et voilà Ray, touchant de ses dix doigts le GPS et ses boutons. Il voulait connaître la fonction exacte de chacune des touches et m'a donc bombardé de questions, jusqu'à ce qu'il en ait totalement compris le fonctionnement.

Il fait déjà nuit, nous sommes sur l'autoroute et discutons comme à l'accoutumée à bâtons rompus. Nous restons attentifs aux instructions du GPS, que j'ai programmé en anglais pour que Ray puisse suivre. La voix féminine digitalisée de l'appareil a un accent 100 % british que Ray adorait et qu'il trouve très exotique ! Il s'amuse à l'imiter.

Docile, exécutant les instructions, je sors de l'autoroute, tourne à gauche, puis à droite, encore à gauche et... la route est barrée ! Nous étions en plein milieu de nulle part. Je pouvais voir à deux ou trois kilomètres devant moi, après les champs de betteraves, les bâtiments du Zénith éclairés de mille feux, dans l'attente du Genius. Mais le Genius était encerclé de betteraves ! La route indiquée par le GPS n'était pas encore terminée. Tout en faisant marche arrière et malgré le retard pris, nous étions tous les trois écroulés de rire.

Une autre fois, nous remontons dans la voiture. Cette fois, Ray veut se mettre à l'arrière et Vernon s'installe donc devant. En mettant le contact, le lecteur de CD de la voiture se met en route et c'est... Ray Charles : *Live at Newport*[1] ! Comme le volume est fort, je me précipite sur le bouton pour le baisser, sachant qu'après un concert Ray apprécie le silence qu'il met à profit pour digérer le show et les acclamations finales. Il me tapote l'épaule :

— *No, no,* Jean-Pierre, *bring it up ! It's alright, I love that record*[2].

Ray était heureux, le concert s'était parfaitement déroulé. Je remonte donc le volume à un niveau confortable et là, une chose unique s'est passée : Ray s'est mis à chanter, avec une précision diabolique, par-dessus sa voix sortant des haut-parleurs. J'étais moi aussi très heureux du concert et content qu'il soit content. Nous partagions cette même et intense satisfaction du travail bien fait et je n'ai pas pu m'empêcher de partager aussi sa joie et de l'accompagner. Connaissant le disque par cœur, j'ai entonné tous les solos, accompagnant la rythmique en frappant le volant de mes mains, tout le long du trajet, jusqu'à Paris. Il fallait nous voir dans la voiture, comme deux gamins, ponctuant les paroles ou les fins de solos par de grands éclats de rire. Lorsque le portier du Ritz lui a ouvert la porte, Ray n'avait pas

---

1. Festival de jazz de Newport, 1958. Ce disque n'était pas prévu, c'est une radio qui a enregistré le concert. Quelques semaines plus tard, le directeur de la station appela Ray pour le féliciter car la bande était fantastique. Cet album est aujourd'hui encore considéré comme l'un de ses meilleurs...

2. « Non, non, Jean-Pierre, monte le son ! C'est super, j'adore cet album. »

encore terminé ce second concert. Il chantait encore en descendant de la voiture.

Il faut savoir une chose : le plus grand fan de Ray Charles était... Ray Charles ! Appelez cela comme vous voulez mais, une fois encore, il s'agit de perfection. Ray était le plus grand perfectionniste que j'aie jamais rencontré. Lorsqu'il chantait, qu'il mettait sa voix sur la bande pour enregistrer un disque, il savait exactement ce qu'il allait faire. La préparation était énorme, ne laissant aucune part au hasard.

Avant même de rentrer en studio, il savait à quel moment il allait respirer entre les phrases. Comme pour une partie d'échecs, il analysait jusqu'à l'échec et mat, jusqu'à la fin de la partie, jusqu'à la fin de la chanson. Cela a toujours impressionné tous les chanteurs que je connais. Il faisait particulièrement attention à la manière de terminer chaque phrase. Il léchait chaque syllabe, jusqu'aux inspirations qu'il voulait que l'on entende.

Ray s'approchait au maximum de la perfection, de sa perfection à lui, comme il l'entendait, lui, pour la chanson en question. Lorsque l'enregistrement était terminé, mixé et approuvé, même trente ans plus tard, c'était gravé dans le marbre !

Le résultat final, c'est-à-dire le disque, était toujours ce qu'il pouvait faire de mieux à ce moment précis. Plus question d'y toucher car, pour lui, il avait atteint l'absolu. La chanson terminée, il ne pouvait que prendre son pied à la réécouter. Même en voyage, je l'ai surpris à de nombreuses reprises écoutant ses musiques.

Notre emploi du temps était toujours très serré, tous les moments de la journée ainsi que les trajets étaient minutés. Je ne pouvais pas me permettre de rester coincé dans un embouteillage au risque de rater un avion. Selon les cas, je n'hésitais donc pas à créer une troisième file imaginaire pour doubler tout le monde ou à utiliser la bande d'arrêt d'urgence. Cela m'a valu quelques rencontres avec la police, mais sans aucune conséquence, les forces de l'ordre étant toujours compréhensives. Et puis, l'étonnement passé, elles étaient ravies de venir en aide à Ray Charles !

Un jour, je prends Ray au Ritz pour nous rendre à Amiens, où nous avions un concert le soir même :

— Si cela ne te dérange pas, Jean-Pierre, je vais faire une petite sieste à l'arrière.

Ray enlève ses chaussures, les pose méticuleusement sur le plancher, roule son manteau pour en faire un coussin et, après avoir relevé l'accoudoir central, s'allonge en chien de fusil sur la banquette.

Je conduis en douceur afin d'éviter les secousses, mais vite, car nous ne sommes pas en avance. Débouchant sur la bretelle de Saint-Cloud pour prendre l'autoroute de l'ouest, je tombe sur un bel embouteillage qui s'étend sur des centaines de mètres. Vitesse de pointe : deux à l'heure ! Sans me poser plus de questions, je prends la seule voie libre, la bande d'arrêt d'urgence. Arrivé au bout de la bretelle, devant le tunnel, je coupe tout le monde pour prendre la file de gauche, la voie rapide. A la sortie du tunnel, je suis rattrapé par un CRS à moto qui m'intime l'ordre de m'arrêter. Je m'exécute et m'arrête sur la bande d'arrêt d'urgence. Ray dort du sommeil du juste sur la banquette arrière. Tandis que le CRS approche, je lui fais signe avec mon index sur les lèvres de ne pas faire de bruit. Il me jette un regard froid, l'air de dire : celui-là, je ne vais pas le louper !

C'est à ce moment que Ray lève la tête pour me demander les raisons de notre arrêt. Je lui explique brièvement la situation. Il se marre franchement et se rendort tranquillement, style : débrouille-toi, chacun son truc, toi, tu conduis et moi, je dors !

Le policier a eu le temps de voir que c'était Ray Charles à l'arrière, si bien qu'au lieu de me dresser un procès-verbal, voire même de me retirer immédiatement mon permis, il m'a gratifié d'un sourire de connivence. Il nous a laissés repartir avec ces simples mots : « Ça ira pour cette fois, mais soyez prudent. »

Une autre fois, à la fin d'une tournée européenne, en

août 1999, Ray doit prendre le Concorde pour rentrer aux Etats-Unis. Le matin, de bonne heure, la circulation est nulle et comme nous sommes très en retard, je fonce sur l'autoroute :

— Je suppose que nous sommes arrivés à l'aéroport, Jean-Pierre ?

— Nous arrivons dans trente secondes mais comment le sais-tu ?

— Nous venons de passer sur une bosse que je reconnais...

Je dépose Ray et Vernon devant l'entrée Concorde du terminal. Il ne reste que vingt minutes avant le départ mais c'est jouable ; je le sais pour l'avoir déjà fait avec eux. Je n'avais pas conduit comme un fou pour rien. Quinze jours plus tard, je reçois un PV monstrueux assorti d'une convocation au tribunal de police : j'avais été flashé à 180 km/h sur la dernière portion avant l'aéroport, limitée à 90. Sur le PV figurait le numéro de la brigade de CRS de l'autoroute du Nord.

J'ai tort, c'est vrai, mais la police ne connaît pas les raisons de mon excès de vitesse. J'appelle donc la brigade pour lui raconter mon histoire. Mon interlocuteur a visiblement l'habitude de ce genre de coup de fil :

— Vous savez, monsieur, la discussion est inutile. Nous avons la photo et votre vitesse est affichée dessus.

— Si vous avez la photo à votre disposition, puis-je vous demander de la sortir ?

Après un instant, il reprend le combiné :

— Vous avez été flashé à 178 km/h sur une portion limitée à 90 km/h. La photo est parfaite, il y a deux personnes devant.

— Si la photo est si bonne, pouvez-vous reconnaître la personne assise à côté du conducteur ?

— ... Oh, mais c'est Ray Charles, lui-même !

— Voilà, vous avez sous les yeux le début de l'explication.

Je lui explique alors en détail ce trajet effectué sur les chapeaux de roue et que je n'avais pas le choix :

— Je vais être très franc : si c'était à refaire, je le referais. Il y a des moments dans la vie où les règles doivent être transgressées, sous peine de conséquences graves.

En le noircissant un peu, je lui fais entrevoir le tableau d'un concert raté, annulé, des milliers de personnes à rembourser, sans compter la mauvaise publicité pour l'artiste...

— Ecoutez, monsieur, je vous conseille de mettre tout cela par écrit et d'adresser votre courrier au commandant de la brigade..

Je raccroche, dégoûté. J'ai l'impression d'avoir eu une réponse dans la série : cause toujours mon lapin ! Yasmine, mon assistante, qui était à côté de moi et avait tout entendu, insiste :

— Je ne suis pas d'accord avec vous. Ça ne coûte rien d'essayer. Dictez-moi la lettre vite fait et on verra bien.

Quelques jours plus tard, le commandant en personne appelle mon bureau. Yasmine prend la communication :

— Monsieur Grosz n'est pas là mais je suis au courant. Je suis son assistante et j'ai tapé la lettre.

— Si monsieur Grosz m'autorise à garder la photo, j'annule purement et simplement son PV !

A mon grand étonnement, Yasmine avait raison, car je n'ai plus jamais entendu parler de ce PV. Un véritable laissez-passer ce Mister Charles ! Lorsque j'ai raconté toute l'histoire à Ray, il a ri, appréciant que je n'aie finalement pas eu de PV à cause de lui. Mais je sais pertinemment qu'au fond de lui, il ne trouvait pas cela normal.

Ray n'a jamais supporté les institutions à deux vitesses ni les inégalités. Quel que soit le rang ou le statut, la règle devrait être la même pour tout le monde : tu fais une connerie, tu l'assumes et tu la paies, point !

J'avais mis sur pied plusieurs tournées pour Dee Dee Bridgewater, dont les circuits étaient identiques à ceux de Ray, et je me suis retrouvé dans une situation dont nous rêvions, Dee Dee et moi, à nos débuts. Pour chacune des dates d'une tournée de Ray Charles, j'avais trois, voire quatre propositions différentes. Le grand luxe, quoi ! Le choix final dépendait de considérations de tous ordres, sauf d'argent. Les préférences de Ray, l'audience, la logistique, le confort étaient mes préoccupations premières. Par audience, j'entends tous les endroits fréquentés par les véritables amateurs de musique, en particulier les festivals. J'évitais tous les endroits où les spectateurs ne paient pas leurs places et, pire encore, ne sont même pas au courant du programme ! C'est notamment le cas dans les casinos, les congrès, les conventions et je sais depuis bien longtemps le peu de valeur accordée à une place gratuite.

Les tournées, comme la production d'albums, requièrent un travail réalisé sur mesure. Ce qui me semblait normal, à moi qui en étais l'artisan. « C'est incroyable le temps que tu peux passer à préparer cette tournée ! », m'a souvent répété ma femme. Une tournée de Ray Charles en Europe exigeait effectivement des mois et des mois de préparation.

Entre les confirmations, les options, les annulations, les remplacements, les visas et permis de travail, les réservations d'avions et d'hôtels, la promotion, les contrats, le suivi des acomptes jusqu'au paiement intégral devant parvenir à Los Angeles au plus tard trente jours avant le concert, j'en passe et des meilleures, les angoisses ne manquaient pas. Il fallait décider, contrôler, contrôler à nouveau et faire un ultime peignage avant chaque tournée. J'ai utilisé de nombreuses fois cette image de peigne : lorsque l'on se coiffe devant une glace, on ne se donne pas un ou deux coups de brosse, mais plusieurs, dans le même sens jusqu'à ce que l'on soit satisfait.

Pour affronter tous ces concerts et cette série de voyages quotidiens, il fallait être au top de sa forme physique, que tout soit ficelé et avoir systématiquement prévu, pour chaque situation, une solution de rechange. Une fois la tournée commencée, il est trop tard pour négocier ou arranger quoi que ce soit.

Toutes ces difficultés surmontées, cette masse de

détails réglée, nous assuraient une tranquillité d'esprit plus que nécessaire et nous permettaient de vivre chaque tournée comme une véritable partie de plaisir. Si ce n'est le manque de sommeil, la tension nerveuse constante et les repas sautés qui me faisaient perdre régulièrement pas moins de deux kilos tous les quinze jours.

Ray avait une expérience invraisemblable de la route et se connaissait parfaitement. En tournée, ses habitudes étaient immuables et il se réveillait vers six heures... de l'après-midi. Pour être précis, il se faisait réveiller exactement une heure trente avant le départ pour le concert, soit environ deux heures avant le début du show. Après avoir bu son café, préparé à l'avance par Vernon, il filait dans la salle de bains se doucher et se raser.

Ray se rasait tout seul avec un rasoir à lame, un blaireau, du savon et ça marchait très bien. Il considérait que « la mousse à raser, c'est pour les gosses de riches ».

Une heure après son réveil, j'allais dans la chambre de Vernon avec mes affaires, prêt à partir. Je donnais un dernier coup de fil pour m'assurer que la voiture était bien là, garée devant l'entrée. Pendant ce temps-là, Ray se préparait et s'habillait, toujours tout seul. Lorsqu'il avait terminé et que tout était remis à sa place, il nous appelait dans la chambre de Vernon :

« *Three, four !* » étaient ses seules paroles.

Comme dans la musique, c'est lui qui donnait le tempo. Trois secondes plus tard, montre en main, j'étais devant la porte de Ray tandis que Vernon fermait la sienne et prenait soin des sacs contenant les vêtements de scène et le nécessaire de Ray pour le concert. J'avais juste le temps de frapper notre code à sa porte que Ray l'avait déjà ouverte, son éternel manteau sur les épaules, sortait, refermait sa porte à clé et vérifiait qu'elle était bien verrouillée. Je le prenais par le bras et nous nous dirigions vers l'ascenseur dans lequel Vernon nous attendait.

Dès que nous étions installés dans la voiture, Vernon

devant, Ray et moi à l'arrière, nous commencions à discuter à un train d'enfer. Un peu plus d'une heure auparavant, Ray dormait encore et même sa voix avait besoin de se réveiller complètement. Aussi, nous parlions fort, nous racontions des blagues, ponctuées de gros et gras éclats de rire. C'était le moment de la bonne humeur, il était en pleine forme, rasé, parfumé et ravi de rejoindre ses musiciens pour aller jouer sa musique devant son public. Malgré l'insouciance ambiante, Vernon et moi regardions constamment nos montres, tandis que Ray sirotait tranquillement son thermos de café. Toutes les deux minutes, Vernon essayait son talkie-walkie et, lorsqu'il parvenait à entrer en contact avec l'équipe, il la prévenait de notre arrivée imminente. Nous n'étions plus qu'à quelques centaines de mètres de l'entrée des artistes, balisée par le personnel de sécurité.

La voiture immobilisée, Vernon sortait prendre les affaires dans le coffre. Alors qu'un membre de l'équipe ouvrait la portière de Ray, je faisais le tour pour l'amener dans la loge. Chemin faisant, nous croisions quelques musiciens dans les couloirs qui immanquablement saluaient Ray. Ils avaient l'habitude et ne disaient jamais leur nom :

— *How are you tonight, sir ?*

— *I'm fine, Peter, how are you is the question*[1] *!*

Toujours très attentif, Ray se faisait un point d'honneur de reconnaître chaque voix.

Dès que nous arrivions dans la loge, nous continuions à discuter et à rigoler, sans interruption. Vernon fermait la porte à clé, commençait à pendre les affaires et j'aidais Ray à s'asseoir dans son fauteuil après lui avoir ôté son manteau. L'équipe avait veillé à respecter les règles rudimentaires indispensables au confort de Ray : son talkie-walkie et un cendrier, un point c'est tout. Ils étaient posés sur une table à proximité du fauteuil. Tout

1. « Comment allez-vous ce soir, *sir* ?
— Je me sens bien, Peter. La question est : comment toi tu te sens ? »

ce qui pouvait le gêner ou le faire trébucher avait été retiré ou déplacé.

Souvent, à peine étions-nous assis que l'on frappait à la porte. Vernon sortait pour ne pas discuter devant Ray, et ne pas risquer de l'embarrasser ou d'interrompre notre conversation. C'était en général un journaliste qui désirait rencontrer Ray Charles. Vernon connaissait le tri à effectuer : seul le promoteur et quelques VIP avaient une chance de serrer la main de Ray, selon son humeur.

En effet, malgré notre promiscuité, les discussions et les blagues, Ray restait concentré sur l'essentiel : son concert. Il adorait monter sur scène et était tellement sûr de lui, de sa musique, qu'il n'a jamais compris le sens de l'expression « avoir le trac ». Pour lui, c'était une partie de plaisir, une communion avec son public.

Lorsqu'il rencontrait le responsable local, Ray avait l'habitude de lui dire :

— Ecoutez, je sais que cela vous a coûté très cher pour que je sois là ce soir. Ce que vous avez payé, c'est pour les galères de la route, les avions, les décalages horaires, les hôtels, etc. Mais, maintenant, la musique, c'est gratuit !

Ma présence dans la loge permettait aussi à Vernon de s'éclipser. Il revenait au bout de quelques instants et allait discrètement vers Ray :

— *79 steps, sir*[1].

Il était alors grandement temps d'établir la liste ainsi que l'ordre[2] des chansons que Ray voulait interpréter. Nous étions à dix minutes, parfois moins, du début du show et personne ne connaissait encore son choix. A

1. « Soixante-dix-neuf pas, sir. » Vernon était chargé de compter le nombre de pas séparant la loge du piano. Il en informait Ray le plus discrètement possible. Cela permettait à Ray d'évaluer la distance et le temps nécessaire.

2. Rappelez-vous que Ray était très pointilleux quant à l'ordre des titres : le dernier accord d'une chanson devait obligatoirement se marier avec le premier accord de la chanson suivante.

l'aide de son talkie-walkie, Ray appelait Al Jackson, son chef d'orchestre, qui angoissait sérieusement, même après vingt ans passés aux côtés de Ray Charles. En effet, il devait d'abord établir la liste avec Ray puis la dupliquer pour chacune des sections de l'orchestre, afin que les musiciens puissent sélectionner les partitions correspondantes. Le chef d'orchestre arrivait en courant dans la loge avec le papier, le crayon et la paire de ciseaux.

C'était toujours un moment de grande tension pendant lequel, par respect pour la concentration de Ray, personne ne parlait. Bien souvent, il réservait à ses musiciens des surprises de dernière heure, décidant d'interpréter une chanson qui n'avait pas été jouée depuis très longtemps.

La seule chanson qui ne figurait pas sur la liste était la dernière, l'immuable et incontournable *What'd I say* que Ray adorait interpréter. Il disait d'ailleurs qu'il ne pouvait chanter que ce qui lui plaisait. Dès qu'un titre le lassait, il le mettait entre parenthèses, souvent pour plusieurs années. Ray considérait *What'd I say* comme une chanson fétiche, un don du ciel. L'histoire de ce tube planétaire vaut effectivement le détour.

Ray n'a pas encore trente ans et il est de plus en plus populaire aux Etats-Unis. Avec deux de ses enregistrements entrés dans les Charts, les concerts se multiplient et Ray commence à disposer de moyens financiers de plus en plus importants. Il peut donc réaliser son rêve : un orchestre plus élaboré à plein temps avec, en plus de la rythmique, une section complète de cuivres, le tout agrémenté par des choristes qu'il appellera ses Raelettes [1].

Une fois cette nouvelle formation au complet, Ray et

---

1. Ray Charles a attribué ce nom à ses choristes en partant de son prénom et Ray est devenu Raelettes. Il est amusant de constater qu'ici aussi, en appelant ses choristes par son nom transformé, Ray Charles a ouvert la voie à bon nombre d'artistes sur la scène internationale, jusqu'en France, où on peut citer Claude François et ses Claudettes.

ses musiciens font une dernière répétition avant leur premier concert. Par manque de temps, ils ne répètent que le nombre de chansons nécessaire à un seul tour de chant, un seul set. Le jour de cette première performance en big band, Ray Charles a la confirmation de ce qu'il espérait : les gens ont adoré. Mieux que ça, il a cassé la baraque. Le set terminé, alors qu'il regagne les coulisses, Ray peut entendre le public en délire. Les spectateurs sont déchaînés, scandent son nom en tapant des pieds, des mains, sur tout ce qu'ils peuvent. Les murs tremblent, le sol vibre de toute cette énergie. Ils réclament plus encore, ils exigent que Ray revienne !

Ray m'a raconté ce qui s'est exactement passé ce soir-là, une véritable histoire de fous qui mériterait de figurer en bonne place dans les ouvrages d'histoire de la musique contemporaine.

Le promoteur, craignant une émeute, arrive en courant dans les loges et le supplie de remonter sur scène pour faire une autre chanson avec son orchestre.

— Mais, c'est impossible, *sir* ! On n'a pas répété d'autre chanson, on a déjà joué tout ce qu'on avait.

— Ça n'a aucune importance, on n'a pas le choix, ils vont tout casser ! Vous n'avez qu'à rejouer une chanson que vous avez déjà faite.

L'impatience du public ne faisait qu'augmenter, il aurait fallu être sourd pour ne pas l'entendre. Ray décide alors d'accéder à la requête du promoteur et lance à ses musiciens : écoutez, c'est très simple. On y retourne, je vais improviser. On verra bien quoi et vous n'aurez qu'à me suivre. Ne vous en faites pas.

Puis, se tournant vers les Raelettes : quant à vous, je vous ferai signe et vous n'aurez qu'à répéter après moi. Ils retournent donc tous sur scène, se dépêchant sous la pression du public. Lorsque Ray se retrouve devant son piano, il se lance dans un tempo d'enfer avec ses musiciens.

La tournerie[1] établie, il ne restait plus qu'à... faire une

1. Terme utilisé par les musiciens décrivant une rythmique bien rodée qui swingue, qui tourne. La tournerie est indispensable, telles les fondations d'une maison, avant de construire et d'élaborer une

chanson ! Ray Charles se met donc à chanter, en puisant au plus profond de lui-même dans ses références gospel de l'église de Greensville et de sa chorale. Il élabore une mélodie improvisée sur le tas, devant le public, avec des mots qui lui passent par la tête, des onomatopées qui ne veulent absolument rien dire. Il demande ensuite aux Raelettes de répéter après lui, comme le font les fidèles avec leur pasteur.

Les paroles de *What'd I say* et tous ses sous-entendus ont provoqué un véritable scandale national à l'époque :

Hey, Mamma, arrête de me maltraiter !
Viens et aime ton Daddy toute la nuit !
Avez-vous vu la fille avec la bague en diamant ?
Elle sait comment remuer son cul !
Dis à ta mère, dis à ton père,
je vais chanter à propos de l'Arkansas !
Quand tu me vois dans la misère
Je t'en supplie, viens me voir !
Avez-vous vu la fille avec la robe rouge ?
Elle peut danser toute la nuit !
Dites-moi ce que j'ai dit !
Répétez après moi maintenant !
Je veux savoir, je veux savoir maintenant
Je veux savoir, je veux savoir maintenant
Je veux savoir, je veux savoir maintenant...

En ce qui concerne la mélodie, même combat. C'est une chanson sans refrain, juste une succession de couplets. Ces paroles sans queue ni tête sont d'autant plus amusantes que Ray Charles a toujours été très pointilleux sur la qualité des textes.

« Il faut que l'histoire me touche, m'a expliqué Ray. Comment puis-je toucher le cœur des gens si moi-même je ne suis pas ému ? J'ai impérativement besoin de m'identifier au personnage. En plus, comprends bien

---

chanson. Quincy Jones estime que chaque chanson a sa tournerie propre.

que la musique c'est comme le cinéma. Une bonne chanson, c'est un bon scénario, avec une vraie histoire : une introduction, un développement et une conclusion. La seule différence est qu'ils ont une heure et demie pour s'exprimer, alors que nous, dans la musique, on a trois minutes. Donc, oublie le superflu, chaque mot doit être à sa place et a son importance. »

Devant la réaction du public ce soir-là, Ray Charles décida de rejouer *What'd I say* le lendemain. Confirmation sans appel : les gens adorent !

Quelques semaines plus tard, Ray Charles décida donc d'enregistrer *What'd I say* en studio pour en faire un disque et convoqua ses musiciens et ses choristes. Ils enregistrèrent en février 1958 ce qui deviendra un énorme succès planétaire[1].

Voilà qui explique la place très spéciale que cette chanson occupait dans le cœur de Ray.

Une fois la liste terminée, Al la relisait à Ray.

— *That's right ! This is what I wanna do tonight !*

— *We gonna have a great show, sir*[2].

Al n'a pas terminé de découper sa liste que Ray est déjà en train de déboutonner sa chemise. Vernon est prêt à la manœuvre et le cérémonial du changement de tenue commence :

— *I am ready*, Vernon.

Ray, assis, lève les jambes pour que Vernon dispose la serviette de toilette devant lui, sous ses pieds[3]. Il ôte

---

1. *What'd I say* a non seulement été le premier grand tube international de Ray Charles, mais a aussi été le premier hit d'Atlantic, sa maison de disques de l'époque.

2. « C'est juste ! C'est ce que j'ai envie de chanter ce soir !
— On va donner un superconcert ce soir, *sir*. »

3. Ray était très sensible aux odeurs et adorait la propreté. Il ne pouvait pas imaginer poser ses pieds, chaussettes ou pas, sur un sol de loge pour ensuite remettre ses chaussures. Lorsqu'il a débuté, les endroits dans lesquels il jouait n'étaient pas des plus prestigieux. Il m'a raconté qu'à cette époque, certaines loges étaient tellement pourries qu'il préférait dépenser une grande partie de son cachet pour louer une chambre d'hôtel à proximité afin de se changer dans un endroit propre.

ses chaussures qu'il place méticuleusement sous sa chaise, puis ses vêtements civils qu'il donne à Vernon au fur et à mesure. Une fois en boxer short, maillot de corps et chaussettes, il lui demande sa tenue de scène, s'habille tout seul et, tendant la main :

— Vernon, *may I have the horn, please*[1] ?

Tout en enfilant ses chaussures de scène, Ray plie la serviette et la rend avec le chausse-pied à Vernon. Il ne reste plus que le nœud papillon, opération exécutée au dernier moment, ajustée par Vernon.

Le talkie-walkie nous a tenu au courant du déroulement du show. L'orchestre vient d'entamer son deuxième morceau, il est temps de quitter la loge.

Vernon ouvrait le chemin et, toujours en discutant, Ray et moi le suivions pour rejoindre la chaise qui l'attendait juste derrière le rideau. Le son de l'orchestre augmentait au fur et à mesure que nous avancions.

Avec son éternel thermos dans la main droite, Ray savourait ce moment privilégié. Il s'imprégnait de la salle et de son acoustique, tout en marquant le tempo sur l'instrumental que jouait son orchestre. Les musiciens savaient que Ray était là, juste derrière le rideau, qu'il les écoutait attentivement et qu'aucun pain ne serait toléré[2].

Pendant que la voix tonitruante de Damian annonçait « And now, Ladies and Gentlemen, The Genius of Soul, Mister Raaay Chaaarles ! », Ray se levait tranquillement

1. « Vernon, puis-je avoir le chausse-pied, s'il te plaît ? »

2. Ray était intransigeant avec les fausses notes ou les erreurs de tempo. Il les comprenait d'autant moins que ses musiciens étaient tous voyants, qu'ils avaient les partitions devant les yeux et qu'il leur suffisait de les lire. Ils étaient tous des musiciens accomplis qui savaient lire et écrire la musique. Celui qui commettait ce péché était sûr de se faire réprimander par Ray le concert terminé. Si ce même musicien faisait un autre pain, il courait carrément le risque de se faire renvoyer de scène sur-le-champ par un Ray Charles furieux qui pouvait même aller jusqu'à interrompre la chanson pour la recommencer ! Ces fausses notes déstabilisaient totalement Ray qui considérait la musique comme un art trop délicat...

et avalait une dernière gorgée de café. Il me tendait alors son thermos, attrapait le bras de Vernon et le suivait vers la scène.

J'avais instauré une tradition : juste avant que Ray franchisse le rideau et se plonge dans son univers, je tapotais deux fois son dos avec le plat de ma main. Ray savait très bien ce que cela signifiait, c'était entre nous. Nous l'attendions de manière presque superstitieuse. Il se retournait alors et acquiesçait avec un grand sourire. Puis, comme aspiré par les ovations de son public, il se dirigeait vers son piano, toujours en se frappant la cuisse de sa main droite, pleinement heureux d'être là.

Dès que Ray était au piano et avait entamé le premier titre, je scrutais la scène et l'orchestre pour m'assurer qu'il n'y avait pas de problème avant de foncer retrouver l'ingénieur du son devant sa console. Celle-ci est toujours positionnée au milieu de la salle, au meilleur endroit. Je l'aidais à affiner le son et à mettre le plus possible en valeur la voix de Ray Charles, tout en gardant l'équilibre indispensable avec l'orchestre. Nous avions besoin d'environ cinq minutes pour installer un son optimum et définitif[1]. Ensuite, je pouvais vraiment prendre mon pied ! Pour moi aussi, le soir était un moment très privilégié, l'aboutissement de mon travail de préparation, le moment où tout s'enchaîne comme dans une belle mécanique bien huilée, sans à-coups. Voir Ray, une fois encore, émouvoir son auditoire me touchait et me donnait des frissons chaque fois.

Je n'aimais pas être dérangé pendant le concert et j'avais donné des instructions dans ce sens. Muni de mon talkie-walkie, je n'étais disponible qu'en cas de pépin et non pour manger et boire un pot, comme les organisateurs du monde entier en ont l'habitude.

Je ne comprends toujours pas leur attitude. Bon sang, ils ont passé des mois à organiser la venue de l'artiste

1. Ray avait horreur que l'on change le niveau sonore de son micro. Il contrôlait parfaitement lui-même les différences de volume de sa voix, en s'approchant ou en s'éloignant de son micro...

(le contrat, la salle, les assurances, les réservations, la publicité, les affiches), et lorsque le concert commence ils disparaissent, tels des rats quittant le navire, et se retrouvent dans les coulisses pour manger et boire un coup !

Lorsque Ray jouait les premières notes de *What'd I say*, je saluais l'ingénieur et rejoignais Vernon derrière le rideau. Dès que Ray avait terminé son titre fétiche, il se levait et saluait, de sa manière si particulière, son public qui, à son tour, se levait et l'acclamait. Vernon entrait alors sur scène d'un pas décontracté. Arrivé à la hauteur de Ray, il lui effleurait discrètement la cuisse droite pour lui signaler sa présence. Ray faisait une dernière révérence, saisissait le bras gauche de Vernon et quittait la scène naturellement, en rythme.

Dès qu'ils étaient hors de la vue du public, je prenais Ray par le bras et nous partagions la joie du triomphe, accompagnés par d'interminables applaudissements.

Je lui disais chaque fois :

— Oh non, Ray, ça suffit, tu nous fatigues vraiment ! Encore une *standing ovation*, ça devient lassant à la fin !

Nous étions immanquablement pliés de rire et continuions à marcher sur le tempo imposé par le final de l'orchestre :

— *Did you see that ? This is really amazing*[1] *!*

De retour dans la loge, Ray devait se déshabiller et se rhabiller, accepter quelques photos, serrer quelques mains (sans jamais signer d'autographe[2]), reprendre la voiture pour retourner à l'hôtel, prendre une douche, dîner, avant de finalement commencer à se relaxer. Il

1. « T'as vu ça ? C'est vraiment stupéfiant ! » Convaincu de son propre talent, Ray n'en restait pas moins réellement touché par les marques de respect et d'affection du public à son égard. Tel un enfant recevant un cadeau, il était toujours émerveillé et, pour lui, c'était Noël tous les soirs !

2. Comme ils ne peuvent pas voir ce qu'ils signent, c'est une règle commune à tous les non-voyants. D'autre part, Ray n'aimait pas trop les grandes effusions.

était déjà trop tard pour faire une nuit complète, et ce pour deux raisons.

D'abord, aucun artiste ne peut aller dormir après une performance où il a donné son maximum et Ray n'échappait pas à la règle. La solution qu'il avait adoptée consistait à suivre ses instincts : s'il n'a pas envie de dormir, pourquoi se forcer ? Son adrénaline a été dans le rouge pendant quatre-vingt-dix minutes et il a baigné dans une *standing ovation*. De son propre aveu, cette ovation lui donnait son « électricité indispensable », son « carburant vital ». Qui pourrait s'endormir après un tel électrochoc ?

La seconde raison était le souci du concert du lendemain. Dans l'hypothèse où Ray aurait décidé de dormir, pour passer une nuit normale il ne se serait jamais réveillé avant midi. Le temps de se préparer et de quitter l'hôtel pour rejoindre l'aéroport, nous n'aurions pas pu décoller avant 15 heures, ce qui, en cas de pépin, ne nous aurait laissé aucune solution de rechange. Il était donc beaucoup plus sage de partir le plus tôt possible par n'importe quel moyen : *« Let's take the first thing smoking*[1] *! »*

Cela laissait amplement à Ray le temps d'appeler son bureau à Los Angeles, de ranger ses affaires et à Vernon de gérer l'intendance dans sa chambre. Tout était réfléchi, calculé, rien n'était laissé au hasard.

Ray préparait tout seul son propre sac. Il voulait savoir exactement où tout se trouvait et tout était rangé avec une précision folle. Il avait ses habitudes et savait qu'en partant du coin à droite au fond de son sac, la deuxième boîte était sa radio, par exemple. Ce sac contenait le nécessaire et l'indispensable, le kit de premier secours, c'est-à-dire une trousse de toilette complète, un change complet, la stéréo parce qu'il n'était pas question qu'il attende pour écouter sa musique.

---

1. « Prenons le premier moyen de locomotion possible. » Cette expression typiquement américaine correspondait parfaitement à la vie menée par Ray Charles.

Pour sa musique, il avait deux haut-parleurs, un amplificateur et diverses machines lui permettant d'écouter ou d'enregistrer sur différents formats[1]. Il emportait aussi une collection d'enregistrements de sa musique passée, présente et future, c'est-à-dire ce qu'il préparait dans son studio. Il pouvait ainsi travailler ses nouveaux titres, même en tournée.

Un autre sac beaucoup plus petit et léger, qu'il portait lui-même, était réservé à la lecture dans les transports (livre et magazines en braille, un casque et un walkman) et à son inséparable jeu d'échecs de voyage.

En général, un peu avant 5 heures du matin, je retrouvais Vernon à la réception pour le règlement des factures. Il avait pour instructions de toujours payer les extra qu'ils avaient consommés. Bien souvent, les promoteurs souhaitaient exprimer leur gratitude en demandant à l'hôtel de ne rien nous facturer, mais Ray ne voulait pas en entendre parler : « C'est très gentil de leur part, mais je n'aime pas devoir quoi que ce soit à qui que ce soit. Ils veulent payer mon repas alors que si j'étais chez moi, à Los Angeles, c'est bien moi qui l'aurais payé ! *Thanks but no, thanks*[2] *!* »

Nous remontions ensuite dans nos chambres respectives. Je fermais mon sac et rejoignais Vernon dans sa chambre. Après avoir vérifié que le chauffeur était bien arrivé, Vernon faisait descendre les sacs dans la voiture et nous étions alors prêts à partir, en général un quart d'heure avant l'heure prévue la veille avec Ray. Bien entendu, à l'heure précise, Ray appelait.

Deux minutes plus tard, nous étions dans la voiture. Les portières claquent et nous voilà partis vers de nouvelles aventures ! Les distances entre les concerts variaient énormément mais nous étions généralement avant midi à l'hôtel suivant. C'est alors que Ray se prêtait au jeu des interviews. Je les groupais à la même

1. Cassette, CD, mini-disque, DVD, DAT...
2. « Merci, mais non, merci ! » Expression américaine très courante.

heure, au même endroit et l'ensemble durait en moyenne une demi-heure.

A peine arrivé dans sa suite, Ray se mettait à quatre pattes pour chercher une prise électrique. Ses doigts longeaient la plainte jusqu'à ce qu'il en trouve une. Il débranchait ensuite le lampadaire et installait sa sono avec les haut-parleurs, l'ampli, les antennes et tous les câbles. Un quart d'heure plus tard, tout était opérationnel et Ray disposait de toute sa musique.

Ray était maintenant debout depuis environ dix-huit heures. Pour son horloge interne, minuit était largement passé. Le concert, le dernier trajet et la conférence de presse l'avaient fatigué. C'était l'heure de dîner légèrement et d'aller au lit sans perdre de temps. En fait, quel que soit le pays, Ray restait toujours réglé sur l'heure de Los Angeles. Lorsqu'il interrogeait sa montre, celle-ci lui indiquait invariablement l'heure de la Californie. Etait-ce une manière d'exercer sa mémoire ? Quoi qu'il en soit, Ray faisait constamment ce calcul alors qu'il lui aurait été beaucoup plus simple d'ajuster sa montre à l'heure locale. En effet, il s'agissait d'une montre électronique parlante que Ray pouvait régler tout seul, en deux secondes.

Ray était très friand de mathématiques et de calcul mental. Il s'appliquait à faire travailler ses méninges à tous moments.

Un jour, à peine installés dans l'avion à destination de Nice (nous participions au Festival de San Remo le soir même), à 6 h 30 du matin, Ray me lance avec conviction :

— Bon, ce n'est pas tout, faisons une petite partie d'échecs.

— *Man*, il est 6 h 30 du matin, j'ai dormi une heure et je n'ai pas encore pris mon petit déjeuner !

— Non, ça n'a rien à voir. Tu es réveillé, alors il faut faire fonctionner tes neurones. C'est une question de discipline et la tête est faite pour ça.

Régulièrement, lors de nos pérégrinations, nous faisions des parties d'échecs acharnées, alors que le jour ne s'était pas encore levé.

Un soir de décembre 1995[1], vers 23 heures, je suis à Paris et mon téléphone sonne, c'était Ray. Il était à Tokyo, en tournée japonaise comme tous les ans au mois de décembre :

— Bonsoir, Jean-Pierre. J'ai juste une question à te poser : combien y a-t-il d'adhérents au syndicat français CiGiTi ?

— La CGT ? D'après ce que je sais, ils sont entre deux cent et trois cent mille.

— Quoi ? Tu es donc en train de m'expliquer que trois cent mille trous du c... paralysent carrément soixante millions de Français ! Ça fait à peine un demi pour cent de la population, ça ! Bon sang, vous les Français, je ne vous comprendrai jamais ! OK, maintenant, il faut que j'y aille. Merci pour l'information et à plus tard, *my friend*.

Ray s'intéressait à tout et voulait tout comprendre, tout le temps. Si son téléphone sonnait en plein milieu de son sommeil, il n'était jamais pris au dépourvu. Il se réveillait dans la seconde, décrochait et était prêt à affronter n'importe quel problème. Ses instructions étaient d'ailleurs très claires : son équipe pouvait le joindre à tout moment, dès qu'elle rencontrait une difficulté pour elle insoluble. Rien n'était insignifiant pour lui, il s'occupait personnellement de nombreux détails et voulait tout savoir. Il répétait d'ailleurs très souvent : « J'ai à peine assez de vingt-quatre heures pour m'occuper de Ray Charles ! »

Son extrême rapidité d'exécution, sa mobilité, son emploi du temps précis, rigoureux, tenu secret ont permis à Ray de préserver au maximum sa santé et sa vie privée. La rigueur était un garde-fou vital pour ne pas se faire broyer par la galaxie show business. Ray était une étoile à part dans le star system. Loin des paillettes,

---

1. La France était paralysée par une grève générale qui a duré plusieurs semaines.

il ne trichait pas et restait lui-même à chaque instant, devant un président, une caméra, dix mille personnes ou en tête à tête avec n'importe qui.

Toutes ces raisons expliquent que Ray n'ait jamais eu d'ennemi. Les gens ont toujours manifesté un maximum de bienveillance à son égard :

— Pourquoi aurais-je besoin d'un garde du corps ? Pour me protéger de quoi et contre qui ? Je suis sûr que si j'avais besoin d'aide, par exemple si je tombais dans un aéroport, dix personnes au moins se précipiteraient pour m'aider à me relever. J'aime les gens et je sais qu'ils le sentent.

Ce 14 novembre 1999, après la partie d'échecs – il l'a évidemment gagnée ! –, les hôtesses servent le petit déjeuner. Je demande du café et l'éternelle question tombe :

— Et lui, que prendra-t-il ?

Ma réponse convenue avec Ray est toujours la même :

— Pourquoi me le demander à moi ? Posez-lui la question.

Les hôtesses comme tout le monde n'ont pas l'habitude d'avoir affaire à un aveugle. Quand en plus, c'est Ray Charles et son fameux magnétisme, les gens perdent leurs moyens et agissent de manière totalement incontrôlée.

Ray n'a pas faim et refuse le petit déjeuner. Je sais pourquoi : il est déjà préoccupé pour le show de ce soir car il doit interpréter *Volare* en anglais, chanson dont il ne connaît pas les paroles et qu'il n'avait encore jamais chantée. Ray devait être accompagné par l'orchestre de la Rai, dirigé par Jean-Michel Bernard[1] qui en avait écrit les arrangements. En guise de petit déjeuner, Ray sort les paroles en braille pour apprendre sa leçon.

De Nice, une énorme limousine américaine, une Lincoln blanche, nous amène à San Remo. A peine installés, je passe la cassette au chauffeur pour que l'on

1. Jean-Michel Bernard avait auparavant joué au piano sur l'enregistrement d'*Imagine* interprété par Ray.

puisse écouter *Volare* en anglais. Ray devait non seulement s'en rappeler les paroles, mais aussi la mélodie et les accords à jouer au piano. Très perfectionniste, il n'a jamais été un grand rapide pour ce genre de choses.

Arrivés à l'hôtel, dans la suite de Ray, j'appelle immédiatement l'organisation pour confirmer l'horaire du direct :

— Vous passerez vers 21 h 15, 21 h 30.

Habitué aux retards invraisemblables des Italiens, je remercie mon interlocuteur et lui confirme que nous arriverons à l'heure, ce qui est évidemment un gros mensonge :

— Ray, ne t'inquiète de rien. Il est trop tôt pour savoir avec précision à quelle heure on passe. Ce qui est sûr, c'est qu'ils seront en retard, donc, va te reposer, je te réveillerai à temps. Je vais essayer d'éviter l'attente interminable de la dernière fois. Tu te rappelles ?

— Si je me rappelle ? Tu sais, Jean-Pierre, au début, les Italiens me rendaient fou. Mais j'ai compris depuis longtemps que je ne pourrais jamais les changer. C'est à nous de nous adapter.

Après m'être rendu sur place pour évaluer la situation, je suis rentré à l'hôtel, convaincu que 21 h 30 était bien l'heure à laquelle... je devais réveiller Ray ! En effet, vu le programme, il était impossible que nous passions avant 23 heures, dans le meilleur des cas.

Il était 22 h 55 lorsque nous sommes arrivés dans la loge et, bien sûr, ils avaient encore pris énormément de retard. Contrairement à son habitude, je sentais Ray légèrement anxieux. Il s'était préparé à cette chanson comme un sportif pour une compétition.

Dans ces moments-là, Ray était d'une impatience incommensurable. Il était trop mobilisé par sa performance pour supporter un retard qui décalerait toute sa préparation.

J'ai appelé un copain au téléphone pour avoir un éclairage sur une zone d'ombre concernant... Moïse. J'avais branché Ray sur la religion, sujet qui le passionnait, particulièrement le judaïsme qu'il connaissait mal.

Le concept d'une âme éternelle que nous empruntons le temps de notre passage sur Terre et qui continue à exister, à s'améliorer après notre mort, nous a toujours tracassés. C'était un sujet suffisant pour lui changer un peu les idées, mais insuffisant pour lui faire perdre la notion du temps.

Bref, la pression, l'angoisse et l'attente ont duré une heure et demie. Il est minuit et demi lorsque Ray s'installe au piano, en direct, devant des dizaines de millions de téléspectateurs, dont moi. En effet, je suis dans les coulisses, devant un poste de télévision, à étudier attentivement ce qui se passe sur l'écran.

Les deux premières minutes se passent parfaitement bien, le public l'a déjà applaudi, à l'italienne, deux fois depuis le début. Mais, tout d'un coup, je m'aperçois que Ray a un trou de mémoire. Je m'en suis rendu compte à l'hésitation qu'il venait d'avoir mais, en vieux routier qu'il était, il a immédiatement repris les mots du premier couplet, avant de retomber sur ses pieds. Cet incident a duré huit ou neuf secondes maximum. Ray termine *Volare* sous les ovations du public et, pendant qu'il salue, je vais le chercher sur la scène. Il me prend par le bras et nous quittons la scène sous un tonnerre d'applaudissements. Tout le monde est debout, le parquet des coulisses en tremble.

Le brouhaha nous empêche de parler et nous regagnons la loge sans perdre de temps. Je sentais la réserve de Ray et je la devance :

— Tu sais, Ray, j'ai entendu. Mais ne t'en fais pas, je te garantis que s'il y a 0,1 % de téléspectateurs qui comprend l'anglais correctement, c'est le bout du monde. Et dans ces 0,1 %, combien connaissent les paroles en anglais de *Volare* ? Franchement, il n'y a aucune raison de te miner.

— Ouais, ouais, je sais mais c'est enregistré. C'est sur la bande et j'ai foiré...

Tout d'un coup, Ray me fait face, me saisit les deux bras et je vois des larmes couler de ses yeux. Il penche la tête en avant et me confie :

— Il faut que je t'avoue un truc, *man*, je suis fragile. J'étais prêt mais je suis passé trop tard, beaucoup trop tard, et d'avoir attendu autant m'a fait perdre ma concentration. Ça m'a foutu en l'air...

— Je sais, je sais...

Je l'ai pris dans mes bras. Avoir foiré, ça lui restait en travers de la gorge et je savais qu'il était inutile d'en rajouter

— *Yeah, man, you can't win them all, I guess*[1].

1. « Yeah, man, tu ne peux pas tous les gagner, je suppose. »

14

« Grande classe, Mister Charles ! »

La tournée européenne 2000 était classique, c'est-à-dire Ray Charles, les Raelettes et son big band. En hiver, nous avions l'habitude de ne jouer que dans les capitales européennes : climat oblige, les festivals en plein air n'ont lieu que l'été. Cette tournée avait commencé trois ou quatre jours auparavant et Ray, me faisant totalement confiance, ne s'intéressait pas vraiment aux dates prévues. Je lui fis quand même la remarque que nous jouions deux fois à Paris, dans deux endroits différents : l'Olympia puis le Palais des Congrès. Son visage s'est illuminé : l'Olympia ! S'il y a un endroit que Ray ne pouvait pas oublier, c'est bien cette salle mythique :

— Jean-Pierre, tu ne m'avais pas dit qu'ils avaient refait l'Olympia ?

— Oui, la salle a été entièrement reconstruite, à l'identique.

— Et l'acoustique, c'est la même qu'avant ?

— Oui, j'y suis allé dernièrement et c'est super. C'est comme avant, mais en neuf.

Le temps passe, la tournée continue et Ray me pose un tas de questions sur l'Olympia. Au bout d'un moment, je craque :

— Mais enfin, Ray, quel est ton problème avec l'Olympia ? Tu as pris depuis longtemps l'habitude de t'adapter aux salles et tu ne m'en parles d'ailleurs jamais. Alors que là, on dirait que tu ne penses qu'à ça.

— Tu as raison, je n'oublierai jamais l'accueil de la France la première fois que j'y ai joué. C'est imprimé dans ma mémoire, dans mon cœur, pour toujours.

Ses mimiques et son visage n'avaient plus aucun secret pour moi. J'ai tout de suite compris la profondeur de ses sentiments. Nous sommes en l'an 2000, Ray fête ses soixante-dix ans et ses quarante ans d'Olympia. Je me suis dit que, si j'étais lui, j'aimerais immortaliser ce concert :

— Qu'en penses-tu, Ray, si on enregistrait l'Olympia ?

— *Oh, this is a great idea, man !*

— Nous pourrions enregistrer à la fois les images et le son.

— OK, tu es un grand garçon, alors démerde-toi !

Notre décision était prise, nous allions enregistrer le concert. A 2 heures du matin, de retour dans ma chambre d'hôtel, en Allemagne, j'appelle Michel Mompontet de France 2. Je lui explique mon intention et lui demande si la chaîne publique serait intéressée par la production de l'événement. Il est très excité par ce projet qu'il place dans la continuité de son reportage sur Ray Charles, mais doit en parler le lendemain matin à la direction de la chaîne.

Le lendemain soir, Michel m'appelle, très frustré :

— Ecoute, Jean-Pierre, ils l'auraient volontiers produit mais le délai que tu nous donnes est beaucoup trop court. Je suis vraiment désolé mais, tu sais, France 2 est une très grande maison. Les techniciens ont besoin de beaucoup plus de temps pour s'organiser, regrouper le matériel qui est sur différents plateaux, bref, c'est impossible.

— OK, je comprends. Bonjour les fonctionnaires ! Tant pis pour eux ! Donne-moi un conseil : quel metteur en scène tu verrais pour enregistrer le concert ? Evidemment, quelqu'un parmi les meilleurs.

— Le premier qui me vient à l'esprit car il a une

fabuleuse expérience des concerts et j'aime beaucoup ce qu'il fait, c'est Gérard Pullicino[1].

— Tu as ses coordonnées ?

— Pas là, je suis à la maison mais je pourrais les avoir demain...

— Oublie, ça sera trop tard. Je me démerde.

Après un vrai parcours du combattant, le barrage habituel du show business, je parviens à me procurer ses coordonnées, mais il est déjà près de 2 heures du matin. Je l'appelle quand même et, bien sûr, je le réveille. Au lieu de m'envoyer promener, il m'écoute attentivement. C'est un type adorable, rapide, nerveux, professionnel, compréhensif et habitué au business un peu fou de la musique. En à peine dix minutes, l'affaire est ficelée. Nous étions à quarante heures du concert de l'Olympia et nous devions encore, entre-temps, jouer à Lisbonne.

Dans l'avion de la TAP, la compagnie nationale portugaise qui nous mène à Lisbonne, la chef de cabine, comme d'habitude, souhaite saluer Ray Charles, qui se prête bien volontiers au jeu. Quelques instants plus tard, je la croise dans le couloir de l'avion. Elle me remercie, ravie d'avoir pu serrer la main du Genius. Nous commençons à discuter des concerts, de la tournée, et je lui dis que le lendemain nous partons à Paris pour un concert à l'Olympia. Elle paraît soudainement très soucieuse :

— Ecoutez, normalement, je n'ai pas le droit de vous le dire, mais ce soir, à partir de minuit, c'est la grève générale de la compagnie. Il n'y aura plus un seul avion, à l'atterrissage comme au décollage.

Quelle bonne nouvelle pour démarrer la journée ! A peine arrivé à l'hôtel et après avoir conduit Ray dans sa suite, je me précipite sur le téléphone. Entre deux pays,

1. Gérard Pullicino est un réalisateur de renommée internationale, spécialisé dans la musique (Céline Dion, Johnny Hallyday, Garou...), de la fameuse émission « Taratata » présentée par Nagui sur France 2 et également metteur en scène au théâtre.

les vols sont assurés par les seules compagnies nationales, Air France est donc la seule solution. De mieux en mieux, les vols pour Paris affichent tous complet et les listes d'attente sont effrayantes.

J'ai ameuté tous les gens que je connaissais, l'agence de voyages à Los Angeles, tous les amis, le promoteur et son organisation. Bref, tout ce qui était humainement possible de faire a été tenté mais il semble bien que nous allons rester plantés à Lisbonne.

Après de nombreux plaidoyers, aux environs de 2 heures du matin, je parviens tout de même à décrocher sept places pour Paris sur le vol de 9 h 30. Je dois donc donner sept noms, alors que nous sommes 31. Instinctivement, un peu comme aux échecs, je ne sélectionne que les pions essentiels, c'est-à-dire Ray, Vernon, le cœur de l'orchestre (la rythmique : guitare, basse, batterie), Damian et le piano[1] de Ray Charles et moi.

Nous arrivons au Ritz aux environs de midi. Après avoir installé Ray et Vernon et m'être assuré que tout va bien, je fonce à mon bureau. Il me reste quatre heures pour trouver une solution pour rapatrier l'orchestre, toujours à Lisbonne. Jusqu'à 16 heures, c'est encore jouable mais passé ce délai, comme on dit, à l'impossible, nul n'est tenu. Et l'impossible se produit. Un avion cargo s'écrase à l'atterrissage, paralysant tout le trafic ; les musiciens, qui avaient pour instruction de faire le siège du comptoir Air France de Lisbonne, ont finalement passé la journée à l'aéroport pour rien car ils n'ont pu nous rejoindre que le lendemain !

---

1. Damian avait pour instruction de ne jamais quitter le piano de Ray, le Yamaha XK88. La nuit, en cas de doute sur la sécurité, il devait le garder dans sa chambre d'hôtel. Ce piano donnait à Ray une liberté musicale plus grande et lui permettait de ne pas dépendre des pianos mal accordés dont il avait trop souffert. Un piano qui vient d'être accordé peut se trouver désaccordé au bout d'une heure à peine, en fonction de ces trois éléments principaux : la qualité du piano, l'humidité et la chaleur.

C'est une véritable catastrophe, j'ai tout le monde sur le dos en même temps : le promoteur veut annuler le concert, Gérard Pullicino ne sait pas s'il doit remballer son matériel, l'Olympia veut connaître notre décision. Je ne veux pas déranger Ray avant 19 heures afin qu'il puisse faire sa nuit tranquillement. Lorsque je le rejoins dans sa suite :

— Ray, j'ai tout essayé mais...

— Je sais. Je te connais et je suis sûr que tu as tout essayé. Mais j'ai l'habitude de ces impondérables sur la route.

— Ray, il y a trois solutions. J'annule le concert et on remet la date, ou bien tu décides d'y aller quand même soit en solo, soit en trio. Je te rappelle que ta rythmique et ton piano sont ici.

Après avoir écouté l'heure à sa montre :

— Non, non, il est trop tard pour annuler. Tu m'as dit que le concert était prévu à 20 h 30, n'est-ce pas ? Les gens ont dû déjà partir de chez eux. Bon, Brad, Tom et Peter sont là, ça va me rappeler le bon vieux temps, je vais faire ce concert avec eux en trio ! J'ai confiance en mes musiciens et ils me connaissent très bien. Je vais réfléchir à la manière d'articuler le show et je les en informerai en arrivant là-bas.

C'est à peine croyable ! Alors que la grande majorité des artistes annule un concert pour beaucoup moins que cela, Ray n'a pas hésité une seule seconde. Moi qui connais le métier, je me mets à sa place : j'ai soixante-dix ans, je n'ai rien à prouver à personne, je suis milliardaire, je suis confortablement installé dans ma suite au Ritz, dehors il fait un froid de canard et on m'annonce que mon orchestre n'est pas là. C'est donc un cas de force majeure et je fais annuler le concert. Mais Ray ne raisonnait pas ainsi. Pour lui, ces arguments ne comptaient pas et n'avaient aucun rapport avec l'Olympia car, encore une fois, on ne mélange pas les genres ! Plusieurs éléments s'additionnaient, de la maîtrise totale de sa musique à son courage, de ses débuts pour le moins difficiles à son respect incommensurable pour le public, pour son public... *Class act, Mister Charles*[1] *!*

Pendant que Ray se prépare, je passe vite deux coups de fil identiques, le premier au promoteur et l'autre à Gérard Pullicino :

— Gérard, je ne sais pas comment tu vas te débrouiller, mais Ray a décidé de faire le concert en trio.

— Qui peut le plus peut le moins. Ce n'est pas une catastrophe. Ne t'en fais pas, je m'en occupe.

Devant l'Olympia, personne ne savait si le concert allait avoir lieu ou pas. C'était l'émeute et la police, ne sachant pas que le concert était maintenu, menaçait d'évacuer les lieux. C'est à ce moment-là que nous sommes arrivés et quelques spectateurs qui attendaient dehors ont aperçu Ray Charles dans la voiture. Une vraie traînée de poudre : en trente secondes, tout est rentré dans l'ordre. Les gens se sont précipités à l'intérieur, de peur de rater le concert du Genius of Soul !

Dans la loge, je demande à Ray :

— Si tu as envie de faire passer un message au public, dis-le-moi et je leur traduirai.

Ray acquiesce mais il veut d'abord parler à ses musiciens :

— *Tonight, it's just you and me, guys. Going back to my roots*[2] *!*

Et là, comme avec son chef d'orchestre Al Jackson, avec une assurance incroyable, Ray leur débite les titres, leur tonalité, mais aussi qui devait faire son solo et à quel moment, pour chaque chanson. Puis, avec un grand sourire, il reprend :

— Laissez-moi vous donner un conseil : oubliez tous vos problèmes car, maintenant, ce n'est que du bonheur. On va faire de la musique et on va prendre notre pied !

---

1. « Grande classe, Mister Charles ! » C'était le titre d'une critique dithyrambique dans un journal australien à propos d'un concert que Ray donna à Melbourne en février 2003 !

2. « Ce soir, c'est juste vous et moi, les gars. Retour à mes racines ! »

Les musiciens quittent la loge. Je suis réellement impressionné par la sérénité qu'il affiche et, bien entendu, il n'avait pas oublié ce que je lui avais demandé :

— Si tu veux, Jay Pi, tu peux leur dire que je me sens comme un charpentier qui n'a pas tous ses outils mais, avec le peu dont je dispose, je vais leur bâtir une très belle maison.

Je monte sur scène, explique le problème de la grève au public et transmets le message de Ray. Tout le monde est ravi et applaudit à tout rompre. En écartant le rideau pour quitter la scène, je tombe sur Ray et Vernon. Ray affiche un grand sourire et me chambre :

— Je ne sais pas ce que tu leur as dit, mais ça leur a plu ! Bon, maintenant, c'est à moi de jouer. À tout à l'heure.

Même Vernon (Dieu sait pourtant s'il était rodé après quarante ans aux côtés de Ray) avait l'air soucieux alors que Ray, à son bras, était d'une décontraction déconcertante. Je ne sais pas à quoi il pensait exactement, mais ce que je peux affirmer, c'est qu'il n'avait pas le trac d'y aller, bon sang !

Pourtant, il y avait vraiment de quoi. Le bassiste, dans la tourmente, avait perdu ses chaussures et a fait le concert en chaussettes. Quant au guitariste, il avait bien ses chaussures, mais pas de chaussettes. Si vous ne me croyez pas, comme disait Ray, la bande, elle, ne ment pas. Regardez donc le DVD de ce concert [1] ! L'histoire des représentations publiques est jalonnée de péripéties. Les résultats vont de l'annulation pure et simple au concert mythique, de la catastrophe annoncée au moment inoubliable, et le concert que Ray a donné le 22 novembre 2000 à l'Olympia en est un. *Good is good, man,* disait Ray à propos de ce concert.

Ce rythme acharné était devenu depuis longtemps le tempo de sa vie, mais, le temps passant, il commençait

1. Ray Charles à l'Olympia – Concert du 22 novembre 2000. XIII Bis Records. Distribution : GCTMV.

à avoir des problèmes de cordes vocales et avait de plus en plus de mal à atteindre *these high notes* [1]. Depuis plus de cinquante ans, il utilisait sa voix de tête sans rencontrer de problème pour atteindre des notes excessivement hautes. Je l'ai vu à de nombreuses reprises, en répétition, chanter les parties destinées à ses choristes pour leur montrer ce qu'il attendait d'elles. Avec une facilité remarquable, il parvenait à chanter les notes très aiguës du registre féminin. Sa manière de chanter étant très instinctive, il adorait la liberté que sa voix lui accordait. Sans réfléchir, il pouvait chanter toutes les notes dont il avait envie. Il faisait d'ailleurs de cette performance une véritable coquetterie, adressée aux seuls initiés. Mais une satanée laryngite chronique, consécutive à cette vie infernale, l'empêchait de chanter comme il le souhaitait. Son spécialiste avait été très clair : ne plus chanter du tout pendant neuf mois et arrêter de fumer. Ray a effectivement arrêté de... consulter son ORL ! Et, à soixante et onze ans, il est allé pour la première fois de sa vie prendre des cours de chant ! Avec une discipline de fer, tous les jours, il faisait quarante minutes d'exercices, à l'aide d'une cassette concoctée par son professeur.

Sa ténacité a été récompensée. Après plusieurs mois de ce régime drastique, il a pratiquement récupéré sa faculté d'atteindre ces fameuses notes. Après un concert, si je le complimentais sur une *high note* qu'il venait de chanter, il me répondait avec un sourire de satisfaction et une grande fierté :

— *Ha ha ! You heard it. Amazing how it came back* [2] *!*

Entre-temps, le métier avait eu vent de notre aventure à l'Olympia et du triomphe remporté.

Quelques semaines plus tard, les offres de concerts avec cette formation ont commencé à affluer de toutes

1. « Ces notes très aiguës. »

2. « Ha ha ! Tu l'as entendue. Incroyable comment c'est revenu ! »

parts. La première option a été Rome en Italie. J'appelle Ray pour lui en faire part et sa réponse est immédiate :

— Je comprends qu'ils apprécient une petite formation, par opposition à mes shows habituels, avec le Grand Orchestre et les Raelettes. Mais le trio, c'est beaucoup trop pauvre harmoniquement. Il faudrait y ajouter deux musiciens supplémentaires.

— OK, je m'en occupe.

— C'est d'accord, mais à une condition : il faut qu'ils jouent aussi bien que moi...

Le concert était prévu quelques jours plus tard, en avril 2001, et j'ai été immédiatement séduit par l'idée de Jean-Michel Bernard :

— Je pourrais accompagner Ray à l'orgue et aux claviers électriques. Pour le cuivre, si Michel Gaucher est libre, crois-moi, il fait l'affaire. Il joue du sax et de la flûte.

Il ne leur restait que quarante-huit heures pour répéter. Pour les aider, je leur ai confié l'enregistrement de l'Olympia. Nous sommes arrivés à Rome la veille du concert et le lendemain matin je suis allé chercher Ray à l'aéroport. Il arrivait de Los Angeles et, sur le chemin de l'hôtel :

— Ray, j'ai une surprise pour toi. Ce soir, il y aura les deux musiciens dont on a parlé.

— OK, je te dirai ce que j'en pense après le concert.

Dans un château médiéval en plein centre de Rome, Ray, son trio et les deux Français sont montés sur scène sans avoir eu le temps de répéter ensemble. Ce soir-là, je devais être le seul à le savoir car on aurait pu jurer qu'ils jouaient ensemble depuis toujours.

En sortant de scène, Ray attrape mon bras :

— *I don't believe it ! This cat plays as good as Oscar Peterson*[1] *!*

Ils rient de me faire le même coup que lui, la pre-

1. « Je ne peux pas le croire ! Ce gars joue aussi bien qu'Oscar Peterson ! »

mière fois que l'on a joué ensemble : un solo de fou, pour bien me montrer de quel bois il se chauffe !

Quant à Michel Gaucher, alors qu'il ne connaissait pas Ray (toujours très impressionnant pour un musicien) et en dépit de l'absence de répétition, il a été tout simplement excellent. Au point qu'il s'est ensuite joint à nous en de nombreuses autres occasions.

En juillet 2001, une tournée européenne avec cette même formation, dont une tournée estivale, nous amène à Copenhague (Danemark). Nous devions jouer en extérieur, dans le magnifique parc de Tivoli, en plein centre-ville. Cette tournée était un rêve, nous enchaînions succès sur succès mais, le soir venu, je commence à être inquiet car le temps tourne à l'orage. Le ciel est de plus en plus menaçant lorsque, juste avant le début du concert, j'entrouvre le rideau et j'aperçois une foule invraisemblable devant la scène.

Quarante-cinq mille personnes ont assisté à la messe de Ray Charles sous la pluie, pouvait-on lire le lendemain dans les journaux. En effet, une minute après le début du concert, une pluie torrentielle s'est abattue sur Copenhague, mais pas un seul spectateur n'a quitté le concert. D'accord, les Danois sont des Vikings, mais quand même ! Jusqu'à la fin, effectivement comme à la messe, personne n'a bougé. Après le concert, lorsque nous avons rejoint la voiture pour rentrer à l'hôtel, des centaines de personnes, toujours sous la pluie, attendaient encore Ray et scandaient son nom : Ray – Charles, Ray – Charles...

Ray a été tellement marqué par ce concert qu'il l'utilisait régulièrement comme exemple dans ses interviews :

— La musique est une chose très spéciale et personne ne sait vraiment ni comment ni pourquoi. Comment peut-on rester une heure et demie sous des trombes d'eau, stoïque, à écouter un artiste ? Même pour le meilleur chanteur de tous les temps, je ne resterais pas plus de deux minutes !

Jusqu'à la fin de sa vie, Ray ne voulait tout simplement

pas mesurer l'amour que lui portait son public. Cela lui faisait peur.

En février 2003, nous avons fait une tournée en Australie. J'étais fier de l'avoir négociée et organisée car il s'agissait d'une superbe tournée, un festival itinérant à travers les grandes villes du continent : Melbourne, Sidney, Brisbane et Perth. Le plateau était des plus prestigieux avec Bob Dylan, Wilson Picket, John Mayal, pour ne citer qu'eux.

Les promoteurs australiens avaient entendu parler de la formule « Ray Charles en formation réduite » et c'est ce qu'ils voulaient. Ray et moi avions décidé qu'il irait donc en quartet, c'est-à-dire avec son trio de l'Olympia (Brad, Tom et Peter) renforcé par Jean-Michel à l'orgue et aux claviers électriques.

Tout était parfaitement organisé et, dans chaque ville, plus de dix mille spectateurs nous attendaient. Pour le premier concert, Ray et son trio sont arrivés à Melbourne en provenance de Los Angeles l'après-midi même, après seize heures de vol. J'arrive dans les couloirs et j'entends une engueulade, plutôt sérieuse, en anglais. Les managers des différents artistes n'arrivaient pas à s'entendre sur la question : qui joue avant qui ? En d'autres termes, qui passe en dernier ? Une règle non écrite veut que celui qui passe en dernier soit la plus grande star, l'artiste principal. Toujours et encore ces grands problèmes d'ego ! Les organisateurs me demandent alors, sur un ton excédé, si Ray Charles aussi veut passer en dernier. C'était un problème récurrent dont je connaissais la solution pour en avoir discuté avec Ray et je réponds donc :

— Nous passerons à l'heure décidée par le promoteur. Pour Ray Charles, seuls la musique et le public comptent. Donc, avant ou après, peu importe ! Si vous le souhaitez, il peut même ouvrir le festival, cela n'a absolument aucune importance. Au contraire, si on joue plus tôt, on pourra aller se reposer plus tôt ! C'est à vous de décider.

Evidemment, Ray est passé le dernier ! C'est comme

ça, c'est la dure loi du show business : le plus grand passe toujours en dernier.

Des journalistes devaient traîner leurs guêtres dans les coulisses car, le lendemain, l'anecdote était racontée dans un article. Son auteur expliquait que chacun avait essayé de tirer la couverture à soi, sauf Ray Charles. Il finissait son papier par une envolée enthousiaste : *Class act, Mister Charles !* Mais, pour moi, cela n'avait rien d'extraordinaire. C'était du Ray Charles au naturel, du quotidien, de l'authentique.

Ce concert en quartet – heureusement enregistré par la radio nationale australienne, ABC[1] – fut extraordinaire. Les milliers de spectateurs, avides de musique, avaient été mis en appétit par les artistes précédents. Déchaînés, ils ont réservé à Ray Charles un accueil fabuleux.

Electrisé par l'énergie du public et de ses musiciens, Ray a puisé dans toutes ses forces pour offrir ce soir-là une performance époustouflante. Grâce au professionnalisme de la ABC, la qualité de cet enregistrement est fabuleuse. Il fera certainement l'objet d'un album : *Ray Charles – Live in Melbourne 2003*.

A la fin de cette tournée australienne, pendant le concert de Perth, Damian s'était posté en vigie sur le côté de la scène, à la droite de Ray, et le voyait donc de profil. Il restait à quelques mètres de Ray pour être prêt à intervenir sur le piano en cas de panne, ce qui arrivait fréquemment, l'électronique étant très fragile. Après le concert, il frappe à la porte, entre dans la loge et s'adresse à Ray sur le ton de la confidence :

— Que vous est-il arrivé tout à l'heure sur scène, là ? J'ai eu l'impression pendant quelques secondes que vous aviez une douleur à droite.

Et Ray, mettant sa main sur son flanc droit :

— Mais comment as-tu vu ça ?

— J'ai vu qu'il y avait un truc qui vous gênait

1. Australian Broadcasting Corporation.

physiquement. J'ai eu l'impression que vous étiez statique pendant quelques instants.

— Oui, j'ai eu une crampe là, à droite. Mais bon, elle est partie au bout de quelques secondes.

Quelques minutes plus tard, dans la voiture, Ray m'a confié :

— Tu vois, il est quand même extraordinaire ce Damian. C'est fou qu'il ait repéré cette crampe. Comment l'a-t-il vue alors que j'ai continué à chanter et à jouer au piano ? ! C'est incroyable comme mes gars font attention à moi, ça me touche.

15

Son dernier combat

Un soir de juillet 2003, Ray me téléphone. Tout de suite, je sens que ça ne va pas. Sa voix est blanche. Il semble très fatigué, usé, démoli :

— Que se passe-t-il, Ray ?

— Je t'appelle de l'hôpital, Jean-Pierre, j'ai une très mauvaise nouvelle. J'ai un cancer du foie et ils ont découvert une tumeur grosse comme un pamplemousse. Je suis rentré pour la hanche [1] et, en faisant les examens, ils ont découvert le pot aux roses.

— Alors, qu'ont-ils décidé ?

— Ils m'ont fait un traitement avec une nouvelle chimiothérapie qui va directement dans le foie en passant pas la veine fémorale.

— Quand ?

— Il y a deux ou trois heures je suppose, je viens de me réveiller de l'anesthésie.

— Tu veux que je vienne maintenant ?

1. Ray, comme tous les aveugles, marchait les pieds à l'intérieur pour ne pas tomber. Cela exerçait une torsion sur ses jambes et ses hanches et, depuis déjà cinq bonnes années, il rencontrait des problèmes avec sa hanche gauche. Il avait mal. Evidemment, il avait consulté un spécialiste et celui-ci lui avait dit : « Un jour il faudra vous mettre une prothèse. Mais vous pouvez encore attendre, il reste suffisamment de cartilage. Le jour où vous aurez trop mal, personne n'aura besoin de vous le dire. »

— Justement, je pensais te faire envoyer le couteau[1]...

— Ne t'inquiète pas, j'ai compris, j'arrive.

Je prends le premier vol du matin sans escale jusqu'à Los Angeles. Dans l'avion, je repense à la tournée australienne et à la douleur qu'il avait eue au côté droit, dans la région du foie. C'était en février, c'est-à-dire il y a tout juste cinq mois. Je ne peux m'empêcher d'établir un rapprochement.

En arrivant, je m'installe à l'hôtel et décide de ne pas aller voir Ray à l'hôpital. Sa fierté en prendrait un coup et, de toute façon, il doit sortir le jour suivant.

Lorsque je suis arrivé chez lui, il était déjà habillé et prêt à partir au bureau. Seul son problème de hanche m'a choqué. C'était invraisemblable, je n'avais jamais entendu une chose pareille : sa hanche craquait littéralement à chaque pas. Ce craquement s'entendait à plusieurs mètres à la ronde et je pouvais déchiffrer la douleur, deviner l'angoisse sur son visage. Ce nouvel handicap venait s'ajouter à l'autre, comme si le premier ne suffisait pas ! Ray n'en parlait à personne et ne se plaignait pas mais je sentais sa souffrance. En le voyant, il était impossible d'imaginer le mal dont il était atteint, d'autant plus qu'il avait repris ses habitudes. Il partait de chez lui vers 9 h 30 pour être au bureau à 10 heures, tous les jours de la semaine. Le seul changement au programme était une halte tous les matins à l'hôpital Ceaders Sinai pour un examen ou un autre.

Les premiers résultats tombèrent au bout de quelques jours. La tumeur avait sérieusement diminué. C'était un excellent signe, indiquant que le traitement fonctionnait et agissait sur les cellules cancéreuses. Effective-

---

1. Pour un des ses anniversaires, j'avais offert à Ray un couteau de voyage. Après le lui avoir remis contre une pièce de monnaie, je lui en avais expliqué la signification : selon une vieille tradition, un couteau échangé contre une pièce de monnaie scelle définitivement l'amitié entre deux êtres. Dès que le possesseur du couteau a besoin d'aide, il lui suffit de le renvoyer à celui qui le lui a offert. Toute affaire cessante, ce dernier doit alors lui venir en aide...

ment, fin août, la tumeur était totalement résorbée. Il existait bien six minuscules nodules sur l'autre partie du foie, mais les spécialistes ne voulaient pas y toucher. Ils étaient sous contrôle et n'évoluaient pas.

Je n'étais pas rassuré pour autant, ni remis de mes émotions. J'avais le sentiment de voir la mort se profiler de nouveau à l'horizon.

It is not if you die, it's when you die[1]. Bien que Ray m'ait répété cette phrase des dizaines de fois depuis notre rencontre, je ne l'avais jamais vraiment digérée. En fait, j'y pensais tout le temps, repoussant systématiquement la conclusion. *When your number is up, there is nothing you can do*[2]. Cette fois-ci, c'était une alerte. Son numéro n'avait pas encore été appelé. Mais pour combien de temps encore ? Ray était moralement très atteint et physiquement cloué par cette satanée hanche. Les traitements qu'il avait reçus n'avaient pas arrangé ses ennuis de prostate. Il fallait régler ces deux problèmes sans plus tarder et lui épargner l'humiliation de la sonde qu'il supportait désormais jour et nuit.

Les chirurgiens américains ne voulaient pas l'opérer de la prostate. Ils craignaient une hémorragie pendant l'opération. Grâce à mes amis médecins à Paris, et en particulier au professeur Claude Smadja, elle a finalement été acceptée. Quant à l'intervention sur la hanche, elle est considérée aujourd'hui comme mineure, ne pose aucun problème et s'effectue même sous anesthésie locale.

Je sentais que Ray avait de grosses appréhensions quant à ces deux opérations à venir. Il n'avait pas ma chance d'avoir des amis dans le milieu médical. J'ai donc passé de longs moments à lui expliquer ce que le chirurgien allait lui faire et comment. Comme d'habitude lorsqu'il s'agissait d'être plus clair que les mots, je dessinais avec mon index, dans la paume de sa main,

1. « Le problème n'est pas de savoir si tu vas mourir, c'est juste de savoir quand... »
2. « Quand c'est ton tour, il n'y a rien que tu puisses faire... »

les détails techniques. Au fur et à mesure que le mystère s'estompait, son angoisse diminuait.

En attendant ces interventions chirurgicales, je me suis attaché à lui rendre la vie la plus facile possible, tant sur le plan pratique que psychologique. Je ne supportais plus de le voir souffrir tout le temps, dans ces incontournables escaliers, chez lui comme au bureau. Comme toujours dans ces cas-là, je me suis mis à sa place. Afin de lui éviter ce calvaire subi plusieurs fois par jour, il n'y avait qu'une seule solution : le porter. Cela permettrait d'attendre plus confortablement les huit semaines de délai réclamées par le fabricant d'ascenseurs.

J'ai imaginé d'utiliser une chaise à porteurs, comme celles des seigneurs du Moyen Age, et, après quelques heures de recherches, j'ai trouvé mon bonheur : une *evacuation chair*[1]. Norma, sa compagne depuis trente-cinq ans, et Vernon étaient convaincus que Ray n'accepterait jamais l'idée de se faire porter et de dépendre de quelqu'un, en l'occurrence deux personnes (des costauds de préférence), car il faut être deux pour manœuvrer cette chaise. Moi, j'étais convaincu du contraire. J'ai donc commandé et fait livrer l'engin que nous avons reçu le lendemain.

J'ai immédiatement téléphoné au fidèle Damian, qui était libre car il n'y avait plus de tournées. Costaud à souhait (il aurait même pu porter Ray tout seul), il m'a présenté Chase, un de ses amis intimes du même gabarit que lui. Ray avait entièrement confiance en Damian et son copain avait une bonne tête.

Jusqu'au dernier moment, on m'a déconseillé ne serait-ce même que d'en parler à Ray. Mais j'ai décidé de n'écouter que mon instinct, comme Ray me l'avait toujours conseillé. Je lui ai alors pratiquement imposé ce premier essai, le matin même, en partant au bureau. Il s'est laissé faire sans broncher et en arrivant en bas :

---

1. Chaise d'évacuation. Elle est utilisée en cas d'urgence pour évacuer les personnes invalides.

— *We are already there ? ! I didn't feel anything, this is terrific, man*[1] *!*

J'avais fait tout ce qu'il m'était possible de faire et je voulais avoir confirmation par son encologue que tout allait mieux. Il était très satisfait des résultats obtenus et pensait sérieusement que Ray était sorti d'affaire. Avant de rentrer à Paris, j'ai pris la décision de confronter Ray avec cette réalité :

— Comme toujours, les mauvaises choses ont un bon côté. Grâce à Dieu, s'il existe, tu t'en es sorti. Je suis désolé de t'emmerder avec ça, mais cela doit te servir d'avertissement et te faire réfléchir à ce qui se passera après ta mort.

— Non, ne t'excuse pas. Au contraire, c'est le moment.

— Je veux surtout parler de ta musique. Jusqu'à présent, tu évoquais ta mort avec aisance, mais je sais que cela restait pour plus tard dans ta tête, presque impossible. Tu viens de te rendre compte que l'impossible peut devenir une réalité. Le jour où ce sera une réalité – tu m'as toujours dit, « la question, ce n'est pas si je meurs mais quand je meurs » –, as-tu songé à qui s'occupera de ta musique ?

— C'est vrai, tu as raison, il est temps d'y penser. J'ai établi mon testament depuis longtemps, mais je n'avais pas réfléchi en ces termes.

— Ce n'est pas de propriété[2] que je veux parler mais de la diffusion et de la pérennité de ta musique.

— J'avais bien compris, et je te promets de m'en occuper.

Dans l'avion qui me ramène à Paris, je repense à cette image que Ray utilisait souvent : la vie, c'est comme la

---

1. « Nous sommes déjà arrivés ? ! Je n'ai rien senti, c'est fantastique ! »

2. Ray m'avait parlé depuis longtemps de son testament. Aux Etats-Unis, l'héritage n'est pas automatique mais laissé à la seule volonté du signataire. Après avoir pris soin des siens, le testament stipulait que tous ses revenus futurs seraient intégralement reversés à sa fondation.

traversée d'une forêt, il y a plein de dangers qui se cachent derrière les arbres. Jusque-là, il était parvenu à les éviter et à les contourner. Mais tout est arrivé d'un coup, si soudainement. J'avais l'impression qu'il était la cible d'un tir groupé, à croire que toutes les emmerdes s'étaient donné le mot.

Ray m'appelait tous les deux ou trois jours pour partager avec moi ses petites victoires. Il était d'une rigueur inouïe, suivait exactement les prescriptions de ses médecins, sans jamais se plaindre :

— Tant que je peux sentir un progrès, même minime, tout va bien. Je sais que je suis dans la bonne direction et je commence même à envisager de remonter bientôt sur scène.

L'opération de la prostate a été un succès et a permis à Ray de revivre, sans cette satanée sonde qui le diminuait et le gênait jour et nuit. En plus, il pouvait de nouveau mener sa vie d'homme. Quelques semaines plus tard, une fois rétabli, il a été opéré de la hanche et, là encore, l'opération a été une réussite. Une seule incision d'environ quatre centimètres et c'en était fini des craquements et des douleurs. Bien sûr, il lui fallait faire très attention et suivre une rééducation quotidienne. Il ne pouvait encore ni monter, ni descendre les escaliers.

Ray voyait maintenant le bout du tunnel : « *I'm coming back a long way. Now, I can pee, I can fuck, I can walk*[1] *!* » Bienvenue sur la planète Ray Charles et bonjour la volonté ! A soixante-treize ans, il s'était tapé un cancer du foie et une chimiothérapie, une opération de la prostate, une autre de la hanche, le tout en l'espace de trois mois. Malgré tous ces problèmes, ou peut-être grâce à eux, Ray n'avait qu'une idée en tête : retrouver son public. Il avait d'ailleurs donné des instructions en ce sens et le bureau recommença à remplir le planning.

La veille de mon anniversaire, le 28 janvier 2004, je m'apprête à me coucher lorsque le téléphone sonne. Il

1. « Je reviens d'un long voyage. Maintenant, je peux pisser, je peux b..., je peux marcher ! »

est 23 heures passées. A cette heure-là, quel que soit l'interlocuteur, c'est une galère de répondre. C'est Ray, il est à l'hôpital et a de nouveau cette petite voix qui manque de puissance :

— *I'm in big trouble. You know, the six nodules are acting up. I am in for another round of chimio*[1].

— Ray, tu as toujours été un grand pragmatique. Dis-toi bien que si le traitement a marché la première fois, il n'y a aucune raison pour que ça ne marche pas maintenant.

— *I know, Jean-Pierre, I know*[2]...

Pauvre Ray, il était dégoûté. Tous ces sacrifices pour en arriver là ! Il ne me l'a jamais dit mais je le savais. Sa détresse était si intense que je pouvais presque la palper :

— Dès que j'en sais plus, je te rappelle...

A la fin de notre conversation, je raccroche, complètement révolté, comme lorsque, enfant, j'étais puni pour une chose que je n'avais pas faite. C'est injuste, surtout après s'être battu comme il l'a fait, surtout après avoir gagné le premier round ! Il faut que j'en apprenne plus, que j'aie tous les détails possibles avant d'appeler mes potes médecins.

Outre les analyses biologiques (sang, urine, etc.), Vernon me communiqua des renseignements complémentaires. En effet, le comportement, la couleur de la peau, la perte de poids, etc., sont autant d'informations nécessaires aux spécialistes pour confirmer et affiner un diagnostic.

Vernon était pessimiste et totalement démoralisé. Depuis des mois, il amenait Ray tous les jours voir les médecins, faire des séries d'examens et, maintenant, il n'y croyait plus. Norma, elle, bien que très soucieuse, gardait l'espoir. Elle pensait que, comme d'habitude,

---

1. « J'ai de gros ennuis. Tu sais, les six petits nodules ont commencé à se développer. Je suis rentré à l'hôpital pour une autre chimiothérapie. »

2. « Je sais, Jean-Pierre, je sais... »

Ray allait s'en sortir. Ne s'était-il pas sorti d'où l'on ne revient que très rarement ? Ray n'avait jamais fait les choses comme les autres car il n'était pas comme tout le monde. Pourquoi en serait-il autrement aujourd'hui ?

Munis des informations de Vernon, mes copains me délivrent un verdict implacable et unanime : Ray est à la fin de sa vie. Le scénario, comme pour mon père, est très précis : il lui reste quatre mois à vivre, et ils me décrivent chacune des étapes.

Je n'attends pas que Ray me rappelle. L'heure est trop grave et ma décision est prise. Ma femme, Leslie, comprend peut-être mieux que moi la situation et choisit de rester à Paris pour s'occuper de mes affaires, afin que je puisse partir l'esprit tranquille. En France, c'est les vacances de février et j'emmène donc ma fille avec moi, à Los Angeles. Fiona avait à peine quatorze ans mais était très mûre pour son âge. Elle voulait absolument venir car elle était au courant de la maladie de son grand ami Ray. Tous deux s'adoraient et j'étais sûr qu'elle lui apporterait un petit rayon de soleil.

Arrivés au bureau, je laisse Fiona en compagnie des secrétaires et vais voir Ray. Il est assis à son bureau et parle au téléphone, tout en interrogeant son ordinateur. Il n'y a ni café sur la table ni cigarette dans le cendrier. Ray avait légèrement maigri et se tenait un peu plus voûté que d'ordinaire. Mais c'est surtout sa voix qui m'a choqué. Elle était encore plus faible qu'au téléphone ; j'en étais profondément retourné.

Ray savait que j'allais venir, j'en avais informé Vernon avant mon départ. Bien sûr, il m'a entendu entrer et a très vite mis fin à sa conversation téléphonique :

— *It's so nice to have you here, Jean-Pierre. How was your flight*[1] ?

— Nous avons fait très bon voyage, merci. Je suis venu avec Fiona. J'ai profité des vacances scolaires pour

1. « C'est un vrai plaisir de t'avoir à côté de moi, Jean-Pierre. As-tu fait bon voyage ? »

l'amener. Tu sais que sa grand-mère est ici et, de toutes les manières, elle adore te voir.

Un premier sourire éclaire son visage sombre et usé :

— *Oh, this is so nice... My bambino ! Let me bring you up to date*[1] *!*

Et Ray se lance dans une longue explication sur ce qui lui arrive. Les minutes passent et je sens son énergie baisser. C'est incroyable comme il a changé en l'espace de six mois. Son dynamisme et son appétit de vivre ont disparu, faisant place à une grosse amertume et une extrême lassitude. Il y a encore quelques mois, il se comportait comme un homme dans la force de l'âge, toujours partant pour une dose d'intensité. Aujourd'hui, j'ai un vieillard devant moi, il fait tout à coup son âge, soixante-treize ans et même plus, beaucoup plus.

— Dans mon malheur, j'ai quand même de la chance. Tu n'as pas idée à quel point ils prennent soin de moi. Les meilleurs spécialistes s'occupent de moi et, tu sais, le Ceaders Sinai est l'un des meilleurs hôpitaux du monde. Malheureusement, la chimio n'a pas marché cette fois-ci, mais ils ont prévu un nouveau produit par perfusion.

— Ray, tu as toujours tout voulu savoir sur tout. Mes amis de Paris sont au courant de ta maladie et de son évolution. Veux-tu connaître leur opinion ?

— *But, of course, man*[2]...

En me parlant de son nouveau traitement, Ray m'avait donné la preuve que ses médecins ne lui avaient pas tout dit, en tout cas pas comme ça :

— Heureusement que je te connais bien... Mais, je suis désolé de devoir te l'annoncer. Tu es dans ta dernière ligne droite et il te reste quatre mois à vivre. Il y a une autre chose qu'il faut que tu saches : le jour où tu ne voudras plus te lever de ton lit, il ne te restera que quelques jours avant de partir.

---

1. « Oh, c'est vraiment super... Je vais revoir mon bambino ! Laisse-moi te mettre au courant ! »

2. « Mais, bien sûr, *man*... »

Ray me répond calmement :

— Les docteurs se trompent parfois, non ?

— Ecoute, Ray, ils ont trop l'habitude de ces maladies, ce sont des spécialistes. C'est comme toi avec la musique. Lorsque tu écoutes l'arrangement d'une chanson, s'il y a une fausse note, tu la détectes immédiatement. Ne me dis pas que tu ne l'entends pas ! Les médecins connaissent ta maladie, ses symptômes et son évolution comme toi tu connais tes partitions. Donc l'erreur est difficile à imaginer, mais ça peut arriver. Comme dit le vieux proverbe : tant qu'il y a de la vie, il y a de l'espoir. On ne sait jamais... Demain, les spécialistes peuvent découvrir un nouveau médicament qui pourrait te sauver, va savoir ! Il y a beaucoup de choses que les médecins ne connaissent pas et ne maîtrisent pas. Souviens-toi, nous en avons déjà parlé, le jour où un médecin connaîtra tout, on l'appellera le bon Dieu !

Je ne me sentais pas le courage de lui enlever tout espoir. Et puis, c'est vrai que les exceptions existent. Tout le monde a entendu une histoire invraisemblable de rémission totale, alors que tout était soi-disant perdu. On parle alors de miracle, sans jamais savoir ce qui s'est réellement passé. J'étais sûr que mes amis ne se trompaient pas mais je ne pouvais m'empêcher, moi aussi, d'espérer.

— Ray, il faut que tu sois fort et courageux. Ne baisse pas la garde. Maintenant, tout est important, physiquement et moralement. Tu sais très bien que le moral a une influence considérable sur le physique. Ecoute, je n'ai pas besoin de te rappeler ce que tu as fait pour mon père. Alors, à moins que tu ne veuilles pas – dans ce cas, tu n'as aucune explication à me donner, juste me dire non –, je ferai comme pour mon père, je t'accompagnerai jusqu'au bout... Tu sais que tu peux compter sur moi.

Ray s'est tourné vers moi :

— C'est vraiment ce que j'apprécie avec toi, tu es exactement comme moi. Tu fais comme tu en as envie. Tu veux rester, alors reste ! Je n'oublierai jamais tout ce que tu as fait pour moi en août dernier et, nom de Dieu, c'est bon d'avoir un véritable ami à côté de soi, crois-moi...

— Dis-moi, Ray, ils m'ont dit en arrivant que tu avais un concert prévu au Lincoln Center[1].

— Oui, oui, je leur avais demandé de reprendre de nouvelles dates. C'est le premier concert depuis plus de six mois, tu te rends compte ?

— A quelle date ce concert ?

— Dans une quinzaine de jours.

— Ray, je crois que tu ne te rends pas compte. Tu n'es pas en état de remonter sur scène. Tu peux oublier, il faut annuler.

— Mais c'est trop tard pour annuler. Ils ont déjà fait...

— Ray, stop ! Le concert est dans quinze jours. On a largement le temps d'annuler, sans compter les assurances qui sont là pour ça. Professionnellement, si tu me demandes mon avis, je te dis non. Tu n'as pas le droit de te présenter devant ton public dans l'état où tu es. Quinze jours ne sont pas suffisants pour te retaper. Du point de vue de l'amitié, je te dis deux fois non. Tu es beaucoup trop fatigué. Tu ne te rends pas compte, tu ne peux pas te voir, mais moi, je te vois ! Un concert à New York ! Ce serait beaucoup trop fatigant, tu dois conserver tes forces et non les gaspiller.

Ray tenait absolument à conserver son image d'artiste sur lequel on peut toujours compter, qui n'a qu'une parole. Après une bonne heure d'âpres discussions, je lui oppose un ultime argument :

— Toi-même, tu m'as expliqué que ton état est très variable selon les jours. Certaines fois même, tu m'as avoué être complètement naze dès le réveil. J'ai juste une petite question à te poser : que fais-tu si tu te sens, comme tu dis, complètement naze avant le concert ? Même si tu n'es qu'à moitié naze, tu vas faire une moitié de performance, à New York, au Lincoln Center ? Mais

1. Salle très prestigieuse de New York.

putain, le public va te siffler ! C'est ce que tu veux ? Pour la première fois de ta vie, tu veux qu'on te siffle ?

— Je n'avais pas imaginé les choses comme ça. C'est vrai, je ne sais pas si j'aurai l'endurance nécessaire ce soir-là. Tu as raison, Jean-Pierre...

Ray a finalement compris et s'est laissé faire. Norma et Vernon ont été les premiers soulagés. Tous les musiciens m'ont appelé pour me remercier du fond du cœur. Pour eux aussi cela semblait inhumain de maintenir ce concert. Ce n'était évidemment plus une question d'argent. Ils se moquaient de perdre le cachet d'un soir.

Ray, faisant contre mauvaise fortune bon cœur, profita de cette période d'inactivité pour être très scrupuleux avec tous les traitements que les médecins lui avaient demandé de suivre. C'était pratiquement un travail à plein temps : cela commençait le matin par une prise de sang à jeun, une séance de rééducation pour sa hanche, un passage rapide à l'hôpital pour rejoindre ensuite le bureau et retrouver son infirmière, qui venait maintenant cinq fois par jour. Ray n'avait décidément pas de chance car, en plus de tous ces problèmes, les analyses de sang avaient décelé, pour la première fois, du diabète. D'autre part, il payait le prix fort pour avoir fumé toute sa vie et était atteint d'emphysème, ce qui, par exemple, lui interdisait toute anesthésie générale. Le pneumologue lui avait prescrit l'utilisation d'un aérosol à raison de trois séances quotidiennes de quarante minutes chacune. Il inspirait profondément le produit diffusé, avec une discipline impressionnante, et n'en ratait jamais une seule bouffée.

Pour le diabète, c'était une autre paire de manches. L'infirmière mesurait à chacune de ses visites son taux de sucre, en faisant une légère piqûre à l'extrémité d'un de ses doigts pour récupérer une goutte de sang. Après quelques jours de ce régime, Ray, pour qui ses doigts étaient des yeux de substitution, ne pouvait plus les utiliser. Terminé donc le piano, l'ordinateur et la lecture en braille.

Malgré cette avalanche de problèmes, Ray est toujours allé jusqu'au bout des choses. C'est le cas pour cet album de duos, *Genius loves company*, que Ray s'était engagé à terminer. Il ne restait à enregistrer que la chanson avec Elton John, *Sorry seems to be the hardest word*. Il avait déjà fait le reste de l'album (onze titres) avant que je vienne le rejoindre et je ne sais toujours pas comment il en a trouvé la force.

L'enregistrement des voix devait se faire aux studios A et M, à Hollywood, où Elton John préparait son propre album. Ils avaient aussi l'avantage d'être à mi-chemin entre la maison et le bureau de Ray. Il se faisait un devoir de s'y rendre encore tous les jours, mais n'y travaillait plus. Je sais qu'il pensait constamment à ce que je lui avais dit : le jour où tu ne veux plus te lever...

La séance était prévue à midi et Ray, Vernon et moi sommes arrivés à moins cinq. Vernon s'était arrêté devant l'entrée du studio afin de réduire au maximum la distance à parcourir. Six semaines avant sa mort, Ray avait à peine la force de tenir debout et nous l'avons aidé à parcourir les cinquante mètres qui nous séparaient de la cabine d'enregistrement. Nous l'avons aidé à s'asseoir sur la chaise qui lui était destinée, devant un micro. Tout avait été prévu, il y avait même une petite table afin qu'il puisse poser ses feuilles en braille. A un mètre de lui, Elton avait pris place sur une chaise devant son micro :

— *Elton, are you there ? OK*[1].

Et, en se rapprochant du micro, Ray déclare à toute l'équipe présente :

— *Good morning, guys, I am sorry but I am very sick*[2]...

C'était la première fois que j'entendais Ray faire en public ce genre de réflexion. Il leur demanda de prêter une attention particulière à l'enregistrement de la voix d'Elton John. Quant à lui, s'il n'arrivait pas à chanter, ce n'était pas très grave car il pourrait toujours rechanter

1. « Elton, es-tu là ? OK. »
2. « Bonjour, les gars, je suis désolé mais je suis très malade... »

plus tard, sur la bande, dans son propre studio lorsqu'il irait mieux.

De la salle de contrôle[1], je suis très surpris de le voir pour la première fois, assis dans un studio, totalement immobile, alors que normalement, qu'il parle ou qu'il chante, Ray gesticule constamment. J'ai l'impression de voir un sphinx...

— Bon, Elton, alors comment on va la faire cette chanson ?

Elton commence à lire la feuille qu'il avait dans les mains, tapée à la machine par la maison de disques, et explique à Ray :

— La première phrase c'est moi et.. heu... la deuxième phrase c'est toi...

Ray l'arrête net :

— Attends une seconde, tu es en train de me lire quelque chose, là ?

— Oui, la maison de disques nous a préparé le découpage de la chanson.

— Je ne comprends pas, c'est ta chanson, non ? Alors jette ce papier et je te repose la question : comment veux-tu que nous fassions ta chanson ?

Encore et toujours, en l'espace de trente secondes, Ray avait pris la séance en main, c'est-à-dire en donnant, avec beaucoup d'égards, des directives à tout le monde, y compris à Elton !

Ray a malgré tout réussi à chanter ses parties en une seule prise, celle que l'on peut entendre sur l'album. Lorsqu'il a prononcé *sorry seems to be the hardest word*[2]... tout le monde a interprété ces paroles comme traduisant son état d'esprit : il était vraiment désolé. L'émotion était si intense que, dans la cabine, chacun était pétrifié et silencieux, avec une grosse boule dans la gorge. Certains pleuraient.

---

1. Tous les gens concernés étaient là, du producteur à l'arrangeur, du P-DG de la maison de disques à l'ingénieur du son, sans oublier le staff d'Elton et l'équipe de Ray.

2. « Désolé semble être le mot le plus dur à dire... »

A la fin de la chanson, Elton n'arrivait pas à interpréter les dernières notes, qui ne correspondaient pas à sa tonalité. Au bout de trois essais, Ray lui a chanté les notes qu'il devait atteindre. Tel l'élève répétant la leçon de son professeur, Elton s'est exécuté et a finalement réussi à terminer la chanson.

Après avoir rapidement salué tout le monde, nous sommes retournés dans la voiture. Lorsque Vernon a démarré, il était 12 h 30. Cette séance a donc duré, en tout et pour tout, trente minutes. Ray ne s'est jamais vraiment remis de l'énergie qu'il avait déployée pour cet enregistrement. Il était de plus en plus fatigué, comme vidé. Il dormait maintenant dès qu'il le pouvait, c'est-à-dire seize à dix-huit heures par jour. Il continuait à se faire conduire au bureau tous les jours, pour immédiatement se déshabiller, se coucher et dormir. Son sommeil n'était plus entrecoupé que par les soins médicaux, ses maigres repas et les deux trajets quotidiens. Plus de coups de fil, plus de musique, plus de lecture, plus rien. Toujours très lucide, il se rendait parfaitement compte de la descente inexorable, sans jamais le dire, sans jamais se plaindre. Sa pudeur l'avait décidé à ne plus recevoir de visites et, même devant ses enfants, Ray ne voulait pas se montrer dans cet état.

L'intendance devenait de plus en plus problématique et la pression des événements exercée sur Norma insupportable. Elle était seule pour s'occuper de tout, sans même l'assistance d'une femme de ménage. Italienne d'origine, Norma n'était de toute façon pas du genre à supporter qu'on lui vienne en aide. Comme Ray, elle préférait son indépendance et leur intimité. Mais maintenant, il n'était plus question de préférence et il fallait gérer les problèmes vingt-quatre heures sur vingt-quatre.

Norma s'est donc rangée à mon point de vue et a accepté la présence d'une infirmière, jour et nuit.

Ray avait diminué puis abandonné les séances de rééducation pour sa hanche, devenues bien au-dessus de ses forces. Malgré tout, il continuait à vouloir aller au bureau, tous les matins, alors qu'il ne pouvait plus s'habiller tout seul. En fait, Ray ne pouvait désormais plus rien faire tout seul. Je me devais d'avertir Quincy de la dégradation de l'état de santé de Ray. Quincy est un homme très sensible, lui aussi très fragile, qui vénérait particulièrement son ami Ray. Depuis vingt ans que Ray habitait dans la même maison, Quincy n'était jamais venu chez lui, mais, en ces moments difficiles, tous ces codes de bienséance ne voulaient absolument plus rien dire.

J'ai donc appelé Quincy et réussi à le convaincre de surmonter ses angoisses pour aller voir Ray au bureau :

— OK, Quincy, je passe te prendre demain à 11 heures chez toi et nous irons ensemble au bureau de Ray. Je vais le prévenir.

Il est midi le lendemain, lorsque Quincy et moi arrivons au bureau. Ray est déjà installé dans son *king size bed*[1]. Vernon est en train de plier ses affaires, il est émotionnellement au bout du rouleau. Quincy s'avance à petits pas, tout penaud, comme si Ray le voyait, et s'assied délicatement au bord du lit. Je m'assois de l'autre côté et nous commençons à papoter, pour ensuite évoquer des souvenirs qui, à deux reprises, parviennent à arracher à Ray un semblant de sourire. Ses rares mots sont pratiquement inaudibles. Petit à petit, Quincy et moi nous penchons de plus en plus vers Ray, pour nous retrouver complètement allongés sur le ventre, de part et d'autre du lit.

Au bout de quelques minutes, je comprends que Ray fait des efforts surhumains pour suivre la conversation. Je fais donc signe à Quincy qu'il est temps de partir pour le laisser se reposer.

Quincy n'arrive pas à dire au revoir à Ray, il ne trouve pas les mots. Après l'avoir embrassé très délicatement sur le front, il se dirige vers la porte et se retourne :

---

1. Lit double de grande taille, environ deux mètres par deux mètres.

— Ray, tu n'as pas envie que je te fasse faire des *ribs* [1] ?

Après avoir hésité une seconde, Ray lui répond OK d'un signe de tête.

— C'est comme si c'était fait, je m'en occupe.

Pendant ce temps-là, je m'étais approché de Ray et, comme d'habitude, j'ai posé mon front sur le sien :

— Je ramène Quincy et je te retrouve à la maison. Repose-toi bien.

Quincy avait réellement pris conscience de la gravité de la situation et sentait que Ray allait bientôt partir. Assis à mes côtés dans la voiture, il sort un papier de sa poche, prend son crayon et écrit en grosses lettres RIBS, comme pour s'en rappeler. Il est repassé plusieurs fois sur chacune des lettres. Je le regardais faire, il avait l'air très pensif. Il a ensuite encerclé le mot et dessiné des petits cœurs tout autour ; des larmes coulaient sur ses joues. C'était la dernière fois que Quincy voyait Ray vivant.

Ray avait de plus en plus de mal pour se lever le matin. Il se faisait violence chaque fois. Ce matin-là, Norma lui demanda s'il comptait aller au bureau :

— Je n'ai pas envie d'y aller, mais j'y vais quand même...

C'était la première fois qu'il répondait ainsi. Jusqu'à présent, sa tête fonctionnait parfaitement et je n'avais pas senti de différence notable. Puis sa mémoire commença à défaillir et Ray perdit la notion du temps et des jours.

Le jour fatidique arriva et, ce matin-là, Ray n'essaya même pas de se lever. J'ai passé la journée à ses côtés. Je ne pouvais m'empêcher de le regarder attentivement, essayant de déchiffrer ses pensées sur son visage. Dès ce jour, son attitude changea radicalement. Il n'avait plus envie de se battre et, pourtant, il ne s'en souciait pas. Il savait, avait compris et acceptait sans rechigner. Je ne

1. Travers de porc marinés et cuits au barbecue. Mets traditionnel du sud des Etats-Unis que Ray affectionnait.

dis pas qu'il était impatient de s'en aller mais, pour lui, cette expérience inévitable n'était pas inintéressante ! On aurait dit qu'il rêvait et je me suis rappelé ce qu'il disait : « Parfois mes rêves sont si profonds que je rêve que je rêve. Je me vois moi-même dormir et j'ai l'air d'un petit garçon, fatigué d'avoir joué toute la journée, une petite âme assoiffée de paix et de repos. » Les traits de son visage étaient apaisés et les rides avaient disparu. Je me rappelle même l'avoir vu sourire régulièrement, l'air réellement heureux, comme si ce qu'il découvrait l'émerveillait. Il vivait ses derniers instants comme le spectateur de sa propre mort.

Ce soir-là, Ray avait déjà dîné. Vers 20 heures, j'ai décidé de prendre congé et je suis entré dans sa chambre. Il écoutait la radio, allongé sur le dos, les paumes vers le ciel, comme s'il se rendait. Contrairement à mon habitude et je ne sais toujours pas pourquoi, j'ai posé ma main dans la sienne. Avec ma main libre, je lui ai caressé les cheveux et lui ai souhaité une bonne nuit. Lui non plus ne m'a pas répondu normalement et, au lieu de me dire à demain, Ray m'a murmuré :

— *Good bye,* Jean-Pierre...

Le lendemain matin, le jeudi 10 juin, à 11 heures, Ray est mort.

Ray Charles on my mind

Plusieurs mois avant de mourir, Ray avait pris sa décision. Avec Terry Howard, son ingénieur, je suis chargé de sauvegarder sa musique et même, chose incroyable, de remixer des titres, si nécessaire.

Cette histoire se transforme maintenant en destinée. Ray en a décidé ainsi dans ses dernières volontés. Décidément, je ne quitterai jamais la planète Ray Charles !

Remerciements

Je viens de terminer ce livre et je suis encore tout remué. Je sais que tous mes proches comprendront que je n'ai pas envie de faire de liste au risque d'en oublier.

Je sais qu'ils savent que je sais.

Jean-Claude, je suis navré de te comparer à une goutte, mais tu as été celle qui a fait déborder le vase. J'étais prêt à écrire ce livre et je ne le savais pas. S'il existe, c'est grâce à toi.

Table

Cet ouvrage a été composé par
Nord Compo (Villeneuve-d'Ascq)
et imprimé par **Bussière**
à Saint-Amand-Montrond (Cher)

Achevé d'imprimer : mai 2005.

N° d'édition : 13912. — N° d'impression : 051972/1.
Dépôt légal : mai 2005.

Imprimé en France